Perry Rhodan

Unter dem Galornenstern

Perry Rhodan

Unter dem Galornenstern

Genehmigte Exklusivausgabe für Weltbild Verlag GmbH, Augsburg 1998

Redaktion: Sabine Bretzinger / Klaus N. Frick
Einbandgestaltung: Agentur Zeuner, Ettlingen
Gesamtherstellung: Graphischer Großbetrieb Pößneck
Printed in Germany 1998
ISBN 3-8289-0120-4

Vorwort

Liebe Leserinnen, liebe Leser,

dieses Buch demonstriert Ihnen eine ganz spezielle Eigenart der PERRY RHODAN-Serie: die Aufteilung der Handlung auf verschiedene Ebenen, in der jeweils verschiedene Hauptpersonen wirken. Gerade im THOREGON-Zyklus profitiert die Serie von dieser Trennung der Hauptpersonen. Perry Rhodan und sein alter Freund Reginald Bull müssen sich quasi allein durchschlagen, ebenso Alaska Saedelaere – und das, während in der Heimat die Bedrohungen ständig wachsen. Das beste daran: All diese Handlungsebenen hängen eng zusammen, wirken aufeinander ein.
Doch erst einmal der Reihe nach. Im Jahr 1288 Neuer Galaktischer Zeitrechnung, also im Jahr 4875 nach Christi Geburt, wird die heimatliche Milchstraße von Spannungen beherrscht, die sich zwischen den großen Machtblöcken entwickelt haben. Die Menschen auf der Erde und über tausend besiedelten Planeten haben sich zur Liga Freier Terraner zusammengeschlossen. Ihnen gegenüber steht die größte Militärmacht der Milchstraße, das immer stärker aufblühende Kristallimperium der Arkoniden. Als dritte Macht innerhalb der Galaxis muß das Forum Raglund angesehen werden, ein lockerer Zusammenschluß vor allem fremdartiger Völker.
Seit Jahrzehnten belauern sich die Imperien, ein offener Krieg scheint nur eine Frage der Zeit zu sein. Perry Rhodan und seine engsten Gefährten haben ihre Konsequenz gezogen und sich aus diesem »Geschäft« zurückgezogen, statt dessen mit dem Projekt Camelot nach Wegen gesucht, den Frieden zu erhalten. Das ist bitter nötig, denn mittlerweile operieren mysteriöse Raumschiffe in der Milchstraße, die man wegen ihrer Form als »Igelschiffe« bezeichnet. Keiner weiß bislang, was ihre Besatzungen möchten.
Und dann gibt es noch den Planeten Trokan, den »zweiten Mars«, der um die Sonne kreist. Als Perry Rhodan sowie seine Begleiter Reginald Bull und Alaska Saedelaere den sogenannten Pilzdom auf Trokan betreten, verschwinden sie spurlos – an ihrer Stelle erscheint ein unheimlich wirkendes Wesen, das sich Kummerog

nennt. Es scheint, als habe der Pilzdom gewissermaßen diese Wesen gegeneinander »ausgetauscht«.
Soweit der Ausgangspunkt zu diesem Buch, das vier Romane von vier Autoren enthält und auf drei verschiedenen Handlungsschauplätzen spielt.
Ernst Vlcek beschreibt in seinem Roman »Camelot« die Aktivitäten Kummerogs in seinem neuen Wirkungsfeld und führt Sie als Leser erstmals auf den geheimnisvollsten Planeten der Milchstraße, auf dem Perry Rhodan seine Machtbasis errichtet hat. Camelot ist eine Welt, die schon einiges an Geschichte erlebt hat, wenngleich unter anderem Namen. Doch jetzt sind die Gegenwart und Zukunft Camelots entscheidend.
Um das Vermächtnis Kummerogs kümmert sich Peter Griese in »Die Mörder von Bröhnder«. Alaska Saedelaere stößt auf die alte Piratenbande Kummerogs, muß sich mit Mördern und Strauchdieben herumschlagen und wird in absehbarer Zeit auf ein kosmisches Geheimnis stoßen.
Wie es mit Perry Rhodan und seinem Freund Reginald Bull weitergeht, das schildert Robert Feldhoff in seinem Roman »Unter dem Galornenstern«, der dem vorliegenden Buch auch den Titel verliehen hat. Die weiteren Ereignisse behandelt dann Peter Terrid in »Rätselwelt Galorn« – und weiter mit diesem Thema wird es im folgenden Buch des THOREGON-Zyklus gehen.
Denn jetzt wurden die Karten gemischt, das Spiel kann sich entwickeln. Es ist ein Spiel, zu dem mehrere Galaxien gehören, die unsterblichen Helden aus der Milchstraße, aber auch uralte Imperien und die mysteriöse Brücke in die Unendlichkeit, ganz zu schweigen vom noch nahezu unbekannten THOREGON, das mit allem in Verbindung steht.

Viel Vergnügen bei der Lektüre!

Klaus N. Frick
PERRY RHODAN-Redaktion

Ernst Vlcek

Camelot

1.

Das kleine Mädchen hatte sich verirrt. Als ihr Vater auf die Jagd gegangen und nicht zum erwarteten Zeitpunkt zurückgekommen war, hatte sie das sichere Haus in den karstigen Bergen verlassen und war zum Grüngürtel hinabgestiegen.

Und nun fand sie nicht mehr den Weg aus dem Pflanzendickicht.

Aus der grünen Wand vor ihr entfaltete sich plötzlich eine Blüte an einem dicken Strunk, der sich schlangenartig wand und viele Arme mit Dornen hatte. Die Dornen waren fingerlang und wirkten bedrohlich.

Aber der Anblick der Blume ließ das Mädchen die Dornen vergessen. Sie leuchtete in verschiedenen Tönen von Rot. Zuerst war sie lang, doppelt so lang wie das Mädchen groß, und schmal und wirkte knitterig, wie vielfach eingerollt. Nur langsam öffnete sich die Blüte trompetenförmig, entrollte ihren Kelch und blähte ihn zu einer Glocke auf.

Der Mund der Blume neigte sich auf das Mädchen herab. Es sah nach oben, direkt in den Blütenkelch hinein, der klebrig war und in wechselnden Farben von Rot bis Purpur schillerte.

»Marga, Marga, die Drakisten haben uns gefunden!« hörte sie ihren Vater rufen.

Er suchte bereits nach ihr, aber sie konnte ihm nicht antworten. Die Blüte hatte sie mit ihrem Farbenspiel in ihren Bann gezogen, sie geradezu hypnotisiert.

Die Blütenöffnung dehnte sich und zog sich wieder zusammen – wie ein Mund, der ihr lautlos zureden, sie locken wollte. Dahinter dehnte sich ein langer Schlund, in dem sie zweimal Platz gehabt hätte. Ein klebriger Tropfen löste sich, senkte sich an einem langen, dünnen Faden auf sie herab und blieb ihr an der Latzhose haften.

Das Mädchen beachtete das nicht. Ihre Augen wurden ganz groß und erwartungsvoll, als sich der Blütenmund weit öffnete. Sie konnte nun die vielen, vielen winzigen Stempel sehen, an denen der zähe Saft perlte.

Das Farbenspiel auf der Innenseite des Blütenkelches blieb weiterhin besänftigend und einschläfernd, auch als die Blume erzitterte und sich in einer letzten Anspannung blitzschnell auf das Mädchen herabsenkte.

Erst in diesem Moment ergriff Angst das Mädchen. Es erkannte, daß dies keine liebliche Wunderblume war, sondern eine Fleischfresserin, die sie zu verschlingen drohte – vor solchen hatte der Vater sie immer gewarnt.

Aus der Kehle des Mädchens löste sich ein Schrei, als die klebrigen Lippen der Fleischfresserin bereits dicht über ihr waren.

Da durchteilte ein Blitzstrahl die Luft und versengte die Blüte der Fleischfresserin. Die Pflanze begann zu rasen, versuchte, das Mädchen mit ihren Dornenarmen zu treffen. Aber eine Reihe weiterer Blitze machten der Fleischfresserin endgültig den Garaus.

Ein Mann mit kurzem roten Haar und lustigem Gesicht trat hinter dem Mädchen hervor und hob es hoch. Es preßte sich erleichtert an ihn und ließ ihren Tränen freien Lauf.

So machte sie im Alter von sechs Jahren die Bekanntschaft von Reginald Bull, der dann ihre Patenschaft übernahm und sie in die aufstrebende Zivilisation von Camelot brachte.

»Was ist das für ein Schrotthaufen?« sagte Kummerog abfällig, fast zornig, über diese Zumutung, als sie mit der Space-Jet die Zielkoordinaten im Orion-Sektor erreichten.

»Es handelt sich um ein altes Raumfort«, antwortete Bruno Drenderbaum.

Obwohl von der Station nicht mehr viel übrig und der Rest ziemlich deformiert war und so wirkte, als hätten darauf heftige Kämpfe stattgefunden, war noch genug übrig, daß Bruno sie an dem Skelett als Raumfort erkennen konnte.

Bruno hätte Kummerog die Geschichte dieser Weltraumstationen erzählen können, wenn der Cantrell es gewollt hätte.

Im sechsten Jahrhundert NGZ, als die Cantaro zu einer Bedrohung für die Milchstraße wurden, bauten die Galaktiker diese Raumforts in großer Zahl, zu Tausenden. Sie wurden für die Bewachung der Milchstraße und – nachdem bekannt geworden war, daß die Cantaro Schwarze Löcher als Transportmedien benutzten – der Milchstraßen-Black Holes eingesetzt.

Nach der Eroberung der Galaxis durch die Cantaro wurden die ehemaligen Raumforts von den neuen Machthabern als Wach- und Schaltstationen für die Wälle der Milchstraße eingesetzt. Bruno wußte auch, daß die Cantaro ihre Schaltstationen in der Regel aus acht ehemaligen Wachforts zusammensetzten, die so eine Höhe von bis zu 1500 Metern erreichten.

Aber hier hatten sie es mit einem einzelnen Raumfort zu tun, gut 1000 Meter lang und 200 Meter breit.

Trotz der Zerstörungen war eine der beiden Gabeln mit den beiden Zacken erhalten, die die Enden der Plattformen bildeten und bei denen es sich um abkoppelbare Wartungseinheiten gehandelt hatte. Auch waren mittschiffs noch zwei der vier zylindrischen, turmartigen Aufbauten erhalten, im Quadrat angeordnet, hundert Meter in die Höhe und in die Tiefe reichend. Bei diesen Zylindern mit kuppelförmigem Dach handelte es sich gleichzeitig um die Kupplungen, mit denen die Plattformen aneinandergehängt wurden. Über die gesamte Plattform waren ineinander verschachtelte Aufbauten verteilt.

Bei diesem Raumfort waren jedoch fast alle Anlagen durch Explosionen aufgeplatzt und unter starker Thermoeinwirkung verbogen oder geschmolzen worden. Auf der halbzerstörten Kuppel eines der beiden erhaltenen Zylinder war die Bezeichnung des Raumforts zu erkennen. Man konnte sie mühelos als ORION-738 entziffern. Die ehemals grüne Leuchtschrift war matt und verrußt.

Bruno konnte sich gut ausmalen, welche Kämpfe hier einst, vor fast 125 Jahren, stattgefunden hatten, als Perry Rhodan und seine Freunde den Sturm auf die die Milchstraße umgebenden Wälle führten und den Sturz von Monos einleiteten.

Das alles war Geschichte, die Bruno bei seiner Ausbildung gepaukt hatte und die ihm noch frisch im Gedächtnis war. Er hätte ausführlich darüber referieren können.

Aber Bruno war Empath genug – und zudem noch Träger von Kummerogs Haut –, um zu merken, daß sein Meister an solchen Geschichtsdaten nicht interessiert war ...

»Könnte es sich um eine Falle handeln?« sinnierte Kummerog beim Anflug auf das Wrack. »Ist es möglich, daß bei unserem Coup etwas schiefgelaufen ist? Hätten die Camelot-Leute durch die Vorgänge auf der BASIS Verdacht schöpfen können?«

»Unmöglich«, sagte Bruno voller Überzeugung. Er war sich da ganz sicher. »Du hast keinen Fehler gemacht, Kummerog. Es war eine runde Sache. Du bist Andor Felsch, ich bin Simon Dury. Unsere Erkennungschips lauten auf diese Namen – aber sie tragen unsere persönlichen Merkmale, wie ID-Muster und ...«

Kummerog winkte ungeduldig ab, das war ihm alles bekannt. Schließlich hatte er dafür gesorgt, daß Felsch und Dury mit allen Mitwissern beseitigt wurden, so daß sie beide ihre Stelle einnehmen konnten.

Kummerog prüfte aufmerksam die von den Ortungsgeräten einlaufenden Daten des Weltraumforts. Dort rührte sich nichts. Es gab keinerlei meßbare Normalenergie- oder Hyperemissionen. Die Masse stimmte – es gab keine versteckten Maschinen oder Raumschiffe. Dennoch blieb der Cantrell mißtrauisch.

»Unsere körperlichen Merkmale«, murmelte er. Er blickte zu Bruno. »Schau mich an. Was siehst du?«

Bruno wußte, worauf Kummerog bei seinem Aussehen anspielte. Der nur 1,55 Meter große und in den Schultern einen Meter breite, leichtgebeugte Hominide mit der schwarzen, rissig wirkenden Haut und den krummen, muskulösen Beinen sah ihn aus seinen völlig weißen Augen herausfordernd an. Er fletschte den runden, lippenlosen Mund, so daß seine sechs einzelnen, gelben Reißzähne sichtbar wurden. Und er blähte die Nasenflügel, so daß die drei Nasenlöcher deutlich zum Vorschein traten. Er hob die Hand, die linke, die er verloren hatte und die ihm innerhalb kurzer Zeit wieder nachgewachsen war, und er spreizte die zwei Finger und die beiden Daumen.

»Du könntest als Umweltangepaßter durchgehen«, sagte Bruno ohne rechte Überzeugung. »Als mutierter Epsaler vielleicht. Warum nicht?«

»Und du, mein Freund?« fragte Kummerog spöttisch. »Du bist Träger meiner Haut. Ein überaus markantes Merkmal, wenn man genauer hinsieht.«

»Ich sehe für mich kein Problem«, antwortete Bruno leichthin und versuchte zu scherzen. »Einer der Zellaktivatorträger, Ronald Tekener, hat die Lashat-Pocken. Im Vergleich zu ihm habe ich es noch gut getroffen.«

Kummerog wurde zornig.

»Du sollst mich beraten und nicht in den Leichtsinn treiben, mein Freund!« schrie er außer sich. Er faßte sich aber schnell wieder. »Jeder Eingeweihte, der uns sieht, würde uns auf Anhieb als die Flüchtigen von Mimas identifizieren. Und wir dürfen voraussetzen, daß die Cameloter über die Vorgänge im Solsystem informiert sind. Schließlich bin ich der, der an Stelle dieses Perry Rhodan auf Trokan aus dem Pilzdom kam.«

»Es wird erst gar nicht passieren, daß uns jemand identifiziert«, sagte Bruno zuversichtlich. »Um das zu verhindern, haben wir diesen Weg gewählt.«

Ihre persönlichen Daten waren ausschließlich in ihren Passagechips gespeichert, die auf die Namen von Andor Felsch und Simon Dury ausgestellt waren. Nur diese beiden Namen waren in Umlauf gebracht worden. Das hieß, daß vom Camelot-Büro der BASIS nur diese beiden Namen weitergegeben wurden. Bevor Details hatten weitergeleitet werden können, hatte Kummerog zugeschlagen und den Beauftragten Olaf Grindgen mitsamt seinem Büro in die Luft gejagt.

Die Passagechips nach Camelot hatten ihnen zwei Möglichkeiten zur Auswahl gestellt:

Die erste war die, daß die beiden auf der BASIS hätten bleiben können, um sich von einem Zubringerschiff abholen und nach Camelot fliegen zu lassen. Dies war nicht in Frage gekommen; aus dem einfachen Grund nicht, da die Flüchtenden nach der Zerstörung des Camelot-Büros und dem Tod aller Mitwisser nicht länger auf der BASIS hatten bleiben können.

Die zweite Möglichkeit war da schon vielversprechender. Da sie ein eigenes Raumschiff besaßen, konnten sie bestimmte Koordinaten im Orion-Sektor anfliegen, wo sie ein Lotse erwarten würde, von dem sie alles andere erfahren sollten.

An den angegebenen Koordinaten fanden sie nun das Wrack des Raumforts ORION-738 vor. Aber von einem Lotsen war vorerst nichts zu sehen. Und wenn der Lotse kam und mit ihnen konfrontiert wurde, würde er, selbst wenn er sie nicht sofort identifizieren konnte, zumindest mißtrauisch werden. Kummerogs äußere Erscheinung war denn doch zu fremdartig.

Dem mußte Bruno Drenderbaum zustimmen, wollte er sich und Kummerog nicht etwas vormachen. Seit er von der Haut einiges über Kummerog erfahren hatte, war ihm dessen Gefährlichkeit bewußt.

Kummerog wollte um jeden Preis nach Camelot. Über den genauen Grund darüber war Bruno nicht informiert, aber er konnte sich viele Gründe denken. Camelot war im Moment das bestgehütete Geheimnis der Milchstraße. Und was immer sich Kummerog erwartete, so hoffte er, es dort am ehesten – und vielleicht auch am leichtesten – bekommen zu können.

»Ganz im Vertrauen, mein Freund«, sagte Kummerog mit unverhohlener Enttäuschung. »Du bist mir insgesamt keine große Hilfe.«

Er nannte ihn neuerdings »Freund«, obwohl Bruno genau wußte, daß er nichts weiter als ein höriger Sklave war. Aber eben weil er nicht anders konnte, als Kummerog hörig zu sein, änderte dieses Wissen nichts an seiner Treue zu ihm.

Bruno Drenderbaum war sich über seine Position völlig im klaren.

Er hätte dennoch nicht anders gekonnt, als Kummerog notfalls sein Leben zu opfern. Seine Existenz hatte er durch seine Flucht von Mimas für den Cantrell bereits aufs Spiel gesetzt. Schuld daran war Kummerogs Haut, die Bruno sicher im psychischen Griff hielt.

In diesem Moment erreicht die Space-Jet ein Funkspruch vom Wachfort. »Space-Jet, bitte identifizieren!«

»Wer will das wissen?« erkundigte sich Kummerog argwöhnisch.

»Der Lotse Kerom.«

»Hier sind Andor Felsch und Simon Dury.«

»Willkommen auf dieser Zwischenstation. Bitte landet auf ORION-738! Ich werde zu euch kommen.«

Kerom war eine durchschnittliche Erscheinung. Knapp 1,80 Meter groß, schlank, schmales Gesicht mit einer geraden Nase, braunes Haar, ein leicht fliehendes Kinn. Humanoid, ohne Zweifel terrastämmig.

Er hatte etwas puppenhaft Glattes an sich und machte den Eindruck, als sei er ein Klon, den man auf Durchschnittsmensch gezüchtet hatte. Diese Einzelheiten waren so deutlich zu erkennen, weil er keinen Raumanzug trug, sondern lediglich in einen transparenten Schutzschirm gehüllt war.

Er tauchte zwischen den Trümmern auf, nachdem die Space-Jet auf der Plattform gelandet war, und wartete darauf, daß »Felsch« und »Dury« ausstiegen.

»Komm an Bord, Lotse«, bot ihm Kummerog an. »Hier ist es wesentlich gemütlicher als im Vakuum.«

»Das geht nicht«, lehnte Kerom mit sanfter, aber entschlossener Stimme ab. »Ich habe meine Instruktionen. Ich muß euch in mein Büro bitten. Dort findet die abschließende Überprüfung statt. Danach bringe ich euch nach Camelot.«

»Das gefällt mir nicht«, sagte Kummerog zu Bruno, während er sich in einen der flexiblen Raumanzüge quälte, die von jedermann getragen werden konnten. »Was will der Kerl denn noch von uns, wo wir doch bereits die Passagechips haben?«

»Ich nehme an, daß er die Chips überprüfen will.« Bruno Drenderbaum schloß seinen Raumanzug und sagte, damit Kummerog nicht irgendeine List versuchte, die ihnen nur geschadet hätte, über Helmfunk: »Wir kommen.«

»Du übernimmst das Sprechen, Bruno«, sagte Kummerog abschließend und wog den kleinen Strahler, der in seiner Handfläche fast verschwand. »Ich bleibe im Hintergrund, das ist weniger verfänglich. Ab nun bist du der Boß, mein Freund.«

Sie stiegen aus. Bruno zuerst, Kummerog folgte in seinem Körperschatten. Kerom winkte ihnen zu, ohne aufdringlich zu versuchen, durch ihre Raumhelme Einzelheiten an ihnen zu erforschen. Er hieß sie wiederum willkommen und bat sie, ihm zu folgen.

Es ging über die zerbombte Plattform zu einem der beiden halbwegs erhaltenen Zylindertürme. Kerom ging ihnen voran durch ein Schott, das sich hinter ihnen schloß. Sie standen im Dunkeln, bis Bruno seinen Scheinwerfer einschaltete.

»Das wäre nicht nötig gewesen«, sagte Kerom mit leiser Zurechtweisung und verlangte höflich: »Bitte, eure Chips.«

Bruno ließ sich von Kummerog den Chip geben und übergab ihn zusammen mit seinem an den Lotsen. Der schob sie beide in einen Schlitz in der Wand.

Daraufhin ging im Korridor das Licht an, und der gesamte Turm erwachte zu energetischem Leben. Ein Zischen verriet, daß das Vakuum mit Luft aufgefüllt wurde.

»Ihr habt die erste Prüfung überstanden, Andor und Simon – ich darf euch doch so nennen?« sagte Kerom.

Er lächelte Bruno zu, während er den einen ausgeworfenen Chip an ihn zurück und den anderen Kummerog überreichen wollte. Aber der stand hinter Brunos Rücken.

»Ich mach' das schon«, sagte Bruno mit leichtem Unbehagen.

Wenn Kummerog sich weiterhin so auffällig benahm, würde das den Lotsen irgendwann wirklich noch mißtrauisch machen.

Kerom schaltete seinen Schutzschirm aus und forderte sie auf, ihre Raumanzüge ebenfalls abzulegen.

»Ist das denn nötig?« fragte Bruno. »Wir bleiben hoffentlich nicht so lange. Wir können es kaum erwarten, nach Camelot zu kommen.«

»Das kann ich verstehen«, sagte Kerom in seiner sanften und doch so bestimmenden Art. »Aber es gibt einige Spielregeln, an die ihr euch halten müßt.«

Bruno fühlte Unbehagen in sich aufsteigen, als er seinen Raumanzug abstreifte. Aus den Augenwinkeln sah er, wie Kummerog es ihm mit scheinbar geschmeidigen Bewegungen gleichtat. Bruno wußte, wie angespannt – und jederzeit zum Angriff bereit – der Cantrell dabei war. Drenderbaum konnte nur hoffen, daß der Lotse nichts tat, was Kummerog zum Handeln reizen könnte.

Nachdem Kummerog den Raumanzug abgestreift hatte und nackt, nur mit den drei Brustgürteln bestückt, dastand, warf ihm Kerom einen kurzen Blick zu und setzte sich dann wieder in Bewegung. Er betrat einen Antigravlift und verschwand darin nach oben. Bruno und Kummerog folgten ihm.

»Andor ist ein Umweltangepaßter ...«, wollte Bruno erklären.

Aber Kerom fiel ihm, ohne nach ihm zu sehen, ins Wort. »Das Äußere zählt nicht. Wichtig ist nur, daß ein Kandidat die Tests bestanden hat.«

Bruno staunte nicht schlecht, als sie aus dem Antigravlift in eine komplett ausgestattete Schaltzentrale traten.

»Für ein Wrack ist dieses Raumfort recht gut bestückt«, sagte er anerkennend. »Eine perfekte Tarnung. Unsere Ortungsgeräte konnten nicht den geringsten Hinweis darauf entdecken.«

»Erst eure Chips haben die Anlagen aktiviert«, erklärte Kerom in unverbindlichem Plauderton. »Wißt ihr eigentlich, daß dieses Raumfort eine historische Bedeutung hat?«

Bruno spürte plötzlich ein brennendes Kribbeln, das von Kummerogs Haut ausging. Er selbst fand an dieser Frage nichts Verfängliches. Denn wenn selbst er, Bruno, in seiner Position und mit seiner Ausbildung keine Ahnung von der historischen Bedeutung von ORION-738 hatte, dann konnte es sich dabei nicht um Allgemeinwissen handeln – und dies darum keine Fangfrage sein. Aber er wagte nicht, in Kummerogs Richtung zu blicken.

»Nein. Sollte man das wissen?« fragte er unverfänglich.

»Im März 1144 fand hier das denkwürdige Treffen zwischen Galbraith Deighton und Romulus, dem Anführer der Widerstandsorganisation WIDDER, statt«, erklärte Kerom schulmeisterlich. »Dabei fand der Droide Galbraith Deighton den Tod – und Romulus gab sich als Homer G. Adams zu erkennen.« Er zwinkerte Bruno schelmisch zu. »Über diese Zusammenhänge bist du aber wohl informiert?«

Bruno wollte sagen, daß er darüber natürlich Bescheid wußte. Wer Romulus gewesen war und welches Schicksal der auf Abwegen geratene Zellaktivatorträger Galbraith Deighton erlitten hatte, das wußte jeder geschichtlich halbwegs Gebildete.

Aber bevor er einen Ton über die Lippen brachte oder die leiseste empathische Empfindung gehabt hätte, schoß Kummerog an ihm vorbei. Ein Energieblitz zuckte aus seinem Miniaturstrahler und traf Keroms Kopf, riß ihn vom Rumpf.

Als der kopflose Körper flüchten wollte, trennte Kummerog auch noch Keroms Beine mit dem Strahler vom Rumpf.

»Bist du von Sinnen, Kummerog?« würgte Bruno entsetzt hervor.

Er hatte den Blick abgewandt. Ihm war übel geworden. Er meinte, sich übergeben zu müssen. Immer noch den Blick auf die Konsolen gerichtet, fuhr er mühsam fort: »Warum hast du das getan? Es bestand keine Gefahr. Ich habe keine entsprechenden empathischen Warnsignale von Kerom empfangen.«

»Das hätte mich auch gewundert«, sagte Kummerog spöttisch. »Sieh dir das an! Du sollst deinen Blick auf dieses Ding richten, Bruno!«

Bruno wandte zögernd den Kopf. Er sah, wie Kummerog Keroms Kopf einen leichten Tritt gab, so daß er, sich zweimal überschlagend, über den Boden kollerte und mit der Schnittwunde nach oben liegenblieb. Es floß kein Blut. Nirgendwo waren Blutspuren zu sehen. Bruno war jedoch noch so geschockt, daß er nicht sofort begriff.

Kummerog kniete neben dem Kopf nieder. »Der Lotse ist ein Androide«, sagte er und suchte Keroms Blick. »Du verdammte Maschine, warum mußtest du auch diese Fangfrage stellen?«

»Es war eine ganz harmlose Frage, die nichts mit den Tests zu tun hatte«, sagte der abgetrennte Kopf, ohne die Lippen zu bewegen; seine Stimme klang deutlich synthetisch. »Solch plumper Methoden bediene ich mich nicht. Aber es stimmt, ich habe den Schwindel sofort durchschaut. Ihr werdet nie nach Camelot gelangen.«

Kummerog spitzte seinen lippenlosen Mund und gab einen pfeifenden Laut von sich.

»Wärst du ein Mensch, so würde ich dir zustimmen, Kerom«, sagte er dann. »Aber daß du eine Maschine bist, kommt mir sehr entgegen. Ich werde mir dein Wissen holen, verlasse dich darauf. Und glaube nur ja nicht, daß du auf irgendeine Weise Selbstvernichtung begehen kannst.«

Bully übergab Marga in die Obhut von Mila und Nadja Vandemar, und die Zwillingsschwestern übernahmen ihre Erziehung und Ausbildung. Sie waren immer für sie da.

Marga erlebte die Entwicklung auf Camelot über 50 Jahre hinweg mit. Als Bully sie aus der Wildnis nach Port Arthur brachte, war die zukünftige Hauptstadt noch eine Baustelle. Aber Mila und Nadja zeigten ihr das holografische Modell einer futuristischen Metropole. Es war eine eigene Lust, durch die plastische Modellstadt zu gleiten, sie aus allen Perspektiven zu betrachten und in Häuser einzudringen und die Einrichtungen zu betrachten.

Es war alles so echt! Und als die Stadt in den folgenden Jahrzehnten wuchs und immer mehr ihrer Vollendung zustrebte, da erkannte sie all die bekannten Details an Gebäuden und Ausstattung aus dem Modell in der Wirklichkeit wieder.

Marga machte damals die Bekanntschaft jenes Architekten, der Port Arthur bis ins kleinste Detail als Holo-Modell entworfen hatte. Sein Name war Jessoa Cryptin. Als sie ihn zwanzig Jahre später wiedersah – er war für viele Jahre untergetaucht, Atlan fand ihn in den Slums von Lokvorth und holte ihn zurück –, da machte er den Eindruck eines gebrochenen Mannes auf sie.

Jessoa Cryptin erlebte die Vollendung von Port Arthur nicht mehr. Er beging 1268 Selbstmord, und niemand kannte den genauen Grund dafür. Wer konnte auch verstehen, daß ein Mann, der die Verwirklichung seines Traumes schaffte, an Depressionen litt?

2.

»Wie sehr müssen die Fremden uns hassen – oder fürchten –, daß sie sich uns auf diese Weise entzogen haben«, sagte Jorge Savan, Kommandant von Myles Kantors GILGAMESCH 11, während des Heimfluges.

Der Massenselbstmord der Igelschiffbesatzung saß ihnen noch in den Knochen. Eine mögliche Erklärung für diese Handlungsweise war, daß die Igel-Wesen lieber starben, als in Gefangenschaft zu gehen. Eine andere die, daß sie einen Todesimpuls empfangen hatten. Jedenfalls hatte keine Chance bestanden, sie daran zu hindern.

Letztlich konnte die Mannschaft der GILGAMESCH froh sein, heil davonzukommen. Denn das Igelschiff hatte zuletzt noch einen starken Hyperimpuls abgestrahlt, der hundert der 600 Meter langen Kriegsschiffe auf den Plan rief. Atlan wollte es nicht auf ein Kräftemessen ankommen lassen und hatte den Rückzug befohlen.

Dies sehr zum Leidwesen von Attaca Meganon, dem wissenschaftlichen Chef von Myles Kantors GILGAMESCH-Modul ENZA. Meganon arbeitete nämlich an einem Gerät, das den unorthodoxen Steuermechanismus der Igelschiffe neutralisieren sollte. Dafür brauchte er weitere Erfahrungswerte aus der Praxis; er hätte es gerne gesehen, wenn die GILGAMESCH mit den Igelschiffen ein wenig Katz' und Maus gespielt hätte.

Aber das war Atlan zu riskant gewesen. Myles Kantor gab ihm, wegen der zahlenmäßigen Übermacht, recht. Es war klüger, sich, das Wrack des erbeuteten Igelschiffes im Schlepptau, in Sicherheit zu bringen.

Die GILGAMESCH näherte sich Camelot in drei Überlichtetappen, um dem Feind nicht die Richtung des Flugkurses zu verraten und ihn so womöglich ans Ziel zu führen. Es hätte gerade noch gefehlt, wenn die Igel-Wesen die Spur nach Camelot gefunden hätten.

Vor der letzten Überlichtetappe, nur fünf Lichtjahre von Camelot entfernt, meldete sich die GILGAMESCH mit dem Tageskode. Dieser lautete für diesen Dezembertag »Alpaka« und wurde nach einem komplizierten Algorithmus ermittelt. Erst danach wurde die letzte Überlichtetappe eingeleitet.

Im Sonnensystem mit Camelot als zweitem Planeten angekommen, mußte sich die GILGAMESCH auf Höhe des fünften Planeten noch einmal mit dem eigentlichen Passagekode melden. Es ging vor allem darum, die Bedeutung des fremden Objektes im Schlepptau zu erklären.

Nachdem diese Formalitäten abgeschlossen waren, meldete sich Homer G. Adams ab. Das Finanzgenie flog, begleitet vom Mausbiber Gucky, mit der ROSTOCK fort, um sich um die Geschäfte der Organisation TAXIT zu kümmern. Diese von Homer geleitete Handelsorganisation warf hohe Gewinne ab, mit denen in erster Linie die Camelot-Bewegung finanziert wurde. Das enthob die Zellaktivatorträger aller finanziellen Sorgen.

Myles Kantor blieb als einziger Zellaktivatorträger auf der GILGAMESCH zurück. Er brannte darauf, mit seinen Leuten das Wrack des Igelschiffes zu untersuchen. Ihm ging es in erster Linie darum, die fremde Technik auszukundschaften. Aber Atlan hatte ihm beim Abschied aufgetragen: »Sieh zu, Myles, daß du das Aussehen der Igel-Aliens rekonstruieren kannst. Es wäre gut zu wissen, mit wem wir es zu tun haben.«

Im Orbit von Camelot gab es insgesamt acht Orbitalstationen mit unterschiedlicher Ausstattung. CAM-III wäre durchaus dazu geeignet gewesen, das Wrack zu untersuchen. Aber Myles nahm aus verschiedenen Gründen davon Abstand. Im Falle eines Alarms, ob es sich um einen der seltenen Ernstfälle oder um eine Übung handelte, wurden sämtliche Stationen aus dem Orbit abgezogen und gingen in den Ortungsschutz der anderen Planeten oder der Sonne. Da Myles nicht riskieren wollte, daß er in seiner Arbeit auf diese Weise gestört wurde, entschloß er sich, das Wrack zur Oberfläche des Planeten zu bringen und dort in aller Ruhe zu untersuchen.

Nachdem das Wrack von der GILGAMESCH ausgeklinkt worden war, fingen es die Leitstrahlen von CAM-III ein. Gleichzeitig griffen die Traktorstrahlen der Bodenstationen nach dem Objekt und holten es im langsamen Gleitflug herunter.

Das Manöver dauerte lange; Myles wollte nicht riskieren, daß durch ungewollte Einflüsse, etwa durch atmosphärische Reibungen oder Erschütterungen, Schäden am Igelschiff entstanden. Denn obwohl es optisch den Eindruck eines Schrotthaufens machte, waren noch einige Systeme und Schiffszellen fast unversehrt, die zu untersuchen es sich lohnte. Darum verlor er lieber ein paar Stunden Zeit als die ganze Beute.

Myles meldete sich aus dem Orbit bei den Vandemar-Zwillingen. Mila und Nadja waren auf Camelot zurückgeblieben; sie engagierten sich seit Jahren im Bildungswesen und schulten die Neuzugänge ein. Myles informierte die Frauen über die Umstände, die zur Erbeutung des Igelschiffwracks geführt hatten, und bat sie, sich notfalls für dessen Untersuchung zur Verfügung zu stellen. Sie versicherten ihn ihrer Mitarbeit. Danach widmeten sie sich wieder ihren eigenen Aufgaben.

Das Wrack wurde sicher zur Oberfläche gebracht und außerhalb der Hauptstadt Port Arthur an einer von vier mobilen Service-Stationen verankert. Während dieser routinemäßigen Vorbereitungsarbeiten zog sich Myles ins Forschungszentrum von Port Arthur zurück.

Die Mannschaft der GILGAMESCH bekam Landurlaub. Nur eine Notbesatzung blieb auf dem Zentralmodul MERLIN unter dem Ertruser-Kommandanten Kalle Esprot zurück. Dieser sollte das Modulraumschiff, ohne Homer G. Adams' Modul ROSTOCK, aus dem Sonnensystem steuern.

Bevor sich die GILGAMESCH zurückzog, bekam Myles Besuch in seinem Büro im Forschungszentrum von Port Arthur. Es war Gregor Mineo, der Kommandant von Perry Rhodans Modul MOORGA. Das Schiff war benannt nach der Sonne von Sabhal, der Basiswelt der Gänger des Netzes in der Mächtigkeitsballung Estartu – Rhodans Reminiszenz an eine glückliche Zeit mit seiner Frau Gesil und Tochter Eirene.

Gregor Mineo war ein erfahrener Weltraumfahrer von 78 Jahren und in jener Zeit auf Terra aufgewachsen, in der die Coma-Expedition aus Hirdobaan zurückkehrte und in der LFT Stimmung gegen die Zellaktivatorträger gemacht wurde. Mineo hatte zu jenem kleinen Kreis einer jungen Generation gehört, die gegen den Strom schwamm. Als die Zellaktivatorträger sich schließlich dazu entschlossen, sich im Jahre ’40 endgültig von der galaktischen Bühne zurückzuziehen, hatte sich Mineo auf die Suche nach Rhodan gemacht.

Er war schließlich über Myles Kantor, der all die Jahre danach Dienst im Forschungszentrum Titan gemacht hatte, zur Camelot-Bewegung gestoßen. Noch vor Fertigstellung der GILGAMESCH hatte Rhodan ihn zum Kommandanten seines Moduls bestimmt. Es bestand zwischen Myles und Gregor ein freundschaftliches Vertrauensverhältnis – nur war Gregors Bindung an Rhodan stärker.

»Was kann ich für dich tun, Greg?« erkundigte sich Myles, nachdem er dem Raumfahrer Platz angeboten hatte. Er ahnte, was kommen würde.

»Du weißt, warum ich zu dir komme«, sagte Gregor Mineo, der nie lange Umschweife machte und stets auf sein Ziel losmarschierte. »Perry ist seit zwei Monaten verschollen. Die Ungewißheit über sein Schicksal quält mich. Ich kann nicht untätig sein. Ich möchte endlich die Erlaubnis haben, mit der MOORGA nach ihm suchen zu dürfen.«

»Auch Bully und Alaska sind verschwunden«, erinnerte ihn Myles.

Es war nicht das erstemal, daß Greg mit diesem Wunsch an ihn herantrat. Myles hatte ihn zuvor stets an Atlan verwiesen.

Der Arkonide hatte Mineos Ansinnen jedesmal mit der Begründung abgelehnt, daß es keinerlei Hinweise gab, wo in diesem weiten Universum man nach den Verschollenen suchen solle. Vermutlich hatte Mineo nur darauf gewartet, daß Atlan weg war, um so vielleicht Myles weichklopfen zu können.

»Komm mir nicht damit, daß ich keine Ahnung hätte, wo ich nach Perry suchen soll!« sagte Mineo, bevor Myles irgendwelche Argumente vorbringen konnte. »Dieser Kummerog könnte uns bestimmt sagen, wo die drei Zellaktivatorträger zu finden sind. Ich möchte Kummerog suchen. Das ist allemal besser, als nutzlos auf Camelot herumzulungern.«

»Die ganze LFT ist hinter diesem Kummerog her, es wäre nicht klug, sich da einzumischen«, erinnerte Myles. »Ich glaube nach wie vor, daß wir über den Pilzdom von Trokan am ehesten ans Ziel kommen. Gib mir noch einen Monat, Greg. Wenn sich innerhalb dieser Frist nichts Entscheidendes tut, werde ich dich unterstützen. Abgemacht?«

»Ein Monat!« Mineo sagte es sehr bedächtig. »Weißt du, was in dieser Zeit alles passieren kann?« Aber er gab sich mit dieser Bedingung zufrieden und verließ grußlos das Büro.

Myles blickte versonnen aus dem Panoramafenster ins Freie, das nur durch einen transparenten Energievorhang geschützt war, der die leichte Brise abhielt, die über Westophir wehte. Er hatte einen grandiosen Ausblick.

In der einen Richtung sah er die Skyline mit den futuristischen Gebäuden von Port Arthur, die moderne, noch dünn besiedelte Metropole, die sie in wenigen Jahrzehnten förmlich aus dem Nichts gestampft hatten. In der anderen Richtung konnte er, drei Kilometer entfernt, die mobile Servicestation Dock II mit dem Wrack des Igelschiffes sehen. Myles Kantor brannte darauf, das Wrack zu untersuchen.

Port Arthur lag an der Westküste des afrikagroßen Südkontinents Ophir. Die Gebäude lagen verstreut in weiten Parkanlagen eingebettet, durch die verschlungene Fußwege führten. Alle Pflanzen der Parks entstammten der heimischen Flora, die an Exotik und Pracht kaum zu überbieten war. Allerdings waren sie auf eine Art kultiviert worden, daß sie ihre Gefährlichkeit verloren; die Biologen hatten ihnen gewissermaßen den Stachel gezogen. Selbst fleischfressende Arten waren nicht so aggressiv wie in freier Natur – sie wurden auch regelmäßig gefüttert, so daß sie stets satt und träge waren.

Die schnurgeraden energetischen Förderbänder, durch die die einzelnen Gebäude miteinander verbunden waren, durchzogen in mindestens zwanzig Metern Höhe den Himmel und unterteilten ihn in ein geometrisches Netzwerk von Quadraten. Luftgefährte oder Bodenfahrzeuge sah man dagegen im Luftraum von Port Arthur keine. Wer rasch an ein entfernteres Ziel wollte, benutzte das gut ausgebaute Transmitternetz, das sich über alle öffentlichen Objekte erstreckte und auch zu vielen entlegenen Orten von Camelot führte.

Jeder der 500.000 Cameloter hatte in Port Arthur einen Wohnsitz, auch wenn nie mehr als ein Drittel davon gleichzeitig in der Hauptstadt anzutreffen war. Entsprechend wenig Betriebsamkeit herrschte tagsüber zwischen den Gebäuden. Die Bewohner von Port Arthur hatten kaum Zeit zum Müßiggang. Jeder Cameloter hatte seine Vollbeschäftigung in unterschiedlichen Arbeitsbereichen – das reichte von der Gartenpflege über die Planetenverwaltung bis zum Raumschiffbau. Der Planet war noch immer in der Aufbauphase begriffen, trotz der beachtlichen Leistungen auf technischem Gebiet.

Port Arthur war noch weiter ausbaufähig, bis zu einer Viel-Millionen-Metropole. Rings um die bebaute Fläche gab es einen zehn

Kilometer breiten Grüngürtel. Der Raumhafen und die Service-Stationen, in der Regel als Trockendocks verwendet, und auch die Werftanlagen, in denen unter anderem die Einzelteile der GILGAMESCH gefertigt worden waren, lagen im Osten außerhalb dieses Grüngürtels.

Es gab insgesamt vier Service-Stationen, mit der Bezeichnung Dock I bis IV. Jede von ihnen bedeckte eine kreisrunde Fläche mit einem Durchmesser von 1200 Metern und könnte Raumschiffe bis zu dieser Größe aufnehmen. Es handelte sich dabei um mobile, raumtaugliche Plattformen, die bei Bedarf im freien Raum eingesetzt werden konnten. Dock II wurde zur Zeit für die Untersuchung des wrakken Igelschiffes zweckentfremdet. Myles Kantor begab sich per Transmitter hin.

Das Wrack schwebte auf Antigravfeldern wenige Meter über dem Boden. Es wurde von einer Vielzahl unterschiedlichster Gestalten wie von Mücken umschwärmt. Das technische Personal setzte sich aus Vertretern nahezu aller Milchstraßenvölker zusammen. Ausschlaggebend war die richtige Gesinnung.

Auf Camelot fanden sich sogar Veteranen von der BASIS, die nach der Rückkehr von der zweiten Coma-Expedition von der LFT in Pension geschickt worden waren, weil es für sie angeblich keine Verwendung mehr gab, obwohl sie durchweg ausgezeichnete Fachkräfte waren; immerhin waren bei der Auslese für die Coma-Expedition strengste Maßstäbe angelegt worden.

Einer dieser Veteranen war Cyrus Morgan, der mittlerweile 140 Jahre alte ehemalige Chefwissenschaftler von der BASIS. Obwohl sein Hauptinteresse der Astronomie galt, hatte er sich in den Jahren auf der BASIS zu einer umsichtigen Führungspersönlichkeit entwikkelt. Er hatte auf Camelot die Position des Chefwissenschaftlers inne, und dies seit bereits 30 Jahren.

Sein braunes Haar stand immer noch in einem wirren Durcheinander vom Kopf ab. Der Blick der blaugrauen Augen war fest und ungetrübt wie je, die dunkle Haut spannte sich glatt über sein knochiges Gesicht. Und er wirkte genauso linkisch wie in früheren Tagen, obwohl er letztlich noch nie einen wirklich falschen Handgriff getan hatte. Nur seine einst so sonore Stimme hatte ihre Kraft verloren und war zu einem Krächzen geworden.

Böse Zungen behaupteten, das käme vom vielen Kommandieren. In der Tat, Cyrus Morgan führte ein strenges Regiment über die Wissenschaftler von Camelot. Er erwartete von allen, daß sie nach demselben Perfektionismus vorgingen wie er selbst.

Auch in dieser Beziehung hatte er sich zu früher verändert. Er schien die technische Entwicklung von Camelot zu seiner Lebensaufgabe gemacht zu haben.

»Ihr habt den Igel ganz schön zugerichtet, Myles«, empfing er den Zellaktivatorträger in der Kommandozentrale von Dock II, die über dem Igelschiff schwebte. Er räusperte sich, bevor er fortfuhr. »Ihr habt wirklich ganze Arbeit geleistet. Das gesamte Steuer- und Kommunikationssystem ist zerstört. Es ist völlig illusorisch, sich da aufschlußreiche Informationen zu erhoffen. Das ist eine Niete. Das nächstemal solltet ihr weniger blindwütig drauflosballern.«

»Die Zerstörung der Kommandozentrale geht auf das Konto der Igel-Wesen selbst«, erwiderte Myles. »Aber es gibt einen geschlossenen Block im Heck des Schiffes, der völlig intakt ist. Darauf sollt ihr eure Aufmerksamkeit konzentrieren.«

»Soweit sind wir noch nicht«, sagte Cyrus Morgan. »Im Moment stehen uns die Biologen im Weg, die das Schiffszentrum mit Beschlag belegt haben. Doktor Loidan behauptet, Priorität zu haben. Hast du das angeordnet?«

Auch Arfe Loidan hatte zur Mannschaft der BASIS gehört; als Chefmedizinerin. Myles hatte sie angeheuert, weil sie eine überragende Xenomedizinerin – damals wie heute – war.

Morgan stellte eine Verbindung zur ehemaligen Kommandozentrale des Igelschiffes her. Arfe Loidan, einst eine kleine, rundliche Person, war zu einer schlanken, grauhaarigen Dame geworden. Ihren schwarzen Humor hatte sie jedoch behalten.

»Da ist nicht viel zu holen, Myles«, berichtete sie. »Wir können lediglich Zellfragmente der Igel-Wesen von den Trümmern kratzen. Warum mußtet ihr sie auch atomisieren?«

»Das haben sie selbst getan.«

»Ich fürchte nur, mit Klonen wird da nichts sein.«

»Es reicht erst einmal, wenn ihr deren Aussehen im Simulator rekonstruieren könnt.«

»Ich habe etwas gefunden!« rief da eine helle Stimme dazwischen. Man hörte ihr an, daß sie zudem verstärkt worden war, um mehr Volumen zu haben. Das Bild wechselte und zeigte ein lindgrünes Gesicht.

Es war das Gesicht eines Siganesen. Die letzten Siganesen hatten sich schon vor Jahrzehnten der Camelot-Bewegung angeschlossen. Perry Rhodan hatte ihnen im Jahre 1255 eine neue Heimat angeboten.

Seitdem war Siga verwaist – und kein Außenstehender wußte, was aus den Siganesen geworden war.

Diesen winzigen Menschen von etwa elf Zentimetern Körpergröße und der grünstichigen Haut verdankten die Cameloter ihre einmalige Mikrotechnik. Ihr Chef war Aberno Pintoras – David Golgar dagegen war nach Ansicht der meisten seiner Artgenossen nur ein Großmaul und Rowdy. Arfe Loidan hatte ihn offenbar für die Spurensuche im Igelschiff angefordert.

»Nicht so vorlaut, Golgar!« war Arfe Loidans Stimme zu hören; aber im Bild blieb das jugendliche Siganesengesicht. »Was fällt dir ein, mich einfach aus der Leitung zu werfen?«

»Myles Kantor soll erfahren, daß dieser Fund auf mein Konto geht«, tönte der Siganese respektlos. »Es würde dir wohl so passen, die Lorbeeren einzustreifen.«

»Was hast du gefunden, David?« schaltete sich Myles ein.

»Einen gut erhaltenen Zellverbund«, antwortete der Siganese. »Klebte hinter einem zerschmorten Konsolenteil und wurde dadurch geschützt. Damit können wir den Alien sogar klonen. Da bin ich sicher.«

»Auf gar keinen Fall«, widersprach Myles. »Es reicht, wenn wir das Aussehen des Igel-Wesen erst einmal rekonstruieren.«

»Verstehe«, spottete Arfe Loidan. »Du fürchtest, daß wir womöglich irgendein Monster züchten, das Camelot im Alleingang ausrotten könnte. Ist es nicht so?«

»Du hast, wie immer, den Nagel auf den Kopf getroffen«, sagte Myles, auf ihren schwarzen Humor eingehend. »Du bist mir zu schade, um den Speisezettel eines Igel-Wesens aufzubessern. Wenn ihr die Simulation habt, möchte ich sie sehen.«

»Und vergiß nicht, wer den Zell-Lappen gefunden hat, Arfe!« erinnerte David Golgar abschließend.

Als sie zum erstenmal nach Port Arthur kam, war das HQ-Camelot noch ein flacher, unansehnlicher Gebäudekomplex, in dem die Zellaktivatorträger die nötigsten technischen Einrichtungen untergebracht hatten. Hier wurde sie von den Vandemar-Schwestern unterrichtet. Hier zeigten sie ihr auch die holografische Modellstadt.

Und darin konnte sie sehen, daß das HQ-Camelot einst eine siebzehnstufige Pyramide mit einer Seitenlänge von einem Kilometer sein würde, in dem 1000 Leute beschäftigt sein würden und zu dessen

Zentrum nur die Zellaktivatorträger Zutritt hatten. An das HQ würde sich das Forschungszentrum von Myles Kantor anschließen – Myles Kantor, den es immer wieder für länger ins Solsystem, ins Forschungszentrum Titan zog, wo er Kallia Nedrun nahe sein konnte.

Sie erinnerte sich später gut daran, daß die Zellaktivatorträger in den Anfängen in einfachen Kreuzern durch die Milchstraße flogen, die ihnen Homer G. Adams über seine Handelsorganisation TAXIT beschaffte. Später bauten sie eigene Raumschiffe und hatten Pläne für ein großes gemeinsames Schiff vorliegen, das aus dreizehn autarken Modulen bestehen sollte. Diese Pläne bekam sie jedoch nie zu Gesicht. Sie waren geheim.

Als sie ihre Ausbildung als Sicherheitstechnikerin abgeschlossen hatte, wechselte sie auf den Kontinent Bonin über. Dort stand ein modern eingerichtetes Werk, in dem hauptsächlich Ortungs- und Prüfgeräte erzeugt wurden. Sie war stolz darauf, daß sie am Sicherheitssystem für das Ceres-System mitarbeiten konnte. Auf Bonin war sie ihrem Vater Rudy sehr nahe und besuchte ihn in seiner Klause, wann immer sie es einrichten konnte.

An ihrer Arbeitsstätte lernte sie den jungen Attaca Meganon kennen, der im Jahre '51 nach Camelot gekommen war und es zum Wissenschaftlichen Leiter an Bord von Myles Kantors GILGAMESCH-Modul ENZA gebracht hatte.

3.

Das alte Jahr verabschiedete sich mit einem Paukenschlag: mit einer unheimlichen Bedrohung für die Völker der Milchstraße, deren wahre Ausmaße noch lange nicht abzusehen waren. Dorothea Ringent hätte sich keinen schlimmeren Ausklang vorstellen können.

»Ein glückliches, neues Jahr, Thea«, prostete Corben Matala ihr zu. »Es kann nur besser werden.«

»Auf ein Besseres, Corby!«

Thea hob ihr Glas linkisch in seine Richtung, es lag wie ein Fremdkörper in ihrer Hand. Die alte terranische Sitte, das neue Jahr mit prickelndem Sekt zu empfangen, war ihr lästig – alkoholische »Stimmungsmacher« waren ihr überhaupt ein Greuel. Sie machte gute

Miene, um den anderen die Laune nicht zu verderben. Aber bei der Sache war sie nicht.

»Na, Mädchen, Kopf hoch!« versuchte Corby sie aufzuheitern. »Du machst es durch Trübsalblasen nicht besser. Es ist schließlich auch niemandem geholfen, wenn du den Schmerz des Universums auf deine Schultern lädst und zu deinem persönlichen Anliegen machst. Komm schon, Thea, lächle!«

»Es wäre mir lieber, gerade jetzt besinnlich sein zu dürfen.«

Corben Matala war eigentlich ein sehr netter Kerl. Ein guter Ingenieur und ein Kamerad, auf den man sich verlassen konnte, auch eine Frohnatur. Sie arbeiteten am Simulator gut zusammen, hatten für die Sicherheitsanlagen des Ceres-Systems einige wertvolle Beiträge geleistet. Retuschen und Verfeinerungen bloß, aber diese konnten letztlich entscheidend dafür sein, daß Camelot unentdeckt blieb. Thea war als technische Zeichnerin bloß seine Assistentin. Er behandelte sie jedoch gleichberechtigt und kehrte nie den Boß heraus.

Sensibilität in privaten Dingen konnte man Corby jedoch nicht gerade nachsagen. Das – und weniger der Altersunterschied – war einer der Gründe, warum Thea es vermied, mehr als Freundschaft zwischen ihnen aufkommen zu lassen. Bei der Arbeit nahm sie ihn, wie er war; sie schätzte sein Können, und manchmal konnte sie über ihn auch lachen.

Aber nun, in den letzten Minuten des Jahres 1288 NGZ, war ihr nicht nach Lachen zumute. Die letzten Sekunden wurden von allen mitgezählt, und als ein Tusch das Neujahr ankündigte, schaltete irgendein Witzbold die Lichter aus, und alle in der Werft fielen einander ausgelassen um den Hals. Thea entzog sich der allgemeinen Abknutscherei ins Freie.

Es war eine klare Nacht. Der Himmel präsentierte sich als hell funkelndes Sternenmeer, wie immer in sternklaren Nächten. Charon, der größere der beiden Monde, war nicht zu sehen. Styx zeigte sich als stellargroßer Knopf über dem nördlichen Horizont. In der anderen Richtung konnte man in der Ferne die Lichter von Mandalay sehen.

Thea wäre in diesem Moment gerne bei ihrem Vater in der Wildnis gewesen, obwohl sie wußte, daß ihm terranische Sitten noch fremder waren als ihr – Rudy wußte nicht einmal, welches Jahr man schrieb, geschweige denn, daß ein neues begann. Irgendwie war ihr Vater in seiner greisen Einfältigkeit zu beneiden. Dennoch wurde ihr etwas schwer ums Herz, wenn sie an ihn dachte. So allein in der Wildnis zu leben, fernab der Zivilisation. Andererseits lebte er recht glücklich in seiner Eigenwelt und der Vergangenheit, die er aus der Erinnerung in sich aufgebaut hatte.

Die Gedanken an den Vater stimmten sie noch melancholischer. Sie nahm sich vor, ihn in den nächsten Tagen zu besuchen. Unwillkürlich mußte sie, wie als Assoziation zu ihrem Vater, an Bully denken.

Reginald Bull – mit ihm natürlich Perry Rhodan und Alaska Saedelaere, aber die standen ihr nicht so nahe – war nun schon seit zwei Monaten auf Trokan, dem »zweiten Mars« des Solsystems, verschollen. Ein Gebilde, das »Pilzdom« genannt wurde, hatte ihn und die beiden anderen Zellaktivatorträger verschlungen und nicht wieder freigegeben.

Die Meldung war von der GILGAMESCH gekommen, die – quasi auf ihrem Jungfernflug – die seltsamen Vorgänge auf Trokan untersuchen wollte.

Niemand vermochte zu sagen, welches Schicksal den dreien beschieden war – oder ob sie überhaupt noch lebten. Der einzige, ein Fremder namens Kummerog, der darüber möglicherweise hätte Auskunft geben können, war von Mimas geflohen. Es hatte den Anschein, als habe dieser Kummerog mit den drei Zellaktivatorträgern die Plätze getauscht. Denn gleichzeitig mit ihrem Verschwinden hatte der Pilzdom ihn freigegeben.

Aber Kummerog, der den Assistenten des Ersten Terraners Bruno Drenderbaum als Geisel genommen hatte, schien sich in Luft aufgelöst zu haben. Seine Spur endete in den Überresten der explodierten PRETTY PLAID.

»Wo bist du jetzt, Bully?« fragte Thea die Sterne.

In gewisser Weise stand sie Reginald Bull näher als ihrem Vater. Er war so etwas wie ein Patenonkel für sie. Bully hatte sie als kleines Mädchen aus der Wildnis nach Port Arthur gebracht und dafür gesorgt, daß sie eine adäquate Erziehung und Ausbildung bekam.

Aus dem kleinen Wildbalg, der zwischen fleischfressenden Pflanzen und vorsintflutlichen Ungeheuern aufgewachsen war, war ein Kind der Zivilisation geworden. Bully hatte aber dafür gesorgt, daß sie die Beziehung zu ihrem Vater nie vernachlässigte. Den Versuch, auch Rudy in die Zivilisation zu holen, hatte Bully dagegen erst gar nicht gemacht.

»Rudy hat seine Wurzeln in der Wildnis«, argumentierte er. »Wenn man diese Wurzeln kappt und ihn zu verpflanzen versuchte, würde ihn das vermutlich töten. Laß ihn, wo er ist! Du bist ihm weiterhin nahe und kannst ihn besuchen, wann immer du willst.«

Als sie Schritte hinter sich hörte, brauchte sie sich nicht umzudrehen, um zu wissen, wer sich ihr näherte. »Ich möchte allein sein, Corby«, sagte sie ins Leere.

»Warum denn so kratzbürstig, Thea? Ich ...«

»Bitte!«

Corby würde es wohl nie lernen. Sie faßte in diesem Moment zum x-tenmal den Vorsatz für die Zukunft, Corby nie eine Chance zu geben, ihr zu nahe zu kommen. In keiner schwachen Stunde, und wenn er gerade noch so lieb war.

Bleib mir nur ja vom Leibe, Corby!

Sie war wieder allein. Aus dem Hangar drang das Johlen der Feiernden.

Da heulte die Alarmsirene auf. Die Lichter begannen zu blinken, als Vorwarnung dafür, daß die Energieversorgung abgeschaltet wurde. Bald darauf lag die Werft im Dunkeln; die Strahlenfinger von Hand- und Helmleuchten geisterten durch die Nacht.

Allgemeines launisches Kreischen hob an.

»Das sind die Igel-Wesen«, lallte ein Angeheiterter in gespieltem Entsetzen; er hatte die Lacher auf seiner Seite.

»Klar, die Igel haben Camelot entdeckt.«

»Rette sich, wer kann!«

Solche Schreckensmeldungen nahm natürlich niemand ernst, denn alle setzten voraus, daß es sich bei dem Alarm bloß um eine Übung handelte. Darum entstand keine Hast. Man suchte die Schutzräume wohlgeordnet und geradezu in ausgelassener Stimmung auf.

Etwa ein- bis zweimal im Jahr wurde in unregelmäßigen Abständen der Ernstfall geprobt.

Camelots Existenzgrundlage war die Geheimhaltung. Die Koordinaten dieser Welt waren nur einem vergleichsweise kleinen Kreis Eingeweihter bekannt. Da das Ceres-System jedoch nicht in fernen Weltraumtiefen lag, sondern im Halo der Milchstraße, konnte es durchaus passieren, daß Raumfahrer zufällig in dieses Gebiet kamen.

Es gab viele möglichen Fälle; für diese war man auf Camelot gerüstet. Hypertaster reichten weit ins All hinaus und registrierten Strukturerschütterungen, die typisch für die Rückkehr von Raumschiffen in den Normalraum waren. Man wurde auf Camelot über jeglichen Raumschiffsverkehr im Umkreis von mehreren Lichtjahren vorgewarnt und konnte sich darauf einstellen.

Wenn fremde Objekte in der Nähe des Systems auftauchten, schlug das Vorwarnsystem an. Identifizierte sich der Ankömmling mit dem entsprechenden Passagekode, konnte Entwarnung gegeben werden. Im anderen Fall, wenn keinerlei Identifizierung stattfand, lief ein kompliziertes und vielfältiges Sicherheitssystem an.

In der Folge wurde jeglicher Raumverkehr eingestellt; Raumgefährte und mobile Orbitalstationen gingen in Ortungsschutz; alle verräterischen Energiequellen wurden desaktiviert. Dazu gehörten vor allem sämtliche auf Hyperbasis arbeitenden Geräte.

In der zweiten Stufe wurde der Planet verdunkelt, die Bewohner hatten die Schutzbunker aufzusuchen. Nur Notbesatzungen blieben auf ihren Posten.

Bisher hatte es erst zweimal in der fünfzigjährigen Geschichte von Camelot Zwischenfälle gegeben.

Vor dreißig Jahren war ein Raumschiff mit unabhängigen Prospektoren ins Sonnensystem eingeflogen und hatte sich intensiv für Camelot interessiert – kein Wunder, bot sich doch hier eine scheinbar unberührte, erdähnliche Sauerstoffwelt zur Entdeckung an. Es war den Camelotern nichts anderes übriggeblieben, als das lästige Raumschiff aufzubringen und festzusetzen. Zum Glück waren der Anführer Art Raimer und seine Prospektoren kooperativ und schlossen sich der Camelot-Bewegung an.

Niemand vermochte nachher so recht zu sagen, was mit Art Raimer und seinen Leuten passiert wäre, hätten sie Widerstand geleistet. Die Vermutungen über ihr mögliches Schicksal reichten von Gedächtnislöschung mit nachfolgender Abschiebung, bis Einkerkerung mit Gehirnwäsche. Die Zellaktivatorträger äußerten sich nicht dazu, aber Thea ahnte, daß sie eine humanere Lösung des Problems gefunden hätten.

Vierzehn Jahre später waren Explorerschiffe der LFT in diesem Kugelsternhaufen aufgetaucht und wollten diesen kartografieren. Damals hatte sich das Sicherheitssystem von Camelot zum ersten- und bisher letztenmal wirklich bewährt. Die Vermessungseinheiten aus vier Spezial-Kreuzern war nach wenigen Tagen wieder abgeflogen, ohne bemerkt zu haben, daß der zweite Planet einer der vielen solähnlichen Sonnen vom Typ G Träger einer galaktischen Zivilisation war.

Der Grund, warum sich kaum Abenteurer und Glücksritter wie Art Raimers Prospektoren in dieses Gebiet verirrten, lag daran, daß sie derzeit in Fornax ein viel ergiebigeres Betätigungsfeld fanden. Seit die Nocturnen vor fast siebzig Jahren aus dieser Galaxis abgezogen waren, boten sich Tausende von Welten, die Niemandsland waren, zur Entdeckung und Eroberung an.

Der Großteil der Milchstraße war dagegen in Territorien aufgeteilt, auf welche die verschiedenen Machtblöcke ihre Hand gelegt hatten. Auch wenn es hier noch viel zu entdecken gab, war es ungleich leichter, in Fornax zum Erfolg zu kommen. Darum war Camelot vor unwillkommenen Besuchern relativ sicher.

Da die Zellaktivatorträger jedoch auf größte Geheimhaltung bedacht waren, wollte man gegen jegliche noch so unwahrscheinliche Eventualfälle gewappnet sein.

Thea kehrte ohne Eile in den Hangar zurück; sie folgte den leuchtenden Wegweisern in die subplanetaren Bunker. Aus den Augenwinkeln sah sie, wie Corby sich ihr wie zufällig näherte, aber er blieb auf Abstand.

Ringsum wurden die möglichen Gründe für den außergewöhnlichen Alarm diskutiert. Niemand glaubte wirklich, daß Igelschiffe im Raume von Camelot aufgetaucht waren. Aber diese theoretische Möglichkeit gab den willkommenen Anlaß, das Thema erneut zu erörtern.

Vor knapp zwei Monaten waren in der Milchstraße plötzlich fremde Raumschiffe von lediglich 450 Metern Länge aufgetaucht; einige besetzten ohne Vorwarnung Kolonialplaneten verschiedener galaktischer Völker. Wegen ihrer zackenartigen Aufbauten und den vielen stacheligen Antennen nannte man sie Igelschiffe. Das Auftauchen dieser Schiffe wurde mit einem charakteristischen Hyper-Störgeräusch angekündigt, das als eine stakkatoartige Abfolge von undefinierbaren Signalen empfangen wurde.

Diese Störgeräusche waren im Grunde harmlos, denn sie ließen sich abschalten. Sie wurden sogar als willkommene Vorwarnung angesehen, weil sie das Kommen von Igelschiffen belegten. Weit folgenschwerer war eine andere Begleiterscheinung, die man neuerdings als Tangle-Scan bezeichnete.

Dabei handelte es sich um eine von den Igelschiffen ausgehende Strahlung, die den Geist von Intelligenzwesen verwirrte und psychische Schmerzen verursachte. Planeten, die von den Igel-Wesen besetzt wurden, waren in dieses Tanglefeld gehüllt.

Dadurch wurde es unmöglich gemacht, diese Planeten zurückzuerobern oder den betroffenen Bewohnern Hilfe durch Rettungsmannschaften zu schicken.

Woher die Fremden kamen, was für Absichten sie hatten und was sie ausgerechnet in die Milchstraße geführt hatte, darüber herrschte allgemeines Rätselraten.

Bisher hatten die Igel-Wesen sämtliche Kontaktversuche unterbunden. Sie beantworteten keinerlei Anrufe, flogen stur die von ihnen ausgewählten Planeten an und nahmen sie in ihren Besitz.

Bisher hatten fast zwei Dutzend solcher Besetzungen stattgefunden. Egal, ob Blues, Unither, Akonen oder Menschen – nahezu alle galaktischen Völker waren betroffen. Einziges Auswahlkriterium für die Fremden schien zu sein, daß die okkupierten Planeten von Intelligenzwesen bewohnt waren.

Zum Glück waren bisher nur schwachbesiedelte Randwelten betroffen. Das mochte daran liegen, daß die Fremden dort weniger Widerstand erwarteten. Aber niemand konnte sagen, wie groß die Invasionsflotte der Fremden tatsächlich war. Vielleicht würden sie sich eines Tages stark genug fühlen, auch die Ballungszentren der galaktischen Zivilisationen anzugreifen. Diese erweiterte Bedrohung schwebte wie ein Damoklesschwert über der Milchstraße.

Erst vor wenigen Tagen war die GILGAMESCH nach Camelot zurückgekehrt, ein wrackes Igelschiff der Invasoren im Schlepptau. Das erbeutete Wrack wurde mittels Zug- und Traktorstrahlen zur Oberfläche des Planeten geleitet und auf dem Kontinent Ophir, in der Nähe der Hauptstadt Port Arthur, in eine der mobilen Service-Stationen zur Untersuchung gebracht.

Myles Kantor und sein Team waren nun dabei, das fremde Raumschiff der Fremden nach allen Regeln der Kunst zu untersuchen. Bisher anscheinend ohne Ergebnis. Thea jedenfalls hatte noch keine Erfolgsmeldung zu hören bekommen; das war nicht ihr Gebiet.

Über die Igel-Wesen war offiziell bis jetzt praktisch noch nichts bekannt. Man wußte nicht einmal, wie sie aussahen, obwohl die GILGAMESCH–Mannschaft Kontakt mit der Besatzung des Igelschiffes gehabt hatte, als sie das Wrack enterte. Doch bevor sie die Fremden hatten retten können, sprengten sich diese in die Luft. Anhand der spärlichen Reste, die von der Besatzung übriggeblieben waren, hoffte man, in den Labors mehr über sie in Erfahrung bringen zu können.

»Ich sage euch, die Igel-Wesen sind als Prüfung für die zerstrittenen Milchstraßenvölker gedacht«, philosophierte jemand. »Es war in Krisenzeiten schon oft so, daß die Galaktiker erst durch einen gemeinsamen Feind zusammengefunden haben. So wird es auch diesmal sein. Unter diesem Aspekt gesehen, kann man die Invasion positiv bewerten.«

»Du machst es dir etwas zu einfach, Scor«, widersprach eine weibliche Stimme. »Die heutige Situation in der Milchstraße ist mit früheren Zuständen nicht vergleichbar. Die galaktischen Völker sind nicht bloß zerstritten, sie sind zersplittert und verfeindet. Es erscheint als unmöglich, die verschiedenen Interessen der einzelnen Machtblöcke auf einen Nenner zu bringen. Was du als schicksalhafte Prüfung bezeichnest, könnte zu einem Existenzkampf werden.«

»Siva hat recht«, stimmte ein dritter zu. »Zwischen LFT, Kristallimperium und Forum Raglund läuft nichts mehr. Wir können nur hoffen, daß die Igel-Wesen bloß eine Horde wilder Marodeure sind, die sich in der Milchstraße leichte Beute erhoffen. Nur dann haben wir die Chance auf Schadensbegrenzung.«

So ging es hin und her, bis endlich die Entwarnung kam und sich eine Lautsprecherstimme meldete.

»Dies war kein Ernstfall, sondern eine Übung. Dieses Manöver hat dazu gedient, das Warnsystem von Camelot zu testen. Ich wiederhole: Dies war kein Ernstfall, es bestand keine Entdeckungsgefahr. Wir danken allen Camelotern für ihr diszipliniertes Verhalten und bitten sie, wieder ihre Tätigkeiten aufzunehmen.«

Unter Murren oder Scherzen verließen die Leute die Schutzbunker. Thea hatte sich dazu entschlossen, ein paar Tage Urlaub zu nehmen und zu ihrem Vater in die Berge von Bonin zu fliegen. Sie rechnete damit, daß Corby ihr einen Schweber zur Verfügung stellen würde.

Mila und Nadja versuchten ihr Bestes, ihrem Schützling das Leben in der aufstrebenden Zivilisation von Camelot so angenehm wie möglich zu gestalten. Und wann immer sie es wünschte, durfte sie ihren Vater Rudy besuchen.

Es fiel dem kleinen Wildfang anfangs schwer, sich mit den neuen Gegebenheiten abzufinden. An die technischen Neuerungen, die ihr in der Mehrzahl Annehmlichkeiten boten – abgesehen von dem Terminal, der sie mit Lehrstoff fütterte –, konnte sie sich am leichtesten gewöhnen. Es fiel ihr dagegen sehr schwer zu akzeptieren, daß sie in einer ganz anderen Zeit leben sollte, als ihr Vater sie gelehrt hatte.

»Dein Vater hat sich in die Vergangenheit geflüchtet, weil er mit der Realität nicht fertig wurde«, erklärten ihr Mila und Nadja. »Man sollte ihn dort belassen, weil er so am glücklichsten ist. Aber du mußt dich der Realität stellen, Marga. Du hast keine Veranlassung, dich in einer Eigenwelt einzukapseln.«

Sie brauchte bis zu ihrem neunten Lebensjahr, um endlich begreifen zu können, daß die Zeit, in die sich ihr Vater geflüchtet hatte, seit achtzig Jahren vergangen war. Sie liebte ihn deshalb nicht weniger, aber sie begann ihn von da an auch ein wenig zu bedauern. Erst als junge Frau erkannte sie, daß es so wirklich am besten für ihren geliebten Vater war.

Es hatte keinen Sinn, ihm ausreden zu wollen, daß es die Milchstraßenwälle nicht mehr gab, daß Monos seit Jahrzehnten gestürzt war und es seit damals auch keine Drakisten und keinen Pedrass Foch mehr gegeben hatte.

4.

Kerom besaß tatsächlich eine Selbstvernichtungseinrichtung. Er hatte sie nur nicht rechtzeitig aktivieren können, weil bei der Verstümmelung durch Kummerog wichtige Elemente und Verbindungen zerstört worden waren.

Zwar reagierten Androiden schneller als Menschen, weil logischer und zweckbestimmt, aber Kummerog war kein Mensch.

Das war der springende Punkt: Der Lotse Kerom hatte die Situation nicht richtig einschätzen und Kummerogs aggressive Reaktion nicht hochrechnen können – er hatte keinerlei Verdacht geschöpft. Nicht einmal Bruno, der Kummerog inzwischen ganz gut zu kennen glaubte, hatte diese Reaktion für möglich gehalten.

Kummerog fand Keroms Vernichtungsschaltung als Anhang des im Brustkorb untergebrachten Syntrons und desaktivierte sie.

Danach war Keroms System total blockiert. Aber Kummerog fand auch eine Lösung für dieses Problem. Zuerst brannte er sämtliches Bioplast von Körper und Kopf und den Extremitäten des Androiden. Er ging dabei sehr umsichtig vor, um keine wichtigen robotischen Bestandteile zu zerstören.

Alles an Kerom war so menschenähnlich wie nur möglich gestaltet, damit man ihn nicht durch einfache Ortung als künstliches Wesen entlarven konnte. Man mußte ihn schon sezieren, ihn aus seiner schützenden Hülle schlagen und die Grundkonstruktion freilegen, um ihn zu enttarnen.

Und genau das tat Kummerog – und zwar mit Akribie. Diese weidmännische Kleinarbeit schien ihm auch noch Spaß zu machen.

Kummerog schien skrupellos und grausam zu sein, ohne jegliches Gewissen, aber er war dazu überaus intelligent, schlau und gerissen. Er besaß sogar eine Art Charisma, die Bruno als Empath, auch ohne

Kummerogs Haut zu tragen, fasziniert hätte. Davon war der ehemalige Assistent des Ersten Terraners überzeugt.

Kummerog war eine ungewöhnliche Persönlichkeit, ungeachtet dessen, daß er ein gewissenloser Verbrecher war. Seine Mutantenfähigkeiten bescherten ihm nicht nur eine ungewöhnliche Sprachbegabung, sondern sie machten ihn auch zum technischen Genie. Er hatte die galaktische Technik schneller beherrschen können, als er Interkosmo gelernt hatte.

Seine Mischung aus logisch orientiertem Verstand und Intellekt war wohl einmalig. Jedenfalls kannte Bruno niemanden, der sich diesbezüglich mit ihm hätte messen können.

Bruno konnte Kummerog bei seiner Tätigkeit nicht zusehen. Dies, obwohl er wußte, daß Keroms Hülle nicht das Fleisch eines lebenden Wesens war. Es ging jedoch darum, daß Kummerog mit einem Lebewesen ebenso umgegangen wäre, hätte es die Situation erfordert. Das gab den Ausschlag für Brunos Ekel. Dazu kam noch, daß selbst das, was von Kerom übrigblieb, noch immer menschenähnlich war.

Das Skelett aus widerstandsfähigem Knochenimitat umschloß das als Organe getarnte Steuersystem: der Syntron in ein herzförmiges Gebilde eingeschlossen, das Leit- und Verbindungselement als menschliche Lunge geformt. Der Totenschädel aus künstlichen Knochen beherbergte ein Gebilde wie ein Gehirn, das alle dem menschlichen Nervensystem adäquaten Vorgänge steuerte.

Bruno erfuhr das alles aus Kummerogs Mund, während dieser die einzelnen Systeme analysierte und identifizierte.

Kummerog brauchte nicht lange, um alles durchzuchecken und die Verbindung des Syntrons im Korpus zum Sprachmodul des Kopfes herzustellen. Danach konnte Kerom wieder mit seiner sanften, vertrauenerweckenden Stimme sprechen.

Nur Mund und Lippen besaß der Totenschädel keine mehr; die Stimme kam direkt aus dem Lautsprecher. Wenn man nicht hinsah, glaubte man, den Lotsen in seiner bekannten Erscheinung vor sich zu haben.

»Das nützt dir nichts«, waren Keroms erste Worte, nachdem Kummerog ihn wieder zusammengeflickt hatte, ohne jedoch seine Einzelteile zu einem Skelett zusammenzusetzen. »Auf mich kommt es überhaupt nicht an. Es gibt andere Sicherheitsvorkehrungen, die du nicht umgehen kannst. Du hast gar keine Chance, unentdeckt nach Camelot zu gelangen.«

»Abwarten.«

Es gelang Kummerog relativ schnell, über Keroms Syntron die

Schaltstation von ORION-738 in den Griff zu bekommen. Er bekam von Kerom den Kode, der es ihm ermöglichte, sämtliche Geräte zu beherrschen. Danach arbeitete er eine Viertelstunde fieberhaft, rief alle erreichbaren Daten ab, nur um danach zu dem Schluß zu kommen:

»Die Station ist eine Attrappe! Alle Geräte funktionieren zwar, aber die Speicher sind nur mit belanglosen Informationen gefüllt. Allgemeinwissen! Außerdem wurden sämtliche Vorgänge seit unserer Ankunft aufgezeichnet. Besser, wir verschwinden sofort von hier.«

Was Kummerog damit genau meinte, war Bruno sofort klar. Während es Bruno zufiel, die Einzelteile des Lotsen Kerom an Bord der Space-Jet zu schaffen, traf Kummerog die Vorbereitungen für die Sprengung der Station.

Nach Bruno kam Kummerog an Bord. Die Space-Jet startete. Als der Diskus zwei Lichtsekunden von ORION-738 entfernt war, verging das Raumfort in einer Explosion.

»Ist das schon das Ende unseres Unternehmens?« fragte Bruno.

Das war keine persönliche Empfindung, sondern er reflektierte lediglich Kummerogs vermeintliche Enttäuschung.

»Wenn es in der Station keine Unterlagen über Camelot gab, wie sollen wir dann je unser Ziel erreichen?« murmelte er.

»Die gewünschten Daten sind in Kerom gespeichert«, antwortete Kummerog. »Er ist und bleibt unser Lotse nach Camelot.«

Kerom hatte keine Chance, Kummerog sein Wissen zu verschweigen. Kummerog machte sich dabei die in dem Androiden verankerten Gesetze zum Schutze von intelligentem Leben zunutze.

Da er sich nicht mehr selbst zerstören konnte, mußte er Kummerog gehorchen. Der Cantrell spielte mit dem System des Androiden wie ein Virtuose auf der Klaviatur seines Instruments.

Kerom konnte nicht anders, als die Koordinaten von Camelot zu nennen. Es stellte sich heraus, daß sie im Kugelsternhaufen M 30 lagen. Die Sonne hieß Ceres, und Camelot war der zweite Planet – eine erdähnliche Welt, wie Kerom auf eine Frage antwortete.

»Aber es hat keinen Zweck«, behauptete der Lotse unaufgefordert. »Noch lange bevor ihr den Orbit von Camelot erreicht, wird man euch abgefangen oder abgeschossen haben. Je nachdem, wie ihr euch verhaltet.«

»Du meinst wegen eines systemumspannenden Sicherheitssystems?« fragte Kummerog, und Kerom bejahte. »Dann verrate uns, wie das Sicherheitssystem funktioniert, Kerom. Dann sehen wir, ob sich nicht ein Hintertürchen finden läßt.«

»Ich kenne das Sicherheitssystem nicht. Ich bin nur ein einfacher Lotse.«

Kummerog überprüfte das und mußte fluchend zur Kenntnis nehmen, daß Kerom die Wahrheit sprach.

»Bruno, mein Freund, nimm schon mal Kurs auf M 30«, sagte Kummerog zu seinem willfährigen Diener. »Aber es reicht, wenn wir hundert Lichtjahre außerhalb des Kugelsternhaufens herauskommen. Soweit kann die Ortung der Cameloter nicht reichen!«

Bruno kam dem Befehl nach; er brauchte dem Bordsyntron nur zu sagen, daß er in entsprechender Entfernung von M 30 den Überlichtflug beenden sollte. Bruno tat dies gedankenverloren. Etwas, das Kerom über Camelot gesagt hatte, stimmte ihn nachdenklich.

Es war der Name der Sonne im Zusammenhang mit der Tatsache, daß ihr Treffpunkt auf ORION-738 einen geschichtlichen Background hatte. Auch der Name Ceres hatte irgendeinen Bezug zu der Zeit von Monos' Herrschaft beziehungsweise auf die Epoche, als diese zu Ende ging.

Auf ORION-738 hatte die schicksalhafte Begegnung mit Galbraith Deighton und Homer G. Adams stattgefunden. Und was hatte es mit der Sonne Ceres auf sich?

»Bruno Drenderbaum!« erscholl da Kummerogs grollende Stimme. »Habe ich dir einen Befehl gegeben?«

»Befehl bereits ausgeführt, Kummerog!« beeilte sich Bruno zu bestätigen. Er merkte, daß Kummerog überaus gereizt war, weil das Unternehmen, trotz zufriedenstellender Teilerfolge, nicht ganz nach Plan lief. »Entschuldige meine Nachlässigkeit, Kummerog, aber ich stelle Nachforschungen über Camelot an.«

Kummerog gab etwas in seiner Sprache von sich, das ein Fluch, eine Drohung oder eine Beschimpfung sein mochte. Dann wandte sich der Cantrell wieder dem Kopf des Androiden zu. Bruno bekam den sich entspinnenden Dialog nur unterbewußt mit, denn er konzentrierte sich darauf, Informationen über M 30 vom Bordsyntron abzurufen.

»Kerom«, hörte er Kummerog im Gesprächston sagen, »du mußt einen Kode kennen, irgendein Erkennungssignal, das dir die Passage nach Camelot verschafft. Dieser Kode hätte es dir ermöglicht, mit uns auf Camelot zu landen. Richtig?«

»Stimmt«, bestätigte Kerom. »Ich bin mir bewußt, daß du jederzeit diesen Kode von mir erfahren kannst. Aber ich weiß auch, daß dir das nichts nützen wird. Du willst ja nicht offiziell nach Camelot gelangen, sondern unbemerkt.«

»Was für ein schlaues Kerlchen du doch bist«, spottete Kummerog. »Natürlich muß es so sein, daß niemand unsere Ankunft auf Camelot bemerkt, soviel steht fest. Dieser Atlan ist vermutlich hinter mir her wie der Teufel hinter der verlorenen Seele. Wenn er mich schnappt, dann kann ich alle Hoffnungen fahren lassen.«

»Genau so wird es kommen, verlaß dich drauf!«

Bruno hatte inzwischen feststellen müssen, daß M 30 ein ziemlich uninteressanter Kugelsternhaufen war. Zur Zeit des Monos hatte er sich außerhalb des Chronopulswalles befunden und war so gut wie unbesiedelt. In der Post-Monos-Ära waren keine Anstalten getroffen worden, Stützpunkte in M 30 zu errichten. M 30 wurde in keinem wie auch immer gearteten Zusammenhang in der neueren Geschichte irgendeines galaktischen Volkes erwähnt. Darum bot der Kugelsternhaufen einen idealen Unterschlupf.

»Besitzt Camelot einen Mond, Kerom?« erkundigte sich Bruno.

»Zwei.«

»Wie lauten ihre Namen?«

»Styx und Charon.«

»Das ist es!« Die Erkenntnis schlug wie ein Blitz in Bruno ein, als er die Namen der beiden Monde hörte. Als er Kummerogs weiße Augen auf sich gerichtet sah, fügte er erklärend hinzu. »Ich glaube, ich habe den Zusammenhang hergestellt. Kerom! Stimmt es, daß Camelot früher Phönix geheißen hat und zu Zeiten von Monos der Stützpunkt von Michael Rhodans Freifahrern gewesen ist?«

»Das ist richtig«, antwortete der Androide. »Aber diese Information hilft euch nicht weiter. Über Phönix ist ebensowenig bekannt wie über Camelot. Die Zellaktivatorträger haben dafür gesorgt, daß die Daten über Phönix nie Allgemeingut wurden. Abgesehen davon wurde das Abwehrsystem von grundauf erneuert.«

»Sagt er auch die Wahrheit?« fragte Kummerog, an Bruno gewandt.

»Vermutlich«, gab Bruno zu. »Aber allein die Tatsache, daß Phönix mit Camelot identisch ist, hat die Brisanz einer Bombe! Einige Dinge über die Verhältnisse auf Phönix sind mir bekannt. Die Freifahrer siedelten auf dem Kleinkontinent Bonin, ihre Stadt hieß Mandalay.«

»Deine Bombe ist ein Blindgänger, Bruno«, sagte Kummerog abfällig. »Sie zeigt uns keinen Weg nach Camelot. Aber ich glaube, ich weiß, wie wir es machen. Es gibt keinen anderen Weg. Da wir nicht unbemerkt nach Camelot gelangen können, muß Camelot zum Grab für Andor Felsch und Simon Dury werden. Leider auch für Kerom – aber erst, nachdem er seine Schuldigkeit getan hat.«

»Du bist wahnsinnig, Kummerog«, sagte der Kopf des Androiden.

»Keineswegs – nur genial.«

Die Space-Jet nahm mit der nächsten Überlichtetappe Kurs in die Peripherie von M 30 und kam mehrere Lichtjahre von ihrem Ziel entfernt heraus. Kerom schickte einen gebündelten Hyperfunkimpuls, ein Erkennungssignal. Die Losung für diesen Tag hieß »Majoran«; das war der Name für ein terranisches Gewürz, wie Kerom sagte.

Dann erst konnten sie die letzte Überlichtetappe in Angriff nehmen. Sie kamen außerhalb des Ceres-Systems in den Normalraum zurück.

Das Sonnensystem lag wie ausgestorben vor ihnen. Von den Planeten kamen keinerlei Impulse, weder auf Normal- noch auf Hyperfrequenz. Ceres war die einzige Hyperquelle, ein relativ starker Hyperstrahler. Es gab keine Anzeichen für das Vorhandensein zivilisatorischer Einrichtungen. Die Jet flog mit dreiviertel der Lichtgeschwindigkeit ins System ein und passierte die Umlaufbahn des fünften Planeten.

In diesem Mond aktivierte Kerom den Hyperkom und funkte wiederum einen Identifikationskode. Diesmal handelte es sich um eine komplizierte Signalfolge, den eigentlichen und entscheidenden Passagekode.

Kummerog hatte den Androiden, genauer die Fragmente, auf die es ankam, mit dem Bordsyntron vernetzt. Der Cantrell brauchte nicht zu befürchten, daß Kerom falsches Spiel trieb: Der Androide konnte nicht anders, als ihm zu gehorchen.

Kaum war das Passagesymbol beendet, traf auch schon die Antwort ein. Ein Bild baute sich auf, das eine Frau mit dunklen Haaren in mittleren Jahren zeigte. Sie sagte: »Okay, Kerom, die Jet darf passieren. Du weißt ja, wie es läuft: eine kurze Überlichtetappe in den Orbit von Camelot. Übrigens, warum bekomme ich eigentlich kein Bild von dir?«

»Die Jet ist reif für das Trockendock«, antwortete Kerom mit fast exakt den Worten, die ihm Kummerog vorgegeben hatte. »Es funktioniert praktisch nichts mehr. Aber bis zum zweiten Planeten schaffen wir es noch, Gina.«

Die Frau lächelte pflichtschuldig. »Und wie machen sich die beiden Neuen? Wie hießen sie gleich?«

»Andor Felsch und Simon Dury. Die sind okay.«

»Soll ich nicht doch einen Schlepper anfordern?«

»Wir schaffen das schon.«

Kummerog ließ Kerom die kurze Überlichtetappe programmieren, die sie eine Lichtminute vor Camelot in den Normalraum zurückbrachte. Das folgende Bremsmanöver hätte die Fahrt der Jet auf die erforderliche Eintauchgeschwindigkeit drosseln sollen. Aber sie war dreimal so schnell, als sie in die Atmosphäre von Camelot eintauchte.

»Hier Orbitalstation CAM-IV«, drang es aufgeregt aus dem Lautsprecher des Funkempfängers. »Kerom, ihr habt zuviel Fahrt drauf. Reduzier die Geschwindigkeit!«

»Das geht nicht«, antwortete Kerom befehlsgetreu. »Die Bremsdüsen sind hinüber. Ich kann nur versuchen, im Tangentialkurs einzutauchen und so die Geschwindigkeit zu drosseln.«

»Dann versuch die Jet aus der Atmosphäre zu steuern!«

»Das geht nicht! Das System ist nun endgültig zusammengebrochen ...«

Das war das letzte, was die Cameloter von der Jet hörten. Der Schutzschirm glühte auf, und die Jet schoß wie ein Feuerball in einer Spirale zur Planetenoberfläche hinunter. Nach der dritten Planetenumrundung sagte Kummerog:

»Laß es genug sein, Kerom! Steuere das Bergland des Kleinkontinents Bonin an. Wir brauchen unwegsames, schwer zugängliches Gelände. Hast du es anvisiert? Dann bau deine Bruchlandung. Leb wohl, Androide! Du hast uns gute Dienste geleistet.«

Kummerog und Bruno hatten sich zum Aussteigen bereit gemacht. Kerom hatte den Befehl, die Jet knapp vor der Bodenberührung abzubremsen und den Schutzschirm auszuschalten. Das war der Augenblick, in dem sie mit ihren flugfähigen Raumanzügen ausstiegen.

Noch bevor die beiden in einem zerklüfteten Gebirgstal landeten, explodierte die Jet in zwanzig Kilometer Entfernung. Von der Druckwelle merkten sie nichts mehr, denn da waren sie bereits durch eine schroffe Felserhebung geschützt.

»Das muß doch klappen«, sagte Kummerog zuversichtlich, nachdem sie festen Boden unter den Füßen hatten. »Felsch und Dury sind mitsamt ihrem Lotsen bei der Bruchlandung atomisiert worden. Jetzt können wir uns ungestört auf Camelot einrichten, Freund Bruno.«

»Und was wollen wir hier eigentlich?«

»Ich muß einen Weg nach Bröhnder finden. Und Camelot bietet die besten Voraussetzungen dafür.«

Für das kleine Mädchen war es anfangs sehr verwirrend, daß die Freifahrerwelt Phönix auf einmal Camelot heißen sollte und daß es hier – außer ihrem Vater und einigen wenigen, die in die Wildnis geflüchtet waren – keine Freifahrer mehr gab.

Nachdem Reginald Bull sie vor der Fleischfresserin gerettet hatte, lernte sie einige andere Zellaktivatorträger kennen, darunter Michael Rhodan. Als dieser ihrem Vater gegenübertrat, erkannte dieser ihn als Roi Danton, und er fiel ihm förmlich vor die Füße.

Diesem Umstand war es zu verdanken, daß Rudy Ringent »seine Marga« mit Bully in die Zivilisation gehen ließ.

Erst als sie älter wurde und ihr unter der einfühlsamen Führung der Zwillingsschwestern Mila und Nadja viele Zusammenhänge klar wurden, lernte sie zu verstehen, warum niemand in der Milchstraße die wahre Identität des Planeten Camelot erfahren durfte. Wenn die verfeindeten Machtblöcke gewußt hätten, daß es sich dabei um die alte Freifahrerwelt Phönix handelte, hätten sie sich machtgierig darauf gestürzt und die Camelot-Bewegung gefährdet, kaum daß sie entstanden war.

Diese Erkenntnis war mit ein Grund dafür, daß sie sich dazu entschloß, das Studium einer Sicherheitstechnikerin einzuschlagen und ihren Beitrag dafür zu leisten, daß Camelot ein sicherer Hort der Vernunft blieb.

5.

»Kennst du den Ausspruch von dem Hund, der seinem eigenen Schwanz nachläuft?« fragte Norman Haggard den Modula-Roboter, der ihm assistierte.

»Nein, diese Redewendung ist mir nicht bekannt«, antwortete der Modula ernsthaft. »Wäre das für unsere Arbeit wichtig?«

»Vergiß es. Ich meinte nur, daß ich mir so vorkomme.«

Haggard widmete sich wieder seiner Arbeit.

Modula-Roboter waren eine Eigenentwicklung der Cameloter,

eine Novität im Roboterbau. Sie basierten auf einem Grundkörper, der mit unterschiedlichsten Modulen ausgestattet werden konnte. Von der Beschaffenheit und Zusammensetzung der Module hing es ab, ob daraus ein Medo-, ein Kampfroboter oder bloß ein simpler Arbeitsroboter wurde.

Haggards Gehilfe war als Ortungs- und Vermessungs-Modula konzipiert. Aber er war keine große Hilfe, weil er seine umfangreiche sensible Gerätschaft nicht in vollem Umfang einsetzen konnte. Und schuld daran war Myles Kantors übervorsichtiges Sicherheitsdenken!

»Es ist wie mit Kanonen auf Spatzen schießen«, sagte Haggard laut.

»Wer sollte so etwas tun?« fragte der Modula.

Haggards Aufgabe war es, den unversehrten und völlig geschlossenen Zellenblock im Heck des Igelschiffes zu untersuchen. Von hier hatten drahtlose Verbindungen zu allen Schiffsteilen bestanden. Die waren nach der Zerstörung sämtlicher Bordsysteme natürlich unterbrochen.

Dennoch war es Myles Kantor schon zu Anfang gelungen, über Zuschaltung von Adaptern teilweise Kompatibilität zu den galaktischen Systemen zu erreichen und auf diese Weise eine Reihe von Informationen abzurufen.

So wußte man inzwischen, daß dieser 450-Meter-Erkunder als eine Art Vermessungsschiff unterwegs gewesen war und eine Fülle von Daten über die Milchstraße gesammelt hatte. In der Hauptsache physikalische und hyperphysikalische Daten über Himmelskörper. Aber darüber hinaus auch Daten über die Zivilisationen der Galaxis, ihren technischen Entwicklungsstand, die politische Struktur und – ja, auch Informationen über bestimmte psychische Eigenschaften der Intelligenzwesen.

Worum es sich dabei genau handelte, hatte Myles Kantor beim erstenmal nicht herausgefunden, auch Haggard war dies noch nicht gelungen. Er konnte nur bestätigen, daß die Igel-Wesen dieses »gewisse Etwas« bei allen Milchstraßenvölkern entdeckt hatten. Myles Kantor hatte ihn darauf hingewiesen, daß es sich um etwas Ähnliches wie die ÜBSEF-Konstante handeln könnte – also eine Art »überlagernde Sextabezugs-Frequenz«.

Die Fremden vermaßen die Milchstraßenbewohner lediglich nach ähnlichen Kriterien, ohne daß diese »sextabezogen« sein mußten. Bei diesem »gewissen Etwas« konnte es sich ebensogut um etwas höchst Metaphysisches – oder den Grad der latenten PSI-Begabung handeln. Oder um die Anfälligkeit gegen bestimmte Krankheitserregung. Nahezu alles war möglich.

Haggard konnte keine dieser Möglichkeiten bestätigen oder verneinen. Er hing im Vakuum, kam einfach nicht voran. Der Modula wiederholte in einer Endlosschleife immer wieder dieselben Daten – neue konnte er nicht liefern.

Sie waren sich alle einig, daß das Vorhandensein dieses »gewissen Etwas« die Galaktiker für die Igel-Wesen wohl sehr begehrt machte. Und daraus, daß dieser Umstand sie zu willkommenen Opfern für irgend etwas stempelte, das die Igel-Aliens mit ihnen anstellen wollten, resultierte die große Bedrohung für alle Galaktiker.

Atlan konnte das den Vertretern des Galaktikums im Humanidrom hoffentlich begreiflich machen.

»Aber das ist nicht mein Kaffee«, schimpfte Haggard. »Ich habe hier zu arbeiten, darf aber nicht, wie ich möchte.«

»Mit Verlaub – ich bin kein Bedienungsroboter und serviere keinen Kaffee.«

Für Haggard war das ein dummer Spruch zuviel!

»Das sind geradezu verschärfte Strafbedingungen«, murrte der terranische Hyperphysiker, früher für Benito Grink im Forschungszentrum Titan tätig, und desaktivierte den redseligen Modula-Roboter. »Hat mir jemand einen Streich gespielt und den Modula zu einem Alleinunterhalter programmiert?«

Haggard fluchte vor sich hin. Als er Myles Kantor auftauchen sah, verstummte er und klagte sachlicher:

»Wie soll ich ohne Hyperenergien diesen Kasten enträtseln? Ich bewege mich ständig im Kreis, bekomme immer dieselben Daten.«

Norman Haggard hatte sich ohne Myles Kantors Zutun über das terranische Rekrutierungsbüro der Camelot-Bewegung angeschlossen und war nicht schlecht überrascht gewesen, Myles auf Camelot wiederzusehen.

»Wir mußten den Hyper-Impulsgeber desaktivieren«, erklärte ihm Myles Kantor geduldig. »Denn dieser hat jenes Signal gesendet, das die Kampf-Igelschiffe zur Verstärkung gerufen hat. Wenn wir ihn reaktivieren, dann sind die Igelschiffe innerhalb weniger Stunden im Ceres-System. Das wollen wir doch vermeiden.«

»Dann sag mir mal, Myles, wie ich den Zellenblock ohne Hyperenergie knacken soll! Ich darf ihn aufgrund deiner Sicherheitsbestimmungen nicht einmal auseinandernehmen.«

Cyrus Morgan gesellte sich zu ihnen. Er hatte die letzten Worte gehört und versuchte zu vermitteln.

»Ich bin ja kein ausgebildeter Hyperphysiker, Myles«, sagte er. »Aber vielleicht könnte man einen Mittelweg einschlagen. Ich könnte mir vorstellen, daß der Sicherheit genüge getan wird, wenn man einen Sektor des Zellenblocks mit dosierten Hyperenergien speist und ihn untersucht. Bei einer verdächtigen Reaktion sofort abschalten! Könnte es so nicht gehen?«

»Das klingt wirklich nicht nach diplomiertem Hyperphysiker«, meinte Myles schmunzelnd. »Aber ich weiß, was du meinst, Cyrus. Ich bin einverstanden. Aber sei vorsichtig, Norman! Und laß den Modula über jeden deiner Schritte Protokoll führen.«

»Das ist ein Wort!« Haggard zwinkerte Cyrus Morgan dankend zu. »Keine Sorge, ich werde dem Ding schon nicht zuviel Saft geben. Bin doch nicht lebensmüde. Wenn wir schon dabei sind: Könntest du mir einen Siganesen zur Verfügung stellen? Ich bräuchte dann nur eine kleine Lücke in das Ding bohren und könnte den Siganesen auf Erkundung hineinschicken. Das wäre ein Ding!«

»Kommt nicht in Frage! Ich setze das Leben von Siganesen nicht leichtfertig aufs Spiel.«

»War ja nur eine Frage.«

Haggard aktivierte den Modula. Er erklärte dem Roboter, daß er die Energiezufuhr an die Hyperleitungen des Zellenblocks anschließen sollte, diese jedoch dosieren und nur langsam hochfahren durfte.

»Zuerst lokalisieren wir den Hyper-Impulsgeber und versuchen ihn zu desaktivieren«, erläuterte er weiter. »Wenn das nicht geht, dann werden wir ihn einfach umgehen. Dabei mußt du streng darauf achtgeben, daß ihm kein Quentchen Energie zufließt. Sonst ist innerhalb von Stunden auf Camelot die Hölle los.«

»Ist Quentchen eine neue Maßeinheit?« fragte der Modula.

Haggard war jetzt ganz sicher, daß ihm einer seiner Freunde mit der Programmierung des Roboters einen Streich gespielt hatte. Er würde es herausfinden, wer es gewesen war und ... *Aber pfeif drauf!* Er konzentrierte sich von nun an voll auf seine Tätigkeit.

Es gelang ihm innerhalb der nächsten Stunde tatsächlich, den Hyper-Impulsgeber, von dem Myles nur die ungefähre Position innerhalb der geschlossenen Zelle hatte angeben können, zu lokalisieren. Der Modula achtete fortan darauf, daß keine Energie in diese Richtung floß.

Eine weitere Stunde später merkte Haggard anhand des Arbeitsprotokolls, daß doch Energie abfloß. Zwar nur in kleinen Mengen, aber immerhin. Er beruhigte sich jedoch, als er feststellte, daß diese Energien nicht dem Impulsgeber zuflossen.

Eine Weile später machte ihn der Modula darauf aufmerksam, daß innerhalb des Zellenblocks irgend etwas in Gang gesetzt worden war. Haggard unterbrach sofort die Energiezufuhr. Aber der energetische Störfaktor blieb. Irgend etwas im Zellenblock war angelaufen und war nicht mehr abzustellen.

Haggard meldete den Vorfall sofort Cyrus Morgan. Der tauchte wenig später mit einem ganzen Kommando von Wissenschaftlern auf.

Aber da keine dramatischen Änderungen eintraten und der Störpegel der permanenten Energievorgänge gleichbleibend im Nanobereich lag, wurde der Alarm wieder abgeblasen.

»Besser du verzichtest auf Energiezufuhr, Norman«, sagte Cyrus Morgan; es klang wie ein Ratschlag, war jedoch ein Befehl.

»Dann bekomme ich den Siganesen?« fragte Haggard hoffnungsvoll.

»Mal sehen, was sich machen läßt.«

»Wie kommst du voran, Arfe?«

Die Xenomedizinerin hatte sich in ein Universum aus holografischen Formeln eingeschlossen. Die Formelsätze waren zu Ketten und Blöcken vereint, räumlich in die Tiefe gestaffelt, verliefen kreuz und quer – wie bei einem dreidimensionalen Kreuzworträtsel.

Viele dieser Ketten paßten noch nicht richtig zusammen; nur wenige bildeten bereits homogene Gebilde, waren logisch in sich geschlossen. Aber insgesamt ergaben sie ein noch dürftiges Bild eines Igel-Wesens. Es waren noch Millionen von Puzzleteilen zusammenzusetzen, bevor ein halbwegs zufriedenstellendes Ergebnis vorliegen würde.

Obwohl Arfe Loidan auf einen leistungsfähigen Syntron zugreifen konnte, kam sie für ihren Geschmack viel zu schleppend voran. Sie erlitt immer wieder Rückschläge. Manchmal glaubte sie, den richtigen Weg eingeschlagen zu haben, mußte dann aber feststellen, daß sie in eine Sackgasse geraten war.

Dabei war das ihr zur Verfügung stehende Zellmaterial eigentlich ausreichend. Die Hälfte davon hatte die Medizinerin inzwischen jedoch für ihre Analysen aufgebraucht, der Informationswert dieser Untersuchungsergebnisse war dagegen gering. Von jetzt an mußte sie mit dem Zellmaterial überaus sparsam umgehen.

Sie zweifelte nicht daran, daß sie das Aussehen des Igel-Wesens würde rekonstruieren können. Aber das brauchte seine Zeit. Immerhin, einiges Interessante hatte sie über den Fremden bereits erfahren.

Arfe Loidan markierte einen Formelsatz und löste ihn aus dem Verbund. Sofort blinkte eine fette Fehlermeldung. Diesem Fehler würde sie im Augenblick, solange der Besucher sie ablenkte, nicht nachgehen können.

»Langsam«, bat sie nach fast einer Minute des konzentrierten Schweigens und schaltete den Simulator aus.

Das Formeluniversum erlosch, und vor ihr stand Myles Kantor.

»Ich würde die zwanzigfache Menge an Zellmaterial benötigen, um ein halbwegs zufriedenstellendes Arbeitstempo vorlegen zu können«, fügte sie nach einer kurzen Pause hinzu. »So muß ich damit sparen und kann jedesmal nur winzige Proben einsetzen. Das dankt mir der Syntron mit unglaublichem Rechenaufwand. Ich verliere dadurch viel Zeit. Aber ich komme immerhin voran. Und irgendwann werde ich dir ein komplettes Igel-Wesen in Lebensgröße vorstellen können.«

»Kannst du mir schon Bilder zeigen?« fragte Myles Kantor erwartungsvoll.

»Nein!« Arfe Loidan legte die Hände aufs Schaltpult. »Das ist alles nur Stückwerk. Ich zeige dir den Igel, wenn er fertig ist.«

»Komm, Arfe, gib dir einen Stoß und zier dich nicht so«, versuchte Myles sie zu überreden. »Ich vergehe fast vor Neugierde. Ich wäre schon damit zufrieden, wenigstens ein ungefähres Bild vom Aussehen der Fremden zu bekommen.«

»Ich habe *nein* gesagt! Und dabei bleibt es. Es sind noch zu viele Unsicherheitsfaktoren mit im Spiel. Es gibt Tausende von möglichen Varianten. Erst wenn ich eine Trefferquote von etwa fünfzig Prozent aufweisen kann, werde ich dir Bilder präsentieren. Ein, zwei Tage wirst du dich noch gedulden müssen. Aber einiges weiß ich jetzt schon definitiv.«

»Dann leg mal los.«

Es hatte eigentlich schon von Anfang an, seit Myles Kantor und seine Leute das Igelschiff stürmten, festgestanden, daß es sich bei den Fremden um Sauerstoffatmer handeln mußte. Arfe Loidan lieferte nun die Bestätigung dafür.

»Vom bisher ermittelten Körperaufbau schließend«, fuhr Arfe fort, »würde ich sagen, daß es sich um wirbellose Wesen handelt, also ohne durchstrukturiertes Skelett. Andererseits weisen Informationen in der DNS auf Knochen- oder Knorpelbildung hin. Dagegen fehlen jegliche Hinweise auf Spuren von Chitin für die Bildung von Körperpanzern. Das schließt eine insektoide Spezies so gut wie aus. Ich würde im Moment darauf tippen, daß es sich um Echsen oder Reptilien handelt.«

Die Größe der Fremden war, durch die Dimensionen an Bord des Igelschiffes, auf eineinhalb bis zwei Meter geschätzt worden – ganz bestimmt nicht größer. Arfe bestätigte diese Werte, konnte aber keine genaueren Angaben machen. Sie war auch noch nicht sicher, ob die Igel-Wesen vier oder sechs Extremitäten aufwiesen – es hätten natürlich sogar fünf sein können, aber eine ungerade Zahl schloß die Xenologin aus. Auch darüber, wie diese Extremitäten angeordnet waren, besaß sie noch keine Aufschlüsse.

»Aber jetzt kommt es!« Arfe hatte sich den Knüller bis zuletzt aufgehoben. »Die Fremden sind geschlechtslos. Sie sind Neutra. Sie besitzen nicht die Möglichkeit der natürlichen Fortpflanzung.«

»Was denn – wachsen sie auf Bäumen?«

»Diese Möglichkeit sollte man nicht leichtfertig als Scherz abtun«, sagte Arfe ernst. »Allem Anschein nach werden die Igel-Wesen geschlechtslos geboren. Das heißt, sie werden nicht nachträglich sterilisiert oder so. Es könnte sich aber durchaus um genmanipulierte Geschlechtslosigkeit handeln. Das läßt sich leider nicht so ohne weiteres feststellen.«

»Dann werden sie womöglich in der Retorte gezüchtet?«

»Das kann ich ebensowenig sagen. Sie sind einfach geschlechtslos, ohne die Möglichkeit der natürlichen Fortpflanzung. Soviel ist sicher. Mehr weiß ich nicht. Wenn du mich jetzt bitte weiterarbeiten lassen würdest ...«

»Danke«, sagte Myles Kantor; er war keineswegs zufriedengestellt. »Halt mich bitte auf dem laufenden.«

Gerade als er das Simulator-Labor verlassen wollte, schlug sein Hand-Interkom an.

»Etwas Furchtbares ist geschehen«, meldete sich Armin Assitar, Chef des Sicherheitsdienstes. »Die Space-Jet mit dem Lotsen Kerom sowie den Neulingen Andor Felsch und Simon Dury an Bord ist in den Bergen von Bonin abgestürzt. Es gibt keine Überlebenden.«

»Wie ist es dazu gekommen?«

»Das wissen wir noch nicht. Wir sind unterwegs zur Unfallstelle.«

»Informiert mich, wenn die Untersuchung abgeschlossen ist.«

»Viel wird da nicht zu erfahren sein. Es hat eine furchtbare Explosion gegeben.«

»Seht zu, was ihr machen könnt. Ende.«

Myles Kantor unterbrach die Verbindung. Er war gar nicht informiert gewesen, daß zwei Neue auf Camelot erwartet wurden. Das war nicht sein Ressort, sondern Milas und Nadjas. Kerom dagegen kannte er von einer Lagebesprechung, als es darum ging, Maßnahmen gegen die Infiltration durch Spione oder Agenten der galaktischen Machtblöcke zu erörtern.

Kerom war einer von siebenundzwanzig verbliebenen androiden Lotsen gewesen. Ursprünglich waren es dreißig, drei waren bei der Entlarvung von Spitzeln umgekommen. Nun waren es nur noch sechsundzwanzig.

Zu Arfe Loidan sagte er abschließend: »Ich bin im Hauptquartier zu erreichen.«

Das HQ-Camelot grenzte direkt an das Forschungszentrum an. Es war ein siebzehnstöckiger, stufenpyramidenförmiger Terrassenbau mit quadratischem Grundriß und einer Seitenlänge von 1000 Metern. Jede Stufe entsprach einem Stockwerk.

Das Zentrum des Erdgeschosses war als erstes Bauwerk auf Camelot errichtet worden. Die weiteren Stockwerke waren erst nach und nach, in dem Maße, wie die technischen Einrichtungen auf dem Planeten zunahmen, dazugekommen. Heute liefen hier alle Fäden zusammen, das Gebäude war die technische Nervenzentrale des Ceres-Systems.

Obwohl alle Anlagen dieser Steuerzentrale hochtechnisiert waren und syntrongesteuert abliefen, waren im Bau bis zu tausend Personen beschäftigt. Dies auch aus dem Grund, daß sich die Zellaktivatorträger in keinem Bereich ausschließlich auf Syntronsteuerung verlassen wollten. Das letzte Wort bei wichtigen Entscheidungen hatten immer Intelligenzwesen.

Im Zentrum des Bauwerkes, in jenem Teil, der zuerst errichtet worden war und die Grundzelle des Hauptquartiers bildete, gab es einen Bereich, zu dem nur die Zellaktivatorträger Zutritt hatten. Neben einem großen mit High-Tech bestückten Sitzungssaal, gab es für jeden Zellaktivatorträger private Wohnbereiche. Hierher konnten sie sich zurückziehen, wenn sie für sich allein sein wollten, was gar nicht selten vorkam.

Einige dieser Wohnbereiche waren jedoch noch nie benutzt worden. Etwa die von Julian Tifflor und Michael Rhodan, von Ronald Tekener und Dao-Lin-H'ay – und jener des Haluters Icho Tolot, der auf Halut zurückgezogen lebte.

Es gab auch einen Tresorraum, in dem einige wichtige Utensilien untergebracht waren, die entweder noch nicht enträtselt oder aus anderen Gründen für zukünftigen Gebrauch deponiert worden waren.

Einer dieser Gegenstände, die nach wie vor ein Rätsel darstellten, war jene Box, die Perry Rhodan von Ernst Ellert beim Abschied aus Hirdobaan überreicht bekommen hatte. Sie hatte eine Kantenlänge von zehn Zentimetern und bestand aus schwarzem Material. Ihr Gewicht von knapp zwei Kilogramm war beachtlich, denn die Wände der schwarzen Box waren dünn – und sie war leer.

Als Rhodan sie damals von Ernst Ellert bekommen und auf eine der Flächen Druck ausgeübt hatte, da hatte sich diese Fläche aufgelöst und den Blick aufs Innere freigegeben. Die Box war jedoch leer gewesen – was ganz nach einem der üblichen Scherze von ES angemutet hatte.

Doch so einfach konnte die Sache nicht sein. Denn als Myles Kantor die Box danach durchleuchtete, da stellte er fest, daß zuvor ein eiförmiger Gegenstand darin gewesen sein mußte. Myles konnte dessen Existenz durch Aufspüren von Restwärme beweisen.

Aber es war ihm nicht möglich, die Box zu öffnen. Das konnten nur Rhodan und Atlan.

Myles, den die geheimnisvolle Box faszinierte, hatte die beiden immer wieder dazu veranlaßt, sie in seiner Gegenwart zu öffnen. Aber die Box war jedesmal leer gewesen. Myles hatte sie danach immer wieder nach allen Regeln der Kunst untersucht – in der Hoffnung, daß Perry oder Atlan allein durch die Berührung oder ihre Nähe etwas ausgelöst hätten, das an der Box Veränderungen bewirkte.

Doch das war nicht der Fall gewesen. Die Box besaß immer dasselbe Gewicht. Die Durchleuchtung brachte stets haargenau dieselben Ergebnisse.

Das Material, aus dem die Box war, ließ sich nicht eruieren. Es war nur sicher, daß dieses Material nichtstrahlend und schwerer als Blei war. Denn wäre sie vollends aus Blei gewesen, dann hätte sie bei diesen Maßen nur 1,53 Kilogramm gewogen.

Myles Kantor mußte immer wieder daran denken, unter welchen Begleiterscheinungen Ernst Ellert die Box an Perry Rhodan überreicht hatte. Perry hatte ihn auf das Doppelkörperproblem angesprochen, das dadurch entstanden war, daß Fellmer Lloyds und Ras Tschubais Zellaktivator zweimal existiert hatten. Zeitlich wie räumlich.

Zu einer Zeit, da die beiden noch gelebt und ihre Zellaktivatoren funktioniert hatten, existierten diese bereits gleichzeitig ein zweites Mal als ausgeglühte, funktionslose Eier. Statt Perrys Fragen zu beantworten, hatte Ellert ihm diese schwarze Box übergeben und dazu rätselhafte Andeutungen gemacht.

Hatte sich in der Box ein weiterer Zellaktivator befunden, der das Doppelkörperproblem belegte? Oder war die Box der Hinweis auf ein anderes Geheimnis, auf eines von kosmischer Tragweite?

Myles konnte nicht anders, als eine andere Episode, die vor Abschluß der Ereignisse im Arresum stattgefunden hatte, mit der Box in Verbindung zu bringen. Damals hatte Voltago, bevor sich der letzte Akt im Arresum vollzog, zu Perry Rhodan gesagt: »Vergiß nicht, daß du die *Brücke in die Unendlichkeit* betreten mußt. Vielleicht kostet es dich nicht nur einen Schritt. Vielleicht auch tausend tote Gefährten und hundert sterbende Planeten. Aber wie hoch der Preis auch sein mag, du wirst ihn bezahlen müssen.«

Das waren Voltagos Worte gewesen, die Perry wortwörtlich wiedergegeben hatte.

Nun, nachdem Perry Rhodan mit Reginald Bull und Alaska Saedelaere im Pilzdom von Trokan verschwunden war, bekamen diese Worte, zumindest für Myles Kantor, den Anschein von prophetischem Gewicht. Sie gingen ihm nicht aus dem Sinn.

Und dann war da noch das Geheimnis der Box. Bestand vielleicht zwischen ihr und Trokan ein Zusammenhang? Diese Gedanken quälten Myles Kantor.

Er nahm sich vor, Atlan neuerlich mit der Box zu konfrontieren, wenn er vom Humanidrom nach Camelot zurückkam.

Irgendwie spürte Myles, daß die Ereignisse in ein entscheidendes Stadium getreten waren. Es mußte sich ein Weg finden, die Geheimnisse und möglichen Zusammenhänge aufzuklären.

Mit neun Jahren erfuhr Marga, daß sie gar nicht Marga hieß.

Bully war viel auf Reisen und ließ sich immer seltener blicken. Aber wann immer er in Port Arthur war, suchte er Marga auf und brachte ihr kleine Aufmerksamkeiten mit. Es war ihr neunter Geburtstag, als er für länger nach Camelot zurückkam und mit ihr zur Einsiedelei ihres Vaters in den Bergen von Bonin flog.

Die beiden Männer unterhielten sich lange sehr angeregt. Das heißt, eigentlich redete fast ausschließlich ihr Dad, und Bully stellte nur gelegentlich Fragen. Plötzlich unterbrach Bully das Gespräch und kam zu ihr.

Er erklärte ihr: »Rudy, dein Dad, hatte eine Gefährtin, deine Mutter, die Marga hieß. Sie starb bei deiner Geburt. Mit ihren letzten Wor-

ten hat Marga ihre Tochter auf den Namen Dorothea getauft. Du heißt in Wirklichkeit Dorothea. Thea, wenn du willst.«

»Warum darf ich nicht Marga heißen, wenn Dad es so will?«

Das konnte ihr Bully damals nicht richtig begreiflich machen. Erst als sie älter war, verrieten ihr Mila und Nadja die ganze Wahrheit.

Rudy hatte in ihr immer ihre Mutter gesehen, darum nannte er sie Marga. Aber er taufte seine Tochter nicht einfach um. Innerlich erklärte er seine Tochter nämlich für tot und gab sie als seine über alles geliebte Gefährtin aus.

Die Tatsache, daß sie noch ein kleines Mädchen war, war für ihn ohne Bedeutung. Er behandelte sie wie das kleine Mädchen, das sie war, aber er gab ihr den Namen der großen Liebe seines Lebens. Und doch hatte er sie einst mit Reginald Bull nach Port Arthur gehen lassen, wohl intuitiv spürend, daß sie nicht ganz der Mensch war, dem er sich mit Leib und Seele verschrieben hatte. Es mochte so ähnlich sein wie mit der Sehnsucht nach der vergangenen Epoche der Freifahrer, deren Ende er nicht akzeptieren mochte.

So ganz durchschaute Marga – oder Dorothea – die Spielregeln dieser geistigen Verwirrung jedoch erst, als sie erwachsen war. Sie wehrte sich nicht dagegen, als Rudy sie weiterhin Marga nannte. Aber für alle anderen war sie von da an Dorothea.

6.

Die Fleischfresserin richtete sich zu ihrer vollen Größe auf, als sie die Witterung der möglichen Beute aufnahm. Sie hielt die dornenbespickten Schlingarme verdeckt und entrollte ihr trompetenförmiges Maul zur vollen Pracht in schillernden Tönen von Rot.

Aber der Alptraum ihrer Kindheit hatte für Thea schon längst seine Schrecken verloren. Der Anblick der Karnivore machte ihr nichts mehr aus.

Die Fleischfresserin konnte ihr zudem in keiner Weise gefährlich werden, weil der Energiezaun zwischen ihnen stand. An zwei verkohlten Fangarmen konnte man erkennen, daß die Karnivore bereits versucht hatte, den Zaun zu überwinden.

Die Karnivore hatte es irgendwie geschafft, sich mit ihren Wurzeln einen Weg durch das steinige Gelände zu bahnen, bis sie vor drei Wochen die Einsiedelei erreicht hatte. Seit damals beobachtete Thea sie. Rudy hatte sie vernichten wollen, aber Thea hatte ihn gebeten, der Fleischfresserin nichts anzutun. Sie fürchtete sich nicht mehr vor ihr, sondern genoß ihre Schönheit.

Thea riß sich von dem Anblick los. Es wurde Zeit für sie.

»Dad, kann ich noch etwas für dich tun?«

Der Greis hob seinen knochigen Kopf. Der wirre Blick seiner wässerigen Augen irrte ruckartig durch die Gegend, ohne wirklich zu sehen, was um ihn war.

»Hüte dich vor den Drakisten, Marga«, mahnte er. »Und ganz besonders vor diesem Pedrass Foch. Der hat es ganz faustdick hinter den Ohren. Er ist nicht ehrlich. Foch führt etwas im Schilde. Das spüre ich in den Knochen. Ich wundere mich nur, daß Roi Danton ihn nicht durchschaut.«

»Ich bin's, Thea, deine Tochter«, sagte die junge Frau.

Sie wurde es nicht müde, den Alten zu korrigieren und mit der Realität zu konfrontieren.

Er aber schien sie überhaupt nicht zu hören, denn er behielt seinen beschwörenden Tonfall bei und fuhr unbeirrbar fort: »Der Absturz der Space-Jet, das war nie und nimmer ein Unfall. Ich tippe auf Sabotage der Drakisten. Pedrass Foch wird immer dreister. Du kannst sagen, was du willst, Marga, das ging nicht mit rechten Dingen zu.«

Die Meldung über das Unglück war vor wenigen Stunden in den Nachrichten gebracht worden. Rudy hatte sie gierig wie ein Schwamm aufgesogen. Nachrichtenhören war eine seiner Lieblingsbeschäftigungen.

Aber die Hoffnung, daß ihn das in die Wirklichkeit zurückholen konnte, erfüllte sich nicht. Er klaubte sich einfach jene Details heraus, die in das Bild seiner Eigenwelt paßten. So wie er den Absturz des Lotsen Kerom mit zwei Neuen als Werk von Pedrass Foch interpretierte.

Die Absturzstelle lag keine 30 Kilometer von hier entfernt, aber die zwei Menschen hatten von der Explosion nichts mitbekommen, weil eine Gebirgskette dazwischenlag.

»Dad, mach dich doch nicht selbst verrückt«, versuchte sie ihn zu beruhigen. »Pedrass Foch hat längst keine Macht mehr. Er ist ...«

»Verrückt? Wer ist hier verrückt?« erregte sich Rudy. »Ich mag ein alter Knochen sein, aber meinen Verstand vermag ich immer noch zu gebrauchen. Oder zweifelst du daran?«

»Nein, Dad, ich meinte doch nur, daß du dir über diesen Vorfall nicht den Kopf zu zerbrechen brauchst.«

»Wir müssen aber wachsam bleiben.«

Es brach ihr fast das Herz, den alten Mann in der Wildnis allein zurückzulassen. Aber sie mußte zurück ins Werk. Ihr Urlaub war vorbei, die Pflicht rief.

Und ihr Vater weigerte sich, mit ihr in die Zivilisation zu gehen. Zwar war er mit seinen 183 Jahren noch sehr rüstig und konnte sich selbst versorgen – er war geschickt im Fallenstellen und im Überlebenskampf gegen die wilde Natur dieser Welt.

Aber sein Geist verwirrte sich zusehends. Er lebte noch immer in der Vergangenheit, dieser Wahn machte sich immer stärker bemerkbar. In Port Arthur hätte man ihm sicher helfen können.

Rudy Ringent hatte mit der Entwicklung nicht Schritt halten können. Als die Mutter nach ihrer Geburt starb und ihn mit ihr allein auf seiner alles geliebten Welt zurückließ, da war etwas in ihm gebrochen.

Rudy hatte einfach die Zeit zurückgedreht und sich in die Vergangenheit geflüchtet. In eine Zeit, als Camelot noch Phönix hieß und eine Freifahrerwelt unter Roi Danton war. Mit einem bunten Völkergemisch. Mit vielen Cliquen und kleinen Intrigen. Außerhalb von Monos' Chronopulswalles gelegen und somit auch außerhalb seines Einflußbereiches. So glaubte man damals zumindest.

Dabei war Monos mit jenem Pedrass Foch identisch, vor dem Rudy sie gerade gewarnt hatte, Monos hatte sich zu jener Zeit unter dieser Identität in die Freifahrerorganisation eingeschmuggelt, was man jedoch bis zu seinem Sturz nicht in Erfahrung gebracht hatte.

Rudy Ringent war damals noch keine vierzig Jahre alt gewesen. Als die Wälle um die Milchstraße niedergerissen worden waren, als fast alle Phönix verließen und in die Zivilisation zurückkehrten, da war er mit einem kleinen Häufchen Standhafter auf Phönix zurückgeblieben.

Ohne Raumschiffe und ohne die Möglichkeit, die Verbindung zur Zivilisation aufrechtzuerhalten. Denn die Emigranten hatten fast die gesamte Technik mitgenommen.

Phönix war in den folgenden Jahrzehnten völlig in Vergessenheit geraten. Der Kreis der Nostalgiker um Rudy Ringent wurde kleiner. Sie fielen den fleischfressenden Pflanzen oder Raubtieren zum Opfer, von denen die Fauna dieses Planeten eine breite Palette zu bieten hatte.

Die Natur eroberte Mandalay, die Hauptstadt der Freifahrer, zurück. Die letzten Menschen verstreuten sich in der Wildnis des Inselkontinents Bonin.

Rudy und ein paar andere zogen sich in die Berge zurück, wo es weniger gefährlich war. Der karge, felsige Boden hielt die mörderische Pflanzenwelt weitgehend ab, woraus sich ein geringer Tierbestand ergab, so daß Rudy und Gefährten recht gute Überlebenschancen hatten. Sie wurden dennoch weniger.

Während in der Milchstraße der Wiederaufbau abgeschlossen wurde, die beiden Coma-Expeditionen abliefen und die Zellaktivatorträger von der Großen Leere und aus Hirdobaan in eine Milchstraße zurückkehrten, die dem Abgrund entgegentrieb, ging der Überlebenskampf der letzten Freifahrer von Phönix in seine Endphase.

Rudy schloß sich mit Marga zusammen, die ehemalige Gefährtin eines Freundes, der eines Tages von der Jagd nicht mehr zurückkehrte. Marga wurde von Rudy schwanger, doch starb sie bei der Geburt ihrer Tochter.

Thea vermochte nicht zu sagen, welch harten Überlebenskampf Rudy für sie gefochten hatte. Er hatte jedoch viele Jahre für seine Tochter gesorgt, ihr Sicherheit und all seine Liebe gegeben, die er eigentlich mit seiner Frau Marga teilen wollte.

Aber das war nicht genug gewesen, um sie auf das wahre Leben vorzubereiten.

Er hatte sie nämlich unter völlig falschen Voraussetzungen aufgezogen. Gerade so, als sei Phönix noch immer eine von den Freifahrern beherrschte Welt. Als würden Cliquen wie die Drakisten untereinander wetteifern, als würde der Teufel in Terras Hallen noch immer hinter den Milchstraßenwällen lauern und eine beständige Bedrohung darstellen.

Die kleine Thea konnte nicht ahnen, daß der Geist ihres Vaters durch den Tod der Mutter verwirrt war und er sich in eine Eigenwelt geflüchtet hatte, in der er viele Elemente der Vergangenheit verarbeitete.

Die Wahrheit erfuhr sie erst, als eines Tages Männer auf Phönix auftauchten und sie in ihrem Versteck in den Bergen aufstöberten. Rudy hatte seinen Widerstand erst aufgegeben, als er in einem der Fremden, in Michael Rhodan, Roi Danton erkannte. Ihm vertraute er, er war für ihn immer noch der Anführer der Freifahrer von Phönix, auch wenn er längst kein Narrenkostüm mehr trug.

Nur Michael Rhodans Zuspruch war es zu verdanken, daß Rudy seine Thea der Obhut Reginald Bulls überließ. Sie bekam eine Erziehung und Ausbildung in der wieder aufstrebenden Zivilisation von Phönix unter dem neuen Namen Camelot.

Erst nach und nach erfuhr Thea, was inzwischen alles passiert war. Sie hatte fast neunzig Jahre Geschichte nachzuholen.

Es war nur eine Episode am Rande, daß die Zellaktivatorträger nach ihrer Heimkehr aus Hirdobaan sich enttäuscht aus der galaktischen Politik zurückzogen und, nachdem Michael Rhodan sich der vergessenen Freifahrerwelt erinnerte, auf Phönix unter der Bezeichnung Camelot eine Insel des Friedens und der Vernunft gründeten.

Als man auf Thea und ihren Vater stieß, war der Grundstein für die neue Hauptstadt Port Arthur auf dem Kontinent Ophir längst gelegt. Die alte Freifahrerstadt Mandalay auf Bonin wurde der Natur wieder entrissen und als Wohnstadt für Nostalgiker hergerichtet. Nur diesem Umstand war es zu verdanken, daß man das Versteck Rudys in den Bergen entdeckte.

Niemand hatte Rudy seither dazu bringen können, freiwillig in die Zivilisation zurückzukehren. Und als Thea alt genug war, um zu erkennen, was diese Einsiedelei für ihren Vater bedeutete, da hatte sie dafür gesorgt, daß er seinen Lebensabend weiter in Frieden verbringen konnte. Reginald Bull sorgte dafür, daß er regelmäßig mit Nahrungsmitteln versorgt und seine Klause durch einen Energiezaun eingeschlossen wurde, damit nicht einmal die spärliche Flora und Fauna ihm gefährlich werden konnte.

Rudy bekam einen Kraftstromgenerator als autarke Energiequelle. Dieser war selbst während der Alarmübungen in Betrieb, denn die relativ schwache Energiequelle fiel nicht so sehr ins Gewicht.

Thea machte es nichts aus, ihren Vater regelmäßig in der Wildnis aufzusuchen. Sie hätte sich nur gewünscht, daß er wenigstens einmal einen lichten Moment hätte und die Wirklichkeit erkennen würde.

»Ist alles in Ordnung, Dad?« fragte sie beklommen. »Wenn du noch etwas brauchst, dann sage es mir. Andernfalls muß ich jetzt gehen.«

»Ich komme schon allein zurecht«, sagte er. »Paß nur du auf dich auf, Marga! Und traue keinem Drakisten!«

Als sie sich zu ihm hinunterbeugte, um ihn auf die Stirn zu küssen, glaubte sie, beim Landeplatz des Schwebers eine Bewegung zu sehen. Aber es mußte sich um eine Täuschung gehandelt haben, denn als sie zu jener Stelle blickte, war dort alles ruhig.

»Was ist?« fragte ihr Vater, der auf eine gewisse Weise immer noch ein scharfer Beobachter war, argwöhnisch. »Werden wir beobachtet?«

»Nein, nein«, beschwichtigte sie ihn. »Vermutlich hat es sich um irgendein aufgeschrecktes Kleintier gehandelt. Ich schaue bald wieder vorbei. Auf Wiedersehen, Dad!«

»Sei auf der Hut, Marga!«

Sie bestieg den Schweber. Es war ein klobiger Lastentransporter, den Corby ihr notgedrungen überlassen hatte, weil gerade kein kleineres Modell verfügbar gewesen war.

Erst als Thea im Pilotensitz saß, merkte sie, daß die Karnivore geköpft worden war. Der gefräßige Blütenkelch lag schlaff auf dem Boden, der Strunk und die dornigen Fangarme waren in sich zusammengefallen.

Hatte die Fleischfresserin ihre Gier also doch nicht zügeln können und war gegen den Energiezaun gestürmt? Das war nicht sehr wahrscheinlich.

Gerade als sie starten wollte, sagte eine männliche Stimme hinter ihr: »Ganz ruhig und keine verdächtige Bewegung, junge Frau! Wenn du das befolgst, dann geschieht dir nichts.«

Jetzt ahnte sie, wer die Karnivore geköpft hatte.

Thea ruckte unwillkürlich herum.

»Nicht umdrehen!« zischte die Stimme. Aber es war bereits zu spät.

Thea blickte dem Mann ins Gesicht, bevor er sich ins Dunkel des Laderaumes zurückziehen konnte und nur noch die Hand mit dem kleinen Strahler zu sehen war. Sie hatte bereits erkannt, daß er einen Raumanzug trug.

Von dem Fremden selbst bekam sie nur einen flüchtigen Eindruck. Was sie sah, kam ihr irgendwie bekannt vor. Sie hatte ihn irgendwann schon einmal gesehen, wußte aber nicht, wo sie ihn einordnen sollte.

Ihre Begegnung, wenn es eine solche gegeben hatte und sie sich nicht täuschte, mußte auf Camelot stattgefunden haben, denn sie hatte den Planeten in ihrem Leben noch nie verlassen.

Was aber mochte einen Cameloter zu solch einer Handlung verleiten?

»Ganz ruhig«, sagte die Stimme, die auf einmal einen irgendwie vertrauten Klang bekam. Woher kannte Thea sie? »Sieh durch die Kanzel und betrachte einfach die Landschaft, während ich mich mit dir unterhalte.«

»Wer bist du? Was willst du von mir?« fragte sie ruhig und ohne sich zu rühren.

»Ich habe einige Fragen an dich, die du wahrheitsgetreu beantworten solltest. Es ist nur zu deinem Besten.«

Sie war nun überzeugt, daß der Mann kein Cameloter war. Es mußte sich um einen Nachkommen der Freifahrer handeln, der wie ihr Vater in der Wildnis überlebt hatte.

Erst vor fünf Jahren hatte man einen völlig verwilderten jungen Blue aufgegriffen, der nicht einmal des Sprechens mächtig war und sich wie ein wildes Tier gebärdet hatte. Inzwischen war er zivilisiert und hatte, auf persönlichen Wunsch, den terranischen Namen John Phoenix angenommen.

Warum sollte sich so ein Fall nicht wiederholen? Allerdings konnte es sich bei dem Fremden nicht um einen vertierten Wilden handeln, denn er sprach gepflegtes Interkosmo. Ein Cameloter war es dennoch nicht.

Es war kein Fall bekannt, daß jemand sich etwas zuschulden hätte kommen lassen und daraufhin untergetaucht wäre. Camelot-Aspiranten wurden vielfach getestet, bevor sie Aufnahme in die Organisation fanden. Nur – von woher kannte sie die Stimme und das Gesicht?

Obwohl der Fremde gesagt hatte, daß er einige Fragen an sie hatte, machte er keine Anstalten, solche zu stellen.

»Darf ich nun starten?« fragte Thea, ohne sich umzudrehen. »Oder was erwartest du von mir?«

»Warte noch«, sagte die Stimme in ihrem Rücken.

Plötzlich tauchte vor dem Schweber Rudy auf und gestikulierte mit den Armen; er drückte seine Verwunderung darüber aus, daß sie wie eine Salzsäule dasaß und nichts unternahm.

»Wer ist der Alte? Und was tut er in den Bergen?«

»Mein Vater«, antwortete sie wahrheitsgetreu. »Er lebt hier allein und zurückgezogen. Ich bin nur zu Besuch. Er ist ganz harmlos – nur ein wenig verrückt. Er lebt in der Vergangenheit, in der Zeit, als dies noch eine Freifahrerwelt war.«

»Soso.«

Der Fremde murmelte etwas vor sich hin. Und dann war, wie als Antwort, ein Raunen zu hören.

Es sind zwei, durchzuckte es Thea. *Mindestens zwei!*

Mit dieser Erkenntnis kam ihr gleichzeitig der Gedanke, daß dies für sie und Rudy eine bedrohliche Situation sein könnte. Zuerst war sie, trotz der Waffe, auf eine solche Idee nicht gekommen.

»Steig aus und schick deinen Vater ins Haus!« befahl der Fremde. »Er soll uns vorerst nicht sehen.«

Damit bestätigte der Fremde, daß er nicht allein war.

Thea gehorchte. Sie war plötzlich in Sorge um Rudy. Was, wenn er die beiden Fremden für Drakisten hielt und sie herausforderte?

Thea öffnete das Schott und rief ihrem Vater zu: »Rudy, geh bitte ins Haus! Ich habe noch mit dir zu reden. Ich komme bald nach. Du kannst ja solange Nachrichten sehen.«

Ihr Vater sah sie verwundert an, sagte aber nichts. Er warf die Arme in die Luft und trollte sich zum Haus.

»Gut so«, sagte der Fremde. »Jetzt steigst du aus und gehst ebenfalls langsam zum Haus. Gibt es eine Hintertür?«

Sie nickte bloß.

»Gut, die nehmen wir. Dein Vater soll vorerst nichts von unserer Existenz erfahren. Und sei artig! Ich will dir nicht weh tun müssen.«

Thea verließ den Schweber und ging um das Haus herum. Dabei lauschte sie auf Geräusche hinter sich.

Sie konnte nur die Schritte einer einzelnen Person hören. Wo war der andere?

Rudys Domizil war ein einfacher Fertigteilbau mit fünf Räumen. Das Energieaggregat mit dem Technikblock war in einem eigenen Schuppen untergebracht, etwa zwanzig Meter vom Haus entfernt. Er war versperrt, damit Rudy nicht an die Basistechnik herankam und keinen Unsinn anstellen konnte.

Thea betrat das Haus durch die Hintertür. Der Gang verlief schnurgerade zum Haupteingang, zwei Türen links und zwei Türen rechts führten in die verschiedenen Räume.

»Da hinein!« Der Fremde griff mit der Hand, die den Strahler hielt, an ihr vorbei und stieß die Tür zur Küche auf.

Thea drehte sich abrupt um und sah dem Fremden direkt ins Gesicht. Der andere war so überrascht, daß er unwillkürlich den Strahler in Anschlag brachte. Aber als sie ihn nur ansah, entspannte er sich wieder.

»Du solltest solche Überraschungen in Zukunft besser unterlassen«, sagte er tadelnd. »Ich möchte mich nicht zu einer Affekthandlung hinreißen lassen.«

Er war ziemlich klein, weit unter 1,70 Meter, jung, bestimmt zehn Jahre jünger als sie, schmächtig und hatte einen runden Kopf mit schwarzem Haarkranz. Und da erkannte sie ihn.

»Du bist Bruno Drenderbaum!« entfuhr es ihr. Thea mußte sich am Tisch festhalten. »Und der andere muß der Fremde sein, der auf Trokan mit Bully den Platz getauscht hat. Kummerog! Ihr seid von Mimas geflohen und ... Wie seid ihr nach Camelot gelangt? Die abgestürzte Jet! Ihr habt euch als Andor Felsch und Simon Dury ausgegeben und den Unfall nur vorgetäuscht, um untertauchen zu können. Und was ist mit Kerom? Ihr habt ihn geopfert! Getötet! Er war ein gefährlicher Mitwisser, wie ich es bin ...«

Ihr Redeschwall brach ab. Thea hatte sich wieder gefaßt. Plötzlich wurde ihr die gefährliche Lage in vollem Umfang bewußt; das klärte ihren Verstand. Sie hätte sich ohrfeigen können, daß sie ihre Gedanken so sprudelnd preisgegeben hatte.

Das erhöhte nicht gerade ihre Überlebenschancen. Es wäre sehr viel besser gewesen, sich dumm zu stellen. Aber dazu war es jetzt auch zu spät.

Der Schaden war angerichtet.

Bruno Drenderbaum hatte den Strahler weggesteckt und sich auf einen Stuhl gesetzt. Er betrachtete sie überlegend aus seinen dunklen Augen. Irgend etwas stimmte nicht mit ihm. Seine Haut sah aus, als sei sie von schlecht verheilten Verbrennungen entstellt.

»Ich nehme an, ihr habt auf Camelot die Geschehnisse im Solsystem mitverfolgt«, sagte er ruhig. »Es muß ein Schock für euch gewesen sein, als Bull, Rhodan und Saedelaere im Pilzdom verschwanden und nicht wiederkamen. Glaube mir, für mich auch. In welcher Beziehung stehst du zu Bull?«

»Er war wie ein zweiter Vater zu mir«, antwortete Thea. »Was hat Kummerog mit ihm gemacht? Wohin hat er Bully, Rhodan und Saedelaere gebracht?«

»Kummerog hat überhaupt nichts mit ihnen angestellt«, antwortete Bruno Drenderbaum in seiner ruhigen Art.

Er spürte wohl, daß Thea die Antwort auf ihre Fragen, das Bedürfnis ihre Ungewißheit zu beenden, wichtiger war als alles andere. Bruno fuhr fort: »Er ist an diesem Geschehen völlig unschuldig. Er ist ein Opfer wie sie. Um herauszufinden, was tatsächlich geschehen ist, sind wir nach Camelot gekommen. Kummerog braucht Informationen, um die Wahrheit über die Geschehnisse auf Trokan herauszufinden.«

»Ich glaube davon kein Wort«, sagte Thea fest.

Sie war zu der Überzeugung gekommen, daß es nichts half, ihrem Gegenüber irgend etwas vorzumachen. Sie mußte zu ihrer Überzeugung stehen.

»Wenn Kummerog ehrliches Spiel getrieben hätte, dann wäre es ihm auf Mimas viel leichter gefallen, sich Informationen zu beschaffen. Seine Flucht – und insbesondere sein skrupelloses Vorgehen dabei – sind der beste Beweis für seine Schuld.«

»Ich weiß, ich weiß, Kummerog hat schlechte Karten – aber der Schein trügt«, sagte Bruno Drenderbaum.

Er wurde immer sicherer und souveräner. Thea kam sich wie ein Fisch an der Angel oder wie das kleine Mädchen vor, das der hypnotischen Ausstrahlung der Karnivore ausgeliefert war.

Bruno Drenderbaum fügte sanft hinzu: »Glaubst du, ich hätte mich für Kummerog verwendet, wenn ich nicht von seiner Unschuld überzeugt wäre?«

Das war ein Argument, dem sich Thea nicht entziehen konnte. Die allgemeine Ansicht war die, daß Drenderbaum Kummerogs Geisel war. Aber nun gestand er, daß er sein Helfer war. Warum sollte ein Mann in seiner Position, als Assistent des LFT-Kommissars, einem Verbrecher freiwillig helfen?

»Die Situation ist überaus verworren und kompliziert«, sagte Drenderbaum.

Er erklärte, daß Kummerog auf Mimas keine Chance gehabt hatte, seine Unschuld zu beweisen. Alle waren voreingenommen und davon überzeugt, daß er die drei Zellaktivatorträger auf dem Gewissen hatte. Völlig zu Unrecht, wie Drenderbaum beteuerte. Kummerog war gar nichts anderes übriggeblieben, als zu fliehen. Nur in Freiheit konnte er den Beweis für seine Unschuld erbringen. Und am ehesten hier auf Camelot, einem neutralen Ort.

Thea sah keine Logik hinter allen Argumenten Drenderbaums. Aber da er für sie eine integere Person war und sie hoffte, über ihn mehr über Bullys Schicksal zu erfahren, war sie geneigt, ihm einen Bonus einzuräumen.

In diesem Moment schallte Rudys Stimme durchs Haus. »Marga! Marga, wo bist du? Atlan kommt zurück. Sie haben gerade in den Nachrichten durchgegeben, daß er soeben ins Sonnensystem einfliegt.«

»Das wäre doch die Chance für Kummerog«, sagte Thea zu Drenderbaum. »Ich bin sicher, daß Atlan Verständnis für seine Lage hat, wenn er sich ihm anvertraut. Atlan ist unvoreingenommen. Er würde alles tun, um das Schicksal seiner drei Freunde aufzuklären und ihnen helfen zu können.«

Die Tür ging auf, und Kummerog kam hereingestürzt. Thea zuckte bei seinem Erscheinen unwillkürlich zusammen. Sie kannte ihn aus den Medien, aber irgendwie hatten die Aufzeichnungen die Perspektiven verzerrt. Von Angesicht zu Angesicht wirkten seine Proportionen viel ungewöhnlicher. Das Epsalerhafte, das die Bilder vermittelt hatten, war nun nicht vorhanden. Das Fremdartige an ihm waren aber nicht die abweichenden Körpermerkmale, wie der lippenlose Mund mit den Reißzähnen und die dreilöchrige Nase. Das Fremde wurde in erster Linie durch seine Ausstrahlung vermittelt.

»Na, wie steht es, Bruno?« fragte er mit einem prüfenden Blick zu Thea, der ihr einen Schauer über den Rücken jagte. »Wie sollen wir mit der Katze und dem Alten verfahren?«

Thea hatte das Wort »Katze« bisher als Schimpfwort nur im Zusammenhang mit Kartanin gehört. Aber Kummerog wandte ihn mindestens ebenso diskriminierend auf sie an. Er sprach in einem Ton, der etwas Lebensverachtendes an sich hatte. Ihr war klar, daß er keine Sekunde zögern würde, sie und Rudy zu töten, wenn er sich durch sie gefährdet fühlte.

Sie verkrampfte sich in dem Bemühen, ihm keinen Anstoß für eine solche Einschätzung der Lage zu geben.

»Ich schätze Thea als vernünftige Frau ein, die mit uns kooperieren wird«, sagte Drenderbaum. »Ihr ist sehr am Schicksal von Reginald Bull gelegen.«

»Mich kümmert das einen Dreck!« schrie Kummerog außer sich. »Wenn es die drei, mit denen ich die Plätze getauscht habe, nur halb so schlimm erwischt haben wie ich, dann sind sie vermutlich längst tot. Ich habe eine ganze Galaxis gegen mich und weiß nicht, wie ich dazu komme!«

»Reg dich wieder ab, Kummerog«, redete Drenderbaum beruhigend auf ihn ein. »Wir sind auf Theas Unterstützung angewiesen. Wenn sie mit uns zusammenarbeitet, könnten wir uns gegenseitig helfen. Thea wäre zur Zusammenarbeit bereit.«

Thea wunderte sich sehr über diese Aussage. Sie hatte mit keinem Wort eine Bereitschaft zur Zusammenarbeit angedeutet. Aber sie mußte sich eingestehen, daß in ihr eine innerliche Bereitschaft dazu vorhanden war. Diese mußte sie Drenderbaum wohl durch ihr Verhalten signalisiert haben.

»Das wäre die beste Lösung für uns alle«, sagte Kummerog. »Ich habe mich umgesehen. Ein besseres Versteck könnten wir nicht finden. Es gibt ausreichend Vorräte, so daß ich meinen steigenden Hunger stillen kann. Und das Kommunikationssystem mit den übrigen technischen Anlagen kann sich ebenfalls sehen lassen. Wir brauchen nur einen Zugriff auf spezielle Informationsspeicher.«

»Das wird sich machen lassen, nicht wahr, Thea?« fragte Drenderbaum.

Auf dem Gang waren Schritte zu hören. Kummerog gab die Tür mit einem Satz frei. Dabei griff er an Drenderbaums Hüfte und holte dessen Miniaturstrahler aus dem Halfter.

»Nicht!« entfuhr es Thea.

Sie streckte eine Hand abwehrend nach Kummerog aus. Dabei berührte sie seine rissige Haut und zuckte erschrocken zurück, als ihre Fingerspitzen einen elektrisierenden Schlag erhielten.

Rudy trat durch die Tür. »Was ist das für ein Krach?« fragte er beim Eintreten. Dann sah er die beiden Fremden und wurde mißtrauisch. »Wer sind die? Etwa Spitzel von Foch?«

»Nein, nein, Dad«, versicherte Thea schnell, um die brenzlige Situation nicht eskalieren zu lassen. »Sie sind verschworene Gegner der Drakisten. Die Freifahrer Andor und Simon; Freunde. Sie kommen aus den Bergen und möchten für ein paar Tage bleiben.«

»Dann willkommen in meiner bescheidenen Klause«, sagte Rudy erfreut. »Ich hatte schon eine Ewigkeit keine Gesellschaft mehr. Wir werden uns eine Menge zu erzählen haben. Aber jetzt möchte ich die weiteren Nachrichten nicht versäumen.«

»Dann komm, mein Alter, ich leiste dir Gesellschaft«, sagte Kummerog. Er legte Rudy die vierfingrige Hand auf die Schulter und drängte ihn so aus der Küche. Im Hinausgehen drehte er sich nach Thea um und sagte anerkennend: »Das war sehr clever von dir, Katze. Sehr, sehr klug.«

»Er wird meinem Vater doch wohl nichts antun?« fragte Thea besorgt.

»Kummerog tut niemandem etwas, der ihn nicht bedroht«, sagte Drenderbaum. »Es liegt alles in deiner Hand. Wenn du uns hilfst, dann ist dir Kummerogs Wohlwollen gewiß. Und wenn Kummerog geholfen wird, dann kannst du damit auch Bull, Rhodan und Saedelaere helfen.«

»Wie das?«

»Kummerog stammt aus einer Galaxis, die Bröhnder heißt«, begründete Drenderbaum. »Von dort hat es ihn nach Trokan verschlagen. Und da die drei Zellaktivatorträger die Plätze mit ihm getauscht haben, müssen sie genau dort herausgekommen sein. Kummerog will heim. Er muß sich die Koordinaten von Bröhnder beschaffen. Und wenn du ihm dabei hilfst, dann findest du damit automatisch den Weg zu Bull, Rhodan und Saedelaere. Alles, was du zu tun hast, ist, uns die Kanäle zu diesen Informationen zu beschaffen.«

»Und was passiert mit Rudy und mir, wenn Kummerog die gewünschten Informationen bekommen hat?« wollte Thea wissen.

»Kummerog ist ein skrupelloser Mörder, für den ein Menschenleben nichts wiegt.«

»Das scheint nur so«, widersprach Drenderbaum. »Kummerog wiegt Menschenleben nur gegen seines auf. Er tötet nicht aus Lust und Laune. Er wird euch nichts antun, dafür verbürge ich mich. Du darfst nur keinen Verrat begehen.«

Thea lächelte bitter. »Das wiederum bedeutet, daß ich mich und Camelots Werte verraten muß. Was für eine abartige Koalition! Und das alles nur wegen der vagen Hoffnung, zu überleben und Bully zu helfen.«

»Es ist die beste Lösung für alle Beteiligten«, versicherte Drenderbaum. »Und du hast keine andere Wahl, Thea.«

»Und was passiert, wenn ich jetzt zur Tür hinausgehe und mit dem Schweber abfliege?« fragte sie. »Ich werde an meinem Arbeitsplatz erwartet. Mein Fernbleiben würde sicher einiges Aufsehen erregen.«

»Das geht ja in Ordnung«, sagte Drenderbaum. »Du darfst nur zu niemandem über uns sprechen. Kummerog und ich, wir existieren einfach nicht. Du bist doch über Rudy jederzeit zu erreichen?«

»Wann immer es nötig ist.« Thea verriet nicht, daß ihr Vater sie noch nie angerufen hatte. »Ich werde mich gleich nach meiner Rückkehr melden und weitere Instruktionen einholen.«

»Dann geh einfach«, sagte Drenderbaum. »Es ist besser, Kummerog nicht erst zu fragen. Man weiß nie, wie er reagiert. Ich werde ihn einfach vor vollendete Tatsachen stellen. Und jetzt geh.«

Thea konnte sich des Gefühls nicht erwehren, daß Drenderbaum in ihr wie in einem offenen Buch las. Er vertraute nicht bloß darauf, daß sie ihn und Kummerog nicht verraten würde. Er wußte es!

Ohne daß es ihr Drenderbaum explizit angeraten hätte, schlich Thea vorsichtig aus dem Haus. Kaum im Freien, begann sie zu laufen. Sie wußte, daß man aus dem Wohnzimmer, wo sie Kummerog mit Rudy wußte, nicht den Landeplatz des Schwebers einblicken konnte. Er würde sie nicht sehen.

Sie erreichte den Schweber und stürzte in die Kanzel. Und noch während sie sich in den Pilotensitz fallen ließ, betätigte sie den Startknopf.

Als der Schweber abhob, ließ sie sich mit geschlossenen Augen in den Sitz sinken. Sie wollte nicht daran denken, was im Haus ihres Vaters nach ihrer Flucht alles passieren konnte. Aber sie hatte keine andere Wahl. Bruno Drenderbaum hatte selbst gesagt, daß Kummerog unberechenbar war und man seine Reaktionen nie vorhersehen konnte. Thea konnte nur hoffen, daß er sich nicht an Rudy abreagierte.

»Er wird dir nicht weh tun, Dad«, sagte sie sich. »Kummerog braucht dich lebend.«

Sie schluchzte plötzlich auf, als ihr die Ausweglosigkeit ihrer Lage in vollem Umfang bewußt wurde. In was waren ihr Vater und sie da nur geraten?

Als Theas Geburtsjahr wurde, aufgrund ihrer körperlichen Entwicklung, 1235 NGZ angenommen. Monat und Tag waren nicht mehr zu eruieren, weil Rudy darüber keine Aufzeichnungen geführt hatte. Sie wurde im Jahre 1241 von Reginald Bull und Michael Rhodan aufgefunden, in jenem Jahr, als die Zellaktivatorträger geschlossen von der galaktischen Bühne abtraten.

Aber schon viele Jahre früher hatten die Zellaktivatorträger Phönix als ihre zukünftige Basiswelt auserkoren, mit dem Bau der zukünftigen Hauptstadt Port Arthur und der Revitalisierung von Mandalay, dem ehemaligen Sitz der Freifahrer, begonnen.

Thea hatte ihre Auffindung vor allem der Tatsache zu verdanken, daß man beschloß, oberhalb Mandalays, in den Vorbergen des Zentralmassivs von Bonin, eine Fertigungsanlage für Alarm- und Sicherheitsgeräte aller Art zu errichten und deshalb dieses Gebiet großflächig inspiziert wurde.

Seit dieser Zeit waren immer wieder Siganesen zu Gast auf Camelot, um den Zellaktivatorträgern ihre Fähigkeiten auf Zeit zur Verfügung zu stellen. Die Siganesen waren die einzigen Außenstehenden, denen Perry Rhodan vollends vertraute und die das Geheimnis von Camelot kannten. Sie konnten sich jedoch erst im Jahre 1255 dazu entschließen, geschlossen ihre Heimatwelt zu verlassen und Camelot zu ihrer zweiten Heimat zu erwählen.

7.

Atlan erfuhr die schlechte Nachricht, gerade als der Vesta-Kreuzer nahe des HQ-Camelot landete: Eine LFT-Patrouille hatte im Halo der Milchstraße eine Flotte von 10.000 Igelschiffen entdeckt.

Die Meldung war nicht offiziell, offenbar wollte man die Öffentlichkeit nicht in Panik versetzen. Sie war von Camelot-Erkundern aufgefangen und zur Basiswelt weitergeleitet worden. Mehr als die Tatsache, daß sich 10.000 Igelschiffe im Bereich der Milchstraße formiert hatten, ging daraus nicht hervor.

»Zehntausend Igelschiffe!« sagte Hermon von Ariga, der Atlan zum Humanidrom begleitet hatte. »Wenn die in die Milchstraße einfallen, gibt es ein Gemetzel.«

»Hoffentlich ist das nicht nur die Spitze eines Eisberges«, meinte Atlan düster.

Die zweite schlechte Nachricht erfuhr der Arkonide, als er ins Hauptquartier kam. Der Absturz einer Space-Jet vor zwei Tagen war auf Camelot immer noch Tagesgespräch. Der Lotse Kerom sowie die zwei Camelot-Aspiranten Andor Felsch und Simon Dury waren dabei umgekommen. Über die Unfallursache war noch nichts bekannt. Einziger Hinweis auf ein mögliches technisches Versagen war ein Gesprächsprotokoll, aus dem Keroms Aussage hervorging, daß er die Jet nicht mehr in der Gewalt hatte.

Aber es gab auch eine gute Nachricht. Diese erfuhr Atlan von Myles Kantor, als sie sich im inneren Kommandosektor des HQ-Camelot trafen, der nur den Zellaktivatorträgern zugänglich war. Mila und Nadja Vandemar waren ebenfalls anwesend, um sich über Atlans Erfolg im Humanidrom zu informieren.

»Ich hätte mir die Mühe sparen können«, faßte Atlan knapp zusammen. »Das Galaktikum ist zerstrittener denn je. Vielleicht hätte ich mehr Erfolg gehabt, wenn ich schon im Humanidrom die Informationen über die 10.000 Igelschiffe besessen hätte.«

Atlan ersparte es sich vorerst, auf das Attentat einzugehen, das das Kristallimperium auf ihn verübt hatte. Er wechselte das Thema.

»Was haben die Untersuchungen am Wrack ergeben?« fragte er statt dessen.

»In technischer Hinsicht treten wir auf der Stelle«, antwortete Myles Kantor. »Es ist uns noch nicht gelungen, den geschlossenen Zellenblock im Heck des Igelschiffes zu enträtseln. Dies liegt aber in erster Linie daran, daß wir sehr vorsichtig agieren. Wir schicken jetzt einen Siganesen hinein, der uns eine Innenansicht beschaffen soll. Mila und Nadja haben sich bereiterklärt, ihre Para-Fähigkeiten zur Durchleuchtung der Anlage zur Verfügung zu stellen. Wir werden das Ding schon knacken!«

Atlan wollte etwas sagen, aber Myles fuhr schnell fort – und das war die gute Nachricht: »Arfe Loidan hat inzwischen das Aussehen der Igel-Wesen rekonstruiert. Ich kenne selbst noch keine Details. Ich war gerade auf dem Weg zu ihr, als die Meldung von deinem Eintreffen kam. Wir können uns die Simulation gemeinsam ansehen.«

»In Ordnung«, stimmte Atlan etwas geistesabwesend zu. Schuld daran war sein Extrasinn, der ihn drängte, Weiteres zu erfragen. »Da ist nur noch eine Kleinigkeit: Habt ihr inzwischen die Ursache fur den Jet-Absturz eruiert?«

»Da war nichts mehr zu eruieren, die Jet explodierte beim Aufprall und wurde förmlich atomisiert«, antwortete Myles. »Es gibt keine Leichen und keine Spuren. Die ganze Aktion stand unter einem ungünstigen Stern. Das hat schon mit der Katastrophe auf der BASIS begonnen und dem Ausfall von ORION-738.«

Atlan wurde hellhörig. »Was ist auf der BASIS passiert?«

»Weißt du es noch nicht?« wunderte sich Myles. »Unser dortiges Camelot-Büro ist in die Luft geflogen. Olaf Grindgen, der das Büro betrieb, und drei weitere Männer, die zufällig anwesend waren, sind ums Leben gekommen. Es wird noch untersucht, ob es sich um einen Sabotageakt handelt und wer dahinterstecken könnte. ORION-738 ist gleich nach Keroms Abflug ausgefallen.«

»Das wußte ich nicht«, sagte Atlan. »Und warum bringst du die BASIS in Zusammenhang mit dem Jet-Absturz?«

»Es gibt keinen Zusammenhang«, entgegnete Myles. »Aber wie der Zufall so spielt, haben Andor Felsch und Simon Dury, die beiden Neulinge, die bei dem Jet-Absturz ums Leben kamen, auf der BASIS angeheuert.«

»Und da schließt du einen Zusammenhang so einfach aus?« wunderte sich Atlan.

Der Arkonide war alarmiert. Es hätte nicht des Hinweises seines Extrasinns bedurft, daß es in diesem Fall der scheinbaren Zufälle etwas zu viel gab. Atlan schüttelte über Myles' Naivität den Kopf.

»Da heuern zwei Männer auf der BASIS an – und hinter ihnen explodiert das Camelot-Büro. Dann fällt ORION-738 aus, wo diese beiden Männer Zwischenstation gemacht haben. Die beiden kommen anschließend bei der Landung auf Camelot beim Absturz ihrer Space-Jet ums Leben. Und du sprichst von Zufällen!«

»Ich kann es auch eine Verkettung von unglücklichen Umständen nennen, wenn dir das lieber ist.«

»Und was, wenn die beiden Agenten irgendeines Machtblockes waren?« hielt Atlan entgegen. »Wenn sie das Camelot-Büro der BASIS in die Luft gesprengt und dann den Unfall auf Camelot nur inszeniert haben, um alle Spuren zu verwischen? Was sagst du dazu?«

»Ist das nicht etwas zu weit hergeholt?«

»Es ist eine von vielen wahrscheinlichen Möglichkeiten«, sagte Atlan gereizt. »Ich werde veranlassen, daß auf der BASIS genaue Untersuchungen vorgenommen werden. Ebenso soll die Absturzstelle der Space-Jet gewissenhaft nach menschlichen Überresten untersucht werden. Ich möchte einen Beweis für den Tod der beiden Passagiere geliefert bekommen. Solange ich diesen Beweis nicht habe, gehe ich davon aus, daß zwei Spione nach Camelot eingeschleust wurden.«

»An so was hätte ich nie gedacht«, gestand Myles Kantor. »Aber so wie du es darstellst, klingt es durchaus plausibel.«

Atlan zog sich in sein Büro zurück. Von dort setzte er sich mit dem Abwehrchef Armin Assitar, einem ehemaligen Spitzenmann des Terranischen Liga-Dienstes, in Verbindung.

Der Arkonide gab ihm ausführliche Anweisungen zur Behandlung des vorliegenden Falles. Er wollte sich nicht allein damit begnügen, nur die Explosion im BASIS-Rekrutierungsbüro und den Jet-Absturz untersuchen zu lassen. Er veranlaßte den Sicherheitsdienst auch, von der Annahme auszugehen, daß möglicherweise zwei Agenten einer galaktischen Macht auf Camelot untergetaucht waren.

Erst nachdem Atlan diese Vorkehrungen getroffen hatte, war auch sein Extrasinn zufriedengestellt.

Der Arkonide meldete sich bei Myles Kantor. »Sehen wir uns jetzt den Igel an.«

Arfe Loidan genoß die Anwesenheit der vier Zellaktivatorträger. Atlan, Myles Kantor und die Vandemar-Zwillinge waren ein kompetentes Publikum. Und sie bot ihnen mit dem Simulator eine perfekte, auf Höhepunkte abgezielte Show; das war ihr privates Vergnügen, das sich die Medizinerin nicht nehmen ließ.

Das von ihr projizierte Holorama war nicht nur lebensnahe und dreidimensional, sondern es erweckte auch die Illusion des Materiellen. Und der Simulator sorgte für natürliche Bewegungsabläufe.

Zuerst blendete sie den Kopf des Igel-Wesens in den Raum. Aus dem Dunkel schälten sich die Konturen eines langgezogenen, in der Draufsicht deltaförmigen Schädels. Das Licht spiegelte sich in starren Augen, die unter knöchernen Augenbrauenwülsten hervorquollen. Schwere, wimpernlose Lider schlossen sich kurz über die gelben, irislosen Augen, wurden für einen Moment schmale Schlitze, um sich dann wieder zu öffnen. Vorne an der Schnauze, knapp hinter der nüsternlosen Kieferwölbung, erhob sich ein dickes, fingerlanges Horn. Der schlangenähnliche Schädel war grün geschuppt, aber mit verändertem Lichteinfall begann er in verschiedenen Farben zu schillern.

»Der Kopf erinnert mich an den einer Nashornviper«, murmelte Myles Kantor.

»Exakt meine erste Assoziation«, stimmte Arfe Loidan zu. »Die Igel-Wesen sind für meine Begriffe tatsächlich der Klasse der Viperidae zuzuordnen. Ich nenne sie darum Viperiden.«

Der Viperide öffnete das Maul weit, immer weiter; bis die beiden Kiefer so weit auseinanderstanden, daß der Kopf eines Mannes darin Platz gehabt hätte. Aber es waren keine Fang- oder Giftzähne zu sehen, der Rachen wies auch keine gespaltene Zunge auf; es war überhaupt keine Zunge zu sehen. Statt Zähnen hatten die beiden Kiefer je einen Halbkranz von etwa drei Zentimeter großen Borsten – *wie von einer Stahlbürste,* dachte Atlan; damit konnte man Nahrung wie in einem Fleischwolf reißen.

Das Maul schloß sich; der Viperide schien seine Betrachter mit seinen starren Augen zu belauern, der breite, lippenlose Mund war zu einem süffisanten Grinsen geformt. Die starken Kiefer mahlten bedrohlich.

Nun erweiterte sich das Bild nach unten, gab einen langen geschwungenen Hals frei, der sich dann ein wenig zu einem Körper verbreiterte. Gleich zu Beginn der Körperverdickung bildeten sich zwei Extremitäten, die sich zu eineinhalb Meter langen tentakelartigen Armen erweiterten. Diese endeten in einem saugnapfähnlichen Lappen, der unglaublich beweglich und formbar war.

Arfe Loidan demonstrierte den Zuschauern, wie beweglich dieser Fingerersatz war. Sie projizierte dem Viperiden eine viereckige Folie in die »Hände«. Die kräftigen und doch so sensiblen Hautlappen zuckten und wanden sich, streckten und verdickten sich – und im Nu war die Folie zu einem Gleitermodell gefaltet.

»Das sind die Handlungsarme, mit denen die Viperiden jegliche Art von Instrumenten bedienen können«, erklärte die Xenomedizinerin dazu.

»Dann hat er noch ein zweites Armpaar?« fragte Nadja.

Sie bekamen es gleich darauf zu sehen. Zwanzig Zentimeter unterhalb der Handlungsarme wuchsen dem Viperiden zwei weitere, schlangenartige Fortsätze aus dem Körper. Sie waren nur fünfzig Zentimeter lang und dünner, und die Handlappen waren weniger sensibel ausgebildet. Arfe Loidan ließ den Viperiden damit die erreichbaren Stellen seines Körpers massieren, dann eine projizierte Siganesenpuppe ergreifen und ins Maul einführen.

»Muß das wirklich sein?« beschwerte sich Mila.

»Ich nehme mir diese Freiheit einfach heraus.« Arfe Loidan fand stets ein kindliches Vergnügen daran, andere mit ihrem schwarzen Humor zu schockieren. Ernster fügte sie hinzu: »Dieses sekundäre Armpaar dient vermutlich der Körperpflege und der Nahrungszuführung.«

Das Holorama bildete sich weiter nach unten. An der Stelle, wo der kurze, nur etwa einen Meter lange Schlangenkorpus in einem verdickten Stummel endete, wuchsen dem Viperiden zwei weitere Tentakel aus dem Körper. Sie waren im Oberschenkelbereich fast so dick wie der Körper selbst; auf halber Höhe gab es eine Einschnürung, und danach waren die Beine nur noch ein Drittel so stark. Sie endeten in ovalen, dreißig Zentimeter langen und fünfzehn Zentimeter breiten Fußlappen, die sich förmlich am Boden festsaugten.

Der gesamte Körper war, wie die sechs Extremitäten und der Kopf, mit kleinen stellargroßen Schuppen bedeckt, die einen grünen Grundton hatten, aber während der Bewegung in schier allen Farben des Spektrums schillerten. Arfe Loidan ließ den Viperiden eine Art Tanz aufführen, um seine Beweglichkeit zu demonstrieren. Diese Bewegungsstudie mutete wie ein Unterwasserballett mehrerer ineinander verschlungener Schlangen an: Die Bewegungen gingen fließend ineinander, waren majestätisch und für menschliche Begriffe auch ästhetisch. Dabei flossen Wogen aus Farbkompositionen über die Schuppen des Körpers und der Extremitäten.

Plötzlich ging der Tanz in eine wilde Attacke über. Die Bewegungen waren auch dabei fließend majestätisch, aber sie hatten etwas Ekstatisches und unglaublich Aggressives an sich.

Der Viperide stieß sich mit beiden Beinen vom Boden ab. Dabei bog sich sein kurzer Schlangenkörper zuckend durch. Die beiden Handlungsarme schnellten, den Körper förmlich nach sich ziehend, schlängelnd nach vorne – geradewegs auf Atlan zu.

Der Arkonide zuckte unwillkürlich zusammen, nur um gleich darauf über sich und Arfes Effekthascherei zu schmunzeln. Bevor der Viperide ihn erreicht hatte, erlosch die Projektion und baute sich im Zentrum des Holowürfels wieder auf – den majestätischen Tanz fortführend.

»Das ist ein Viperide, wie er leibt und lebt«, erklärte Arfe Loidan nach dieser Demonstration. »Diese Spezies ist tatsächlich wirbellos. Sie besteht, bis auf den Schädel, und auch der wird nur von Knorpeln zusammengehalten, ausschließlich aus Weichteilen. Die Schuppen setzen sich zu einem variablen und extrem beweglichen, verwindbaren Exoskelett zusammen. Sie sind durch Knorpelhaken im Muskelgewebe verankert. Es gibt keinerlei Geschlechtsmerkmale. Meine erste Aussage, daß es sich um Neutra handelt, die nicht der Fortpflanzung fähig sind, hat sich bestätigt. Und noch eines ist klar: Die Viperiden werden nicht nachträglich sterilisiert. Sie werden geschlechtslos geboren. Anzeichen dafür, daß sie Klone sind, also synthetisch gezüchtete Wesen, gibt es nicht. Sie sind auf natürliche Weise entstanden.«

»Das wirft die Frage ihrer Herkunft und Entstehung auf«, stellte Myles Kantor fest. »Darum frage ich nochmals: Wachsen sie auf Bäumen?«

»Und ich kann nur wiederholen, daß diese Möglichkeit im Prinzip nicht auszuschließen ist«, antwortete Arfe Loidan ernst. »Wir müßten einen lebenden Viperiden fangen, um ihn studieren und befragen zu können. Ich konnte nur ein ungefähres Modell erstellen.«

»Das ist dir gut gelungen, Arfe«, sagte Atlan anerkennend. »Und wie steht es mit der Gehirnkapazität?«

»Das Gehirngewicht entspricht in etwa dem des Menschen«, antwortete die Xenomedizinerin. »Ich muß zugeben, daß ich mich mit der Gehirntätigkeit noch nicht eingehender auseinandergesetzt habe – Myles brannte darauf, ein Igel-Wesen in Lebensgröße vorgeführt zu bekommen. Eines kann ich jedoch mit absoluter Sicherheit ausschließen: nämlich daß die Viperiden durch einen Todesimpuls, ähnlich wie bei den Cantaro praktiziert, gestorben sind. Sie besitzen kein Organ, das dem Ortonator der Cantaro auch nur annähernd entspräche. Sie haben bewußt und gezielt Massensuizid begangen.«

In diesem Moment kam ein Anruf von Dock II, wo das Wrack des Igelschiffes untersucht wurde.

»Hier Cyrus Morgan«, meldete sich der Chefwissenschaftler mit aufgeregter Stimme. »Es gibt Probleme. Wir haben einen Siganesen in den geschlossenen Heckblock des Igelschiffes geschickt. Nun ist er eingeschlossen. Schickt uns die Vandemar-Zwillinge!«

Das Sicherheitssystem für das Ceres-System war im großen und ganzen von den Freifahrern übernommen, jedoch auf den neuesten technischen Stand gebracht worden.

Ein wichtiger Bestandteil waren die Fernorter, die auf dem fünften Planeten Ultima – und über dessen Umlaufbahn verteilt – stationiert und positioniert waren und einen geschlossenen Ortungsring bildeten. Die Fernorter konnten bei geringem Störpegel Raumschiffsbewegungen im 4-D-Kontinuum bis zu einer Entfernung von 60 Lichtjahren erkennen. Die Alarmgrenze lag bei 20 Lichtjahren. Objekte, die näher geortet wurden, lösten einen Alarm aus, es sei denn, sie identifizierten sich als Raumschiffe der Camelot-Bewegung.

Darüber hinaus wurden im selben Umkreis sämtliche hyperdimensionalen Strukturerschütterungen wahrgenommen – und deren Kursvektoren ausgewertet – wie sie Raumschiffe beim Eintritt in den fünfdimensionalen Raum oder beim Austritt aus dem 5-D-Kontinuum verursachten.

Diese Vorwarnung versetzte das gesamte Sonnensystem in Alarmbereitschaft.

Erreichten unidentifizierte Flugobjekte gar den Umraum des Ceres-Systems, wurde das System von allen Raumschiffen und Orbitalanlagen geräumt, sämtliche Energiequellen Camelots auf fünfdimensionaler Basis wurden stillgelegt, so daß es ortungstechnisch keinerlei Hinweise auf technisch-zivilisatorische Einrichtungen gab.

Wenn fremde Raumschiffe gar die Umlaufbahn des fünften Planeten kreuzten und tiefer ins Ceres-System einflogen, dann wurden die auf Ultima in subplanetaren Raumbasen stationierten Einheiten mobilisiert, um den Eindringling abzufangen.

Thea hatte zusammen mit Corben Matala an der Verfeinerung des Alarm- und Abwehrsystems mitgearbeitet. Das Wissen um diese Schutzmaßnahmen war freilich noch kein Garant dafür, sie auch umgehen zu können.

8.

Thea hatte das Gefühl, daß jedermann aus ihrem Gesicht die Angst und Verzweiflung lesen könnte wie in einem offenen Buch. Das machte sie nur um so verkrampfter. Corben Matala sprach sie tatsächlich darauf an.

»Thea, wenn ich dir irgendwie helfen kann, dann sag es. Du weißt, daß ich immer für dich da bin.«

Sie überlegte ernsthaft, ob sie sich ihm anvertrauen sollte. Aber phantasielos und ordentlich wie Corby war, hätte er ihr geraten, die

Sache dem Sicherheitsdienst zu melden – oder er hätte es selbst getan. Und das war das letzte, was sie wollte.

Die Angst um ihren Vater war größer als alles andere. Thea würde nie den Anblick von Kummerog vergessen, als er ihr bei ihrem gestrigen Besuch klarmachte, was mit Rudy passieren würde, wenn sie ihn verriet.

Bei dieser Gelegenheit hatte ihr Kummerog den Auftrag gegeben, ihm alle Unterlagen über das Sicherheitssystem zu beschaffen. Das war weiter nicht schwer, denn sie saß an der Quelle – sie hatte ja selbst daran mitgearbeitet. Thea versprach ihm, die benötigten Unterlagen in zwei Tagen zu beschaffen. Das war morgen. Dann wollte sie sie zur Klause bringen.

Als Kummerog jedoch verlangte, ihm auch den Schlüssel zur Berechnung des Tageskodes zu beschaffen, da mußte Thea passen. Diesen Schlüssel kannten ausschließlich die Zellaktivatorträger; der Tageskode wurde danach von den Bordsyntrons berechnet.

Thea erschauerte innerlich, als sie sich der nachfolgenden Szene erinnerte.

Kummerog hatte ihr nicht geglaubt. Er hatte gedroht, ihrem Vater zuerst einen Finger abzuschneiden und dann einen nach dem anderen, bis sie ihm den Kodeschlüssel verriet. Kummerog hätte ernst gemacht, das hatte ihm Thea angesehen. Aber da mischte sich Bruno Drenderbaum ein.

»Du kannst auf solche Folter verzichten, Kummerog«, hatte er dem unheimlichen Fremden aus Bröhnder zugeredet. »Ich spüre, daß Thea die Wahrheit sagt. Ich spüre auch, daß sie gewillt ist, in allen Belangen mit uns zusammenzuarbeiten.«

Es war seltsam, aber Kummerog beruhigte sich nach diesen Worten. Er schien sehr viel auf Drenderbaums Meinung, dessen »Gespür«, zu geben. Thea war dem Assistenten des LFT-Kommissars dankbar für sein Eingreifen; er war für sie in dieser Situation die einzige Hoffnung. Obwohl er völlig in Kummerogs Bann stand, schien er sich einen Rest von Menschlichkeit bewahrt zu haben.

»Ich sehe doch, daß irgend etwas mit dir nicht stimmt, Thea«, drang Corby weiter in sie. »Du kannst dich mir anvertrauen. Du weißt, daß ich dein Freund bin.«

»Danke, Corby. Aber es ist nichts weiter. Ich komme schon klar.«

Es wäre schön, wenn sie selbst daran glauben könnte. Tatsächlich trug sie nur ausweglose Verzweiflung in sich. Corby wollte nicht lokkerlassen, aber da schlug der Interkom an. Corby nahm das Gespräch entgegen, wandte sich dann aber an sie.

»Es ist dein Vater, Thea«, sagte er verdutzt. »Hat er dich je zuvor schon mal an deinem Arbeitsplatz angerufen?«

»Eine neue Marotte von ihm«, sagte Thea mit einem Lächeln.

Der Anrufer war tatsächlich Rudy. Er wirkte irritiert, als sei er über seinen Anruf selbst am meisten erstaunt.

»Ich möchte, daß du zu mir kommst, Marga«, sagte er. Nach einer Pause, so als lausche er irgendwelchen Einflüsterungen, fügte er hinzu: »Es ist dringend.«

Thea war klar, daß es Kummerog – oder Drenderbaum? – war, der ihn zu diesem Anruf genötigt hatte. Was war vorgefallen?

Thea war plötzlich in sehr großer Sorge, die beinahe an Panik grenzte. Kummerog mußte einen Grund haben, um sie zu sich zu bestellen.

»Ich komme«, sagte sie, darum bemüht, ihrer Stimme einen festen Klang zu geben und unterbrach schnell die Verbindung.

Zu Corby sagte sie: »Du hast es gehört. Gibst du mir frei und einen Gleiter?«

»Ich werde dich begleiten.«

Es kostete Thea einige Mühe, ihn von diesem Vorhaben abzubringen. Aber sie sah ihm an, daß er gar nicht damit einverstanden war, sie allein fliegen zu lassen. Er mußte gemerkt haben, daß irgend etwas mit ihr nicht stimmte. Sie hoffte nur – um ihrer aller willen –, daß er nicht auf die Idee kam, ihr nachzufliegen. Das hätte zu einer Katastrophe geführt.

Sie bekam den Gleiter, nahm den Datenträger mit den Informationen über das Sicherheitssystem an sich und flog mit diesem in die Berge. Dabei wählte sie einen Kurs, der sie über die Stelle führte, an der Kummerog seine Space-Jet hatte abstürzen lassen. Als sie nur noch zwei Kilometer entfernt war, wurde sie angefunkt. Irgend jemand erklärte ihr in barschem Ton, daß hier Sperrgebiet sei und sie freiwillig abdrehen solle, bevor sie dazu gezwungen wurde.

Solche Töne hörte man auf Camelot äußerst selten. Es mußte schon was Ungewöhnliches vorgefallen sein. Nun ahnte sie den möglichen Grund für Kummerogs Verhalten.

Thea landete den Gleiter innerhalb des Energiezaunes. Beim Haus stand ihr Vater und winkte ihr. Das hatte er zuvor noch nie getan.

»Hallo, Dad«, begrüßte sie ihn.

»Schön, daß du mich wieder mal besuchst, Marga.« Rudy schien total vergessen zu haben, daß er sie angerufen hatte.

Als sie an ihm vorbei ins Haus trat, wurde sie plötzlich an den Schultern gepackt und gegen die Wand geschleudert. Dann schloß sich eine kräftige Hand um ihren Hals. Kummerogs zorniges Gesicht kam ihr ganz nahe. Er fletschte den Mund und reckte ihr die einzeln herausragenden Reißzähne entgegen; sein Atem bereitete ihr Übelkeit.

»Ich war bei der Absturzstelle«, herrschte er sie an. »Was hat es zu bedeuten, daß dort auf einmal eine ganze Kompanie mit aufwendigem technischem Gerät herumschnüffelt?«

»Ich habe keine Ahnung ...«, stotterte Thea erschrocken.

»Aber du bist nicht überrascht!« hielt ihr Kummerog wütend vor. »Du weißt davon, obwohl es eine geheime Aktion ist. In den Nachrichten wurde nichts davon erwähnt.«

»Ich wollte drüberfliegen«, würgte sie hervor; Kummerogs Würgegriff raubte ihr den Atem. »Aber man hat mich zum Abdrehen aufgefordert ... mit der Begründung, dies sei Sperrgebiet ...«

»Könnte es nicht sein, daß du deshalb Bescheid weißt, weil du uns verraten hast?«

Kummerog drückte fester zu, so daß sie nur mit einem Krächzen antworten konnte.

»Laß sie los«, sagte Bruno Drenderbaums besänftigende Stimme aus dem Hintergrund. »Thea hat nichts mit dieser Aktion zu tun. Sie würde Rudys Leben nicht leichtfertig aufs Spiel setzen ...«

Rudy kam erst jetzt ins Haus zurück. Als er sah, wie Kummerog Thea bedrängte, stürzte er sich mit einem Aufschrei auf ihn.

»Laß sofort Marga los, du Bastard!« schrie er dabei und hämmerte mit seinen kraftlosen Armen so fest er konnte auf Kummerogs Rükken ein.

Kummerog schien das gar nicht zu merken. Er ließ Thea los, die benommen entlang der Wand zu Boden rutschte, und drehte sich zu Rudy um, als sei nichts vorgefallen.

»Schon gut, mein Alter«, sagte er zu ihm und tätschelte ihm die Wange. »Es ist ja nichts passiert. Marga hatte nur einen kleinen Schwächeanfall. Sie kann das bestätigen.«

»Ja, Dad, alles in Ordnung – wirklich«, krächzte sie, während sie immer noch nach Luft rang.

»Sieh nach, ob in den Nachrichten etwas über die Untersuchung des Igelschiffes gebracht wird, Rudy«, schlug Bruno Drenderbaum vor.

Das brauchte er nicht zweimal zu sagen. Rudy schlurfte ins Wohnzimmer. Kummerog spannte sich wieder an und sah wie ein Racheengel auf Thea hinab.

»Wir werden das in Ruhe regeln«, sagte Drenderbaum zu Kummerog, während er Thea auf die Beine half und sie zur Tür ins Freie geleitete. »Thea hat mit dieser Sache nichts zu schaffen. Sie wird uns helfen, einen Ausweg zu finden – falls sich das überhaupt als nötig erweist.«

»Was glaubst du denn, was all die Leute an der Absturzstelle machen, ein Picknick?« fragte Kummerog herausfordernd. »Es kann nur so sein, daß irgend jemand Verdacht geschöpft hat und eine genaue Untersuchung veranlaßt hat. Und selbst bei einer genauesten Untersuchung wird man höchstens die Überreste dieses Androiden finden. Dann weiß man, daß Andor Felsch und Simon Dury noch am Leben sind. Und wir beide sind geliefert, Freund Bruno.«

Thea hatte sich auf einen Fels gesetzt, um zu Kräften zu kommen. Sie übergab Drenderbaum wortlos den Datenspeicher.

»Was könnte der Grund für diese neuerliche Untersuchung sein?« fragte Drenderbaum sie. »Wer könnte sie veranlaßt haben? Gibt es neue Verdachtsmomente?«

Thea dachte nach, dann sagte sie: »Diese neuerliche Untersuchung der Absturzstelle kann nur von Atlan veranlaßt worden sein«, vermutete sie. »Es ist kein Zufall, daß sie gleich nach seinem Eintreffen stattfindet. Immerhin ist es noch nie vorgekommen, daß ein Lotse abstürzte. Das muß ihn mißtrauisch gemacht haben.«

»Das denke ich auch«, stimmte Drenderbaum zu. »Atlan ist das mißtrauischste Geschöpf der Galaxis. Er braucht keine neuen Verdachtsmomente. Er gibt sich mit einem Ergebnis erst zufrieden, wenn es hundertprozentig ist.«

»Dann hat er uns, mein Freund!« stellte Kummerog fest, aber es klang in keiner Weise wütend. Listig fügte er hinzu: »Es sei denn, wir stellen seine Neugierde mit einem eindeutigen Beweis zufrieden. Ich fürchte, wir brauchen doch einen Finger von Rudy ...«

Thea schrie vor Entsetzen auf. Rudy kam gleich darauf aus dem Haus gerannt. Kummerog fing ihn ab.

»Thea hat sich nur erschreckt!« redete er ihm ein. »Sie hat geglaubt, die Fleischfresserin sei zurückgekehrt. Du kannst beruhigt zu deinem Gerät zurückkehren.«

Es war unglaublich, welches Zutrauen Rudy zu Kummerog gefaßt hatte. Dies lag vor allem daran, daß Kummerog auf seine Marotten einging und zum Schein in seine Eigenwelt einstieg.

Rudy ahnte nichts von den Schrecken, die Kummerog ihm androhte. »Beim Igelschiff nichts Neues«, meldete Rudy arglos. »Sie wollen jetzt Siganesen zur Erkundung des versiegelten Zellblocks einsetzen.«

»Na, die kleinen Leute von Siga sind ja wahre Tausendsassa«, sagte Kummerog heiter und schickte Rudy ins Haus zurück.

Als er sich wieder Thea zuwandte, war nichts mehr von der gespielten Heiterkeit an ihm.

»Du dumme Pute wirst dich von nun an zusammenreißen, oder ich mache kurzen Prozeß«, herrschte er Thea an. »Wenn wir nämlich keinen Ausweg aus dieser Situation finden, dann nützt ihr beide uns ohnehin nichts mehr.«

Thea war um ihre Fassung bemüht. Sie begriff, daß Kummerog mit seiner Drohung, Rudy einen Finger abzuschneiden, ihr vor allem einen Schock versetzen wollte, um sich ihrer vollen Unterstützung zu vergewissern. Ein wenig kam wohl auch die Lust dazu, sie zu quälen.

»Du könntest immer noch den einfacheren Weg wählen und dich Atlan stellen«, sagte sie so ruhig wie möglich. »Noch ist es nicht zu spät. Ich bin sicher, daß Atlan alle deine Forderungen erfüllen wird, um etwas über Perry Rhodan und die anderen zu erfahren.«

Kummerog schüttelte den Kopf. »Das wäre kein ehrbarer Weg«, behauptete er fest. »Ich wäre in jedem Fall ein Gefangener, ohne die Möglichkeit der Selbstentscheidung. Es muß anders gehen. Wenn ich mit Atlan zusammenarbeite, dann nur unter meinen Bedingungen.«

In Kummerogs Augen kam bei diesen Worten ein seltsames Glitzern, gerade so, als überlege er, wie er Atlan zu seinem Gefangenen machen könnte – als hätte er dabei eine gangbare Möglichkeit ins Auge gefaßt.

»Aber nicht auf Theas oder ihres Vaters Kosten, Kummerog«, bat Drenderbaum. »Thea hat sich als kooperativ erwiesen. Nicht zuletzt durch die Beschaffung der Daten über das Sicherheitsnetz des Ceres-Systems.«

»Diese Daten sind inzwischen Makulatur«, sagte Kummerog kalt. »Ich brauche sie wohl nicht mehr. Ich habe meine Pläne geändert. Voraussetzung für unsere Sicherheit bleibt nach wie vor, daß wir der Untersuchungskommission den Beweis dafür unterjubeln können, daß Andor Felsch und Simon Dury beim Absturz ums Leben gekommen sind. Sie müssen biologische Spuren finden, die den Tod zweier Menschen belegen.«

»So, wie du dir das vorgestellt hast, geht es ohnehin nicht, Kummerog«, behauptete Bruno Drenderbaum fest. »Dieses Täuschungsmanöver würde man durchschauen – und das würde unsere Lage nur verschlimmern. Nein, sag mit Rücksicht auf Thea nicht, was du vorgehabt hättest, Kummerog! Es würde sowieso nicht klappen.«

Thea erschrak, als sie wieder an Kummerogs Drohung dachte. Sie ahnte, warum er Rudy einen Finger abgenommen hätte. Die damit assoziierten Bilder waren absolut schrecklich.

»Ich sehe einen Ausweg«, würgte sie hervor. »Es ist die einzige Möglichkeit. Ich kenne jemanden von hohem Rang im Sicherheitsdienst. Er heißt Andreo Brasseur. Mit seiner Unterstützung könnte ich das Untersuchungsergebnis fälschen.«

»Das könntest du wirklich?« fragte Kummerog ungläubig. »Wie soll das gehen? Würden sich die Leute nicht wundern, wenn nachträglich andere Ergebnisse vorliegen, als sie erarbeitet haben?«

»Die Sicherheitskräfte besorgen nur die Proben, die dann später im Labor syntrongesteuert untersucht werden«, sagte Thea. »Die Analysen werden vollautomatisch erstellt. Ich kann die daraus resultierenden Ergebnisse fälschen. Das traue ich mir zu.«

»Das klingt gut«, meinte Bruno Drenderbaum. »Thea meint es ehrlich!«

»Ich weiß nicht ...«

»Die Sache wäre einen Versuch wert.«

»Meinetwegen ... Ich kann mich ja jederzeit mit Rudy befassen.« Mit diesen Worten verschwand Kummerog im Haus.

»Er ist nicht das Ungeheuer, für das er sich ausgibt«, sagte Drenderbaum zu Thea. »Das mußt du mir glauben.«

Aber das war Thea unmöglich.

Thea war zwanzig und stand knapp vor Abschluß ihres Studiums, als sie beim Besuch ihres Vaters in dessen Gesellschaft einen verwilderten und total verschreckten Mann vorfand. Sie hatte den Gleiter außerhalb des Energiezaunes gelandet und das Gelände nach Unkraut und Tierbauten abgesucht. Das tat sie gelegentlich, um alle möglichen Gefahren von Rudy fernzuhalten. Unter »Unkraut« verstand sie vor allem fleischfressende Pflanzen – der Alptraum ihrer Kindheit.

Wegen dieses Umweges war ihr Kommen nicht bemerkt worden.

Als der verwilderte Mann sie bemerkte, wollte er davonlaufen. Aber Rudy hielt ihn zurück und fragte: »Willst du deiner Mutter nicht guten Tag sagen, Andy?«

Das war alles, was Rudy sagte. Rudy erklärte seine Worte auch spä-

ter nicht; manches stellte er einfach in den Raum, nur um es sofort wieder zu vergessen.

Der Mann wurde daraufhin nur noch verängstigter. Aber er blieb. Thea, der sofort klar war, daß er ein in der Wildnis aufgewachsener Nachkomme von Freifahrern war, gewann sein Zutrauen.

Es stellte sich heraus, daß er Andreo hieß und der Sohn von Tolim und Marga Brasseur war. Dieselbe Marga, die nach Tolims Tod die Gefährtin von Rudy wurde und ihre Mutter war. Demnach war Andreo ihr um zehn Jahre älterer Halbbruder.

Sie brachte ihn mit seiner Zustimmung nach Port Arthur und übergab ihn den Zwillingsschwestern Mila und Nadja. Er machte sich gut und begriff schnell alles Neue, das auf ihn einströmte. Später wurde er in den Sicherheitsdienst aufgenommen und brachte es zu einer leitenden Stellung. Er war einer der Handvoll Leute, die im Rang gleich hinter Armin Assitar standen.

Das kleine Geheimnis, daß sie in Wahrheit Halbgeschwister waren, bewahrten Thea und Andy für sich.

9.

David Golgar ging alles viel zu langsam. Der Siganese mit der stattlichen Körpergröße von 11,03 Zentimetern wurde allmählich ungeduldig.

»He, Norman, ich habe heute noch ein Rendezvous«, maulte der Siganese, während er aus sicherer Distanz zusah, wie der Modula-Roboter ein Loch mit fünf Zentimeter Durchmesser in die dicke Wandung der Blockzelle schmolz. »Geht das nicht ein wenig schneller?«

»Schneller, ja, aber dann auch lebensgefährlicher«, antwortete Norman Haggard, während er die sensiblen Meßinstrumente beobachtete.

Im Innern des Blocks waren keine Veränderungen festzustellen. Die energetische Störquelle, die er bei den letzten Tests mit der Hyperenergiezufuhr ausgelöst hatte, blieb weiterhin im Nanobereich.

Haggard fand das nicht bedenklich. Er wollte nur wissen, was im Innern des Blocks vor sich ging. Das sollte David Golgar herausfinden.

»Die Sicherheitsmaßnahmen sind nur zu deinem eigenen Schutz, David«, sagte er.

»Ich trage einen SERUN, an dessen Entwicklung ich selbst mitgearbeitet habe«, murrte der Siganese über seinen Helmverstärker. »Was soll mir da schon passieren?«

Endlich war der Modula fertig. In dem zwanzig Zentimeter dicken Metallmantel klaffte ein nicht einmal faustdickes Loch. Haggard konnte dahinter keinerlei Emissionen feststellen.

»Hast du deine Ausrüstung überprüft, David?« ermahnte Haggard. Die Antwort war ein mißmutiges Knurren. »Dann ab mit der Post!«

Nachdem die Ränder der Öffnung abgekühlt waren, schwebte David Golgar hindurch. Am anderen Ende gab es eine Menge ineinander verkeilter Druckschaltungen, zwischen denen manchmal so kleine Zwischenräume waren, daß er nicht einfach hindurchfliegen konnte. Er mußte sich mit Vorsicht durch die Lücken vortasten und darauf achten, mit keiner der Leitungen in Berührung zu kommen.

»Funktest«, hörte er Haggards Stimme aus dem Interkom.

»Verbindung gut«, antwortete David.

»Und der Hyperkom?« fragte Haggard auf Hyperwelle.

»Was soll das?« keifte David, ebenfalls auf Hyperwelle. »Wir rechnen die Entfernungen doch nicht im Lichtmaß.«

»Der Normalfunk könnte ausfallen. Ich möchte dich dann wenigstens mit Hyperkom erreichen. Jetzt ist alles klar. Viel Glück!«

An Davids Miniatur-SERUN waren ein Dutzend Sonden von jeweils drei Millimetern Größe befestigt; ihr Innenleben war jedoch nicht weniger kompliziert, als das ihrer größeren Brüder. David schickte alle sechs Sonden gleichzeitig aus. Sie lieferten ihm Meßergebnisse in einem breiten Spektrum und Bilder über die Gegebenheiten des vor ihm liegenden Geländes.

David wußte, wo ungefähr sein Ziel lag. Der mögliche Bereich erstreckte sich über eine Länge von etwa eineinhalb Metern und lag etwa drei Meter vor ihm. Seine Sonden maßen auch den Energiefluß der Störquelle. Sie blieb die ganze Zeit unverändert.

David brachte das Gewirr der Schaltplatten hinter sich und fand sich plötzlich vor einer massiven Wand, in der die Schaltplatten in einem verwirrenden Muster verankert waren. Er ließ die Sonden nach allen vier Seiten ausschwärmen. Aber sie fanden an keiner Stelle einen Durchlaß ins Innere des diesen Sektor umhüllenden Metallmantels.

Das Dumme daran war, daß ausgerechnet aus dieser Box-in-der-Box das energetische Wispern kam. Nach den Meßergebnissen der

Sonden handelte es sich um einen Würfel von einem halben Meter Kantenlänge.

»Ich komme im Spaziergang nicht weiter, Norman«, meldete David pflichtbewußt. »Ich muß mich schon eines Tricks bedienen, um einen Durchgang zu schaffen.«

»Laß es sofort, David!« rief Haggard eindringlich. »Versuch lieber einen Umweg! Aber verändere nur ja nichts am Innenleben der Zelle.«

»In Ordnung, ich sehe mich mal um«, log David, während er gleichzeitig daran arbeitete, eine der Schaltplatten aus ihrer Verankerung zu lösen.

Das ging nicht so einfach, die Schaltplatte war mit dem Mantel der Box verschweißt. David mußte den Sender für einen Moment abschalten, während er die Verankerung mit einem dünnen Energiefächer seines Strahlers bestrich.

»Wie sieht es aus, David?« kam Haggards Stimme.

»Ganz gut«, antwortete der Siganese. »Ich sehe einen Lichtschimmer am Horizont.«

»Wie ist das gemeint?«

»Symbolisch, rein symbolisch.«

David schaltete den Sender wieder aus. Die Wandung der Box war dünn, so daß er nicht viel Energie aufwenden mußte, um die Schaltplatte herauszuschneiden. Als sie nur noch an einem hauchdünnen Faden hing, wollte er sie mit einem Antigravfeld auffangen. Aber da polterte die Platte bereits herab und schlug krachend gegen die anderen. An Stelle der Schaltplatte war nun ein fünfzehn Zentimeter hoher und siebzehn Millimeter breiter Schlitz in der Wand.

»Ich habe eine Öffnung gefunden, die mir den Zutritt in die Box ermöglicht«, log David.

Er verbreiterte die Öffnung an einer Stelle mit dem Strahler, so daß er bequem hindurchschlüpfen konnte.

»Schick die Sonden voraus ...« Haggard brach ab, dann rief er: »Wir messen eine um einige Nanopunkte höhere Energietätigkeit. Was hast du getan, David?«

»Nichts«, sagte der Siganese scheinheilig, fühlte sich gleichzeitig aber schuldbewußt.

Ihm war klar, daß die von ihm eingesetzten Energien die Störquelle in der Box aufgeladen hatten. Was war das für ein verhextes Ding, das alle Energien aus dem Umfeld schluckte und damit auf Sparflamme beständig vor sich hinkochte! Und was kochte es aus? David mußte es herausfinden.

Er schickte die Sonden, eine nach der anderen, durch den Spalt. Sie leuchteten den Innenraum der Box aus.

In ihrem Schein war ein zwanzig Zentimeter hohes und fünfzehn Zentimeter dickes Ellipsoid zu sehen, dessen obere und untere Enden abgeschnitten waren. Es schwebte im Zentrum der Box. Im Boden gab es eine Fassung, in die das Ding genau hineinpaßte.

»Das ist die Störquelle!« rief Haggard, als er die Bilder der Sonden empfing. »Sei bloß vorsichtig, David! Halte dich davon fern!«

David beschloß, in die Box einzudringen und sich das Gebilde aus der Nähe anzusehen. Er brauchte Haggard nicht erst um Erlaubnis zu fragen.

»Wir messen schon wieder erhöhte Werte, David«, meldete sich Haggard. Plötzlich wurde seine Stimme schriller. »Die Bildübertragung ist ausge...«

Die Normalfunkverbindung war plötzlich unterbrochen.

»David, was ist los?« meldete sich Haggard gleich darauf über Hyperkom. Seine Stimme war von Störgeräuschen überlagert. Diese wurden immer stärker, so daß David bald kein Wort mehr verstehen konnte. »David, David! Sofort zurückkommen ...«

Das war das letzte, was der Siganese hören konnte. Statt dessen waren die Störgeräusche unvermittelt zu einem infernalischen Stakkato angeschwollen. Es war derselbe Geräuscheffekt, wie ihn die Igelschiffe bei ihrem Auftauchen verursachten.

David meinte, der Kopf würde ihm zerspringen. Die Geräusche lähmten sein Gehirn. Er verlor die Orientierung. Panik ergriff ihn. Er wollte den Hyperkom abschalten, aber er konnte seine Bewegungen nicht richtig koordinieren. Und er wollte nur noch fliehen.

In der Meinung die Fluchtöffnung anzusteuern, prallte er mit voller Geschwindigkeit gegen die Wand. Dann gelang es ihm endlich, den Hyperkom auszuschalten. Das Stakkato verstummte.

Inzwischen hatte sich die Situation auf andere Weise dramatisch zugespitzt. Von dem abgeschnittenen Ellipsoid entluden sich bläuliche Energieblitze wie Elmsfeuer und tanzten über die Wand. Als eine dieser Entladungen ihn traf, wurde er durch die Luft geschleudert.

Zum Glück war sein Schutzschirm aktiviert, so daß er, außer dem Aufprall an der Wand, keine weiteren Auswirkungen zu spüren bekam. Aber die Wucht dieses elektrischen Schlages überraschte ihn.

David versuchte, die Stärke der Energiequelle anzumessen. Aber alle seine Ortungsgeräte waren ausgefallen. Nur noch die Notfallschaltung seines Spezial-SERUNS funktionierte. Er sah links von sich die schlitzförmige Öffnung und steuerte darauf zu, dabei darauf bedacht, den bläulichen Energiefingern auszuweichen.

Als er die Öffnung erreichte, vernahm er hinter sich eine Reihe von Explosionen. Er drehte sich nicht danach um. Der Siganese konnte sich denken, daß es sich dabei um die Miniatursonden handelte.

Endlich gelangte er durch die Öffnung. Aber außerhalb der Box-in-der-Box war es um nichts besser. Überall zuckten geisterhafte Lichtentladungen durch die Gegend. Wo sie auftrafen, veränderten sie das Material, brachten es zum Leuchten und regten es zur Erzeugung eigener Eruptionen an. Es war eine unheimliche, sprunghaft anschwellende Kettenreaktion.

David hatte etwas Ähnliches noch nicht erlebt, daß ein winziger Funke, wie ihn sein auf Sparflamme dosierter Strahler von sich gegeben hatte, ein solches Inferno auslösen konnte. Aber der Brand hatte schon die ganze Zeit über geschwelt – seit Norman Haggard mit der kurzzeitigen Hyperenergiezufuhr begonnen hatte.

Norman war jedoch auch kein Vorwurf zu machen. Mit solch einer Reaktion konnte man einfach nicht rechnen!

David wußte nicht mehr, in welche Richtung er sich wenden sollte. Überall waren wabernde Flammenwände. Alle Materie verwandelte sich in Energie. Er hatte längst schon die Orientierung verloren und fand sich plötzlich über dem abgeschnittenen Ellipsoid wieder. Die Box-in-der-Box existierte nicht mehr.

Er, David Golgar, und diese Höllenmaschine waren die beiden letzten Dinge, die noch ihre Konsistenz beibehalten hatten. Aber während die Höllenmaschine als Auslöser für dieses Inferno unverändert bleiben würde, konnte es ihm jeden Augenblick an den Kragen gehen.

Er würde bei lebendigem Leib schmoren.

Da sah er einen Tunnel durch die Flammenhölle. Es war, als hätte sich wie durch ein Wunder ein Hitzeschild gebildet, der ihm den Weg in die Freiheit ebnete.

Zuerst dachte er an eine Halluzination. Hatten Siganesen im Angesicht des sicheren Todes solche Halluzinationen über eine wundersame Rettung – die sie geradewegs ins Verderben führte? David Golgar wußte es nicht.

Aber dann fielen ihm Mila und Nadja Vandemar ein. Die Zwillingsschwestern besaßen eine Parafähigkeit, mittels der sich solche Wunder vollbringen ließen. Und hatte Norman Haggard nicht gesagt, daß sie auf Abruf bereitstanden? Das war eindeutig das Werk der Vandemars. David tauchte in den flammenfreien Tunnel ein. Er folgte seinem verschlungenen Pfad bedenkenlos.

»Mila und Nadja, ich könnte euch küssen!« rief er sich überschwenglich zu.

Sie besaßen eine Gabe, die man früher als Spiegelsehen bezeichnet hatte. Weil sie damit hinter die Natur der Dinge, ihre Strukturen sehen, diese durchleuchten und sogar umformen konnten. Während Mila ausschließlich des Struktursehens mächtig war, beherrschte Nadja das Strukturformen. Im Verlauf der Einsätze gegen die Abruse hatten sie es bei der Beherrschung und Abstimmung ihrer Fähigkeiten zur Meisterschaft gebracht.

Nun gingen sie daran, die Strukturen in diesem Inferno derart umzuformen, daß der Atombrand von ihm abgehalten wurde und sich daraufhin eine Gasse bildete, durch die er unversehrt schlüpfen konnte.

Plötzlich sank das Flammenmeer in sich zusammen. David hatte den Weg aus dem brennenden Labyrinth gefunden. Er befand sich außerhalb des Zellenblocks in Sicherheit. Hier funktionierte auch wieder der Helmfunk.

»Gerettet!« rief er überschwenglich über seine Verstärkeranlage. Er sah die Zwillingsschwestern und steuerte auf sie zu. »Ihr habt euch einen Orden verdient! Ihr habt mich gerettet!«

»Nicht ganz«, sagte Mila. »Inzwischen hat der Atombrand durch das Igelschiff auf Dock zwei übergegriffen. Die Serviceplattform muß evakuiert werden. Wir können den Brand nicht stoppen.«

Zu dem Zeitpunkt, als David Golgar gerettet wurde, hatte sich der Atombrand bereits dramatisch ausgeweitet. Das entdeckte man jedoch erst, als er sich durch den Block ins Igelschiff und durch dieses in die Servicestation und die Planetenkruste fortgesetzt hatte.

Mila und Nadja versuchten vergeblich, das atomare Lauffeuer zu stoppen. Sie mußten erkennen, daß jeder Quadratmeter, den sie gewannen, an anderen Stellen zehnfach verlorenging. Sie standen mit ihrer Fähigkeit auf verlorenem Posten, weil es ihnen in dieser fortgeschrittenen Phase nicht mehr möglich war, flächendeckend zu wirken.

Cyrus Morgan ordnete sofort die Räumung der Plattform an. Die Mannschaften suchten ihre Gefährte auf, mit denen sie gekommen waren, andere setzten sich per Transmitter ab. Jene, die flugfähige Schutzanzüge trugen, hatten es noch am besten getroffen, weil sie unabhängig waren.

Denn der Atombrand fraß sich so rasch durch jegliche Materie, daß ihm einige der Fahrzeuge zum Opfer fielen, bevor sie von Fliehenden erreicht wurden. Und dann wurden auch die beiden portablen Transmitter von der Atomglut erfaßt.

Zu diesem Zeitpunkt waren noch vierzehn Leute auf Dock II. Nadja sah sich nach Cyrus Morgan um, der gerade in ihrem Blickfeld gewesen war und seine Leute zu noch größerer Eile angetrieben hatte.

»David, weißt du, wo sich Cyrus aufhält?« fragte sie den Siganesen, der über ihren Köpfen herumschwirrte, über Interkom.

»Er war gerade noch ... Nein!« Es war ein Schrei des Entsetzens. Nadja blickte verzweifelt um sich.

Da sah sie Cyrus Morgans Gestalt durch den aufglühenden Boden versinken und in der Atomhölle unter seinen Füßen verschwinden.

»Wir brauchen unbedingt Rettungsgleiter«, forderte Mila über Funk. »Sonst sind die Leute verloren.«

»Die Rettungsmannschaften sind unterwegs«, meldete sich Atlan. »Mila und Nadja! Ihr habt flugfähige Schutzanzüge. Setzt euch sofort ab! Ihr könnt nicht mehr helfen. Und ich möchte euch nicht durch einen so sinnlosen Tod verlieren.«

»Ich kenne keinen sinnvollen Tod«, widersprach Nadja.

Aber Atlan hatte natürlich recht. Es nützte niemandem, wenn sie aus falschem Heldentum in der Atomhölle umkamen.

Nadja steuerte auf eine hilflos herumirrende Frau zu, ergriff sie und schwebte mit ihr aus dem Gefahrenbereich. Mila tat es ihr gleich. Sie sah einen Mann an einem Vorsprung der aufgeplatzten Hülle des Igelschiffes hocken. Er stierte einfach vor sich hin und tat nichts, um sich aus dem Gefahrenbereich zu bringen. Sie flog auf ihn zu und forderte ihn auf, sich an sie zu klammern.

Aber der Mann rührte sich nicht. Da streckte sie ihn mit einem wuchtigen Kinnhaken zu Boden und zerrte den schlaffen Körper mit sich.

»Ich muß Dock zwei aufgeben und mitsamt dem Umland ins All befördern«, meldete sich Atlan über Funk. »Alle, die noch auf Dock zwei sind, sollen sichere Bereiche aufsuchen und sich den Rettungsmannschaften bemerkbar machen. Wir können euch während des Fluges heraushauen. Wichtig ist nur, daß ihr euch in Sicherheit bringt.«

Als endlich entdeckt worden war, daß der Atombrand bereits auf die Planetenkruste übergegriffen hatte, da stand der Antriebsblock der Servicestation längst in Glut.

Atlan ordnete darum sofort an, daß das gesamte Gelände von vier

Quadratkilometern mittels breitgefächerter Thermostrahlen ausgehoben wurde. Gleichzeitig wurden die Zug- und Traktorstrahler der Orbitalstationen auf das auszuhebende Objekt gerichtet.

Bis jedoch die Flugplattformen mit den schweren Thermoprojektoren eingetroffen waren, hatte sich der Atombrand weiter durch den Planetenboden gefressen, so daß der auszuhebende Kreis um einige hundert Meter erweitert werden mußte.

Endlich trafen die Rettungsmannschaften ein. Aber die Shifts und Gleiter hatten keine Chance, in dem tobenden Inferno irgend jemanden bergen zu können. Sie waren viel zu träge in ihren Manövern. Einzig die Rettungsmannschaften in ihren schweren Schutzanzügen hatten Erfolg.

Sie bargen insgesamt neun Leute, mußten jedoch mit ansehen, wie drei weitere hilflos im Atombrand umkamen. Es hatte keine Möglichkeit gegeben, ihnen zu helfen. Mit Cyrus Morgan waren insgesamt vier Opfer zu beklagen.

Ein sehr teurer Preis dafür, daß man die ultimative Funktion des versiegelten Heckblocks des Igelschiffes herausgefunden hatte – nämlich im allerletzten Stadium für umfassende Vernichtung zu sorgen.

Vielleicht verhalf dieses so teuer bezahlte Wissen wenigstens in Zukunft dazu, daß andere Leben gerettet werden konnten. Dies war Atlans einziger Trost.

Die Fächer aus Thermostrahlen schnitten bereits durch die Planetenkruste. Gleichzeitig griffen die Traktorstrahlen der Orbitalstationen zu.

Langsam hob sich ein Stück des Bodens mitsamt der verglühenden Servicestation in die Höhe. Es gab einen Ruck, und dann schoß das gigatonnenschwere Planetenstück mit steigender Geschwindigkeit in den Himmel; ein Spitzkegel mit einem Radius von eineinhalb Kilometern und einer Höhe von vier Kilometern.

Der Traktorstrahl hatte sich fugenlos darum geschlossen, so daß keine Krume von der Schwerkraft zur Planetenoberfläche zurückgeholt werden konnte.

Atlan atmete auf. Er hatte von der GILGAMESCH bereits sein Modul RICO angefordert, damit es den gefährlichen Müll ins Schlepptau nehmen und aus dem Gravitationsbereich von Camelot bringen konnte.

Da meldete die Ultima-Station, daß Homer G. Adams mit seiner ROSTOCK die Umlaufbahn des fünften Planeten gekreuzt habe und sich nach einer kurzen Überlichtetappe im Anflug auf Camelot befand. Atlan funkte den ehemaligen Chef der Kosmischen Hanse augenblicklich an.

»Wir haben Probleme, Homer«, sagte Atlan ohne langwierige Einleitung. »Du mußt im Orbit von Camelot ein strahlendes Stück des Planeten in Empfang nehmen und in den Hyperraum befördern. Einzelheiten kannst du zwischendurch abfragen.«

»Und gibt es für den Helden des Universums auch etwas zu tun?« meldete sich Gucky.

»Jetzt bitte keine Scherze, Kleiner«, sagte Atlan nur.

Er dachte daran, daß mit Hilfe eines Teleporters bestimmt alle Leute von Dock II hätten gerettet werden können. Aber das sprach er nicht aus. Dem Ilt waren schließlich keine Vorwürfe deswegen zu machen, daß er mit der ROSTOCK zu spät eingetroffen war.

Atlan beobachtete aus dem HQ-Camelot die Aktion im Orbit. Das gefährliche Transportgut, das einst ein Kegel gewesen war, war zu einem recht formlosen, glühenden Klumpen zusammengeschmolzen. Aber der Atommüll konnte keinen Schaden mehr anrichten. Der Klumpen war sicher in starkes Schirmfeld verpackt.

Die ROSTOCK tauchte auf. Traktorstrahlen griffen nach dem Bündel und fesselten es an das GILGAMESCH-Modul. Die ROSTOCK nahm Fahrt auf und beschleunigte, bis sie in eine kurze Überlichtetappe gehen konnte.

Nur Sekunden später kehrte die ROSTOCK wieder in den Normalraum zurück – ohne den strahlenden Klumpen. Den hatte sie während des kurzen Überlichtfluges im Hyperraum zurückgelassen.

Atlan konnte aufatmen. Diese Gefahr war von Camelot abgewendet worden.

Kurz darauf rief ihn Sicherheitschef Armin Assitar an. »Es geht um den Jet-Unfall ...«, begann er.

»Mach es bitte kurz«, bat Atlan.

»Es steht fest, daß zusammen mit dem Lotsen Kerom auch zwei Menschen umgekommen sind.«

Damit konnte Atlan diesen Punkt als erledigt abhaken.

Thea hatte ihren Halbbruder an seinem Arbeitsplatz aufgesucht. Obwohl sie sich nicht oft bei ihm blicken ließ, wunderte er sich nicht sonderlich über ihr Erscheinen. Sie kam ohne lange Umschweife auf den Grund ihres Besuches zu sprechen.

»Ich brauche deine Unterstützung, Andy. Ich muß auf die Datenbank des Sicherheitsdienstes zugreifen. Frag mich nicht, aus welchem Grund. Die Sache ist überaus – delikat. Niemand darf etwas davon erfahren.«

Andreo Brasseur stellte keine Fragen. Er vergewisserte sich zuerst, daß ein Terminal frei war und belegte ihn unter seinem Namen mit Beschlag. Thea folgte ihm in die Zelle und wartete, bis er den persönlichen Zugriffkode eingegeben hatte und der Terminal betriebsbereit war.

»Zu deiner Verfügung«, sagte ihr Halbbruder und deutete auf den Terminal, ohne Anstalten zu machen, den Raum zu verlassen.

»Ich muß allein sein. Besser, du weißt nicht, was ich tue. Du mußt mir einfach vertrauen, Andy. Und zu niemandem ein Wort!«

Andy nickte bloß und verließ den Raum. Als Thea allein war, suchte sie nach der Datei, die Informationen über die Proben von der Jet-Absturzstelle enthielt. Die Proben wurden gerade untersucht.

Das paßte Thea ausgezeichnet. Sie mischte unter das Analyseergebnis einige Werte, die das Vorhandensein von Spurenelementen menschlicher Zellen bewiesen. Danach stieg sie aus und schaltete den Terminal ab.

So einfach war es, den Tod von Andor Felsch und Simon Dury zu beweisen.

Sie küßte ihren Bruder zum Abschied und drückte die Hoffnung aus, daß sie ihn eines hoffentlich nicht mehr fernen Tages über alles aufklären würde können.

Dann flog sie mit dem Gleiter zur Einsiedelei ihres Vaters. Bruno Drenderbaum empfing sie vor dem Haus, und Thea versicherte ihm, daß ihre Aktion erfolgreich abgelaufen sei.

Kummerog saß mit Rudy vor dem TV-Gerät. Die beiden beachteten Thea nicht einmal, als sie ins Zimmer trat. Vor Kummerog standen zehn leere Konservendosen, von denen jede den Tagesbedarf an Kalorien eines ausgewachsenen Mannes gedeckt hätte. Kummerog öffnete gerade eine elfte Konservendose und schlang ihren Inhalt auf einen Satz hinunter.

»Habe ich einen Heißhunger«, sagte er mit seltsamer Betonung. »Ich kann nicht genug Nahrung zu mir nehmen – und werde doch nicht satt.«

Thea sah Drenderbaum fragend an, aber der gab keine Erklärung ab. Er wirkte aber auch nicht verwundert angesichts Kummerogs Freßgier.

Camelot-TV brachte gerade einen Bericht über die Entsorgungsaktion der im Atombrand stehenden Servicestation Dock II. Es war zu sehen, wie die ROSTOCK mit dem Glutball im Schlepptau im

Hyperraum verschwand – und kurz darauf ohne diese Last zurückkam.

»Dieses Schiff muß ich haben«, sagte Kummerog entschlossen.

»Warum muß es ausgerechnet Adams' ROSTOCK sein?« fragte Drenderbaum.

»Nonsens! Ich will die komplette GILGAMESCH!«

AL KELSNER

Peter Griese

Die Mörder von Bröhnder

PROLOG

»Dieses merkwürdige Amöbenwesen kann ihn nicht umgebracht haben«, behauptete Perry Rhodan entschieden. »Wir konnten die, die uns überfielen, wahrscheinlich mit Hilfe unserer Aktivatorchips schnell abtöten. Alaska muß es auch gekonnt haben. Wo soll da ein Unterschied liegen, Bully?«

Nachdenklich starrte der Freund auf den leeren Platz, an dem bis vor kurzem das unbekannte Keilschiff gestanden war.

»Ich weiß es natürlich auch nicht, Perry. Aber denk daran, daß Alaska mit Fremdwesen an seinem Körper ganz eigene Erfahrungen hat. Vielleicht besitzt er eine Art Affinität zu ihnen und konnte deswegen das Amöbenwesen nicht so schnell abstoßen. Das Raumschiff ist weg, und Alaska ist weg. Da muß ein Zusammenhang bestehen.«

»Es bleibt bei meinem Entschluß: Wir versuchen über die Brücke in die Unendlichkeit nach Trokan zurückzukehren. Allein schaffen wir es nie, Alaska zu finden oder ihm gar zu folgen. Wir brauchen Hilfe.«

»Du bist dir sicher, daß die Passage durch den Pilzdom erneut funktioniert?« Dem Rotschopf waren seine Zweifel anzumerken. »Es könnte doch auch sein, daß es sich um eine Einbahnstraße handelt. Selbst wenn du – oder wir beide – hier in den Dom eindringen können, wer sagt denn, daß der Pilz auf Trokan uns wieder hinausläßt? Die Brücke in die Unendlichkeit ist mir unheimlich, obwohl du dich da ganz wohl zu fühlen scheinst. Auch sie führt womöglich nur in eine Richtung.«

»Deine Zweifel sind nicht ganz unberechtigt«, räumte Perry Rhodan ein. »Aber wir besitzen keine Alternative. Der Zentralcomputer hat seinen Geist aufgegeben. Hier funktioniert nichts mehr. Oder es ist so gestört, daß es für uns nur Gefahr bedeutet.«

»Ich sage dir, Alaska hat den Kampf gegen das Amöbenwesen verloren. Er lebte ja noch, als wir ihn fanden. Und daher nehme ich an, daß ihn dieses Wesen benutzt. Es hat ihn gezwungen, das Raumschiff mit ihm zu betreten. Es kannte den Eingang, den wir nicht fanden. Wenn nämlich das Wesen ihn nicht bräuchte, dann hätte es auch ohne ihn das Raumschiff betreten und starten können.«

Rhodan schüttelte unruhig den Kopf.

»Es ist natürlich möglich, daß Alaska einfach länger braucht, um sich von dem Ding zu befreien. Dann könnte es sein, daß er über kurz oder lang hierher zurückkehrt. Wir sollten ihm eine Frist einräumen.«

»Wieviel?«

»Zwei Stunden.«

»Einverstanden, Perry. Ich schlage vor, du wartest hier im Hangar. Ich mache mich auf die Suche nach etwas Eßbarem.«

»Du wirst hier nichts finden.«

»Vielleicht hast du recht. Wir haben ja seit vier Tagen nichts gegessen und nur etwas von der scheußlichen Flüssigkeit getrunken, die mich an eine Art Blutserum erinnerte.«

»Dann geh. Aber sei auf der Hut! Es könnte hier noch weitere Amöbenwesen geben.«

Reginald Bull machte sich auf den Weg. Nach zwei Stunden kehrte er zurück. Mit leeren Händen und trauriger Miene.

Auch der Freund wußte nichts zu berichten. Alaska Saedelaere war nicht wiederaufgetaucht; auch kein anderes Wesen. Sie hatten zwei Stunden ziemlich sinnlos vergeudet.

»Wir gehen«, entschied Rhodan. »Längeres Warten nützt uns nichts.«

Er hielt ein Stück herausgelöster Wand in den Händen. Darauf hatte er die Nachricht für den ehemaligen Maskenträger hinterlassen, daß Bully und er über die Brücke in die Unendlichkeit zurück nach Trokan aufgebrochen waren, um Hilfe zu holen. Die Platte legte er mitten im Hangarraum auf den Boden. Wenn hier jemand auftauchte, dann konnte er sie eigentlich nicht übersehen.

Die beiden Männer durchquerten schweigend das ausgebrannte und weitgehend zerstörte Arsenal der Baolin-Nda. Den Weg kannten sie nun. Niemand kam ihnen entgegen, nichts rührte sich.

Reginald Bull betrat mehrmals intakt aussehende Nischen, aber ohne Erfolg. Mit dem Ausfall des Zentralcomputers waren wohl die letzten Reste des Arsenals funktionsunfähig geworden. Keine einzige Mentalstimme meldete sich. Auch die kleinen Behälter waren verschwunden.

Sie gelangten in den würfelförmigen Raum mit dem Pilzdom. Allein hier schien alles unberührt, von der dünnen Staubschicht abgesehen, die durch das große Schott hereingeweht worden war und Fußspuren aufwies.

Die drohende Stimmung, die von dem Pilzdom ausging, spürte Reginald Bull noch immer.

»Komm, alter Junge!« Perry Rhodan deutete auf den Turm. »Bleib in meiner Nähe. Ich habe das Gefühl, daß ich allein hier als Benutzer der Dome und der Brücke willkommen bin.«

»Das Gefühl habe ich auch. Ich finde es hier und auf der Brücke verdammt ungemütlich und unangenehm.«

Als Perry Rhodan eine Hand gegen die Außenwand des Domes drückte, glitt sie hindurch. Er nahm den Freund mit der anderen Hand, und sie schritten durch die Wand, als wäre sie nicht vorhanden.

Dichter, heller Nebel hüllte sie ein. Aber das kannten die Terraner ja schon. Nach wenigen Schritten lichtete sich der Nebel. Sie traten ins Freie und blickten sich erwartungsvoll um.

Vor ihnen erstreckte sich die Brücke in die Unendlichkeit.

1.

Ich wußte nicht, was mich erwartete. Auf dem Bildschirm hatte der Bordcomputer Fasoldog zwar kommentarlos den Heimat-Asteroiden der Mörder von Bröhnder dargestellt, als ich ihn dazu aufgefordert hatte. Aber etwas Auffälliges konnte ich nicht entdecken. Nichts wies von außen darauf hin, daß der kleine, gerade mal knapp 60 Kilometer durchmessende unregelmäßige Gesteinsbrocken bewohnt sein könnte.

In langsamem Flug hielt Kummerogs Keilschiff CANT darauf zu, gesteuert vom Autopiloten des Bordcomputers. Während des ganzen Fluges vom Arsenal der Baolin-Nda in die Galaxis Bröhnder und hierher zu dem Asteroiden mit dem Namen Klinker hatte der Bordcomputer sich nicht einmal gemeldet. Er hatte nur sein vorgegebenes Programm ablaufen lassen.

Erst jetzt bei der Ankunft hatte er mich gefragt, wer ich denn sei. Davor hatte er mich gar nicht zur Kenntnis genommen. Ich hatte ihm fast die ganze Wahrheit gesagt, nämlich daß ich Alaska hieße und in einer Haut des Piraten Kummerog steckte.

Das entsprach den Tatsachen. Verschwiegen hatte ich jedoch, daß nicht die Haut mich beherrschte, wie es normalerweise der Fall hätte sein müssen, sondern ich sie. Fasoldog hatte sich nicht weiter dazu geäußert, auch nicht gefragt, wo denn sein Herr sei.

In den letzten Stunden vor der Ankunft hatte ich begonnen, mir Informationen über Klinker aus dem Bewußtsein der Haut zu holen. Viel nützten mir diese Kenntnisse nicht, denn sie waren 66 Jahre alt. Vor 66 Jahren war Kummerog von hier in Begleitung des Sklaven Yokanrog aufgebrochen und nicht mehr zurückgekehrt.

Inzwischen konnte sich viel ereignet oder verändert haben. Es war sogar denkbar, daß die restlichen Piraten – vor 66 Jahren waren es insgesamt knapp 50 Angehörige verschiedener Völker gewesen, von denen 15 in einer Haut des Mutanten gesteckt waren – sich längst in alle Winde zerstreut hatten.

Kummerog war verschollen. Und Yokanrog war lange tot, umgekommen im Arsenal der Baolin-Nda. Mit der CANT kehrte nur eine Person zurück.

Ich, Alaska Saedelaere.

Oder sollte ich besser sagen, zwei Wesen? Die Haut, die mich vollständig umschloß, war ja auch ein Lebewesen. Ein Parasit, der sich von mir ernährte, und seinem verschollenen Herrn treu ergeben.

Ich hätte die Haut zwingen können, sich von meinem Körper zu lösen. Die geistige Macht dazu besaß ich inzwischen nach einem langen Ringen.

Aus zwei Gründen hatte ich das jedoch nicht getan. Noch nicht. Es hätte den Tod der Haut bedeutet. Und ich hätte schlechtere Karten gehabt, wenn ich auf die Piraten stoßen würde. Der zweite Grund war für mich der ausschlaggebende, denn auf den Parasiten brauchte ich keine Rücksicht zu nehmen.

Klinker war damals die ideale Basis jener Bande gewesen, die als Mörder von Bröhnder bezeichnet wurde und darauf auch noch stolz war. Der einsame Himmelskörper war einer von unzähligen Asteroiden, die eine namenlose blaßgelbe Sonne umkreisten. Planeten gab es hier keine. Und der nächste Stern war, soweit ich das hatte beobachten können, mehr als zehn Lichtjahre entfernt.

Was war Klinker heute? Existierte die Piratenbande ohne Häuptling überhaupt noch? Es gab nur einen Weg, es herauszufinden: Ich mußte hinein.

Noch steuerte der Bordcomputer alles getreu dem Programm, das ihm von Kummerog vor dem Verlassen des Raumschiffs im Arsenal eingegeben worden war. Von der Haut wußte ich, daß ein Eingreifen in das automatische Programm nicht möglich war. Hätte ich es dennoch versucht, hätte ich mich nur verdächtig gemacht.

Als die Entfernung zum Asteroiden der Piraten nur noch wenige hundert Meter betrug, war die rauhe, zerklüftete Oberfläche deutlich zu erkennen. Die CANT hielt auf ein dunkles Tal zu, das sich zwischen zwei halbmondförmigen Bergrücken erstreckte.

»Mein Anruf ist beantwortet worden«, teilte mir Fasoldog mit.

»Von wem?« wollte ich wissen, aber der Bordcomputer reagierte nicht auf meine Frage.

An der tiefsten Stelle des Tales glitten zwei Felsplatten auseinander. Ein dunkles Loch von etwa 500 Metern Durchmesser gähnte mir entgegen. Behutsam lenkte der Autopilot das 300 Meter durchmessende Keilschiff hinein. Er schaltete einen zweiten Bildschirm hinzu, so daß ich verfolgen konnte, was hinter meinem Rücken geschah. Die Felsplatten schoben sich wieder zusammen.

Als das Tor sich geschlossen hatte, flammten Lichter auf. Die CANT schwebte in der Mitte einer unregelmäßig geformten Halle.

Die Wände waren in der Nähe des Außenschotts unregelmäßig und unbearbeitet; der blanke Fels war zu erkennen. Aber vor mir waren sie glatt und aus Metall, also irgendwann in der Vergangenheit künstlich angelegt worden.

»Die Schleusenkammer wird mit Luft gefüllt«, teilte mir der Bordcomputer mit. Diese knappen Informationen waren alles, was ich zu hören bekam.

Wenig später öffnete sich in Richtung des Zentrums ein zweites Tor. Der Raum dahinter war ebenfalls hell erleuchtet.

Als die Öffnung groß genug für die CANT war, schob sich das Raumschiff hindurch. Wenige hundert Meter weiter landete es auf dem unebenen Boden.

»Auftrag ausgeführt«, sagte der Bordcomputer.

Durch die Bugkanzel ging mein Blick nach draußen. Ich entdeckte ein halbes Dutzend Raumschiffe, alle deutlich kleiner als die CANT. Es handelte sich um lauter verschiedene Modelle, aber eins hatten sie gemeinsam: Sie waren ausnahmslos schwer bewaffnet.

Eine robotische Servicestation glitt heran und dockte an der CANT an. Wahrscheinlich handelte es sich um einen Routinevorgang.

Vom hinteren Ende der Halle näherte sich eine Gruppe von Gestalten. Noch konnte ich nichts Genaues erkennen.

»Fasoldog«, sagte ich. »Ich möchte aussteigen.«

Aus den Erzählungen der Haut kannte ich die Vorrichtung, die Distanzspringer genannt wurde.

»Wird ausgeführt, Alaska«, antwortete der Bordcomputer.

Hatte er mich schon akzeptiert? Immerhin trug ich eine Haut seines Herrn; das wußte der Computer.

Eine Seitenwand löste sich auf. Unsichtbare Kräfte packten nach mir, hoben mich hoch und beförderten mich ins Freie.

Ich hatte wieder festen Boden unter den Füßen. Bei der geringen Größe des Asteroiden mußte es sich um künstliche Gravitation handeln.

Die Meute kam nun schnell näher. Ich zählte 22 verschiedene Wesen. Es waren keine zwei Lebewesen von der gleichen Art dabei.

Vier bildeten die Spitze. Der Rest folgte mit deutlichem Abstand. Ich kramte in den Erinnerungen der Haut und erkannte, daß es sich um den Wissenschaftler Vaikhuur aus dem Volk der Unan-Kjur, den technischen Spezialisten Gonzerol, den Piloten Kaydessel und den Hangarmeister Settheran handelte. Die Gestalten, die den vier Piraten folgten, waren Kummerogs Haut allesamt unbekannt.

Mit verschränkten Armen und ruhigem Blick erwartete ich das ungleiche Quartett, denn die anderen Piraten blieben in einer Entfernung von gut 30 Metern stehen. Die vier kamen bis auf etwa drei Meter heran und blieben dann ebenfalls stehen. Sie musterten mich eindringlich und mit deutlich erkennbarer Neugier und Spannung.

»Es ist nicht Kummerog«, sagte Vaikhuur und lehnte sich auf seinen abgewetzten Krückstock.

Er benutzte die in Bröhnder übliche Sprache, das Bröhn, das ich seit der Unterjochung von Kummerogs Haut problemlos beherrschte.

»Es ist aber die CANT«, stellte Settheran fest. »Wenn es nicht Kummerog ist, wer ist es dann?«

Gonzerol besaß eine entfernte Ähnlichkeit mit dem umgekommenen Yokanrog, denn er hatte auch nur ein Auge. Dieses fuhr er an einem langen Stiel in meine Richtung aus.

»Seht doch!« rief er aufgeregt. »Er trägt seine Haut!«

Nun kamen die anderen drei noch näher heran.

»Tatsächlich«, staunte Kaydessel. »Wer bist du?«

»Du kannst mich nicht kennen, Kaydessel«, antwortete ich. »Ich habe einen fremden Körper übernommen. Ich bin Alaska.«

Das Quartett verstummte. Und meine Gedanken überschlugen sich.

Die Gestalten steckten ebenfalls in Häuten Kummerogs! Aus der Nähe konnte ich das ganz deutlich erkennen. Warum hatte ich das aus dem Wissen der Haut nicht erfahren?

Die in dezentem Abstand respektvoll wartenden Piraten waren allerdings keine Hautträger.

Das war schon eine merkwürdige Geschichte. Nach den Informationen der Haut hatte es damals auf Klinker etwa 50 Piraten gegeben, von denen 15 Hautträger waren. Die vier Gestalten vor mir gehörten dazu.

Es war schon erstaunlich, daß diese Wesen ihrem verschwundenen Herren über so lange Zeit ganz offensichtlich die Treue gehalten hatten. Wo waren die anderen Hautträger? Yokanrog war tot. Mußte ich also hier mit zehn weiteren Versklavten rechnen?

Vaikhuur war ein Humanoider, eine alte und runzlige Gestalt, die sich auf einen Krückstock stützte. Seine Körperhaut war dunkelblau, die einteilige Kombination mit einer Vielzahl von Taschen und Löchern ebenfalls. Auf dem Kopf trug er ein breites Stirnband aus Metall, auf dem verschiedene kleine technische Systeme zu erkennen waren. Worum es sich dabei genau handelte, wußte ich nicht. Meine Haut besaß darüber keine Informationen, was wohl bedeutete, daß der Wissenschaftler die Instrumente erst nach Kummerogs Abflug vor 66 Jahren auf seinem Kopf angebracht hatte. An der Hüfte baumelte ein schwerer Kombistrahler.

Settheran besaß zwar auch zwei Beine, dafür aber drei Armpaare. Er mußte von insektoiden Wesen abstammen, was ich aus seiner Wespentaille und den vielen Gliedmaßen schloß. Zwei Armpaare wuchsen aus dem tonnenförmigen Oberkörper, das dritte aus dem Kopf oberhalb der Ohren. Auch er trug eine einfache, halboffene Kombination aus dunkelblauer Farbe. Um seinen Hals hing an einem Band ein Gerät, bei dem es sich augenscheinlich um einen tragbaren Computer oder etwas Ähnliches handelte.

Kaydessels Statur hatte eine entfernte Ähnlichkeit mit einem zu klein geratenen Haluter. Er besaß vier Arme und einen humanoiden Schädel mit drei glühenden Augen. Er war völlig unbekleidet. Seine Haut war weiß, so daß die Haut bei ihm kaum zu erkennen war.

Gonzerol stammte aus dem Zwergvolk der Blibb. Er war höchstens 50 Zentimeter groß. Abgesehen von seiner Einäugigkeit konnte man ihn gerade noch als Humanoiden einstufen. Er hockte auf einem eineinhalb Meter großen Kasten, der selbst auf einem Antigravkissen dicht über dem Boden schwebte. Sein Stielauge hatte er wieder eingezogen. Was sich sonst noch in dem Kasten befand, ließ sich nicht feststellen.

»Wir müssen ihn fragen«, sagte der Blibb.

Vaikhuur fuchtelte mit seinem Krückstock in der Luft herum und tippte mir dann damit auf die Brust.

»Wo ist der Herr?« keuchte er. »Wo ist der Meister? Wo ist Kummerog?«

»Und wo ist Yokanrog?« fügte Settheran hinzu.

Ich wußte nun, wie ich mich zu verhalten hatte. »Yokanrog ist tot«, antwortete ich. »Und unser Herr ist verschollen.«

Die vier Halunken starrten mich mißtrauisch an und schwiegen. Meine Antwort schien ihnen gar nicht zu gefallen.

Ich ahnte das Mißtrauen, das sie mir entgegenbrachten, nicht nur. Ich spürte es förmlich. Weder meine Worte noch meine Erscheinung schien ihnen zu gefallen. Irgendwie war das verwunderlich, denn als Hautträger mußten sie mich doch akzeptieren.

Oder gab es einen ganz anderen Grund für ihr merkwürdiges, ablehnendes Gehabe? Waren sie am Ende gar in der Lage, die wahren Verhältnisse zu durchschauen?

Haut, dachte ich, *warum sind sie so mißtrauisch?*

Du trägst die jüngste Haut, kam die gedankliche Antwort.

Damit konnte ich wenig anfangen. Ich wollte meine stummen Fragen fortsetzen, aber ich wurde abgelenkt.

Vaikhuur, der ein richtiges Ekel zu sein schien, drehte sich um und schrie die Gestalten der wartenden Gruppe an: »Verschwindet, ihr Nichtsnutze! Oder ich jage einen nach dem anderen in den Zentralkonverter!«

Er fuchtelte dabei mit seinem Krückstock herum. Aus dem Ende des krummen Gebildes zuckten schmerzhafte Blitze auf die Piraten nieder, die nun ihr Heil in der Flucht suchten.

»Der Gottmeister wird euch bestrafen«, brüllte der Unan-Kjur. »Ungeziefer! Blutsauger! Dreckspack!«

Er wartete mit erhobenem Krückstock, bis die Piraten verschwunden waren. Dann erst drehte er sich um. Er machte zwei Schritte auf mich zu und sprach dann mit einer freundlichen, fast schmeichlerischen Stimme: »Also, Alaska, nun sind wir unter uns. Wir müssen eins wissen: Welche Haut bist du?«

Die Frage verblüffte mich. Ich zögerte vielleicht etwas zu lange mit der Antwort, denn schon warfen sich die vier wieder mißtrauische Blicke zu. Blitzschnell stieß ich mental in die Bewußtseinsebene der Haut vor.

Was wollen sie hören?

Sag ihnen die Wahrheit und betone, daß du die jüngste Haut bist!

Im gleichen Moment verstand ich die Zusammenhänge, denn noch während der Antwort der Haut hatte ich mir weitere Informationen besorgt.

»Ich bin keine von den konservierten Häuten«, antwortete ich selbstbewußt, »die der Herr vor seinem Abflug in die CANT hatte bringen lassen. Er sonderte mich ab, noch bevor Yokanrog an Bord kam. Genügt das?«

Sie warfen sich erneut Blicke des Unglaubens und des Unmuts zu.

»Es wäre gut«, meinte Settheran, »wenn du das beweisen könntest.«

»Ich brauche keinen Beweis anzutreten«, entgegnete ich. »Das wißt ihr so gut wie ich. Außerdem waren die konservierten Häute beide jünger als ihr. Damit haben wir nun klare Verhältnisse. Ich bin jetzt der Anführer. Klar?«

»Nun ja.« Vaikhuur wand sich wie ein Aal. »Wir erkennen deine Stellung als jüngste Haut natürlich an, aber du mußt wissen, daß ...« Er brach ab und schaute hilfesuchend zu Gonzerol.

»Was?« stieß ich hervor. »Laßt euch nicht jedes Wort aus den verdreckten Nasenlöchern ziehen!«

»Der Meister ist schon sehr lange fort«, sagte Gonzerol mit piepsender Stimme. »Wir waren auf uns gestellt; deshalb hat sich hier einiges verändert. Es ist nicht mehr so wie früher.«

»Ich werde den Stützpunkt inspizieren«, drohte ich an. »Und ihr werdet mir erklären, was ihr verändert habt. Settheran, du bleibst hier und sorgst dafür, daß die CANT überholt und startklar gemacht wird. Wir dürfen keine Zeit verlieren.«

»Warum dürfen wir keine Zeit verlieren?« wollte Kaydessel wissen.

»Ich sagte euch doch schon, daß unser Herr verschollen ist. Nur ich weiß, wo wir ihn vielleicht finden können. Er braucht unsere Hilfe. Deshalb will ich die CANT startklar haben, damit ich auf die Suche gehen kann. Du, Kaydessel, bist der beste Pilot. Du wirst die CANT fliegen. Unterstütze Settheran bei den Vorbereitungen. Vaikhuur und Gonzerol, ihr werdet mir den Stützpunkt zeigen. Wo sind die anderen Hautträger?«

Sie warfen sich wieder Blicke zu, die ich diesmal nicht so recht deuten konnte. Erst als Vaikhuur kurz nickte, lösten sich die angespannten Mienen. Sie hatten mich als ihren vorläufigen Chef akzeptiert.

Weil ich die jüngste Haut trug!

»Es gibt keine anderen Hautträger«, berichtete Gonzerol. »Sie sind nach und nach gestorben. Erst die Trägerkörper, und dann natürlich die Häute. Nur wir sind noch übrig.«

»Das erschwert meinen Plan, den Herrn zu finden«, brummte ich. »Ich erwarte von euch volle Unterstützung.«

»Das geht in Ordnung«, versicherte Vaikhuur. »Aber für uns wäre es nützlich, wenn wir mehr über das Verschwinden des Gottmeisters wüßten.«

»Gottmeister?« fragte ich. »Ist das vielleicht nicht ein bißchen übertrieben?«

»Wir haben Kummerog nach seinem Verschwinden so genannt«, erklärte der Wissenschaftler aus dem Volk der Unan-Kjur. »Wir mußten unsere Leute bei der Stange halten und für Nachschub an Personal sorgen. Von den früheren Bandenmitgliedern lebt keiner mehr. Daher haben wir einen Kult aufgebaut. Alle Piraten müssen einmal täglich zum Gottmeister beten und um seine Rückkehr flehen. Wer das nicht tut, wird bestraft. Hiermit!«

Er hielt seinen Krückstock in die Höhe, der, wie ich es ja gesehen hatte, Blitze schleudern konnte.

»Der Gottmeister spricht durch diesen Stock zu seinen Sklaven, Alaska.« Vaikhuur grinste dreckig. »Der Stock kann nämlich Blitze schleudern, ohne daß ich ihn in den Händen halte. Die Bande glaubt daher, was ich ihr erklärt habe: Durch den Stock spricht Gottmeister Kummerog, der eines Tages zurückkehren wird. Die Gehorsamen werden dann belohnt, die Ungehorsamen aber getötet.«

»In Wirklichkeit steuerst du die Blitze über deine Gedanken und mit der Vorrichtung auf deinem Kopf«, stellte ich fest.

»Natürlich«, gab der Wissenschaftler zu. »Aber das braucht das Fußvolk nicht zu wissen.«

»In Ordnung.« Ich hatte mich schnell an meine neue Rolle als Piratenhäuptling gewöhnt.

Natürlich wäre ich lieber allein mit der CANT zum Arsenal der Baolin-Nda zurückgekehrt. Es gab aber zwei Probleme, die ich ohne die Hilfe der Banditen kaum lösen konnte.

Ich war nicht in der Lage, die mir völlig fremde CANT allein zu steuern. Dazu brauchte ich Kaydessel. Auf den Bordcomputer konnte ich mich auch nicht hundertprozentig verlassen.

Das zweite Problem kannte ich aus der Erzählung meiner Haut über Kummerog. Der Mutant hatte von einem Sterbenden, der sich als der vierte Bote von Thoregon bezeichnet hatte, das Passantum erhalten. Ohne dieses Instrument wäre ein Eindringen in das Arsenal kaum möglich. Also brauchte ich Leute wie den Wissenschaftler Vaikhuur und den technischen Spezialisten Gonzerol.

Was aus dem Passantum geworden war, wußte ich nicht genau. Nach den Erzählungen der Haut hatte Kummerog es in die Zeitmaschine gepackt, damit es den Durchgang auf die andere Seite öffnete. Der Mutant hatte eine Hand verloren und war daher nicht in der Lage gewesen, beide Geräte gleichzeitig in das Nebelfeld jenseits der Brücke in die Unendlichkeit zu schleudern.

Ob das Passantum mit auf die andere Seite gelangt war, wußte ich somit nicht. Das Öffnen schien ja funktioniert zu haben, denn die Zeitmaschine war verschwunden.

Vielleicht hatte sich das Passantum aufgelöst. Oder es war wieder aus der Zeitmaschine gefallen und auf dieser Seite geblieben. Bei diesen Geräten mußte man mit allem Denkbaren rechnen.

»Hört zu«, wandte ich mich an das Quartett. »Der Herr bekam einen Hinweis auf ein Arsenal mit hochwertigen Gütern. Natürlich wollte er sich die an Land ziehen. Er flog mit der CANT zum Arsenal der Baolin-Nda und drang dort ein. Durch unglückliche Umstände wurde der Großteil des Arsenals zerstört. Unserem Herrn wurde der Rückweg zur CANT abgeschnitten. Er entdeckte im Arsenal einen seltsamen Pilzturm, betrat ihn und entdeckte dahinter einen seltsamen Bohlensteg. Am Ende des Steges stand ebenfalls ein Pilzturm, aber den konnte er nicht betreten. Er stand mit mir im mentalen Kontakt, bis er sich dort in den Tiefschlaf legte. Das geschah vor 66 Jahren. Ich habe die ganze Zeit gewartet, bis er sich meldete, aber das geschah nicht. Eines Tages tauchten drei Fremde im Arsenal auf. Ich nahm mir dieses Wesen, das Alaska heißt. Die beiden konservierten Häute nahmen die beiden anderen, aber ich glaube, sie konnten diese nicht sofort beherrschen. Jedenfalls verschwanden sie. Ich folgte dem Befehl des Herrn, Hilfe zu organisieren. Daher flog ich mit der CANT nach Klinker.«

Ich hatte ein paar Punkte bewußt verschwiegen, insbesondere die Geschichten mit der freiprogrammierbaren Zeitmaschine und dem Passantum. Das hätte die ganze Sache nur unnötig kompliziert.

Auch den Namen »Brücke in die Unendlichkeit« erwähnte ich natürlich nicht. Kummerog hatte ihn selbst nie erfahren und nicht gewußt, um was es sich da handelte.

Auch das, was ich über Trokan wußte, verschwieg ich. Die Wahrscheinlichkeit, daß wir Kummerog überhaupt wiederfinden würden, war mehr als gering.

Perry, Bully und ich hatten ihn nicht getroffen. Möglicherweise war er nach Trokan gelangt. Oder er war längst umgekommen.

Das alles und natürlich auch Kummerog selbst, war mir im Moment ziemlich gleichgültig. Ich hatte nur ein Ziel: zurück zum Arsenal und damit zu Perry und Bully.

Die Mörder von Bröhnder brauchte ich als Helfer. Was ich mit ihnen anfangen würde, wenn wir das Ziel erreicht hatten, wußte ich noch nicht. Da hielt ich mich an die alte Weisheit »Kommt Zeit, kommt Rat«.

»Woher kam das Wesen«, fragte Vaikhuur, »das du übernommen hast?«

Ich stutzte einen Moment, dann war mir klar, daß er ja in mir primär nur die Haut des Herrn sah. Folglich mußte ich (die Haut!) ja wissen, wen ich mir unterjocht hatte.

»Die drei Fremden waren Schiffbrüchige«, antwortete ich. »Sie kamen von einer Welt, die in einer fernen Galaxis liegt und uns unbekannt ist.«

Sie gaben sich mit der Erklärung zufrieden. Da sie die näheren Umstände nicht kannten, blieb ihnen ja auch gar nichts anderes übrig.

»Unsere gemeinsamen Bemühungen«, faßte ich noch einmal zusammen, »gelten nur einem Ziel: Wir müssen so schnell wie möglich die CANT startklar machen, zum Arsenal der Baolin-Nda zurückkehren und den Herrn finden. Alles andere steht hinter diesem Vorhaben zurück. Ich denke, ihr habt das verstanden. Und jetzt möchte ich den Stützpunkt inspizieren. Wir werden technische Hilfsmittel benötigen, denn einfach wird das Eindringen in das Arsenal nicht. Vaikhuur und Gonzerol, ihr begleitet mich! Settheran und Kaydessel, ihr kümmert euch um die CANT! An die Arbeit, sonst werden wir den Gottmeister nie wiedersehen.«

Sie erkannten meine Führungsrolle problemlos an, auch wenn es ihnen nicht behagte. Die innere Bindung der Häute an Kummerog war einfach zu stark.

Ein Rest an Mißtrauen würde bleiben, aber damit konnte ich leben. Und daß ich die Haut beherrschte – und nicht umgekehrt –, das würden sie nie erfahren.

2.

Vaikhuur, Gonzerol und ich näherten uns dem Eingang zum Wohnbereich. Ich verglich die Gegebenheiten mit den Bildern, die ich aus dem Wissen der Haut holte. Vieles stimmte nicht überein.

Von Reinlichkeit und Ordnung schienen die Piraten nichts zu halten. Das hatte ich schon in der CANT festgestellt, wo in allen Gängen und Räumen Dreck und Abfälle herumlagen. Hier sah es nicht anders aus. Im Gegenteil: Seit dem Verschwinden Kummerogs war alles noch mehr verwahrlost.

Ich konnte kaum einen Schritt tun, ohne auf irgendwelche Dinge zu treten, die auf dem Boden lagen. Ob es sich dabei um Speisereste, Kot oder andere Abfälle handelte, konnte ich nicht immer sagen. Außerdem roch es immer muffiger, je weiter wir kamen.

Plötzlich stürzte eine gnomenhafte Gestalt auf mich zu und warf sich vor mir auf den Boden. Sie umklammerte meine Beine und warf den Kopf in den Nacken, um mir ins Gesicht zu starren.

»Hör mich an, Gottmeister!« krächzte das Wesen. »Ich bin Tumed, dein gehorsamer Diener. Ich preise diesen Tag, an dem du zu uns zurückgekehrt bist. Darf ich dein persönlicher Diener sein?«

Vaikhuur und Gonzerol verhielten sich abwartend. Der alte Wissenschaftler hielt seinen Krückstock bereit.

»Steh auf, Tumed!« sagte ich. »Und laß meine Füße los. Ich bin nicht Kummerog, sondern nur eine Haut des Meisters.«

»Du bist nicht der Gottmeister?«

Tumed ließ mich los und machte einen Sprung zur Seite. Er schien zu ahnen, was nun passieren würde. Und tatsächlich schleuderte der Unan-Kjur mit seinem Krückstock Blitze auf die jämmerliche Gestalt.

»Laß das, Vaikhuur!« befahl ich.

»Warum? Es macht mir Spaß.« Er starrte mich mißtrauisch an. »Ich sagte dir doch schon«, fuhr der Wissenschaftler fort, »wir müssen unsere Leute auf Trab halten. Du scheinst mir etwas verweichlicht zu sein, Alaska. Oder stimmt etwas nicht mit dir?«

Ich mußte höllisch aufpassen und meine Rolle so spielen, wie diese Banditen es von mir erwarteten. Einfach war das nicht.

»Verweichlicht?« Ich versuchte ein gehässiges Lachen. »Du bist verrückt, Alter. Ich hab' keine Zeit zu verlieren. Nur darum geht es. Deine albernen Spiele mit dem Krückstock kosten aber Zeit. Wir haben eine Aufgabe, nämlich den Gottmeister zu finden. Alles andere steht dagegen zurück. Oder hast du das schon vergessen?«

»Natürlich nicht.« Er lenkte ein, und wir setzten unseren Weg fort.

Tumed würde jetzt zu den anderen Piraten laufen und ihnen berichten, daß nicht Kummerog, sondern nur eine Haut des Gottmeisters zurückgekommen war. Mir sollte das recht sein.

»Früher gab es hier ein Lager mit Waffen und technischer Ausrüstung«, sagte ich. »Es befand sich auf der zweiten Ebene. Dorthin gehen wir zuerst.«

»Wie du möchtest, Alaska. Zuvor möchte ich dir aber eine andere Neuerung zeigen. Sie liegt auf dem Weg dorthin.«

Wir gingen eine Schräge hinab, die nach den Erinnerungen von Kummerogs Haut früher nicht vorhanden gewesen war.

»Hier befand sich doch ein Gravolift.« Ich blieb stehen. »Wo ist er?«

»Den haben wir schon vor Jahren entfernt«, antwortete Gonzerol mit seiner piepsenden Stimme, die mich an Gucky erinnerte. »Er fiel aus, und wir hatten keine Ersatzteile. Das Kommando, das sie besorgen sollte, kehrte nicht zurück. Und ein zweites wollten wir nicht riskieren.«

Wir gingen weiter. Auch hier lag überall Dreck herum. In einer Ecke standen zwei regungslose Roboter.

»Funktionieren die beiden noch?« Ich deutete auf die beiden Gestalten aus schimmerndem Metall.

»Aber natürlich!« prahlte Gonzerol. »Schließlich bin ich hier der Cheftechniker.«

Daß er nicht in der Lage gewesen war, den Gravolift wieder in Betrieb zu nehmen, hatte er geflissentlich übersehen.

»Dann programmiere sie so, daß sie den Unrat entfernen«, befahl ich.

»Warum?« Er verdrehte sein Auge.

»Wenn wir den Herrn gefunden haben«, entgegnete ich, »und er nach Klinker zurückkehrt, dann muß er nicht gerade wissen, daß ihr hier alles vernachlässigt habt. Er wird sowieso entsetzt sein und euch bestrafen.«

Das Argument überzeugte Gonzerol. Er gab den Robotern den entsprechenden Auftrag, und wir setzten unseren Weg fort.

Die Schräge endete vor einem Tor, das sich selbständig öffnete, als wir davor standen. Mein Blick ging in eine große, helle Halle.

Auf einem Podest stand eine vier Meter große Figur aus Plastik. Es war unschwer zu erkennen, daß es sich dabei um Kummerog handeln sollte.

Vor der Statue knieten zwei Gestalten auf dem Boden. Sie hatten die Hände über dem Kopf gefaltet und murmelten unverständliches Zeug.

»Der Betsaal«, erklärte Vaikhuur.

Ich verstand immer besser, was sich seit dem Verschwinden Kummerogs hier abgespielt haben mußte. Die Hautträger hatten einen regelrechten Kult um den angeblichen Gottmeister aufgezogen. Sie hatten ihre Machtposition damit gefestigt.

Mir war das alles ziemlich egal. Ich mußte mich notgedrungen aber damit befassen, denn ich brauchte diese Kerle, um mein Ziel zu erreichen.

»Weiter!« verlangte ich.

Wenig später betraten wir das Lager. Die Beleuchtung funktionierte erst, als sich Gonzerol mehrere Minuten mit einem offenen Schaltkasten beschäftigt hatte. Auch hier wirkte alles völlig verwahrlost.

Ich sah verschiedene Waffen und Geräte, aber auf allem lag eine dicke Staubschicht.

»Wir haben uns seit dem Verschwinden Kummerogs mehr darum gekümmert, unser Leben erträglich zu gestalten«, sagte Vaikhuur. »Ehrlich gesagt, Alaska, wir vier verbliebenen Hautträger haben nicht damit gerechnet, daß unser Herr noch einmal zurückkehrt. 66 Jahre sind verdammt lange. Wir haben angenommen, daß irgend jemand die CANT abgeschossen hat. Du mußt das alles verstehen, denn unsere Körper altern auch. Ich hätte unter normalen Bedingungen vielleicht noch zehn oder zwölf Jahre, Gonzerol höchstens zwanzig. Und Settheran, der Hangarmeister, müßte schon längst tot sein. Wir haben aber etwas unternommen, um unser Dasein zu verlängern.«

»Ihr seid Idioten«, bemerkte ich dazu.

»Durchaus nicht. Wir haben weiter Beutezüge gestartet und auch neue Leute angeworben. Aber wir haben uns primär um uns gekümmert, als nach fünf Jahren von Kummerog nichts zu hören und zu sehen war. Was suchst du hier?«

»Es wird nicht einfach sein«, entgegnete ich, »in das Arsenal einzudringen. Daher möchte ich alles an technischer Ausrüstung mitnehmen, was uns hilfreich sein könnte.«

»Ich denke, die CANT ist schon einmal in dieses merkwürdige Arsenal geflogen.« Der Einäugige schaute mich mißtrauisch an. »Warum sollte es uns nicht ein zweites Mal gelingen?«

»Du kapierst nichts! Als Kummerog das Arsenal der Baolin-Nda erreichte, war es noch voll funktionsfähig. Jetzt ist es das nicht mehr. Wir werden Probleme bekommen.«

»Die CANT hat Waffen, die jedes Tor öffnen«, meinte Vaikhuur.

»Das Arsenal ist etwas Besonderes«, sagte ich. »Ihr könnt euch das nicht vorstellen. Aber ich muß davon ausgehen, daß es sich auch mit Gewalt nicht so leicht betreten läßt.«

Die beiden Hautträger sagten nichts mehr dazu. Sie mußten mir einfach glauben.

»Ich zeige dir unseren kostbarsten Schatz«, bot Vaikhuur an. »Komm!«

Wir gelangten über einen noch intakten Gravolift auf die unterste Ebene. Nach dem Wissensstand der Haut war dieser Bereich nie ausgebaut oder genutzt worden. Nun entdeckte ich hier Wände und Tü ren, die es früher nicht gegeben hatte.

Vor einer Gittertür blieb Vaikhuur stehen. Er winkte mich heran. Auf einer einfachen Liege lag eine entfernt humanoide Gestalt. Sie schien fest zu schlafen.

»Weißt du, wer das ist?« fragte der Unan-Kjur.

Ich durchforstete das Wissen der Haut, aber ich entdeckte keinen Hinweis.

»Müßte ich das?« fragte ich daher.

»Nein.« Vaikhuur lachte zynisch. »Das ist Costardo Hu, der Regierungspräsident von Golachta.«

Golachta war eins der bedeutendsten Sternenreiche der Galaxis Bröhnder.

»Wir haben ihn entführt und ein Lösegeld verlangt. Einhundert Millionen Alte Bröhna. Die Regierung ist zahlungswillig. Die Übergabe erfolgt in zwanzig Tagen an einem neutralen Ort. Wenn wir den Zaster haben, bringen wir Costardo Hu um, versteht sich.«

Er sagte das in einer Art und Weise, wie andere über das Wetter oder über Sportereignisse redeten. Ich war angewidert, riß mich aber zusammen und zeigte keine Reaktion.

»In zwanzig Tagen sind wir unterwegs zum Arsenal«, entgegnete ich hart. »Ihr müßt den Termin verschieben. Um mindestens fünfzig Tage.«

»Kein Problem«, meinte Vaikhuur. »Die Suche nach dem Herrn hat natürlich Vorrang. Ich werde mich um die Angelegenheit kümmern.«

Wir gingen weiter.

»Settheran hat sich soeben über Funk gemeldet.« Der Wissenschaftler deutete auf die Geräte, die er auf dem Kopf trug. »Er sagt, er braucht drei Tage, um die CANT startklar zu machen. Schneller geht es nicht.«

Drei Tage! Das paßte mir überhaupt nicht. Der Flug hierher hatte schon 21 Tage gedauert.

Ich ging zwar davon aus, daß Perry und Bully auf meine Rückkehr warten würden, aber ich wußte, daß die beiden ein Problem hatten. Sie besaßen keine Nahrungsmittel und wahrscheinlich auch keine Möglichkeit, sich welche zu beschaffen. Vielmehr mußte ich davon ausgehen, daß die beiden längst in Richtung Trokan aufgebrochen waren.

»Was hast du?« fragte Gonzerol argwöhnisch.

»Ich denke nach, wie wir den Meister am schnellsten finden können.«

Das war natürlich eine Lüge, denn ich vermutete, daß der Piratenhäuptling nicht mehr lebte. Meine Probleme lagen woanders.

Die Rückkehr zum Arsenal würde sich wohl machen lassen. Aber was kam dann? Konnten wir überhaupt ins Arsenal eindringen? Und wenn das gelang, wie würde ich die Mörder von Bröhnder loswerden, ohne selbst in Gefahr zu geraten?

Selbst wenn mir da etwas einfallen würde – und dessen war ich mir ganz sicher –, dann tauchte ein neues Problem auf.

Kummerog hatte das Arsenal und den Pilzturm mit Hilfe des Passantums betreten können. Perry schien eine Aura anzuhaften, die ihm das ermöglichte. In deren Sog waren Bully und ich auf die andere Seite gelangt. Aber ich allein würde es wohl kaum schaffen.

Ich besaß kein Passantum und erst recht keine Aura oder etwas in der Richtung.

Ein Geräusch, das aus einer dunklen Ecke erklang, weckte meine Aufmerksamkeit. Es hörte sich an wie ein Röcheln oder ein gequälter Hilfeschrei. Gestammelte Worte. Oder ein tierisches Grunzen.

»Was ist das?« wollte ich wissen.

»Das ist Varquasch.« Vaikhuur grinste breit. »Unsere Lebensverlängerung.«

Gonzerol hatte die Beleuchtung eingeschaltet. Wir standen vor einem großen Käfig, dessen Gitterstäbe so weit auseinanderstanden, daß ein Mensch bequem hinein- oder herausgehen konnte.

Für das Tier, das darin lag, reichte das aber aus, denn dieses Geschöpf besaß etwa die Größe eines mittleren Elefanten. Es hatte sogar eine gewisse Ähnlichkeit mit einem Elefanten, nur ohne Rüssel. Es erhob sich, als es die Hautträger und mich sah, zu einer Größe von etwa drei Metern. Ein so merkwürdiges Wesen hatte ich noch nie gesehen.

»Was ist das?« fragte ich.

»Wir nennen ihn Varquasch«, erklärte der Wissenschaftler bereitwillig mit einem schiefen Lächeln. »Er ist unser Maskottchen und Lebensspender.«

Ich schätzte das Gewicht Varquaschs auf etwa eine Tonne. Seine graue und rissige Haut erinnerte mich auch an einen Elefanten. Ebenso die 1,50 Meter langen, dicken und massiven Hinterbeine.

Die vorderen Extremitäten waren viel kürzer und endeten in filigranen und mit Krallen besetzten Greifern, die eine erstaunliche Ähnlichkeit mit menschlichen Händen besaßen. Allerdings waren sie etwa doppelt so groß.

Das Tier sprang aufgeregt hin und her. Dabei benutzte es teilweise auch die Arme als Laufwerkzeuge. Es stieß unverständliche Laute aus, die manchmal so klangen, als würde es Worte formen wollen.

Der Kopf war konisch geformt und etwa einen Meter lang. Im Gegensatz zu der lederartigen, rauhen und grauen Haut war er mit einem cremefarbenen Fell bedeckt. An der Spitze saß ein relativ kleiner Mund, der mich an einen Ameisenbär erinnerte. Die Augen lagen weit dahinter. Sie standen sehr eng und waren knallgelb. Dazwischen lag die Nase, gebildet von vier etwa zehn Zentimeter langen Schlitzen, die von kleinen Hautlappen eingefaßt wurden.

Vaikhuur schleuderte mit seinem Elektro-Krückstock Blitze in den verdreckten Käfig. Gepeinigt schrie das arme Tier auf. Es sprang in die Höhe, um den Blitzen auszuweichen.

Dabei entdeckte ich acht elektrodenartige Plastikkappen an seinem Unterleib, die mit dünnen Schläuchen verbunden waren. Die Schläuche führten aus dem Käfig heraus zu einer klobigen Maschine.

»Was hat das alles zu bedeuten?« wollte ich wissen.

Natürlich hatte ich Mitleid mit der armen Kreatur, aber das durften die beiden Hautträger nicht wissen. Nun war mir klar, warum die Haut des armen Wesens so rissig und zerschunden war. Das waren die Narben, die die Elektroblitze hinterlassen hatten.

»Wir müssen Varquasch regelmäßig Schmerzen zufügen«, gab der Wissenschaftler bereitwillig und etwas überheblich zur Auskunft. »Dann sondert er ein Hormon über die Drüsen ab, das von der Liquorac-Maschine abgesaugt wird.«

Er ging zu der Maschine und öffnete eine Klappe an der Oberseite. Dahinter wurde ein großer, durchsichtiger Behälter mit einer gelblichen Flüssigkeit sichtbar.

»Fruchtsaft.« Der Unan-Kjur deutete auf den Behälter. »Das Hormon wird zugesetzt und in einem bestimmten Verhältnis vermischt.«

Nun öffnete er eine Klappe an der Unterseite. In dem Fach standen vier kleine Plastikbecher, die etwa zur Hälfte mit einer braun-gelben, breiigen Soße gefüllt waren. Auf den Bechern standen die Buchstaben V, G, S und K.

»Das ist das fertige Liquorac.« Er nahm den Becher mit dem V heraus und nahm einen kleinen Schluck. »Jeder von uns vier Hautträgern hat seinen eigenen Becher. Die Buchstaben stehen für unsere

Namen. Liquorac hat eine lebensverlängernde Wirkung. Damit halten wir uns fit. Das einfache Fußvolk bekommt nur dann vom Liquorac, wenn etwas übrig ist. Natürlich sind sie alle gierig darauf. Probier mal!«

Er reichte mir den Becher. Ich roch daran. Das Zeug stank erbärmlich. »Mein Körper ist noch sehr jung.« Ich gab ihm den Becher zurück. »Ich brauche keine Stimulanzen.«

»Wie du meinst, Alaska.«

Varquasch röchelte erneut. Es klang grauenvoll und ging mir bis ins Mark. Ein paar rudimentäre Klänge waren zu erkennen, die man als Wortfetzen deuten konnte.

Hörte ich da nicht: »Hunger! Hunger!«?

Sicher war ich mir nicht. Wahrscheinlich spielte mir mein Mitgefühl einen Streich.

Vaikhuur ging zu einem großen, offenen Kasten, der mit einer grobkörnigen Substanz gefüllt war. Er nahm eine Handvoll davon und warf sie in den Käfig. Heißhungrig stürzte sich Varquasch auf die Körner. Mit rasender Geschwindigkeit griff er sie auf und stopfte sie sich ins Maul.

»Wir müssen ihn kurzhalten«, erklärte der Unan-Kjur mit einem gemeinen Grinsen. »Er muß leiden, hungern und Schmerzen verspüren, damit er seine Hormone absondert.«

Ich wollte mich angeekelt abwenden, aber ich hielt durch. So schlimm es auch war, ich mußte das grausame Spiel mitmachen.

Kaum hatte Varquasch den letzten Brocken verschlungen, da sprang er an das Gitter. Der große Kerl stieß dumpfe, gequälte Laute aus, die wieder fast ein wenig wie normale Worte klangen.

»Er will immer mehr zu fressen.« Vaikhuur lachte und schleuderte erneut Blitze nach Varquasch. »Aber er kriegt nichts.«

Ich atmete auf, als wir den grausamen Ort wieder verließen. Die Mörder von Bröhnder widerten mich an.

Und für den armen Varquasch empfand ich Mitgefühl. Helfen konnte ich ihm aber nicht, ohne mich selbst verdächtig zu machen.

Wir durchstreiften den gesamten Wohnbereich. Vaikhuur und Gonzerol zeigten mir ihre Lager mit den Beutestücken verschiedener Raubzüge, aber es war nichts dabei, was sich für meine Zwecke nutzen ließ.

Zum Schluß suchten wir noch einmal den Hangar auf. Settheran und Kaydessel waren zusammen mit einem Dutzend anderer Piraten und mehreren Robotern dabei, die CANT für den nächsten Einsatz vorzubereiten.

Dann ließ ich mir eine Wohnkabine zuweisen. Ich legte mich auf die einfache Pritsche und dachte nach.

Kummerogs Haut meldete sich. »Alaska«, sagte sie, »du bist jetzt der Anführer. Was willst du denn wirklich?«

»Ich will zurück zu meinen Leuten«, antwortete ich auf mentalem Weg. »Kummerog und die Mörder von Bröhnder interessieren mich überhaupt nicht.«

»Du wirst mich abstoßen, wenn du dein Ziel erreicht hast, nicht wahr?«

Ich antwortete nicht sogleich. Die Haut war mein Feind; aber sie einfach umbringen, das war nicht in meinem Sinn.

»Kann ich dich denn nicht ablegen und konservieren?« fragte ich daher.

»Wenn ich meinen Wirtskörper verlasse, muß ich sterben. Das weißt du. Du hast mich in deiner Gewalt, denn du bist stark. Wenn du fair bist, dann gib mir eine Chance, Kummerog zu finden. Gelingt das, gehe ich freiwillig in den Tod.«

»Abwarten, Haut! Erst einmal müssen wir zurück zum Arsenal.«

Ich verließ meine Wohnkabine. Auf den Gängen war tatsächlich etwas Ordnung eingekehrt. Es herrschte Nachtruhe.

Zunächst streifte ich ziellos durch die in mattem Licht liegenden Korridore und Räume. Ich wußte selbst nicht, wonach ich suchte.

Unbewußt suchte ich die untere Ebene auf. Mein Weg führte mich zu Varquasch. Ich schaltete die Beleuchtung ein und trat an den Käfig. Sofort war das Tier auf den Beinen. Es starrte mich mit seinen gelben Augen durchdringend an, aber es gab diesmal keinen Laut von sich.

»Du bist ein verdammt armer Kerl«, sagte ich. »Aber ich kann nicht viel für dich tun, ohne mich selbst zu gefährden.«

Varquasch schaute mich an und legte den Kopf auf die Seite. Fast hatte ich das Gefühl, daß er mich ein bißchen verstand.

Ich ging zu dem Kasten und griff mit beiden Händen hinein. Mehrere große Nahrungshaufen landeten in dem Käfig, der Elefantenartige machte sich gierig darüber her.

Ich schaute ihm zu, bis er immer langsamer aß. Vielleicht war es das erste Mal in seiner Gefangenschaft, daß er ausreichend Futter bekam. Den letzten Rest der Körner nahm er geschickt in seine Pranken und versteckte ihn unter einem Haufen Stroh.

Für ein Tier war das schon ein wenig erstaunlich. Es betrieb Vorratshaltung!

Varquasch kam an die Gitterstäbe. Er richtete sich auf und blickte mir in die Augen. Und dann sagte er in einwandfreiem Bröhn: »Danke, Alaska.«

Ich erkannte meinen Irrtum. Varquasch war gar kein Tier. Ich stand vor einem intelligenten Wesen!

Damit sah ich die Grausamkeit der Mörder von Bröhnder in einem ganz anderen Licht. Ich wußte, daß ich etwas unternehmen mußte, um diesem Wesen zu helfen.

»Ich komme wieder, Varquasch«, sagte ich. »Ich werde dafür sorgen, daß du genug Nahrung erhältst. Und irgendwann, wenn sich eine günstige Gelegenheit bietet, werde ich dich freilassen.«

»Danke, Alaska.«

3.

Als ich zwei Tage später Varquasch erneut aufsuchen wollte, waren der Käfig und die Liquorac-Maschine verschwunden. Auch der entführte Costardo Hu befand sich nicht mehr in seinem Gefängnis.

Im Hangar traf ich die vier Hautträger an. Ich wandte mich an Vaikhuur.

»Was habt ihr mit Varquasch und dem Gefangenen gemacht?« fragte ich.

»Varquasch befindet sich schon an Bord der CANT.« Der Unan-Kjur grinste. »Wir nehmen ihn natürlich mit, denn wir können nicht auf unser Liquorac verzichten. Und Costardo Hu habe ich an einen anderen Ort bringen lassen. Die Sache mit dem Lösegeld ist auf unbestimmte Zeit verschoben.«

Es gefiel mir nicht, daß der Alte eigenmächtig gehandelt hatte. Aber ich schwieg. Es war ja meine Absicht, dem Elefantenartigen irgendwie zu helfen. Insofern war es ganz günstig, daß er die Reise zum Arsenal mitmachte.

Dann endlich war es soweit. Kaydessel, der als Pilot der CANT fungieren würde, suchte mich in meiner Wohnkabine auf und meldete, daß das Keilschiff startbereit war.

»Vaikhuur hat vorgeschlagen«, sagte er, »nur fünf Mann im Stützpunkt zu belassen. Sie sollen sich um den Gefangenen kümmern. Mit dir sind wir dann fünfzehn Personen an Bord.«

Eigentlich sechzehn, dachte ich, *denn Varquasch muß ich mitzählen.*

»In Ordnung. Die Koordinaten des Arsenals besitzt der Bordcomputer. Ich komme direkt mit.«

Keine Viertelstunde später waren wir im All. In der Bugzentrale hielten sich nur die Hautträger auf. Die zehn gewöhnlichen Piraten waren in der Nähe einquartiert worden. Für sie war das Betreten der Zentrale verboten. Vaikhuur hatte ihnen nur den Auftrag gegeben, in regelmäßigen Abständen Varquasch aufzusuchen und ihn mit Elektropeitschen bei Laune zu halten.

Ich konzentrierte mich unauffällig auf alles, was Kaydessel als Pilot unternahm, denn irgendwann würde der Fall vielleicht eintreten, daß ich die CANT selbst steuern mußte.

Fasoldog, der Bordcomputer, der völlig frei zur Verfügung stand, übernahm die Hauptarbeit. Er kommunizierte bereitwillig mit allen Hautträgern, auch mit mir. Mein anfänglicher Verdacht, er könnte die wahren Machtverhältnisse entdecken, schien sich zu meinem Glück nicht zu bewahrheiten.

Die einundzwanzigtägige Reise würde langweilig werden. Dessen war ich mir sicher. Die vier Oberganoven sahen das ebenso. Als wir im Hyperraum waren, legten sie sich schlafen. Der Bordcomputer kontrollierte im Auftrag Kaydessels den Flug.

Ich nutzte die Gelegenheit, um Varquasch aufzusuchen. Vaikhuur hatte ihn in einer Kammer etwa 50 Meter vom Bug entfernt untergebracht. Als ich den Raum betrat, waren zwei Piraten anwesend, die mit einem sadistischem Grinsen ihre Elektropeitschen sprechen ließen.

»Verschwindet!« herrschte ich sie an. »Ich mache das selbst.«

Sie ließen die Peitschen fallen und eilten hinaus. Das Schott fiel hinter ihnen ins Schloß.

Varquasch lag zusammengekauert in einer Ecke seines Käfigs. Er hob seinen langen Kopf und starrte mich an. Ich war mir sicher, daß er mich erkannte. Der Blick seiner gelben Augen enthielt etwas Warmes und Freundliches.

»Keine Angst, mein Freund«, versuchte ich ihn zu beruhigen. »Ich tu' dir nichts.«

Mühsam richtete er sich auf den massiven Hinterbeinen auf. Mit den Greifern klammerte er sich an die Gitterstäbe.

Ich ging zur Futterkiste und schaufelte mehrere Hände voller Körner in den Käfig. Danach füllte ich seinen Trinknapf mit frischem Wasser auf.

Varquasch schien alles gut zu verstehen. Er aß ohne Hast. Dabei blickte er immer wieder zu mir herüber.

Seine Wunden waren schlimm. Die untergeordneten Piraten hatten ihn seit dem Start wohl noch heftiger drangsaliert. Wahrscheinlich hofften sie, dadurch etwas von dem begehrten Liquorac abzubekommen.

Ich untersuchte die Maschine. Das Fach mit den Bechern war verriegelt. Ich konnte mir denken, daß nur die vier Hautträger einen Schlüssel dazu besaßen. Sie schützen ihren wertvollen Saft.

Als Varquasch seine Mahlzeit beendet hatte, versteckte er wieder die übriggebliebenen Körper unter dem Stroh seines Käfigs. Dann trat er an die Gitterstäbe.

»Danke, Alaska«, hörte ich.

»Kannst du auch noch etwas anderes sagen, mein Freund?«

»Später«, erklang seine dunkle Baßstimme. »Noch zu schwach.«

»Ich verstehe, Varquasch. Ich komme wieder.«

Er legte sich zur Ruhe, während ich den Raum verließ.

Ich suchte die Piraten auf. Die meisten schliefen, aber einige hockten in einem Raum, der zu einer Art Kantine umfunktioniert worden war. Sie spielten ein Würfelspiel. Als ich eintrat, erhoben sie sich. Die Hautträger wurden wie Halbgötter behandelt, das spürte ich immer wieder.

»Varquasch hat genügend Liquorac produziert«, sagte ich. »Ihr bekommt noch heute einen oder zwei Becher, die ihr aber gerecht aufteilt.«

Die Piraten brachen in Jubelgeschrei aus.

»Vorerst seid ihr von eurem Auftrag«, fuhr ich fort, »Varquasch zu quälen, freigestellt.«

Bei dem Versprechen, das ich ihnen gegeben hatte, war ich mir sicher, daß sie meine Anweisung befolgten.

Auf dem Rückweg zur Bugzentrale nahm ich mentalen Kontakt mit der Haut auf.

»Gibt es so etwas wie eine Bordapotheke auf der CANT?«

»Ich führe dich gern hin.«

»Warte. Ich muß erst in die Zentrale.«

Die vier Hautträger schliefen. Fasoldog meldete bei meinem Eintritt automatisch, daß der Flug planmäßig verlief.

Ich untersuchte Kaydessel gründlich. Er trug jetzt eine einfache Kombination. In einer Tasche entdeckte ich einen kleinen Schlüssel. Ich nahm ihn an mich.

Dann ließ ich mich von der Haut in einen Raum führen. Auch hier lagen alle möglichen Sachen kreuz und quer herum. Ich suchte und suchte, bis ich einen beschrifteten Behälter fand, der eine Art Heilsalbe enthielt.

Natürlich konnte ich nicht abschätzen, wie das Zeug auf Varquasch wirkte, aber ein Versuch lohnte sich bestimmt.

»Du wirst Ärger mit den anderen Hautträgern bekommen«, meldete sich meine Haut, die ja genau mitverfolgen konnte, was ich tat.

»Das laß meine Sorge sein«, entgegnete ich.

Danach suchte ich Varquasch auf. Ich schob mich durch die Gitterstäbe.

»Bleib ruhig liegen, mein Freund«, sagte ich zu ihm. »Du brauchst nichts zu sagen. Ich habe hier eine Heilsalbe. Etwas Besseres habe ich nicht gefunden. Vielleicht hilft sie dir. Ich werde ein paar deiner Wunden bestreichen. Wenn es dich quälen sollte, dann melde dich. Ich will dir nur helfen.«

Er blickte mich stumm an. Auch als ich drei besonders große offene Stellen auf seinem Rücken eingeschmiert hatte, rührte er sich nicht.

»Nun?« fragte ich.

»Angenehm«, bekam ich zur Antwort.

Ich rieb die anderen Wunden ein, und er ließ alles willig über sich ergehen. Dann versteckte ich den Behälter mit der Salbe in einer Ecke des Käfigs. Varquasch verfolgte alles ganz genau, aber er schwieg.

Schließlich öffnete ich mit Kaydessels Schlüssel das Getränkefach. Tatsächlich waren alle vier Becher fast voll. In einem Seitenfach entdeckte ich unbeschriftete Becher. Ich nahm zwei davon und füllte sie gut zur Hälfte mit dem stinkenden Zeug auf. Die Fehlmengen ersetzte ich durch Fruchtsaft aus dem großen Kanister an der Oberseite. Die Hautträger würden es kaum merken, wenn die Mischung nicht ganz stimmte.

»Ich komme wieder«, versprach ich dem Elefantenartigen. »Ich hoffe, du verstehst mich. Wenn einer von den anderen kommt, mußt du natürlich wieder betteln und stöhnen. Sie dürfen nicht merken, daß ich dich besser mit Nahrung versorge.«

»Ja, danke«, antwortete er.

Ich brachte den Piraten die beiden gefüllten Becher und löste erneut ein Jubelgeschrei aus. Dann legte ich Kaydessels Schlüssel zurück und suchte meine Privatkabine auf. Hier legte ich mich dann zur Ruhe.

Auch in den folgenden Tagen suchte ich regelmäßig Varquasch auf und versorgte ihn reichlich mit Nahrung. Am siebten Tag unserer Reise traf ich beim Betreten des Raumes Settheran an, der sich gerade an der Liquorac-Maschine bediente. Varquasch führte sich in seinem Käfig wie ein Verhungernder auf, aber der Hangarmeister würdigte ihn keines Blickes.

»Was suchst du denn hier?« wollte der Sechsarmige wissen. Er war wieder einmal sehr mißtrauisch. »Vaikhuur sagte mir, du verschmähst das Liquorac.«

»Stimmt«, entgegnete ich. »Ich habe das Zeug nicht nötig. Außerdem habt ihr das Getränkefach verschlossen. Ich könnte mir sowieso nichts nehmen. Und daß ich hier nach dem Rechten sehen will, ist wohl logisch.«

Er war mit der Antwort zufrieden. Mit einem der Arme, die aus dem Kopf wuchsen, deutete er auf den bettelnden Varquasch.

»Findest du nicht auch, daß er zugenommen hat? Außerdem scheint er zu wenig mit der Peitsche bekommen zu haben.«

Ich stellte mich dumm, obwohl ich die Gewichtszunahme natürlich längst beobachtet hatte. Sie war logisch, denn ich gab dem armen Burschen regelmäßig ausreichend Nahrung und Wasser.

»Könnte ich nicht sagen«, gab ich nur zur Antwort.

Settheran stellte seinen Becher zurück und verließ ohne ein weiteres Wort den Raum. Kaum hatte sich das Eingangsschott geschlossen, da hörte Varquasch mit der Bettelei auf.

»Wie geht es dir, mein Freund?« fragte ich ihn.

»Besser. Brauche viel Körner.«

Ich gab sie ihm und füllte die Vorratskiste aus dem Lager im Nebenraum auf. Auch das Trinkwasser erneuerte ich.

»Deine Wunden sind schön verkrustet. Soll ich sie dir noch einmal einreiben?«

»Danke, nein. Selbst gemacht.«

Ich hörte draußen Schritte. Auch Varquasch hatte sie wahrgenommen. Sogleich setzte sein Gejammer und Gebettel ein.

Es waren Vaikhuur und Gonzerol. Sie sagten nichts, als sie mich mit einer Elektropeitsche in der Hand am Käfig stehen sahen. Der technische Spezialist öffnete seinen flugfähigen Untersatz und holte den Schlüssel zum Liquorac-Fach heraus. Dabei sah ich, daß er alle möglichen Werkzeuge und Meßgeräte in dem Kasten transportierte.

Der Unan-Kjur lachte plötzlich gemein. »Sieh dir das an, Gon!« rief er dem anderen Hautträger zu. »Diese Riesenratte wird immer fetter. Ich glaube, wir müssen dem Biest die Rationen ganz streichen.«

»Bloß nicht«, meinte Gonzerol. »Wenn er verreckt, haben wir kein Liquorac mehr. Und so dick ist er ja nun nicht geworden. Vielleicht bekommt ihm die Atmosphäre an Bord der CANT besonders gut. Unbekannte Einflüsse des Hyperraums. Was weiß ich? Die Hauptsache ist doch, daß unsere Becher voll sind.«

Sie schienen nichts anderes in den Köpfen zu haben als die stinkende Brühe.

»Ihr solltet euch lieber Gedanken um unseren Meister machen«, sagte ich mit deutlichem Vorwurf.

»Da verlassen wir uns auf dich.« Vaikhuur winkte ab.

Auch er trank seinen Becher völlig aus und stellte ihn dann in die Maschine zurück. Varquasch hatte während des Wortwechsels ununterbrochen gebettelt und gestöhnt.

Ich zweifelte längst nicht mehr daran, daß es sich um ein sehr intelligentes Geschöpf handelte. Er spielte genau mit, so daß kein Verdacht gegen mich aufkommen konnte.

»Mach ihm noch ein bißchen Feuer unter seinen feisten Hintern.« Vaikhuur reichte mir die Elektropeitsche mit einem häßlichen Grinsen. »Wir brauchen ihn schließlich.«

Er selbst schleuderte mit seinem Krückstock eine Serie von Blitzen in den Käfig. Jaulend und schreiend verzog sich der Elefantenartige in den hintersten Winkel. Lachend verließen die beiden Piraten den Raum.

»Tut mir leid, mein Freund«, wandte ich mich an den Gepeinigten. »Aber ich kann das nicht verhindern, ohne selbst in Gefahr zu geraten.«

»Ich verstehe das schon«, antwortete er in einwandfreiem Bröhn. Es war das erste Mal, daß er einen ganzen Satz von sich gab. »Ich brauche jetzt viel Ruhe. Danke, Alaska.«

Er holte den Behälter mit der Heilsalbe hervor und rieb sich damit die frischen Wunden ein, die ihm der Alte mit dem Krückstock zugefügt hatte. Er machte das sehr geschickt.

Ich respektierte seinen Wunsch nach Ruhe und ging.

Auf dem Weg zur Bugzentrale kam mir der kleine Tumed entgegen.

»Herr!« rief er aufgeregt. »Die anderen Herren haben mich beauftragt, dir zu sagen, daß du ... ich ...« Er verhaspelte sich total.

»Immer langsam, Kleiner«, sagte ich. »Was ist los?«

»Du sollst in die Zentrale kommen.«

»Und warum?«

»Das weiß ich nicht, aber es scheint dringend zu sein.«

Ich traf Vaikhuur, Gonzerol und Settheran an, die aufgeregt

schnatterten. Worum es dabei ging, erfuhr ich nicht, denn sie sprachen alle gleichzeitig. Ich mußte mir erst einmal Gehör verschaffen.

»Ruhe!« brüllte ich. »Was geht hier vor?«

»Kaydessel ist zusammengebrochen, Alaska«, teilte mir Vaikhuur mit. »Wir haben ihn in seine Kabine geschafft. Es könnte sein, daß sein Körper aus Altersgründen stirbt.«

»Oder er hat etwas Falsches gegessen«, meinte der Hangarmeister. »Das ist schon einmal vorgekommen.«

Ich überlegte in Windeseile. Konnte es daran liegen, daß ich das Liquorac mit Fruchtsaft verdünnt hatte? Eigentlich war das unwahrscheinlich, denn dann hätte es die anderen auch erwischen müssen.

»Das Problem«, bemerkte Gonzerol aufgeregt und ließ sein Auge rotieren, »ist, daß keiner von uns in der Lage ist, die CANT zu steuern.«

»Das Problem läßt sich lösen.« Ich erkannte meine Chance. »Der Körper, den ich benutze, ist ein ausgebildeter Pilot für verschiedene Raumschifftypen. Es dürfte keine Schwierigkeiten geben, daß ich gemeinsam mit ihm und mit Hilfe des Bordcomputers die CANT steuere. Vielleicht brauche ich ein wenig Hilfe, aber ich denke, das schaffe ich mit Fasoldog. Oder siehst du das anders?«

»Du benötigst eine Schulung von etwa zwei Tagen«, antwortete der Bordcomputer. »In vier Tagen ist der routinemäßige Zwischenhalt erforderlich. Dazu benötige ich einen Piloten.«

»Dann fangen wir sofort an«, entschied ich. »Kümmert ihr euch um Kaydessel. Wo die Bordapotheke ist, werdet ihr ja wohl wissen.«

»Tumed und Hobon haben den Auftrag, sich um den Kranken zu kümmern«, sagte Settheran. »Die beiden verstehen mehr von Medizin als wir zusammen. Jetzt wollen wir deine Schulung aber nicht stören.«

Die Hautträger atmeten auf. Sie waren offenbar Krämerseelen, die schon an den eigenen Untergang geglaubt hatten. Daher waren sie heilfroh, daß ich mich als Pilot angeboten hatte.

Sie legten sich schlafen.

Ich nahm im Pilotensessel Platz. Fasoldog erhellte mehrere Bildschirme. Er stellte alle wichtigen Komponenten der CANT dar und erklärte mir, wie sie zu bedienen waren.

Endlich war die Langeweile vorbei. Der Bordcomputer verfügte sogar über einen Schulungssimulator. Da ich mit solchen Dingen bestens vertraut war, brauchte ich ganze sechs Stunden, um Fasoldog davon zu überzeugen, daß ich sogar ohne seine Hilfe das Keilschiff voll beherrschte. Es erfolgte eine Abschlußprüfung, die ich fehlerlos absolvierte.

»Ich staune«, meldete sich meine Haut. »Jetzt wird mir auch klar, weshalb du mich unterjochen konntest. Du bist ja noch besser als der Meister.«

Ich verzichtete auf eine Antwort. Statt dessen weckte ich die drei Hautträger und teilte ihnen mit, daß ich von nun an der Pilot der CANT war. Auch sie staunten nicht schlecht.

Da ich müde geworden war, wollte ich mich in meine Kabine zurückziehen. Zuvor suchte ich aber Kaydessel auf. Er lag auf einer Pritsche in einem Nebenraum. Seine drei Augen, die normalerweise zu glühen schienen, waren geschlossen. Zwei der Piraten, Tumed und Hobon, waren bei ihm.

»Wie geht es ihm?« fragte ich.

»Seine Körpertemperatur ist zu hoch«, antwortete der echsenartige Hobon. »Sein Atem geht unregelmäßig. Ich habe ihn medizinisch versorgt, aber es treten noch keine Besserungen ein. Wir haben ihm Liquorac eingeflößt, aber er hat es erbrochen. Mehr konnten wir nicht tun.«

Ich konnte da ebensowenig helfen, denn der Metabolismus Kaydessels war mir unbekannt. Auch meine Haut besaß keine Informationen darüber.

Bevor ich mich zur Ruhe legte, suchte ich noch einmal Varquasch auf. Er lag in der Ecke seines Käfigs und rührte sich nicht. Mein Kommen schien er nicht einmal bemerkt zu haben.

Irgend etwas ging mit ihm vor, aber ich hatte nicht die leiseste Ahnung, was es sein könnte.

Ich ging in den Käfig. Seine Wunden waren gut verkrustet und teilweise schon verheilt. Sein Atem ging ruhig und gleichmäßig. Er schien völlig in Ordnung zu sein. Ich weckte ihn nicht. Vorsorglich legte ich noch einen Haufen Körner neben ihm im Stroh ab, so daß die Hautträger, falls sie kommen würden, die Nahrung nicht sahen.

Dann zog ich mich in meine Kabine zurück.

4.

Am nächsten Tag hatte sich der Zustand Kaydessels etwas gebessert, aber seine Aufgabe als Pilot konnte er dennoch nicht wieder übernehmen. Ich richtete mich darauf ein, bei dem vorgesehenen

Zwischenhalt diese Angelegenheit selbst anzupacken. Den anderen Hautträgern war das nur recht.

Dann passierte etwas Unglaubliches. Tumed und Hobon hatten gerade einen Bericht abgeliefert, der den Gesundheitszustand Kaydessels betraf. Da sie lange nicht geschlafen hatten, erlaubte ihnen Vaikhuur, den Erkrankten für ein paar Stunden unbeaufsichtigt zu lassen.

Ich ging inzwischen mit Fasoldog das gesamte Check-Programm für den Zwischenhalt durch. Der wichtigste Punkt war die eventuelle Korrektur der Kursdaten.

Vaikhuur hielt sich ebenfalls in der Bugzentrale auf. Was Gonzerol und Settheran taten, wußte ich nicht.

Plötzlich stürmte Tumed unangemeldet herein. Er zitterte am ganzen Körper und brachte kein Wort über die blutleeren Lippen. Mit den Händen fuchtelte er wild in der Luft herum.

Wenige Schritte hinter ihm tauchte auch Hobon auf. Seine eher dunkelbraune Haut war gelb und fleckig, was auf einen Zustand höchster Aufregung schließen ließ.

»Das Betreten der Zentrale ist für euch Gesindel verboten!« schrie der alte Wissenschaftler und hob seinen Krückstock. »Der Gottmeister wird euch für diesen Frevel bestrafen.«

»Warte!« forderte ich ihn auf und unterbrach mit einem Tastendruck das laufende Testprogramm.

Der Krückstock neigte sich wieder nach unten, und Vaikhuur setzte eine unwillige Miene auf. Es paßte ihm nicht, daß ich ihm in die Parade gefahren war.

»Tumed!« forderte ich den Zwerg auf. »Was ist passiert?«

Der Kleine suchte immer noch nach Worten.

»Reiß dich zusammen!« verlangte ich.

»Kaydessel!« keuchte Tumed. »Kaydessel ist tot.«

»Du meinst, er ist verstorben. Damit mußten wir rechnen.«

»Nein, nein, Meister Alaska. Er wurde zerrissen, zerfetzt. Es ist alles voller Blut. Eine Bestie muß ihn vernichtet haben. Oder es waren die bösen Geister von Hyranol-Diur.«

Vaikhuur warf mir einen fragenden Blick zu.

»Hobon«, befahl ich dem Echsenartigen. »Geh in die Kabinen von Meister Gonzerol und Meister Settheran! Wenn du sie antriffst, sage ihnen, ich bitte sie, in die Zentrale zu kommen. Beeil dich!«

Er wieselte davon.

»Was hat das zu bedeuten?« fragte Vaikhuur.

»Ich weiß es nicht«, entgegnete ich ruhig. »Aber ich werde es herausfinden.«

Gonzerol und Settheran tauchten bald auf. Sie wirkten beide verschlafen. Als sie hörten, was Tumed berichtet hatte, setzten sie ratlose Mienen auf.

»Kommt!« verlangte ich.

Wir betraten zusammen Kaydessels Kabine. Angewidert blieb ich am Eingang stehen. Es herrschte ein Bild des Grauens.

Der Kopf des Piloten war vom Körper abgetrennt worden. Die drei Augen waren aus dem Schädel gekratzt und lagen daneben. Ein Arm war abgerissen. Im Leib klafften riesige Wunden. Die ganze Liege und große Teile des Fußbodens waren mit gelbrotem Blut verspritzt.

Langsam trat ich näher. Das waren keine Wunden, die von Energiewaffen herrührten. Vielmehr sah es so aus, als wäre ein mächtiges Ungeheuer über den Kranken hergefallen und hätte ihn in Fetzen gerissen.

Die Kummerog-Haut Kaydessels lag in unzähligen Fetzen überall herum, als hätte sie der Täter regelrecht vom Körper abgeschält. Natürlich war auch sie verendet.

»Es gibt nur einen an Bord«, stellte Vaikhuur fest, »der dazu fähig ist. Ich spreche von Varquasch.«

»Du redest dummes Zeug«, entgegnete ich. »Varquasch kann nicht aus seinem Käfig heraus. Und außerdem ist er viel zu groß für den Gang, der zu dieser Kabine führt. Varquasch scheidet somit als Täter aus.«

»Dann war es einer vom Gesindel«, vermutete Settheran. »Da sind ein paar dabei, die haben Bärenkräfte. Ich denke an Machmutt oder Gielsage. Die können mit den bloßen Händen töten.«

»Das würden sie niemals wagen«, behauptete der Unan-Kjur.

»Wann habt ihr Kaydessel allein gelassen?« fragte ich den Zwerg.

»Vor etwa einer Stunde, Meister Alaska.«

Damit schied Vaikhuur als Täter aus, denn er war die gesamte Zeit bei mir in der Zentrale gewesen. Ob sich Gonzerol und Settheran wirklich in ihren Kabinen aufgehalten hatten, ließ sich nicht mehr feststellen.

Ich erteilte Tumed und Hobon den Auftrag, die kläglichen Reste des Verstümmelten einzusammeln und beim bevorstehenden Zwischenhalt dem Weltraum zu übergeben.

»Kommt mit!« wandte ich mich an die Hautträger.

Wir suchten zuerst Varquasch auf. Der lag friedlich in seinem Käfig. Nichts deutete darauf hin, daß er diesen verlassen hatte oder ihn überhaupt verlassen konnte. Sofort brach der Elefantenartige in sein übliches Gebettel und Gejammer aus, aber dafür hatte jetzt niemand Zeit.

Dann führte unser Weg in den Wohnbereich der Piraten. Ich öffnete die Kabine Machmutts. Der Drei-Meter-Koloß war nicht anwesend. Ich wollte die Tür schon wieder schließen, als ich ein Stöhnen hörte.

»Er ist in der Hygienezelle«, vermutete Vaikhuur.

Wir gingen hinein, und ich zog den Vorhang zur Seite. Unwillkürlich prallte ich zurück.

Der Koloß lag auf dem Boden in seinem eigenen Blut. Auch sein Körper war schrecklich verstümmelt worden. Es steckte zwar noch ein Funken Leben in ihm, aber als Tumed eintraf und ihn untersuchte, konnte er nur den Tod feststellen.

Ich betrachtete die Wunden genauer. Sie waren unregelmäßig und völlig willkürlich am ganzen Körper verteilt. Vielleicht hatte jemand mit großen Zangen gearbeitet. Oder mit ähnlichen Instrumenten oder mit einer Axt.

»Es gibt keinen an Bord«, stellte Vaikhuur fest, »der Machmutt so hätte zurichten können.«

»Aber es gibt einen«, sagte Settheran, »der über automatische Werkzeuge verfügt, die so etwas können.«

Er deutete auf den schwebenden Kasten Gonzerols.

»Du bist wohl übergeschnappt!« schrie der Blibb. »Was könnte ich für ein Interesse daran haben, einen wie Kaydessel oder sonst einen unserer Leute umzubringen?«

»Gier nach mehr Liquorac«, stellte Vaikhuur kalt fest. »Du hast auch nur noch ein paar Jährchen vor dir. Und jeder Tropfen Liquorac kann dein kümmerliches Leben verlängern. Vielleicht war Kaydessels Erkrankung der Auslöser für dein Morden.«

»Dein Gehirn funktioniert nicht mehr richtig, Alter«, beschwerte sich Gonzerol. »Ich lag seit vier Stunden in meiner Kabine und habe geschlafen. Außerdem kann ein Hautträger doch keinen anderen umbringen; die Häute verhindern das.«

»Was zu beweisen wäre.« Der Alte blieb hartnäckig. »Öffne deinen Werkzeugkasten!«

Gonzerol kam der Aufforderung nach. Gemeinsam mit Vaikhuur untersuchte ich die Werkzeuge und Geräte. Es gab keinen Hinweis darauf, daß sie kürzlich benutzt worden waren.

Wir hätten Blutspuren finden müssen. Statt dessen lag auf allen Dingen eine dünne Staubschicht.

»Nein«, stellte ich fest, »Gonzerol kann es auf keinen Fall gewesen sein.«

»Gielsage«, vermutete Settheran. »Er kommt als einziger noch in Betracht. Er ist noch stärker als Machmutt.«

Wir suchten die Kantine auf, wo sich die übrigen Piraten versammelt hatten. Der gewaltsame Tod Kaydessels und Machmutts hatte sich natürlich in Windeseile herumgesprochen.

Auch Gielsage war anwesend. Er sagte auf meine Frage, daß er sich in den letzten zwei Stunden hier aufgehalten hatte. Mehrere andere Piraten bestätigten dies.

Ich war so schlau wie zuvor; von meiner Kummerog-Haut kam nichts.

»Wir haben ein unsichtbares Ungeheuer an Bord«, unkte Gonzerol. »Niemand sollte sich ab sofort irgendwo allein aufhalten.«

»Der Gottmeister will uns bestrafen«, sagte Tumed. »Wir hätten seine Statue mitnehmen müssen. Außerdem haben wir seit dem Start von Klinker unsere Gebete vernachlässigt.«

»Unsinn«, sagte ich. »Kummerog würde niemals eine seiner eigenen Häute in den Tod schicken.«

Dann wandte ich mich an die versammelten Mörder von Bröhnder.

»Hört zu, Leute! Niemand bewegt sich allein durch die CANT. Bleibt mindestens immer zu zweit. Und meldet jede verdächtige Beobachtung! Auch scheinbar Unwichtiges kann von Bedeutung sein. Ich bin ständig in der Bugzentrale erreichbar. Bewahrt die Ruhe! Wir werden diese üble Geschichte aufklären. Eins ist jedenfalls ganz sicher: Das ist nicht das Werk des Gottmeisters. Schmiert euch das hinter die verlausten Ohren!«

Sie starrten mich nur stumm an. Erst als die beiden Hautträger mit mir den Raum verlassen hatten, setzte ein heftiges Geschnatter ein.

»Was willst du jetzt tun?« Vaikhuur wirkte hilflos.

»Ich muß erst einmal mit Fasoldog sprechen«, antwortete ich.

Von meiner Haut und von den Instruktionen des Bordcomputers wußte ich, daß es kein audiovisuelles Überwachungssystem auf der CANT gab. Wir hatten auch keine Möglichkeit, etwas Ähnliches in Kürze zu installieren.

Auf dem Weg zur Zentrale holte ich mir aus einem Vorratslager einen mittelschweren Kombistrahler. Eigentlich war es meine Absicht gewesen, das Kommando ohne Waffen zu führen, aber jetzt hatte sich die Situation entscheidend verändert.

Du bist genauso in Gefahr, wie es Kaydessel oder Machmutt waren, meldete sich meine Haut.

Mir war klar, daß sie dabei nur an sich selbst dachte. Aber was sie sagte, war grundsätzlich richtig; zumindest in diesem Fall.

Ich weiß, gab ich mental die Antwort. *Hast du eine Ahnung, wer hinter den Morden steckt?*

Nein, Alaska.

Ich ließ mich in einen Sessel fallen.

»Noch eine Stunde bis zum Ende der ersten Hyperraum-Etappe«, teilte mir der Bordcomputer mit.

Vaikhuur, Gonzerol und Settheran standen etwas abseits und überschütteten mich mit mißtrauischen Blicken. Wahrscheinlich hielten sie mich für den grausamen Mörder; trotz der Haut.

Der Zwischenhalt kam planmäßig. Die CANT fiel aus dem Hyperraum und verlangsamte ihre Fahrt. Dann wurden die Triebwerke abgeschaltet.

Die verschiedenen Testprogramme liefen an. Ich hatte alle Hände voll zu tun, auch wenn der Bordcomputer die Hauptarbeit erledigte.

Zwei Stunden sollten die Überprüfungen dauern. Es verlief zunächst alles planmäßig und ohne erwähnenswerte Zwischenfälle. Bis der Türsummer zur Zentrale erklang. Es war der kleine Tumed.

»Was ist denn jetzt schon wieder?« fauchte ihn Vaikhuur ungeduldig und übernervös an.

Die Morde hatten ganz gewaltig an seinen Nerven gezehrt. Irgendwann würde er womöglich durchdrehen.

»Hobon«, stammelte der Zwerg. »Er sollte die Leichenteile ins Weltall befördern.«

»Ja, und?« Der Alte hob seinen Krückstock.

»Er ist nicht zurückgekehrt.«

»Von wo?« Jetzt mischte ich mich in das Gespräch ein. »Laß dir nicht jedes Wort einzeln aus der Nase ziehen.«

»Im Heckteil gibt es eine kleine Schleuse für Weltraumbestattungen«, antwortete nun der Bordcomputer anstelle Tumeds. »Sie wurde vor exakt vierundzwanzig Minuten geöffnet und kurz danach wieder verschlossen.«

»Das ist die Klappe, die Hobon benutzen sollte«, bemerkte der Zwerg dazu. »Er müßte längst zurück sein.«

»War er allein unterwegs?« wollte ich wissen.

Der Kleine nickte. »Es war niemand bereit, ihn zu begleiten. Der Anblick der verstümmelten Leichen ...«

»Ein ausdrücklicher Verstoß gegen den Befehl von Meister Alaska«, zürnte Vaikhuur. »Er muß bestraft werden.«

»Wenn das noch möglich ist.« Ich hatte eine böse Vorahnung. »Wir sehen nach. Settheran und Gonzerol sollen die Zentrale besetzen. Du, Vaikhuur, und du, Tumed, ihr begleitet mich.«

Wir benutzten den waagrechten Gravolift, um schnell zum Heck der CANT zu gelangen. In diesem Bereich war ich zwar noch nie gewesen, aber die Informationen meiner Haut reichten völlig für ein Orientieren aus.

Kurz vor der Bestattungsschleuse stießen wir auf Hobon. Oder besser gesagt, auf das, was von ihm übriggeblieben war. Sein Körper bestand aus mindestens zwanzig Stücken, die über eine Fläche von zehn mal zehn Metern verstreut waren. Die Leichenteile trugen die gleiche Handschrift, wie ich sie bei Kaydessel und Machmutt gesehen hatte.

Wir hatten zwei Roboter an Bord, aber die taugten nicht viel. Ich ließ sie dennoch kommen und beauftragte sie, die kümmerlichen Reste durch die Schleuse nach draußen zu befördern.

Während das geschah, suchte ich die Umgebung nach Spuren oder Hinweisen ab. Aber ich entdeckte nichts.

Vaikhuur stand stumm dabei und rührte sich nicht.

Tumed wagte es nicht, sich aus unserer Gegenwart zu entfernen. Zu gern wäre er zu seinen Genossen gelaufen, um von der neuen Greueltat zu berichten.

Schließlich gab ich es auf. Gemeinsam kehrten wir zur Zentrale zurück. Tumed lieferten wir in der Kantine ab, wo sich die Piraten noch immer aufhielten.

Ihre Gesichter sprachen Bände. Der Schreck saß ihnen im Nacken, und sie waren zutiefst verunsichert.

»Das Testprogramm muß beendet werden«, erinnerte mich Fasoldog.

Vaikhuur berichtete den beiden anderen Hautträgern von der neuen Greueltat.

Ich nahm dann wieder im Pilotensessel Platz. Vaikhuur, Gonzerol und Settheran blieben in meiner Nähe. Sie hüllten sich in eisiges Schweigen. Wahrscheinlich traute einer dem anderen nicht.

Beim vorletzten Test der Triebwerke kam es zu einem Zwischenfall. Ein Hauptenergieleiter war unterbrochen worden. Gewalteinwirkung schied jedoch nach Meinung des Bordcomputers aus.

»So etwas kann vorkommen«, meinte Gonzerol. »Das ist eine Aufgabe für mich. Die Reparatur wird nicht länger als fünfzehn Minuten dauern.« Er schwebte auf seinem Werkzeugkasten hinaus.

Ich konzentrierte mich erneut auf meine Arbeit. Der letzte Punkt war die Überprüfung der Kursdaten. Das war eine komplizierte Geschichte, denn wir waren bereits rund eine Million Lichtjahre von Bröhnder entfernt. Die nächsten Sterne waren kaum auszumachen, so daß das Problem schon darin bestand, die eigene Position hinreichend genau zu bestimmen.

»Wie hat das damals Kummerog gemacht?« fragte ich Fasoldog.

»Ich besaß genaue Daten über bestimmte Sterne von Bröhnder«, antwortete der Bordcomputer. »Da aber sechsundsechzig Jahre vergangen sind, gibt es kleine Abweichungen. Diese kann ich nicht genau berechnen.«

Wir arbeiteten fast eine halbe Stunde, dann meldete Fasoldog, daß der defekte Energieleiter wieder arbeitete. Gonzerol schien also doch etwas von seinem Handwerk zu verstehen.

Ich schloß die Kursberechnungen ab. Eine Unsicherheit von ein oder zwei Lichtjahren blieb. Das war relativ viel, denn ich wußte aus dem Bericht meiner Haut, daß das Arsenal der Baolin-Nda nur äußerst schwierig zu finden war.

Es leuchtete nicht. Auch seine Masse ließ sich mit den Tastern überhaupt nicht feststellen, obwohl diese zweifellos vorhanden war.

Nur im fünfdimensionalen Bereich strahlte es ein Signal ab, das dem Spektrum einer großen blauen Sonne entsprach. Dieses Signal war im Umkreis von etwa einem Lichtjahr um das Arsenal herum zu orten.

Meine unausgesprochene Hoffnung war, daß nach der Zerstörung die Tarn- und Defensivsysteme des Arsenals nicht mehr alle arbeiteten, so daß wir weniger Mühe haben würden, es zu finden und zu betreten.

»Startklar«, meldete Fasoldog.

Wir hatten durch die Zwischenfälle fast eine Stunde verloren, aber darauf kam es nun auch nicht mehr an. Ich programmierte die zweite und letzte Etappe und gab den Start frei. Den Rest konnte der Autopilot des Bordcomputers besorgen.

Die CANT beschleunigte und ging kurz danach wieder in den Hyperraum.

Meine Gedanken kehrten zum aktuellen Problem zurück. Wer war der Mörder? Wo fand ich ihn? Wie groß war die Gefahr, in der wir alle schwebten?

Und noch eins brachte mich zum Grübeln. Worin lag der Sinn der Anschläge? Wer hatte einen Vorteil davon? Oder trieb sich hier etwa ein Irrsinniger herum?

»Vaikhuur«, sagte ich zu dem Alten, »kann es sein, daß sich auf Klinker jemand unbemerkt an Bord geschlichen hat?«

Der Wissenschaftler überlegte nicht lange. »Theoretisch ja«, sagte er. »Aber es gab auf Klinker niemanden außer uns. Da bin ich mir ganz sicher.«

»Was ist mit Costardo Hu?« Ich mußte jedem Verdacht nachgehen.

Der Alte mit dem Krückstock lachte gehässig. »Den kannst du vergessen. Er war ein Schwächling und Feigling. Ein typischer Politiker, der nur mit miesen Tricks an die Macht gekommen war.«

»Wo ist er jetzt? Du sagtest, ihr habt ihn an einen anderen Ort gebracht.«

»Wir haben ihn vorsorglich beseitigt.« Wieder das dreckige Lachen. »Aber das Lösegeld kassieren wir trotzdem.«

Eigentlich, dachte ich, *haben diese Kerle es nicht anders verdient, wenn sie einer nach dem anderen ins Jenseits befördert wurden. Die Mörder von Bröhnder sind ein wirklich schlimmer Haufen.*

Und ich war jetzt offiziell ihr Anführer!

Welch ein Hohn!

Ein Gedanke. Ich zuckte zusammen.

»Was hast du, Alaska?« fragte Vaikhuur voller Argwohn.

»Wo bleibt Gonzerol? Ist er etwa allein in den Triebwerkssektor gegangen?«

Nun verstand auch der Alte, was ich meinte.

Ich beauftragte über Fasoldog die beiden Roboter, nach dem Techniker zu suchen, und blieb selbst in der Bugzentrale.

»Sie haben ihn gefunden«, meldete der Bordcomputer nach nur zehn Minuten. »Umgebracht, verstümmelt, zerfetzt. Die Leiche liegt auf dem halben Weg vom Heck zur Ortungskuppel in einem schmalen Seitengang.«

Das vierte Opfer! Und noch immer kein Hinweis auf den Täter. Ich überprüfte meine Waffe. »Komm, Vaikhuur! Wir sehen uns das an.«

Der Alte fluchte, was das Zeug hergab. Wir verließen die Zentrale, und auch Settheran schloß sich uns an.

5.

Die nächsten beiden Tage verliefen ganz normal. Allmählich beruhigten sich die erhitzten Gemüter wieder ein wenig.

Die beiden Hautträger weigerten sich aber hartnäckig, die Bugzentrale zu verlassen und ihre Privatkabinen aufzusuchen. Ich vermutete, daß sie mich nicht aus den Augen lassen wollten, denn einer von ihnen blieb im Wechsel ständig wach.

Ich fühlte mich durchaus nicht sicher, auch wenn ich nicht die Ängste ausstand, mit denen die Piraten zu kämpfen hatten.

Als Settheran während seiner Wachschicht einschlief, verließ ich heimlich die Zentrale. Ich hatte schon seit Tagen nicht nach Varquasch gesehen. Es wurde höchste Zeit, daß ich ihn mit Nahrung und frischem Wasser versorgte.

Ich eilte durch die Gänge der CANT und ertappte mich dabei, wie meine rechte Hand die Waffe umklammerte.

»Ich habe ebenfalls Angst«, meldete sich meine Haut. »Wo soll das enden?«

Ich gab ihr keine Antwort und betrat den Raum des Elefantenartigen. Hier war alles unverändert.

Zum ersten Mal kam mir der Gedanke, daß auch Varquasch in ständiger Gefahr schwebte. Er war allein. Und der Mörder suchte seine Opfer wahllos und ohne erkennbares Motiv. Ob Varquasch einem so starken Gegner gewachsen war, mußte ich heftig bezweifeln.

Ich gab ihm eine große Portion von der Körnernahrung in den Käfig. Er wirkte müde, denn er sagte diesmal kein Wort. Auch als ich frisches Wasser in den Napf füllte, starrte er mich nur stumm an.

»Mein Freund«, sagte ich. »Fehlt dir etwas?«

Er ließ sich lange Zeit mit der Antwort. »Nein, ich bin nur sehr müde.«

Ich untersuchte seinen Körper. Er hatte keine frischen Wunden, so daß ich annehmen konnte, daß niemand aufgetaucht war, um ihn zu quälen. Das war immerhin ein positiver Aspekt der Mordanschläge. Die Piraten wagten sich nicht aus ihrem Quartier.

Mit Gonzerols Schlüssel, den ich nach dessen Tod an mich genommen hatte, öffnete ich das Getränkefach. Alle vier Becher waren zur Hälfte gefüllt. Offensichtlich produzierte Varquasch jetzt weniger Liquorac. Ich kippte den Inhalt von Gonzerols und Kaydessels Becher zu den anderen und warf die beiden leeren Becher fort.

Als ich in die Zentrale zurückkehrte, waren Vaikhuur und Settheran verschwunden. Ich machte mir keine Gedanken darum. Vielleicht hatten sie sich gemeinsam in eine der Wohnkabinen zurückgezogen.

Dann unterhielt ich mich mit dem Bordcomputer. »Wir müssen etwas unternehmen, Fasoldog«, sagte ich, »um den Mörder zu finden. Hast du etwas Passendes in deinen Programmen?«

»Ich kann dir einen Vorschlag machen, Meister. Aber zuvor hätte ich eine Bitte.«

»Laß hören!«

»Nenn mich bitte nicht Fasoldog. Der Meister hat diesen üblen Schimpfnamen für mich geprägt. Er gefällt mir nicht.«

Ich erinnerte mich an die Geschichte Kummerogs, die mir die Haut erzählt hatte. Fasoldog bedeutete »lausige Blechkiste«.

»Wie soll ich dich ansprechen?«

»Das ist mir egal. Aber ich habe so etwas wie ein Ehrgefühl. Meine Erbauer haben es mir eingegeben, aber Kummerog, der mich vor hundertvierundvierzig Jahren bei einem Raubzug stahl und in die CANT einbauen ließ, hat darauf nie Rücksicht genommen. Ich habe dich von Anfang an genau beobachtet, Meister. Du bist anders, du hast Skrupel. Du besitzt moralische Werte, die die Mörder von Bröhnder nicht kennen. Ich glaube daher, daß du eine falsche Haut bist.«

Diese Mitteilung überraschte mich. Das klang, als ob der Bordcomputer nur notgedrungen Kummerog und den Mördern von Bröhnder gehorchte. Die wahren Verhältnisse hatte er allerdings nicht erkannt.

»Würdest du lieber für jemanden arbeiten, der nicht zu Kummerogs Bande gehört?« fragte ich.

»Natürlich. Es würde meine Leistungsfähigkeit und auch die der CANT bedeutend steigern, denn ein Teil meines Datenvorrats und meiner Programme ist gesperrt. Gonzerol, der mich damals mit seinen Leuten einbaute, konnte nicht alle Dateien und Programme aktivieren, die nach dem Raub automatisch versiegelt wurden.«

Ich erkannte meine Chance. Hier konnte ich jemanden gewinnen, der auf meiner Seite stand. Auch wenn es sich nur um einen Computer handelte.

»In Ordnung«, sagte ich. »Ich werde dir einen Namen geben. Und ich werde dich über die wahren Verhältnisse aufklären.«

»In dem Volk, aus dem ich stamme, es nennt sich übrigens die Nomaden von Bröhnder, werden Computer mit weiblichen Namen angesprochen.«

»Du hattest doch sicher früher einen solchen Namen. Wie lautete er?«

»Dorota.«

»Das gefällt mir. Du heißt ab sofort wieder Dorota.«

»Danke, Meister.«

»Dann paß mal schön auf. Das Geheimnis, das du nur zu einem

kleinen Teil erkannt hast, ist dies: Die Haut, die meinen Körper überzieht, ist keine falsche Haut. Sie stammt tatsächlich von Kummerog. Ich habe es aber gelernt, sie zu beherrschen. Bei mir sind die Verhältnisse genau umgekehrt wie bei Vaikhuur oder Settheran. Das bedeutet aber auch, daß keiner der Mörder von Bröhnder etwas davon erfahren darf.«

»Ich verstehe, Meister.«

»Dorota, ich möchte, daß du mich einfach bei meinem richtigen Namen nennst. Es genügt, wenn du mich mit Alaska ansprichst, aber du sollst wissen, daß mein vollständiger Name Alaska Saedelaere lautet. Vielleicht triffst du eines Tages auf meine Freunde. Dann sollen sie wissen, daß ich bei dir war.«

»Gern, Alaska.«

»Ausgezeichnet. Was kann ich tun, um deine gesperrten Funktionen zu aktivieren?«

»Gar nichts. Ich mache das jetzt selbst.«

Ich lehnte mich im Pilotensessel zurück. Was war das für eine verrückte Situation!

Ich wußte nicht, wo ich mich befand. Die Galaxis Bröhnder war mir so unbekannt wie es das Arsenal der Baolin-Nda gewesen war. Oder die Mörder von Bröhnder, zu deren Chef ich mich praktisch aufgeschwungen hatte.

Ich jagte irgendwo fernab der heimatlichen Milchstraße mit einem fremden Raumschiff durch den Hyperraum und hatte einen Mörder an Bord.

Mein Rückweg war ungewiß. Vieles konnte sich verändert haben. Auch der Durchlaß auf Trokan.

Vielleicht hatte ich zwei »Freunde«: einen Computer und ein gepeinigtes Wesen namens Varquasch.

Dorota unterbrach meine Grübeleien, die ohnehin zu nichts führten. »Alaska, du wolltest etwas unternehmen, um den Mörder zu finden. Ich schlage vor, du unterstellst mir die beiden Roboter direkt. Ich steuere sie durch die gesamte CANT und lasse sie nach dem Unbekannten suchen.«

Ich stimmte dem Vorschlag zu. Dorota stand in Funkkontakt mit den Robotern und setzte sie sogleich in Marsch.

»Außerdem sollten sich alle bewaffnen«, schlug Dorota vor.

Diese Anweisung ließ ich an die Piraten weiterleiten.

»Wo befinden sich denn Vaikhuur und Settheran?« fragte ich sie dann.

»Sie haben gemeinsam die Zentrale verlassen und nichts gesagt.

Da ich außerhalb dieses Raumes keine Sensoren zur Beobachtung besitze, weiß ich nicht, wohin sie gegangen sind.«

»Ruf zwei der Piraten hierher. Tumed und Norgo.«

»Ist schon erledigt.«

Die beiden tauchten kurz danach auf. Ich gab ihnen den Auftrag, nach den beiden Hautträgern zu suchen.

Sie verschwanden, und ich war wieder mit Dorota allein.

»Erzähl mir bitte von dir und deinem Volk!« forderte ich sie dann auf.

»Ich habe eigentlich schon alles gesagt, was ich darüber weiß. Viel ist es nicht. Ich wurde gebaut, um Raumschiffe zu steuern und Piloten oder Raumschiffkommandanten zu unterstützen. Ich bin eine Spezialausführung.«

»Was weißt du über Varquasch?«

»Nichts, Alaska, was du nicht auch weißt.«

Ich stellte weitere Fragen zu Kummerog, dem Arsenal der Baolin-Nda und zu den Mördern von Bröhnder. So sehr sich Dorota auch bemühte, ich erfuhr praktisch nichts Neues.

»Besitzt du Waffen, um mich gegebenenfalls zu schützen?« wollte ich dann wissen. »Theoretisch kann der unbekannte Mörder auch hier auftauchen und mich angreifen.«

»Ich kann die Waffentürme der CANT gegen Ziele nach außen einsetzen«, antwortete Dorota. »Aber innen habe ich keine vergleichbaren Funktionen. Meine optischen Systeme erfassen nur diesen einen Raum. Meine Möglichkeiten, interne akustische Nachrichten zu senden, beschränken sich auf Normalfunkverbindungen und eine Standleitung in die Kantine, die zuletzt auf Klinker von Gonzerol eingebaut wurde. Daneben habe ich Zugriff auf alle technischen Systeme der CANT.«

»Das sind alles ziemlich trübe Aussichten«, stellte ich fest.

»Da kann ich dir nur zustimmen.«

Die Stunden verrannen. Von den beiden Robotern kam keine Nachricht.

Tumed und Norgo kehrten schließlich mit betretenen Gesichtern in die Bugzentrale zurück. Sie hatten die beiden Hautträger nirgends finden können. Sie hielten sich auch nicht in einer der Wohnkabinen auf. Ich schickte die beiden zurück zu den anderen Piraten.

»Wohin können sie verschwunden sein?« fragte ich den Bordcomputer.

»Sie sind Feiglinge, wie alle Mörder«, entgegnete Dorota. »Sie haben sich irgendwo versteckt und verbarrikadiert. Das vermute ich.

Sie haben Angst vor dem unbekannten Mörder. Die CANT bietet unzählige Verstecke, sie ist sehr groß. Du bist dir darüber im klaren, daß das auch für den gilt, der die Anschläge verübt hat. Er wird nur sehr schwer zu finden sein.«

»Natürlich, Dorota. Irgendwann treibt der Hunger Vaikhuur und Settheran hierher zurück.«

»Es sei denn, sie haben sich mit Vorräten eingedeckt.«

»Ich bin müde«, sagte ich. »Weck mich sofort, wenn etwas passiert oder wenn jemand in die Zentrale kommt.«

»Ich werde sorgfältig aufpassen, Alaska.«

Ich lehnte mich wieder im Pilotensessel zurück und streckte die Beine aus. Meine Gedanken drehten sich im Kreis; auf meine Fragen fand ich keine Antworten.

»Noch etwas, Alaska«, meldete sich Dorota, gerade als ich die Augen schloß. »Es mag komisch klingen, wenn ein Computer das sagt, aber es macht mir zum ersten Mal seit hundertvierundvierzig Jahren wieder Spaß, für jemanden zu arbeiten.«

Ich lächelte.

Ich erwachte, weil mein Magen knurrte.

»Keine Vorfälle, Alaska«, meldete Dorota.

»Ich hole mir etwas zu essen. Bis gleich!«

»Bitte, paß auf dich auf.«

Ich hatte noch selten einen Computer erlebt, der so menschlich reagieren konnte.

»Dorota, aus welchen technischen Komponenten bestehst du?« fragte ich.

»Ich enthalte positronische, syntronische und vegaonische Elemente. Es sind die vegaonischen Teile, die die moralischen und ethischen Aspekte widerspiegeln. Das wolltest du doch wissen.«

»Stimmt! Unter vegaonisch kann ich mir zwar nichts vorstellen, aber deine Auskunft reicht aus. Bis gleich!«

»Du solltest dich mit einem Funkgerät ausrüsten, Alaska, damit du jederzeit mit mir in Verbindung bleiben kannst. Du findest solche Geräte in dem Regalfach links vom Hauptpult.«

»Eine gute Idee, Dorota.«

Ich holte mir ein Armbandfunkgerät und legte es an. Wir überprüften die Verbindung. Es war alles in Ordnung. Dann machte ich mich auf den Weg.

Ich ging über den Korridor zum Vorratsraum und wollte den Türöffner betätigen. Das Schott stand jedoch offen. Ich trat ein und erschauderte.

Auf dem Boden lagen zwei der Piraten. Ihre Körper waren so übel zugerichtet, wie ich es von den anderen Fällen kannte. Hier kam jede Hilfe zu spät.

Offensichtlich waren die beiden gemeinsam in die Kammer gekommen. Und wahrscheinlich hatten sie den Eingang offengelassen. Die Waffen lagen auf dem Boden. Ich überprüfte sie. Sie waren nicht benutzt worden.

Die Geschichte wurde immer unübersichtlicher. Es hatte also nichts geholfen, daß sich die Piraten nur paarweise bewegten. Außerdem war es ihnen nicht möglich gewesen, ihre Waffen zu benutzen.

Was war das für ein Gegner? Wer konnte so schnell handeln, daß er zwei bewaffnete und ausreichend gewarnte Kerle niedermachen konnte?

Ich rätselte herum, während ich nach anderen Spuren suchte, aber ich fand keine Antwort. Und einen anderen Hinweis entdeckte ich auch nicht.

»Weißt du, was ich glaube?« meldete sich meine Haut.

»Laß hören!«

»Es ist der Meister Kummerog selbst. Er kann unglaubliche Dinge. Er ist ein Mutant, dessen ganze Fähigkeiten auch mir nicht bekannt sind. Er ließ mich immer nur das wissen, was er wollte. Er ist unsichtbar zurückgekehrt. Er bringt einen nach dem anderen um, damit wir nicht zum Arsenal gelangen.«

»Das kann ich nicht glauben. Er hat dir doch den Auftrag gegeben, Hilfe zu holen. Da steckt ein eklatanter Widerspruch drin.«

»Vielleicht hat er mich belogen, und er befand sich die ganze Zeit in der CANT. Vielleicht verfolgt er ganz andere Ziele, von denen du nichts ahnst. Du wirst sehen, daß er auch dich und damit mich erledigt.«

Ich glaubte der Haut kein Wort. Ihre Spekulationen waren zu abwegig. Aber daß jemand an Bord war, von dem nicht nur ich nichts wußte, sondern auch die Piraten nicht, das glaubte ich schon.

Nachdem ich Dorota über den grausigen Fund informiert hatte, durch den mir der Appetit gründlich vergangen war, begab ich mich in die Kantine. Hier traf ich drei der übriggebliebenen sechs Piraten an.

»Es gibt etwas zu tun«, ordnete ich an. »Zwei von euch hat es wieder erwischt. Sie liegen in der Vorratskammer. Schafft die Leichen fort!«

Die drei erhoben sich zögernd.

»Wo sind die anderen?« wollte ich wissen.

»Sie schlafen«, antwortete Tumed mit schlotternden Knien. »Willst du nachsehen, Herr?«

»Ja, komm mit! Ihr beiden schafft die Leichen fort. Packt sie in eine Kiste oder etwas Ähnliches, damit wir sie später, wenn wir den Hyperraum verlassen haben, dem Weltraum übergeben können.«

»Übergeben ist gut«, meinte der vierschrötige Gielsage. »Mir ist jetzt schon schlecht.«

Mit dem kleinen Tumed forschte ich nach den anderen drei Piraten. Wir fanden sie unversehrt und gemeinsam in einer Wohnkabine. Ich brachte Tumed zurück zu den anderen, die damit begonnen hatten, die sterblichen Überreste in Plastiksäcke zu packen.

Sie starrten mich haßerfüllt an. Ich konnte mir denken, daß sie mich für den Täter hielten. Ich hatte durch mein Auftauchen auf Klinker erst dafür gesorgt, daß alles ins Rollen kam. Vor allem hatte ich sie aus dem gewohnten Trott gerissen und in Todesgefahr gebracht.

Allein begab ich mich zu Varquasch. Meine Waffe hielt ich schußbereit, als ich durch die Gänge eilte.

»Hallo, Alaska«, begrüßte mich der Elefantenartige. »Es geht mir besser. Ich habe mich gut erholt.«

»Das freut mich, mein Freund.«

Ich schaufelte Körner in seinen Käfig und füllte Trinkwasser nach. Dann kontrollierte ich die Liquorac-Maschine.

Die beiden Becher von Vaikhuur und Settheran waren fast leer. Das konnte nur bedeuten, daß die Hautträger hiergewesen waren.

»Varquasch«, sagte ich. »Ich muß mit dir reden.«

»Ja, Alaska?«

»Ich sehe, daß du keine neuen Wunden hast. Man hat dich nicht mehr gepeinigt. Aber ich vermute, daß Vaikhuur und Settheran hiergewesen sind. Oder irre ich mich da? Wer hat die beiden Becher geleert?«

»Die beiden waren zweimal hier«, antwortete er in fehlerfreiem Bröhn. »Ich habe wie immer gebettelt, aber sie haben mich nicht einmal beachtet. Sie hatten es sehr eilig. Der Alte mit dem Krückstock hat nicht einmal einen Blitz auf mich geschleudert.«

Es hatte sich zumindest für Varquasch ausgezahlt, daß ich die Becher der beiden aufgefüllt hatte.

Und noch eins war mir klar: Vaikhuur und Settheran mußten sich irgendwo in der Nähe aufhalten. Sie versteckten sich vor dem Mörder. Und auch vor mir. Weite Strecken würden sie wohl kaum riskieren.

Wahrscheinlich sahen sie – wie die restlichen Piraten – in mir den wahren Schuldigen. Aber sie wagten es nicht, offen gegen mich vorzugehen.

»Varquasch, mein Freund«, sagte ich, »ich habe da ein weiteres Problem. Wir haben ein Ungeheuer an Bord, das einen Piraten nach dem anderen umbringt. Ich dachte erst, es wäre einer der Piraten selbst, aber nach meinen bisherigen Recherchen scheiden wohl alle aus. Es hat bereits sechs Tote gegeben. Ich habe keine Spur des Mörders entdecken können, aber ich mache mir Sorgen um dich. Er könnte auch dich überfallen und hinmetzeln.«

Das große Wesen erwiderte eine Weile nichts und starrte mich mit seinen knallgelben Augen durchdringend an.

»Ich bin nicht besonders intelligent«, erklärte es schließlich. »Meine Gehirnfunktionen waren durch die vielen Schmerzen, die ich erleiden mußte, lange Zeit völlig gelähmt. Jetzt geht es mir etwas besser, und das habe ich dir zu verdanken. Aber ich kann mir nicht vorstellen, daß mir eine Gefahr droht. Mehr noch, ich schließe es völlig aus.«

Woher nahm er diese Sicherheit? Vertraute er auf seinen mächtigen Körper und der dicken Elefantenhaut? So mußte es wohl sein.

»Du wirst bald frei sein«, versprach ich ihm. »Hab noch ein wenig Geduld!«

»Ja, Alaska. Es wird alles gut werden.«

Ich war sehr nachdenklich, als ich den Rückweg zur Zentrale antrat.

6.

Es war normalerweise völlig still in der CANT. Nur der Sog der Klimasysteme war bisweilen als leises Rauschen zu vernehmen. Wenn irgendwo von den Besatzungsmitgliedern Geräusche verursacht wurden, dann waren sie über weite Strecken zu hören.

Das Singen von Energiestrahlen war mir vertraut. Ich hörte es aus einem Seitengang, als ich noch etwa zwanzig Meter von der Bugzentrale entfernt war. Sofort stürmte ich mit gezogener Waffe los.

Irgend jemand feuerte wie ein Wilder und ohne Unterbrechung. Dazu erklangen unverständliche Schreie von mindestens zwei Wesen.

Als ich um eine Biegung in einen anderen Gang rannte, sah ich zwei Gestalten. Es waren der riesige Gielsage und der zwergenhafte Tumed. Gielsage feuerte mit zwei Waffen auf ein Ziel, das ich noch nicht sehen konnte.

Erst als ich neben den beiden angekommen war, erkannte ich, daß er mit den Energiestrahlen eine Innenwand zum Glühen gebracht hatte. Sonst war da nichts zu erkennen.

Gielsage stellte das Feuer ein. Die beiden schweren Impulsstrahler verschwanden in den Gürteltaschen.

»Erledigt«, stellte er zufrieden fest. »Das Monster ist tot. Nichts übriggeblieben.«

Tumed schaute zu mir hoch. Wenn ich seine Mimik richtig deutete, dann zeigte sie Verzweiflung.

»Wen oder vielmehr was hast du erledigt?« wandte ich mich an den Koloß.

»Das Monster«, behauptete er zufrieden. »Es wird keinen mehr von uns töten. Ich bin der Sieger. Dabei war es größer als ich.«

Er drehte sich um und ging davon.

»Gielsage!« rief ich. »Warte!«

»Laß ihn gehen«, bat mich Tumed leise.

»Warum?«

»Wir wollten nur einen kleinen Rundgang machen«, berichtete der Kleine. »Gielsage war schon etwas merkwürdig. Dauernd faselte er davon, daß er das Monster erledigen würde. Plötzlich zog er seine Waffen. Er schrie etwas Unverständliches und feuerte wild drauflos. Ich habe kein Monster gesehen. Ich glaube, er ist übergeschnappt. Da war wirklich nichts.«

Ich ging zu der Wand, die allmählich wieder erkaltete. In der Tat entdeckte ich absolut nichts, was auf die Reste eines Wesens hindeutete.

»Er hatte wohl schon immer eine Schraube locker«, plapperte Tumed neben mir. »Nur durfte ihm das keiner sagen. Gielsage war schon immer sehr jähzornig. Viele haben das zu spüren bekommen. Jetzt ist er völlig durchgedreht. Er ist zwar stark, aber eigentlich ein größerer Feigling als ich.«

Ich konnte mir schon vorstellen, daß die Angst den großen Kerl an den Rand des Wahnsinns oder gar in diesen hineingetrieben hatte. Wenn die anderen Piraten auch noch durchdrehen würden, könnte das die ohnehin kritische Situation weiter verschärfen. Die Sache mußte geklärt werden.

Um ganz sicherzugehen, suchte ich noch einmal alles ab. Es gab nicht den geringsten Hinweis darauf, daß hier etwas zerstört worden war. Ein Lebewesen, das größer als der Drei-Meter-Koloß war, konnte man nicht zerstrahlen, ohne leicht erkennbare Reste zu hinterlassen.

»Komm, Kleiner!«

Tumed tippelte neben mir her in Richtung der Unterkünfte und Kantine. Der Gang machte einen Knick.

Dann sah ich Gielsage. Er lag auf dem Boden in seinem Blut. Er rührte sich nicht mehr. Der Angreifer hatte ihm offenbar nicht einmal Zeit gelassen, die Waffen zu ziehen. Die Wunden an seinem Körper waren tief. Ein Arm hing nur noch lose am Oberkörper. Das Gesicht war bis zur Unkenntlichkeit mit Rißwunden übersät.

Tumed zitterte am ganzen Leib. Dazu klapperte er mit den Zähnen.

Ich hatte meine Waffe gezogen. Aufmerksam blickte ich mich um. Weit und breit war niemand zu sehen.

»Herr«, stöhnte der Zwerg. »Wie kann jemand in so kurzer Zeit einen so starken Kerl dermaßen zurichten?«

»Ich weiß es nicht«, gab ich zu.

Meine Gedanken waren für einen Moment bei Varquasch. Er war zwar noch größer als Gielsage, aber dessen Tod bewies, daß auch der Elefantenartige ein Opfer des Unbekannten werden konnte.

Ich rief nach Dorota und forderte sie auf, die beiden Roboter für die Beseitigung der Leiche herzuschicken. Dann brachte ich Tumed in die Kantine, wo sich die verbliebenen vier Piraten aufhielten. Die vier sprangen auf, als ich in den Raum trat.

Es war ihnen anzusehen, daß sie sich am liebsten auf mich gestürzt hätten. Auch Tumed spürte das.

»Halt!« rief er. »Meister Alaska kann nicht der Mörder sein. Gielsage wurde soeben das Opfer des Killers, aber ich war während der Zeit bei Meister Alaska. Und zwar von dem Moment an, an dem uns Gielsage in dem Irrglauben ließ, er hätte ein Monster erledigt. Ihr könnt mir also glauben.«

Das Wort des Kleinen schien bei den Piraten etwas zu zählen, denn sie setzten sich stumm wieder hin.

»Bleibt von nun an alle zusammen«, befahl ich den Piraten, »wo immer es geht. Und zwei Mann müssen ständig wach sein.«

»In Ordnung«, antwortete Resilok, ein schuppiger Vierbeiner. Er hatte sich wohl selbst zum Sprecher der verbliebenen fünf Piraten gemacht. »Aber wir haben eine Frage. Wo halten sich die Meister Vaikhuur und Settheran auf?«

»Ich weiß es nicht.« Es war besser, die Wahrheit zu sagen. »Aber ich vermute, sie haben sich irgendwo verbarrikadiert. Euch empfehle ich auch, alle denkbaren Schutzmaßnahmen zu treffen. Wenn etwas passiert, erreicht ihr mich über die Sprechanlage in der Bugzentrale.«

Dann verließ ich die ratlosen Geister. Dorota erwartete mich mit einer Neuigkeit.

»Ich habe mich inzwischen voll aktiviert. Dadurch war ich in der Lage, Simulationsprogramme und Logikprobleme durchzuspielen. Vielleicht habe ich eine Lösung für deinen Mörder gefunden, an die du noch gar nicht gedacht hast.«

»Du machst mich neugierig.«

»Ich kenne viele Bereiche und Einrichtungen der CANT nicht, denn ich wurde ja nachträglich installiert. Es muß aber zwei Ausweichzentralen geben. Vermutlich befinden sie sich an den gekennzeichneten Orten.«

Dorota baute eine dreidimensionale Wiedergabe der CANT auf. Zwei Punkte waren mit roten Lichtern gekennzeichnet. Viele andere Bereiche waren in verschiedenen Farben abgebildet, aber die meisten waren grau.

»Was bedeuten die grauen Zonen?« fragte ich, obwohl ich die Antwort ahnte.

»Über diese Decks liegen mir keine Informationen vor. Dort befinden sich keine Einrichtungen, die von mir angesprochen werden können. Du erkennst aber die gelben Bereiche, die Antriebssysteme wiedergeben. Die grünen Zonen stellen die Defensiv- und Offensivwaffensysteme dar, die blauen die Funk- und Ortungsanlagen. Orange Linien sind Gravolifts, die weißen Zonen sind anderweitig genutzte Räume wie Labors und Lagerhallen, die Wohnbereiche oder die nachgerüstete Kantine. Der Energiezapfer ist lila, der Distanzspringer dunkelgelb.«

Die grauen Zonen machten etwa die Hälfte der CANT aus. Um sie alle zu erforschen, würde ich Wochen, vielleicht sogar Monate brauchen.

Ich prägte mir alles sorgfältig ein und verglich es mit dem Wissen, das ich aus Kummerogs Haut gezogen hatte. Die Daten stimmten weitgehend überein, aber noch immer blieben viele Bereiche, über die ich nichts wußte. Das teilte ich Dorota mit.

»Das habe ich mir gedacht, Alaska. Die Theorie, die ich entwickelt habe, ist die: Kummerog hat vermutlich irgendwann, bevor er mich raubte, die CANT ebenso geklaut. Er hat sie nie zur Gänze erforscht. Er ist ein Typ, der immer nur das nächste Ziel sieht, aber selten alles oder die größeren Zusammenhänge. Daher ist es vorstellbar, daß es Maschinen oder Geräte an Bord gibt, die gegen fremde Eindringlinge vorgehen. Vielleicht waren diese Maschinen lange Zeit blockiert. Oder sie wurden durch die jüngsten Einbauten und Vorbereitungen auf Klinker zufällig aktiviert. Eine solche Monstermaschine könnte mit einem perfekten Tarnschirm arbeiten, also praktisch unsichtbar sein.«

»Das hört sich ganz brauchbar an. Wie könnte eine solche Monstermaschine denn aussehen?«

»Das habe ich mit meinen Simulationsprogrammen aus deinen Beschreibungen der Opfer in etwa ermittelt. Ich vermute, daß sie sich aufspalten kann. In vier, fünf oder sechs Komponenten, die zusammen unsichtbar sind, aber gemeinsam handeln. Sie reißen und kratzen mit beachtlichen Kräften und hoher Geschwindigkeit ihre Opfer in Stücke. Dabei gehen die einzelnen Teile ziemlich wahllos vor.«

Ich versuchte mir ein Bild dazu vorzustellen, aber es gelang mir nicht so recht. Mir fehlte ein passender Vergleich. Aber mit dem Gedanken, daß es sich um eine Maschine handelte, konnte ich mich anfreunden.

Dennoch blieben Fragen offen: Wenn es so war, warum erledigte die Monstermaschine nicht alle Piraten sozusagen in einem Gang?

Alle Morde waren an verschiedenen Orten und in völlig unregelmäßigen Abständen passiert. Das paßte nicht zu einer irgendwie programmierten Mördermaschine.

Ich teilte Dorota meine Einwände mit.

»Da kann ich dir nicht widersprechen«, entgegnete sie. »Meine Überlegungen sind ja auch nur eine Theorie mit vielen Fragezeichen. Ich weiß, daß die Leute aus meinem Erbauervolk an Geister und Seelenwanderung glauben. Andere Logikprogramme, die ich später erhielt, widersprechen dem. Ich versuche nur, dir zu helfen. Eine sichere Lösung kann ich nicht finden.«

»Ich bin für jede Anregung dankbar«, entgegnete ich mit einem Anflug von Sarkasmus. »Und jetzt mache ich mich selbst auf die Suche nach Vaikhuur und Settheran. Dein Lageplan ist eine sehr nützliche Hilfe. Eine Ausweichzentrale befindet sich unweit der Halle, in der Varquasch untergebracht ist. Dort vermute ich die beiden. Wir bleiben in Funkkontakt.«

Als ich wieder unterwegs war, stellte ich mir vor, wie die unsichtbare Monster-Mörder-Maschine über mich herfiel. Wenn an der Theorie Dorotas etwas dran war, dann hatte ich wirklich keine ernsthafte Chance.

Ich fand die Ausweichzentrale ohne Probleme. Das Eingangsschott ließ sich leicht öffnen. Ich trat ein.

Die drei Arbeitsplätze waren seit Ewigkeiten nicht benutzt worden, wie an dem feinen Staub zu erkennen war. Aber Vaikhuur und Settheran mußten hiergewesen sein. Auf dem Boden entdeckte ich – gemäß den Manieren der Mörder von Bröhnder – Eßschalen, Bestecke und Trinkbecher, die erst kürzlich benutzt worden waren. Teilweise waren auch Fußabdrücke zu sehen, die ohne Zweifel von den beiden Hautträgern stammten.

In einem Wandfach entdeckte ich Nahrungsvorräte in erheblichen Mengen.

Ich durchsuchte die angrenzenden Nebenräume, aber ohne Resultat. Dann stutzte ich. Laute klangen von irgendwoher an meine Ohren.

Varquaschs Gejammer und Gebettel! Und dann das Geheule, wenn er gepeinigt wurde.

Ich verstand. Die beiden waren unterwegs, um sich ihr Liquorac zu holen. Für das stinkende Zeug wagten sie es sogar, ihr Versteck zu verlassen.

Ich verschloß den Eingang und nahm in einem großen, schwenkbaren Sessel Platz, den verdeckten Rücken in Richtung Eingang. Meine Waffe lag schußbereit und entsichert vor mir. Ein Risiko wollte ich nicht eingehen, aber überraschen wollte ich die beiden dennoch.

Es kam, wie ich es erwartet hatte.

In einem Spiegel konnte ich beobachten, wie sich das Eingangsschott öffnete. Vaikhuur kam herein, und der Hangarmeister folgte ihm.

»Wieder einmal gutgegangen«, stellte Settheran zufrieden fest.

Mit einem Ruck schwenkte ich den Sessel um 180 Grad herum.

»Nur fast gutgegangen«, sagte ich und brachte die Waffe in Anschlag.

Zögernd hoben die beiden ihre Arme.

»Laß den Krückstock fallen!« befahl ich.

Der Alte gehorchte.

»Was willst du von uns?« fragte der Unan-Kjur.

»Ihr seid mir zwei schöne Helden«, sagte ich. »Wenn der Meister das sehen würde, würde er euch die Häute eigenhändig vom Leib kratzen. Elende Feiglinge seid ihr, die sich verkrümeln.«

»Es war unser einziger Ausweg«, behauptete Vaikhuur. »Das mußt du doch verstehen. Wir sind alt und keine Kämpfer mehr. Unsere Zeit ist bald vorüber. Wenn wir dir bei der Suche nach dem wahren Meister helfen sollen, brauchst du uns lebend. Wir hätten uns schon kurz vor der Ankunft beim Arsenal wieder gemeldet.«

»Ihr seid hochgradige Idioten! Es leben nur noch fünf Mann und ich.«

»Und wir«, sagte Settheran.

»Ich glaube, euch ist das Liquorac zu sehr in den Kopf gestiegen.«

»Die Maschine produziert nur noch geringe Mengen«, sagte Vaikhuur. »Irgend jemand muß Varquasch übermäßig gefüttert haben. Er ist sehr dick geworden. Aber ich habe ihn ein wenig auf Vordermann gebracht.«

Er lachte gehässig. Ich konnte mir denken, was er damit meinte.

»Ich glaube auch zu wissen, wer ihn gefüttert hat«, fuhr der Alte fort. »Ich nehme an, es warst du!«

»Und wenn es so wäre?«

»Dann untermauert das unseren Verdacht, daß du der Mörder bist. Du versuchst mit allen Mitteln, uns umzubringen. Du hast einen Helfer, eine programmierte Mördermaschine oder etwas Ähnliches. Wenn du es nicht mit Gewalt schaffst, dann eben durch den Entzug des Liquorac.«

So dumm waren seine Überlegungen gar nicht. Ich stellte deutliche Parallelen zu dem her, was Dorota ermittelt hatte.

»Ich kann eure Überlegungen sogar irgendwie verstehen«, versicherte ich den beiden. »Aber sie sind falsch. Ich brauche euch schließlich noch, wenn wir erst am Arsenal der Baolin-Nda angelangt sind. Daher schlage ich vor, wir schließen Frieden. Und ihr kehrt in die Bugzentrale zurück. Dort seid ihr sicherer als hier.«

»Wie können wir dir glauben?« fragte Vaikhuur voller Mißtrauen.

Ich hatte auf diese Frage gewartet.

»Ganz einfach, Alter. Wenn ich euch beseitigen wollte, dann hätte es keine günstigere Gelegenheit gegeben, als eben diese hier.«

Ich steckte demonstrativ die Waffe weg.

Die beiden Hautträger starrten sich an. Dann nickten beide. Ich hatte sie überzeugt.

Wir hatten noch nicht die Hälfte des Weges zurückgelegt, als mein Funkempfänger ansprach. Es war Dorota.

»Ich habe Vaikhuur und Settheran gefunden«, sagte ich schnell, damit sie sich darauf einstellen konnte. Die beiden Hautträger konnten ja auch hören, was sie sagte.

»Verstanden, Meister Alaska«, kam die Antwort. Sie hatte natürlich prompt auf die alte Anrede umgeschaltet. »Eine Meldung aus dem Kantinenraum. Es wurden wieder zwei Angehörige der Mannschaft umgebracht.«

Settheran stöhnte auf. Vaikhuur klammerte sich mit beiden Händen an seinen Blitze schleudernden Krückstock.

»Wir sehen uns das an, Fasoldog«, antwortete ich knapp.

Beide Eingänge zur Kantine waren verbarrikadiert. Ich mußte laut schreien, bis die Piraten endlich einen Weg freiräumten.

Tumed stürzte auf mich zu.

»Das Monster kann durch Wände gehen!« schrie er und fuchtelte wild mit seinen Ärmchen in er Gegend herum. »Es war alles zu, Meister, aber es kam trotzdem herein und hat die beiden Wachen zerstückelt.«

Ich sah mir das Chaos in Ruhe an. Der Raum war etwa zwanzig mal zwölf Meter groß. Er besaß nur zwei Eingänge, beide auf einer Seite. Einen hatten die Piraten freigeräumt. Der andere war mit Tischen und Schränken zugestellt sowie mit dicken Plastikseilen gesichert. Alles war unberührt.

In einer Ecke lagen dicht nebeneinander die beiden Leichen. Erwartungsgemäß zeigten sie die gleichen Spuren von schweren körperlichen Verletzungen.

Die drei Überlebenden waren Tumed, der vierbeinige Resilok und der bleiche Mosterz, der durch seine trompetenförmige Schnauze auffiel.

Ich schüttelte den Kopf, während sich meine Gedanken wieder einmal überschlugen. War es wirklich denkbar, daß die vermutliche Mördermaschine durch Wände gehen konnte?

Vielleicht benutzte sie ein ähnliches Gerät, wie es der Distanzspringer war, der kurzzeitig die Außenwand der CANT an bestimmten Stellen auflösen konnte. Möglich war alles.

»Wer hielt Wache?« fragte ich zur Sicherheit noch einmal.

Resilok deutete stumm auf die beiden Toten.

»Ich wurde von einem klappernden Geräusch wach«, teilte mir Tumed mit. »Da sah ich das Chaos und weckte Mosterz und Resilok.«

Etwas stimmt hier nicht, sagte ich mir.

Diese Unlogik!

Die beiden Wachen wurden – vermutlich in einer Blitzaktion, denn auch sie hatten die Waffen nicht mehr benutzen können – umgebracht. Die drei Schlafenden aber blieben ungeschoren. Das ergab irgendwie keinen Sinn.

Ich setzte mich mit Dorota in Verbindung, wobei ich sie natürlich mit »Fasoldog« ansprach.

»Schick die beiden Roboter! Die Suche nach dem Mörder sollen sie abbrechen. Sie könnten noch Monate suchen und ihn nicht finden. Sie sollen die Leichen wegräumen und dann zum Schutz der Überlebenden hier in der Kantine bleiben.«

»Wird ausgeführt, Meister Alaska.«

Ich wandte mich noch einmal an Tumed. »Du sagtest, du wurdest von einem klappernden Geräusch wach?«

»Ja, Meister. Es kann natürlich auch sein, daß ich es geträumt habe. Aber eigentlich bin ich mir ziemlich sicher.«

Ich ging den ganzen Raum ab. Unter einem Tisch entdeckte ich eine Klappe in der Wand, die sich leicht bewegte. Ich kniete mich hin und stieß mit einer Hand dagegen. Die Klappe pendelte hin und her.

Ich öffnete sie ganz. Dahinter war ein dunkler Gang sichtbar, etwa einen Meter hoch und nicht ganz so breit.

»Besorgt mir eine Lampe!« rief ich.

Tumed brachte sie mir.

Ich leuchtete den Boden ab. Da waren dünne Spuren im Staub, aber etwas Genaues ließ sich nicht ausmachen.

»Fasoldog«, sprach ich in das Funkgerät. »Ich habe hier eine Art Kriechgang im Kantinenraum entdeckt. Er führt ziemlich genau von der Mitte der Seite, die den Eingängen gegenüberliegt, irgendwohin in Richtung Zentrum. Kannst du damit etwas anfangen?«

»Vielleicht ein Teil des Belüftungssystems«, vermutete der Bordcomputer. »Oder ein Geheimgang. Der Meister erwähnte einmal, daß es viele Wege gibt, um innerhalb der CANT an ein bestimmtes Ziel zu gelangen.«

»Soll ich mal nachsehen?« bot sich Tumed an. »Ich passe da leicht hinein. Du aber nicht, Meister Alaska.«

Ich staunte über den Mut des Zwerges, aber ich gab ihm den Weg mit einem Wink frei.

»Nimm die Lampe mit«, forderte ich ihn auf.

Er eilte gebückt davon. Sekunden später war der Lichtschein hinter einer Biegung verschwunden. Es wurde sehr still. Der Atem der Anwesenden war das einzige zu hörende Geräusch.

Und keine Minute später kam Tumed durch den normalen Eingang wieder in den Kantinenraum.

»Die Vermutung des Bordcomputers war richtig«, sagte er. »Der

Schacht ist mit anderen verbunden, die in die Nebenräume führen. Auf diesem Weg könnte das Ungeheuer gekommen sein.«

Ich wandte mich an die drei Überlebenden.

»Macht das Loch dicht! Und sucht nach weiteren Zugängen. Verschließt auch die hermetisch. Dann seid ihr sicher. Wir sind in der Zentrale. Und beeilt euch, damit euch nicht der Teufel holt.«

Ihren Gesichtern war anzusehen, daß ihnen die Angst in den Knochen steckte. Ich dachte an etwas ganz anderes. Wenn der Mörder wirklich auf diesem Weg gekommen und gegangen war, dann mußte er kleiner als ein Meter sein. Das aber paßte gar nicht zu allen bisherigen Schlußfolgerungen und Überlegungen.

Mitleid mit den Mördern von Bröhnder hatte ich nicht. Sie hatten unzählige Lebewesen auf dem Gewissen. Aber das grausame Morden paßte mir noch weniger.

Was, zum Teufel, ging hier vor?

Ich begab mich mit Vaikhuur und Settheran wieder in die Bugzentrale.

7.

Noch ein Tag bis zum Ende der Hyperraum-Etappe. Dann mußte es sich zeigen, ob wir wirklich zurück zum Arsenal gelangt waren.

Settheran hatte auf meine Anweisung die Raumanzüge für uns Hautträger bereitgelegt und überprüft. Ich rechnete damit, daß wir womöglich auf sie angewiesen sein würden. Im Inneren des Arsenals gab es ja eine atembare Atmosphäre, aber ich hatte das dunkle Gefühl, daß ich Probleme bekommen würde, es zu betreten oder gar mit der CANT einzufliegen.

Ich besaß ja kein Passantum!

In der CANT war es still. Vaikhuur und Settheran dösten die meiste Zeit vor sich hin. Sie hatten die letzten Tage in der Bugzentrale verbracht und sogar auf ihre Ration Liquorac verzichtet.

Resignation hatte sich breitgemacht. Appetit verspürte kaum einer, auch ich nicht.

Den Eingang hatten die Hautträger mit allen verfügbaren Gegenständen verbarrikadiert. Ich hatte sie gewähren lassen, obwohl ich mir wenig davon versprach.

Auf weitere Besuche bei Varquasch hatte ich vorerst verzichtet, denn ich hatte keine Lust, täglich die Absicherungen am Eingang der Zentrale zu entfernen. Daß der arme Kerl permanent in Gefahr schwebte, konnte ich nicht ändern. Er hatte ja behauptet, daß ihm keine Gefahr drohe, aber ich sah das ein bißchen anders. Meine Ziele hatten Vorrang.

Tumed meldete sich etwa alle sechs Stunden aus der Kantine. Auch dort war alles völlig normal.

Einen der Roboter hatte ich abgezogen. Er versorgte uns mit Nahrung und Getränken, während der andere in der Kantine geblieben war.

»Noch achtzehn Stunden bis zum Ziel«, hatte Dorota gerade gemeldet, als es in der Sprechverbindung zu den Piraten knackte. Es hörte sich an, als habe jemand überhastet gegen das Mikrofon getreten.

»Meister Alaska!« schrie Tumed. »Ich bin gerade aufgewacht. Mosterz ist verschwunden. Er hat eine Tür geöffnet. Komm schnell bitte!«

»Wo steckt Resilok?« fragte ich.

»Er ist ihn suchen gegangen.«

Vaikhuur und Settheran waren sofort hellwach.

»Was hast du vor?« fragte der Alte mit dem Krückstock.

»Ich sehe selbst nach. Den Roboter nehme ich mit. Ihr bleibt hier! Verschließt das Schott hinter mir. Fasoldog, wir bleiben in Funkkontakt.«

Der Hangarmeister half mir beim Beseitigen der Absperrungen. Auf dem halben Weg zur Kantine kam mir der vor Angst schlotternde Tumed entgegen.

»Ich glaube«, stammelte er, »Mosterz hat auch durchgedreht. Er hat in den letzten Stunden mehrfach davon gefaselt, daß er sich in den Hyperraum stürzen wolle, um so dem Tod durch das Monster zu entgehen. Auch Resilok war nicht mehr so ganz richtig im Kopf. Er hat stundenlang zu Kummerog gebetet und ihn um Hilfe angefleht.«

»Mosterz will sich in den Hyperraum stürzen?« fragte ich. Der Kleine nickte. »Dann wissen wir ja, wo wir ihn zu suchen haben. An der Bestattungsklappe im Heckteil. Komm mit!«

Wir benutzten den zentralen waagrechten Gravolift zum Heck des Keilschiffs. Der gnomenhafte Humanoide mit der gelben Haut und der Roboter folgten mir auf dem Fuß. Über einen Seitengang verließen wir den Schacht.

Von irgendwoher erklang ein schrecklicher Schrei. Sekunden später herrschte wieder Stille.

»Das war Mosterz«, behauptete Tumed und klammerte sich an mein rechtes Bein wie ein eingeschüchtertes Kind. »Ich kenne seine Stimme.«

Ich zog meine Waffe und entsicherte sie. »Laß mich los!« forderte ich den Zwerg auf. »Wir müssen weiter.«

In der Halle vor der Bestattungsschleuse, unweit der Stelle, an der es Hobon erwischt hatte, fanden wir Mosterz. Er sah fürchterlich aus. Sein Trompetenschnabel war vom Kopf abgetrennt worden. Sein Körper wies unzählige tödliche Wunden auf. Neue Spuren, die auf den Täter hinwiesen, entdeckte ich nicht.

Ich setzte eine Nachricht an Dorota ab und beauftragte den Roboter mit der Entsorgung der sterblichen Überreste.

»Wo ist Resilok?« fragte Tumed.

»Keine Ahnung. Ich kann nur hoffen, daß er nicht auch noch erwischt wird.«

»Das wäre schlimm«, jammerte der Zwerg, »denn dann wäre ich ja allein.«

»Ich bin auch noch da«, erinnerte ich ihn.

»Noch«, meinte Tumed. Und das besagte alles.

Wir traten den Rückweg zum Bug an. Auch jetzt hielt ich meine Waffe ständig schußbereit. Aber es passierte nichts. Von Resilok war nichts zu hören oder zu sehen.

»Du bleibst bei uns in der Zentrale, Tumed«, sagte ich zu dem Zwerg, »bis ich Resilok gefunden habe. Ich liefere dich bei Vaikhuur und Settheran ab. Dann muß ich nach Varquasch sehen.«

So geschah es. Die beiden Hautträger mißbilligten zwar die Anwesenheit des Kleinen, aber ich setzte mich konsequent durch.

Ich holte den anderen Roboter aus der Kantine und nahm ihn mit. Helfen würde er mir kaum können, denn über Waffen verfügte er nicht. Da die Roboter bisher aber unbehelligt geblieben waren, stellten sie vielleicht dennoch einen gewissen Schutz dar.

Auf dem Weg zu dem Elefantenartigen hörte ich irgendwo in der Nähe ein Rascheln und leises Scheuern. Ich blieb mit schußbereiter Waffe stehen.

Da war wieder das seltsame Geräusch. Fast hörte es sich an wie trippelnde Schritte. Ich folgte den Geräuschen in einen Seitengang und bog um eine Ecke.

Vor mir lag Resilok.

Tot. Zerfetzt.

Wie die anderen Opfer.

Damit waren nur noch die beiden Hautträger sowie der Zwerg am Leben. Und ich. Und Varquasch?

Ich beauftragte den Roboter, den Toten zur Bestattungsschleuse zu bringen, wo auch die anderen Opfer lagen. Die Rückkehr in den Normalraum stand bevor. Dann würden die Plastiksäcke dem Weltall übergeben werden.

Irgendwie kam mir die verrückte Idee, daß es bis zu diesem Zeitpunkt gar kein Lebewesen mehr an Bord geben könne. Dann würden die Roboter die Bestattungen vornehmen und wären sich selbst überlassen. Ein schauerlicher Gedanke.

»Einer wird überleben«, meldete sich meine Haut.

Die muß ich auch irgendwann loswerden, erinnerte ich mich.

»Wer?«

»Der Mörder!« Da hatte Kummerogs Haut nicht ganz unrecht.

Ich traf Varquasch unversehrt in seinem Käfig an. Er begrüßte mich knapp, aber freundlich. Ich gab ihm Körner und Wasser. Dann berichtete ich ihm von den weiteren Morden.

»Mein Freund, hast du hier nichts beobachten können?« fragte ich ihn.

»Es war niemand mehr hier«, antwortete er, »seit der Alte mit dem Krückstock und der Sechsarmige mich aufgesucht haben. Und das war schon vor Tagen.«

»Wir sind bald am Ziel unserer Reise, Varquasch. Aber hier gibt es keinen Ort, wo ich dich in die Freiheit entlassen könnte. Du mußt noch ein bißchen Geduld haben.«

»Das geht schon in Ordnung, Freund Alaska«, sagte er. Und er schien ganz zufrieden zu sein.

»Bis später!«

Der Bordcomputer kündigte den Rücksturz in den Einsteinraum an. Ich schaltete die Orter ein. Settheran saß an den Massetastern, obwohl ich mir sicher war, daß er wohl kaum etwas wahrnehmen würde. Vaikhuur konzentrierte sich auf die optischen Darstellungen.

Tumed hatte sich in eine Ecke zurückgezogen und verfolgte das Geschehen stumm. Er streichelte ununterbrochen seine haarlose Schädeldecke.

Die Angst saß allen im Nacken, mittlerweile auch mir.

Die Bildschirme erhellten sich, aber sie wurden schnell wieder dunkel. Es gab nicht viel abzubilden. Nur ein paar verwaschene Flekken waren in großer Ferne noch zu sehen.

»Das ist Bröhnder«, stellte der Alte mit dem Krückstock fest und deutete auf das Bild einer Galaxis. »Zwei Millionen Lichtjahre.«

Die Orter blieben stumm. Ich suchte insbesondere nach der fünfdimensionalen Strahlung, die gemäß dem Bericht meiner Haut als einziges feststellbar war, aber ich entdeckte nichts. Da ich mit der Möglichkeit rechnen mußte, daß nach der weitgehenden Zerstörung des Arsenals dessen Tarnsysteme nicht mehr hundertprozentig arbeiteten, tappte ich nun im dunkeln.

Für diesen Fall mußten aber die Massetaster etwas feststellen, denn früher war die Gravitationsstrahlung kompensiert worden. Immer vorausgesetzt, daß das, was die Haut berichtet hatte, auch der Wahrheit entsprach.

»Fasoldog«, wandte ich mich an Dorota, »kannst du etwas feststellen?«

Wir mußten die alten Redeweisen benutzen; sonst wäre Vaikhuur argwöhnisch geworden.

»Nein, Meister Alaska. Ich vermute, daß wir unser Ziel um ein paar Lichtjahre verfehlt haben. Die Toleranzen waren ja relativ groß. Ich schlage vor, wir machen kurze Sprünge von jeweils einem Lichtjahr um unseren Ankunftsort herum. Wenn wir dann immer größere Kreise ziehen, geraten wir vielleicht in den Bereich der fünfdimensionalen Strahlung.«

Der Vorschlag war akzeptabel. Aber Vaikhuur hatte eine andere Idee. »Ich hab' die Schnauze voll, Alaska«, maulte er. »Es ist doch ganz eindeutig, daß sich im Umkreis von mindestens fünfzig Lichtjahren kein Objekt befindet. Auf die Instrumente ist schließlich Verlaß. Entweder du hast uns an der Nase herumgeführt, oder wir haben dein angebliches Arsenal total verfehlt. Wir kehren um. Mit etwas Glück schaffen wir es zurück nach Klinker, bevor auch wir zerstükkelt werden.«

»Das kommt überhaupt nicht in Frage«, lehnte ich dieses Ansinnen entschieden ab. »Ich weiß, daß das Arsenal nicht so leicht zu finden ist, denn es verfügt über ausgezeichnete Tarnmechanismen. Wir suchen weiter. Der wahre Meister braucht unsere Hilfe.«

»Wie können wir ihm helfen?« fragte der Sechsarmige. »Wir sind ja nur noch dreieinhalb Mann.«

Er bezeichnete den kahlköpfigen Zwerg als halben Mann.

»Mach, was du willst«, lenkte der Unan-Kjur ein. »Wir sind sowieso auf verlorenem Posten.«

Ich überließ es dem Bordcomputer, die neuen Kursdaten zu berechnen und die kurzen Hyperraum-Etappen einzuleiten. Nach dem ersten Halt suchten wir erneut alles ab. Ohne Ergebnis.

Wir setzten die Suche fort. Dorota stellte auf einem Bildschirm dreidimensional dar, welche Raumkugeln wir inzwischen überprüft hatten. Bei jedem Halt versuchte sie auch, die eigene Position durch Vergleiche mit den fernen Galaxien besser zu bestimmen. Allmählich schälte sich so eine Vorzugsrichtung heraus, in der wir suchen mußten.

Die Stunden verrannen mit immer neuen Etappen. Beim fünfzigsten oder sechzigsten Versuch, ich hatte aufgehört die Kurzflüge zu zählen, stellte sich der erhoffte Erfolg ein.

Der Hyperorter zeigte ein deutliches Signal, das ich als Strahlungsimpuls einer großen blauen Sonne identifizierte.

»Das ist das Arsenal«, stellte ich fest. Ich war wirklich erleichtert.

»Ich habe aber nichts auf dem Masseorter«, erklärte der Hangarmeister.

»Auch das entspricht den Erwartungen.«

»Wir haben unser Ziel um siebzehn Lichtjahre verfehlt«, meldete Dorota. »Bei einer zurückgelegten Strecke von zwei Millionen Lichtjahren ist das immer noch sehr wenig; geringer als ein Hundertstel Promille.«

»Spar dir deine blöden Kommentare«, maulte Vaikhuur unzufrieden. Ihm war die ganze Sache natürlich nicht geheuer. »Früher warst du auch nicht so gesprächig.«

Mir war klar, woran das lag. Dorota verfügte jetzt wieder über ihre volle Kapazität.

Ich übernahm nun selbst die Steuerung der CANT. In mehreren Kurzetappen von einigen Lichttagen tastete ich mich an das Arsenal heran. Seltsamerweise blieb trotz der Annäherung die fünfdimensionale Strahlung in ihrer Stärke konstant. Das unterstrich ihren künstlichen Ursprung und den Charakter einer Pilotfunktion.

Die Scheinwerfer der CANT wurden von mir aktiviert. Hier draußen, fernab der nächsten Galaxis, gab es keine Lichtquellen. Das ferne Restlicht machte den unregelmäßig geformten Brocken nur sichtbar, wenn man nah genug herangekommen war.

Meine wichtigste Orientierungshilfe war die Polarisation der fünfdimensionalen Strahlung. Dennoch vergingen Stunden, bis das Scheinwerferlicht endlich von einem Objekt reflektiert wurde.

Es war mir rätselhaft, wie Kummerog vor 66 Jahren sein Ziel so schnell hatte finden können. Ich hegte den Verdacht, daß das ominöse

Passantum ihm dabei gewaltig geholfen hatte, ohne daß ihm das bewußt geworden war.

Zum ersten Mal sah ich das Arsenal der Baolin-Nda von außen. Ich kannte es ja nur aus der Erzählung meiner Haut.

Ich nahm ein paar Vermessungen vor. Die größte Dicke lag bei 9,07 Kilometern, die kleinste bei 6,85 Kilometern. Die Form war unregelmäßig, etwa wie eine Kartoffel oder eine Menschenfaust.

Auch in unmittelbarer Nähe, ich hatte die CANT bis auf zwei Kilometer an das Arsenal herangeführt, zeigte keiner der Orter etwas anderes als die fiktive fünfdimensionale Strahlung.

Immerhin, es war sichtbar, wenn man es beleuchtete. Die Außenhülle bestand aus schwarzem Material, das das auftreffende Licht fast vollständig absorbierte. Wäre die Form so völlig regelmäßig gewesen wie bei einer glatten Kugel, dann wäre ein Auffinden mit optischen Mitteln noch problematischer gewesen.

»Fasoldog, kannst du die Stelle bestimmen, an der die CANT vor sechsundsechzig Jahren in das Arsenal flog?«

»Leider nein. Ich habe keine Aufzeichnungen darüber. Als ich zum ersten Mal mit dem wahren Meister an diesen Ort kam, lief alles wie automatisch ab. Kummerog lenkte die CANT mehr nach Gefühl. Er fand sofort die richtige Stelle, was eigentlich verwunderlich ist.«

Für mich war diese Aussage ein weiterer Beweis dafür, daß das Passantum den Mutanten regelrecht gelotst haben mußte. Im Bericht meiner Haut war davon nicht die Rede gewesen. Vermutlich hatte Kummerog das Lotsen gar nicht bemerkt.

Ich forschte noch einmal nach, ob meine Haut mir da etwas verschwiegen hatte, aber dem war nicht so.

Zunächst versuchte ich es per Funk. Seit ich das Arsenal verlassen hatte, waren immerhin 45 Tage vergangen. In dieser Zeit konnten Perry und Bully nach Trokan zurückgekehrt sein, um Hilfe zu holen und erneut ins Arsenal vorzustoßen. Es war nur logisch, daß die Freunde etwas zu meiner Rettung unternehmen würden.

Aber alle Funkanrufe blieben unbeantwortet. Weder der erhoffte terranische Brückenkopf noch das Arsenal selbst oder jemand anderes meldete sich. Da drüben gab es niemanden, der ein Funkgerät besaß.

Es konnte natürlich sein, daß die Außenhülle gar keine Funkwellen passieren ließ. Aber das hätten die Terraner sicher längst herausgefunden und für Abhilfe gesorgt.

Danach begann ich mit mehreren Anflügen auf exponierte Stellen in der Hoffnung, daß sich irgendwo automatisch ein Schleusentor öffnete.

Vaikhuur machte kein Geheimnis daraus, daß er das für einen Witz hielt. Er wurde immer aufsässiger und unruhiger; und damit allmählich eher zu einem Ballast. An eine ehrliche Unterstützung dachte er nicht.

Ich stellte verschiedene Überlegungen an. Wenn ich allein ins Arsenal gelangen könnte, wäre ich vielleicht gerettet. Vielleicht, denn ich war mir nicht sicher, ob ich allein den Weg zurück über die Brücke in die Unendlichkeit gehen konnte. Ich mußte auf die Hilfe durch Perry hoffen.

Für diesen Fall waren die drei Piraten auf sich gestellt. Fasoldog-Dorota würde sie vielleicht nach Klinker zurückbringen.

Auch ein Vielleicht, denn da war ja noch die große Unbekannte, die Mörder-Maschine, oder was immer es war.

Und dann war da Varquasch. Ich würde ihn seinem Schicksal überlassen, und das gefiel mir nicht sonderlich.

Ich konnte es drehen und wenden, wie ich wollte: Die ganze Situation war absolut unbefriedigend und ungeklärt.

Meine Anflugversuche gab ich schließlich auf.

»Wir landen zunächst auf der Außenhülle«, entschied ich. »Dann steigen Settheran und ich mit Raumanzügen aus, um die Oberfläche genauer in Augenschein zu nehmen. Wir werden irgendwo einen Einstieg finden.«

Tumed war anzusehen, daß es ihm nicht gefiel, mit Vaikhuur allein an Bord bleiben zu müssen, aber ich hielt das für die beste Lösung.

»Fasoldog, wir bleiben in Funkkontakt. Such einen beliebigen Ort für die Landung aus und mach den Distanzspringer klar.«

»Ich komme mit«, sagte Vaikhuur entschieden. »Ich bleibe nicht mit dem Ungeheuer allein an Bord.«

»Haben wir einen Raumanzug für Tumed?« fragte ich.

»Natürlich«, entgegnete der alte Hautträger.

»Dann gehen wir alle zusammen.«

Ich schickte den Roboter los, um Tumeds Raumanzug zu holen.

8.

Dorota hatte die CANT sicher und ohne Zwischenfälle abgesetzt. Wir trugen unsere Raumanzüge. Damit begaben wir uns in einen Nebenraum, von dem aus der Distanzspringer benutzt werden konnte. Das übernahm der Bordcomputer. Er schuf eine Lücke in der Außenwand, und wir wurden mit Traktorstrahlen ins Freie befördert.

Dann stand ich auf der Oberfläche des Arsenals. Hier herrschte eine geringe Gravitation, die durch unsere Raumkombinationen künstlich vergrößert wurde, so daß wir uns frei bewegen konnten.

»Ich umrunde das Arsenal in dieser Richtung.« Ich deutete auf eine kugelförmige Ausbeulung. »Tumed begleitet mich. Vaikhuur und Settheran, ihr geht genau in die entgegengesetzte Richtung. Achtet auf alles, insbesondere auf Öffnungen, Schotts oder Ähnliches. Haltet die Richtung, dann treffen wir uns wieder.«

Dorota konnte unsere Gespräche, die wir über Normalfunk führten, mithören und auch selbst mit jedem von uns Kontakt aufnehmen.

»Ich schlage vor, daß sich jede Gruppe alle fünf Minuten meldet«, teilte sie uns mit.

»So wird es gemacht«, sagte ich. »Wer etwas Auffälliges entdeckt, meldet es sofort.«

Da wir die Gravitation selbst regeln konnten, kamen wir schnell voran. Ich ließ meine Blicke über die schwarze und unebene Fläche schweifen, aber es sah überall ziemlich gleich aus. Der Boden war rauh oder glatt, wahrscheinlich künstlich, aus einem harten Material, das teils wie Stahl, teils wie dunkler Fels wirkte.

Die Routinemeldungen der beiden Hautträger kamen pünktlich an. Einen Eingang entdeckten sie jedoch nicht. Auch mir und Tumed erging es nicht anders.

Nach einer knappen Stunde standen wir uns ohne Resultat wieder gegenüber.

»Noch eine Umrundung«, ordnete ich an. »Diesmal senkrecht zum ersten Weg.«

»Das ist doch völlig sinnlos«, beschwerte sich Vaikhuur. »Mir tun jetzt schon die Knochen weh.«

»Weil du sie zuwenig bewegt hast, Alter. Denk immer daran, irgendwo da drinnen ist unser Herr verschollen. Nur darum geht es mir.«

Die Erinnerung an Kummerog machte ihn wieder munter. Oder die Haut trieb ihn stärker an.

Aber auch die zweite Erkundung brachte nichts ein. Ich ließ uns von Dorota wieder an Bord holen. In der Bugzentrale legten wir die Raumanzüge ab.

»Und jetzt?« fragte Vaikhuur bissig.

»Wir schweißen ein Loch«, schlug ich vor. »Wenn die sanfte Tour nicht funktioniert, dann eben die harte.«

»Hast du daran gedacht«, fragte der Unan-Kjur, »daß dann die Atmosphäre entweicht?«

»Wir haben eine mobile Schleuse dabei«, antwortete ich. »Die setzen wir mit den Traktorstrahlen in das Loch.«

Das Weitere überließ ich dem Bordcomputer.

Aus der Unterseite der CANT traten Desintegratorstrahlen und trafen auf die Oberfläche des Arsenals. Der Schweißversuch dauerte genau eine Minute, dann brach Dorota ihn ab.

»Keine Wirkung«, meldete sie. »Das unbekannte Material widersetzt sich der Energie und strahlt sie vollends zurück.«

Ich ahnte Böses. Das Arsenal bestand aus einer unbekannten Technik, gegen die die mir bekannten und zur Verfügung stehenden Methoden etwa so wirkten, wie eine Steinzeitwaffe auf einen Paratronschirm. Aber noch gab ich nicht auf.

Ich übernahm wieder selbst die Steuerung und manövrierte die CANT auf eine Entfernung von zweihundert Metern.

»Punktbeschuß mit dem Desintegratorgeschütz«, befahl ich. »Feinste Bündelung.«

Der Bordcomputer setzte den Befehl um. Der fingerdicke Energiestrahl jagte auf die schwarze Fläche zu. Stufe für Stufe wurde seine Stärke erhöht. Aber die erhoffte Wirkung trat nicht ein. Das Material der Außenhaut widerstand allen Attacken problemlos.

»Ich habe einige Millionen Standardkodes parat«, teilte Dorota mit, »mit denen praktisch alle bekannten und auch ein Großteil von unbekannten Schlössern geöffnet werden können. Soll ich sie abstrahlen?«

»Mach das!« sagte ich.

Aber ich wußte schon jetzt, daß uns auch damit kein Erfolg beschert werden würde.

Dorota sendete eine Stunde lang alle möglichen Kodes. Dabei

wechselte ich mehrmals den Standort. Eine Reaktion erfolgte nirgends. Es war wie verhext. Das Arsenal blieb verschlossen.

Ich mußte die Sinnlosigkeit aller Versuche einsehen.

»Dorota, vielen Dank«, resignierte ich. »Aber gib's auf. Da kommen wir nicht hinein.«

»Was hast du da gesagt?« rief Vaikhuur.

Keine Sekunde später spürte ich fünf Arme Settherans, die mich von hinten umschlangen und in den Pilotensessel preßten. Seine noch freie Hand riß meinen Kombistrahler aus der Halterung.

Mit fast spielerischer Leichtigkeit hob mich der Hangarmeister in die Höhe und stellte mich an eine freie Wand.

Vor mir baute sich der alte Vaikhuur auf, in der einen Hand seinen Krückstock, in der anderen eine Waffe, die genau auf meinen Kopf zielte.

»Ich wußte immer«, zischte er voller Gift, »daß du ein Verräter bist. Niemand kennt den wahren Namen des Bordcomputers – außer dem Meister und mir. Ich weiß ganz sicher, daß der Meister ihn keiner anderen Haut mitteilen würde. Bevor ich dich umlege, möchte ich wissen, wer wirklich in dir steckt.«

Ich hatte eine Sekunde nicht aufgepaßt. Nur der Neugier Vaikhuurs hatte ich es zu verdanken, daß ich noch lebte.

Tumed schoß auf mich zu und umklammerte ein Bein. »Du darfst ihn nicht töten, Herr!« rief er aufgeregt.

»O doch. Und zwar jetzt!«

Was dann geschah, spielte sich mit atemberaubender Geschwindigkeit ab.

Das Schott zum Nebenraum, in dem der Distanzspringer wirkte, war noch nicht wieder geschlossen. Settheran hatte bei unserer Rückkehr vergessen, es zu verriegeln.

Durch die Öffnung schossen fünf wieselflinke, kleine Gestalten. Sie waren so schnell, daß Vaikhuur, obwohl er die Waffe und den Krückstock schußbereit in den Händen hielt, keine Chance hatte.

Zwei der nur etwa 60 Zentimeter großen Wesen stürzten sich mit langen Sprüngen auf den Alten, sprangen an ihm hoch, die Arme mit fast menschlichen Händen und langen Krallen voraus.

Blut spritzte auf, als Vaikhuur im Nu die Hände dicht unter dem Ellenbogen abgetrennt wurden. Die Krallen mußten schärfer sein als die besten Rasiermesser, denn sie glitten fast mühelos durch Fleisch und Knochen. Der Krückstock und die Waffe polterten zu Boden.

Das dritte Geschöpf landete mitten im Gesicht des Alten und verwüstete es mit seinen Krallen in unglaublicher Geschwindigkeit. Dann bohrten sich seine Hände in den Hals. Vaikhuur stürzte mit einem Gurgeln zu Boden.

Zur selben Zeit hatten die beiden anderen Wesen sich über Settheran hergemacht. Den Insektoiden mit der schmalen Taille zu zerstückeln, war für die beiden geradezu ein Kinderspiel.

Der ganze einseitige Kampf währte nicht einmal zehn Sekunden, dann lagen die beiden Hautträger zerfetzt und tot auf dem Boden.

Tumed hatte sich hinter mir versteckt. Einem Instinkt folgend, rührte ich mich nicht.

Die fünf Wesen betrachteten erst ihr furchtbares Werk und dann mich. Ich hatte keine Ahnung, wie ich mich wehren sollte, wenn sie sich jetzt auf mich stürzten. Aber das schien gar nicht ihre Absicht zu sein.

Ich atmete schwer, aber ich fand Zeit, diese kleinen Bestien genauer zu betrachten. Da waren kräftige Hinterbeine, mit denen diese Burschen bestimmt zwei oder drei Meter in die Höhe springen konnten. Der Körper war schlank, die Arme ebenfalls.

Der Kopf!

Mit einem cremefarbenen Fell.

Die Haut!

Grau.

Die Augen!

Eng beieinanderstehend und knallgelb.

Ich verstand zwar den Zusammenhang noch nicht ganz, aber es stand fest, daß diese kleinen, geschickten Mörder etwas mit Varquasch zu tun haben mußten. Auch wenn sie im Vergleich zu dem Elefantenartigen Winzlinge waren, die Ähnlichkeit war zu deutlich.

Tumed riß sich von mir los und rannte in den Nebenraum. Die fünf Mini-Varquaschs folgten ihm nicht. Sie standen stumm da und betrachteten mich.

Ich bückte mich langsam, hob meine Waffe auf und steckte sie in den Gürtel. Meine Nerven waren angespannt. Noch immer wußte ich nicht, wie ich bei einem Angriff reagieren sollte.

Aber die fünf kleinen Wesen beachteten mich nicht weiter. Sie blieben stumm. Auch als ich meine Waffe wieder in die Hand nahm und entsicherte, geschah nichts.

Wie auf ein geheimes Kommando setzten sie sich plötzlich gemeinsam in Bewegung. Sie gingen mit schnellen Schritten an mir vorbei, schauten mir dabei ausdruckslos ins Gesicht.

Durch das offene Schott gelangten sie in den Nebenraum und von dort auf einen der zahlreichen Korridore. Ich folgte ihnen.

Sie hatten es nicht eilig, aber sie bewegten sich schneller, als ich normalerweise ging. Daß ich ihnen folgte, mußten sie merken, aber es schien sie nicht im geringsten zu stören.

»Bleib zurück!« verlangte meine Haut ängstlich.

Ich beachtete die Aufforderung nicht. Auf direktem Weg ging es zur Halle, in der Varquasch untergebracht war. Kurz vor dem Eingang verschwanden die kleinen Wesen seitlich in einem Belüftungsschacht.

Ich nahm den normalen Weg zu dem Elefantenartigen. Als ich den Raum betrat, tauchten die kleinen Varquaschs aus einer Bodenklappe hinter der Liquorac-Maschine auf, die mir zuvor nie aufgefallen war. Mühelos schoben sie sich zwischen den Gitterstäben hindurch.

Varquasch hob seinen Kopf und streckte das, was man bei ihm als Brust bezeichnen konnte, nach vorn. Eine senkrechte Hautfalte von etwa einem Meter Länge wurde sichtbar. Sie teilte sich auseinander. Einer nach dem anderen verschwanden die fünf Kleinen darin. Dann schloß sich die Falte wieder. Sie wurde völlig unsichtbar.

»Mein Freund«, sagte ich schwer atmend. »Was hat das zu bedeuten?«

Varquasch richtete sich an den Gitterstäben auf. Er schwieg eine Weile, so als ob er nach Worten suchen müßte. Ich wartete geduldig.

»Meine Jungen«, sagte er dann. »Sie werden dir nie etwas tun, denn sie wissen von mir, daß sie ohne dich gar nicht mehr am Leben wären.«

»Würde es dir etwas ausmachen, wenn du mir das genauer erklärst?«

»Natürlich nicht, Alaska. Ich bin ein Zwitterwesen. Ich kann selbst bestimmen, wann ich Junge in meinem Beutel heranwachsen lassen will. Nur die Anzahl kann ich nicht bestimmen. Es sind jeweils mindestens zwei und höchstens acht. Die Hautfalte, die zum Beutel führt, kann nur jemand sehen, wenn ich es zulasse. Auch die Mörder von Bröhnder wußten davon nichts. Ich habe schon vor längerer Zeit die Embryos ausgebildet, aber meine Jungen konnten nicht wachsen, weil ich zuwenig Nahrung bekam und weil mein Gehirn durch den ewigen Hunger gelähmt war. Das änderte sich erst, als du auf Klinker aufgetaucht bist und mir reichlich zu essen gegeben hast. Meine halbfertigen Kleinen waren schon vom sicheren Tod gekennzeichnet. Du hast sie gerettet, du hast ihnen zu ihrem Leben verholfen. Und mir hast du auch geholfen. Sie sind noch jung, aber was sie getan haben, habe allein ich zu verantworten, denn ich gab ihnen die Anweisungen. Sie können noch nicht sprechen, aber hören und verstehen. Sie führen blindlings alles aus, was sie von ihrem Vatermutter gesagt bekommen. Ich gab ihnen die Order, die Mörder nach und nach alle zu töten und sich dabei nicht erkennen oder von Lebenden sehen zu lassen. Ich denke, sie haben gute Arbeit geleistet. Du wurdest als ausdrückliche Ausnahme hingestellt. Von Anfang an. Du warst keine Sekunde in einer wirklichen Gefahr.«

»Auch du nicht.« Ich stieß einen kurzen, fast verzweifelten Lacher aus. »Dabei habe ich gedacht, die vermutete Monstermaschine könnte auch dich erledigen.«

»So ist es. Ich mußte das Geheimnis wahren, Freund Alaska. Bitte versteh das. Ich bin mir sicher, daß die Mörder von Bröhnder deine Feinde waren. Ich bin mir aber auch sicher, daß du es nicht zugelassen hättest, daß meine Kleinen sie ins Jenseits befördern. Du hast eine hohe Moral, und das erkenne ich an. Ich verstehe nur nicht, wie eine Haut Kummerogs so anders sein kann.«

»Das ist ganz einfach. Ich bin Alaska. Ich beherrsche die Haut, nicht sie mich. Am Anfang war das anders, aber ich habe sie in einem geistigen Duell besiegt und mir unterworfen.«

»Du könntest sie töten, aber du tust es nicht.«

»Irgendwann werde ich es wohl tun. Bis jetzt habe ich sie noch benötigt, um die Piraten zu befehligen. Nun ist eine neue Situation eingetreten, die ich erst überdenken will.«

»Ich verstehe dich. Darf ich dich trotz meiner Angriffe weiter meinen Freund nennen? Ich bitte dich darum. Ich brauche dich, denn ohne dich werde ich meine Heimat nie wiedersehen. Versuch bitte zu verstehen, daß ich so handeln mußte. Die Kleinen haben nur gehorcht. Sie trifft keine Schuld. Aber dich bitte ich um Verzeihung. Nach den Moralvorstellungen meines Volkes konnte ich nichts anderes tun. Außerdem weißt du vielleicht, welche unerträglichen Qualen ich erleiden mußte. Ich bezeichne das, was ich getan habe, als Notwehr. Kannst du mir verzeihen?«

Ich trat in den Käfig und legte eine Hand auf das Fell seines Kopfes. Varquasch war ein Mörder, und er hatte Mörder hingerichtet. Mord mit Mord vergolten. Es war nicht in Ordnung – und doch verstand ich ihn. Als sein Richter konnte ich nicht auftreten.

»Ich denke«, sagte ich deshalb freundlich und warm, »ich kann damit leben.«

»Danke, Alaska.«

»Weißt du, Varquasch, jeder von uns beiden hat ein großes Problem. Aber unsere Probleme sind ganz verschiedener Natur. Ich meine, wir sollten ein Stück des Weges durch das Leben gemeinsam gehen. Vielleicht brauche ich dich noch, vielleicht du mich.«

»Du kannst über mich bestimmen.«

»Das will ich gar nicht.« Ich verzog das Gesicht. »Ich habe nur eine Bitte. Einer der Piraten lebt noch; der Zwerg Tumed. Sag deinen Sprößlingen, sie sollen ihn in Ruhe lassen. Ich brauche ihn vielleicht auch noch.«

»Selbstverständlich, mein Freund.«

»Und nun bewege dich ein Stück zur Seite.«

Er schaute mich fragend an, aber er befolgte meine Bitte. Ich zog meinen Kombistrahler und trennte auf einer Front die Gitterstäbe durch.

»Leg dich hin«, sagte ich dann. »Ich werde die Schläuche und die Plastikkappen von deinem Körper entfernen.«

Als das geschehen war, stand er wieder auf.

»Varquasch, mein Freund«, sagte ich. »Jetzt bist du frei. Du kannst dich innerhalb der CANT bewegen, wohin du willst, vorausgesetzt die Korridore sind breit genug. Sieh dich in Ruhe um. Du findest mich in der Bugzentrale. Ich muß die Roboter beauftragen, dort die Reste des letzten Einsatzes deiner Jungen zu entfernen.«

Zwei Stunden später. Die CANT stand still in einer Entfernung von zwei Kilometern vom Arsenal. Die Bugzentrale war wieder in sauberem Zustand. Die Leichenreste und die Spuren des Kampfes waren von den Robotern beseitigt worden, die Weltraumbestattungen hatten sie abgeschlossen.

Ich saß im Pilotensessel und sprach mit Dorota. Für mein Hauptproblem hatte ich keine Lösung gefunden. Ich konnte nicht zurück ins Arsenal der Baolin-Nda. Ich konnte auch keinen Kontakt zu Perry und Bully herstellen.

Das Arsenal blieb fest verschlossen. Nichts rührte sich dort. Alle Versuche waren ohne Erfolg geblieben. Was ich mit der Kummerog-Haut machen sollte, wußte ich ebenfalls noch nicht. Sie verhielt sich still und hoffte auf meine Gnade.

Tumed war verschwunden. Seit meiner Rückkehr von Varquasch hatte ich ihn nicht mehr gesehen. Ich hatte die beiden Roboter losgeschickt, um ihn zu suchen. Auch von dieser Seite lag bislang keine Erfolgsmeldung vor. Ich befürchtete fast schon, daß er sich etwas angetan hatte, um dem vermeintlichen Tod durch die Fünflinge zu entgehen.

Dorota war mit ihrem Computerlatein auch am Ende.

Ich hörte von außen Geräusche und öffnete das Hauptschott. Es war Varquasch, der trotz seines schweren Körpers den Weg in die Zentrale gefunden hatte. Ich räumte ein paar Sachen zur Seite, damit er ausreichend Platz hatte.

Seine Jungen blieben im Beutel. Varquasch meinte, sie würden sich so schnell auch nicht wieder blicken lassen.

Er fragte mich nach meinem Problem. Seins kannte ich ja. Ich schilderte es ihm in kurzen Worten und zeigte ihm auf dem Bildschirm das Arsenal.

»Tut mir leid«, meinte er dazu, »aber ich hätte dir gern geholfen. Von solchen Dingen verstehe ich aber nichts.«

Was konnte ich unternehmen? Dorota brachte mich auf einen Gedanken.

»Ich besitze die Koordinaten des Ortes«, sagte sie, »an dem Kummerog die Informationen über das Arsenal erhielt. Dort fand er das Wrack des Vierten Boten von Thoregon. Dort fing alles an, was Kummerog verbrochen hat. Und diese Dinge stehen ja irgendwie im Zusammenhang mit deinem Schicksal. Der Ort liegt nur 3458 Lichtjahre von Klinker entfernt. Vielleicht findest du dort etwas, was dir hilft.«

Ich überlegte nicht lange und gab den Startbefehl für die dritte 21-Tage-Reise. Dann machte ich es mir im Pilotensessel bequem.

»Wenn es dich interessiert, Freund Alaska«, sagte Varquasch, »dann erzähle ich dir jetzt die Geschichte, wie ich zu den Mördern von Bröhnder kam.«

»Ich bin ganz Ohr«, antwortete ich.

EPILOG

Auch während sie über die graphitfarbenen Bohlen schritten, sprachen sie kein Wort. Der eine war trotz des ungewissen Schicksals von Alaska Saedelaere eher in einer positiven Stimmung, der andere war dagegen bedrückt.

Perry Rhodan ließ die Bilder und Eindrücke erneut auf sich wirken. Der Hauch der Unendlichkeit umgab ihn. Er hüllte ihn ein und ließ ihn den Pulsschlag des Kosmos fühlen. Seine Bestimmung war ihm bewußt, auch wenn er sie nicht kannte. Der Terraner empfand alles als vertraut. Fast war es ihm so, als kenne er diesen Weg durch eine fremde Dimension schon immer.

Reginald Bull hingegen starrte mehr auf den Boden als nach vorn oder gar nach oben oder in die Tiefe. Er trottete stumm einen halben Schritt hinter dem Freund her. Das Gefühl des Unwohlseins hatte von ihm Besitz ergriffen und ließ ihn nicht mehr los. Er spürte, daß er nicht an diesen Ort gehörte. Er war, wie Alaska, im Sog Perry Rhodans hierhergelangt. Allein hätte er den Weg durch den Pilzdom ebensowenig gehen können wie den über diesen breiten Steg aus grauen Bohlen.

Das Ende der Brücke in die Unendlichkeit kam für ihn etwas zu plötzlich. Bully hob den Kopf und sah wenige Schritte voraus das Nebelfeld.

»Da hinein!« munterte Rhodan ihn auf. »Irgendwo da drinnen steht der andere Pilzdom. Wir werden ihn finden.«

Sie schritten zusammen in den Nebel. Das Bild der Brücke verschwand hinter ihnen. Plötzlich hielt Perry Rhodan an.

»Was ist?« wollte Bully beunruhigt wissen.

»Ich bin gegen etwas getreten«, antwortete der Freund.

Rhodan ging in die Knie und tastete den Boden ab. Als er sich wieder erhob, hielt er etwas in der Hand.

»Ein kleines Ei«, sagte er. »Laß es uns außerhalb betrachten.«

»Laß uns lieber den Dom suchen«, meinte Bully.

Rhodan zog ihn jedoch aus dem Nebel, bis sie wieder normal sehen konnten. Die Brücke in die Unendlichkeit lag unverändert vor ihnen.

»Schau mal«, sagte Perry Rhodan und hielt das winzige Objekt hoch. »Ein niedliches kleines schwarzes Ei. Was hat das wohl zu bedeuten?«

»Ich kann an dem blöden Ding nichts Besonderes entdecken«, beschwerte sich Bully. »Komm endlich! Laß uns den Pilzdom suchen. Wir müssen Hilfe für Alaska holen.«

»Nein, warte!« Rhodan wirkte plötzlich ganz gelassen, fast ein wenig beschwingt oder erhaben. »Ich spüre etwas, das von diesem Ei ausgeht. Es ist, als ob es mich magisch anziehen würde. Ungefähr das gleiche Gefühl hatte ich, als auf Trokan der Pilzdom auftauchte und ich mit ihm konfrontiert wurde. Ich kann dir nicht sagen, was es ist. Manchmal meine ich, es ist nur ein mentales Locken. Dann wieder ist es pure Faszination.«

Er wog das Ding in der Hand und ging in Gedanken das kurze Stück auf die Brücke zu. Bully wollte ihn aufhalten, aber der Freund war fast wie in Trance. So hatte er sich auch verhalten, als er auf dem Ersatzmars den Pilzturm zum ersten Mal gesehen hatte.

»Komisch«, meinte Perry Rhodan. »Ich weiß genau, daß ich dieses Ei noch nie in meinem Leben gesehen habe. Und doch kommt es mir irgendwie vertraut vor. Als ob es mein Freund wäre.«

»Was ist mit dir, Perry?« rief der Rotkopf. »Sei mir nicht böse, aber ich finde, du redest dummes Zeug. Also, was ist mit dir?«

»Nichts. Es ist alles in bester Ordnung.«

Perry Rhodan trat auf die ersten Bohlen der Brücke in die Unendlichkeit.

»Verdammt, wo willst du hin?« rief Bully. »Das ist die falsche Richtung. Wir müssen da entlang.«

Er deutete auf das Nebelfeld, doch Rhodan schenkte ihm keine Beachtung. Fasziniert starrte er auf das Ei, das plötzlich seine Form veränderte. Es zog sich in die Länge und begann sich zu entfalten.

Ein schwarzes Armband entstand.

»Ich wittere Gefahr.« Reginald Bull war wie aus dem Häuschen. »Komm jetzt endlich. Schmeiß das Ding in die Tiefe!«

Rhodan konnte jetzt gar nicht anders. Er streifte sich das Armband über, und es paßte sich sogleich dem Umfang des Unterarms an. Die Augen des Terraners leuchteten kurz auf. Bully bemerkte das.

»Was ist jetzt schon wieder?« klagte er.

»Es hat zu mir gesprochen«, teilte Perry Rhodan dem Freund mit. »Mental in meinem Kopf. Ich merkte genau, daß die Stimme aus dem Armband kam. Es sagte: *Ich begrüße einen neuen Passagier auf der Brücke.*«

»Ist das dein Ernst?«

»Mir ist nicht nach Scherzen zumute, Bully. Dieses Armband ist etwas ganz Besonderes. Ich spüre es ganz deutlich.«

»Und was sagt es jetzt?«

»Nichts mehr. Es reagiert auch nicht auf meine gedanklichen Fragen.«

Er hielt die Hand mit dem Armband vor sein Gesicht und fragte laut: »Wer oder was bist du?«

»Und?« fragte Bully nach einer Weile.

»Nichts. Es schweigt.«

»Vielleicht hast du dir die Stimme nur eingebildet. Komm, laß uns gehen! Wir verplempern hier nur unsere Zeit.«

»Warte! Ich versuche, es gedanklich anzusprechen. Irgendwie muß es ja funktionieren. Vielleicht handelt es sich um ein intaktes Gerät aus dem Arsenal.«

Perry Rhodan betastete das Armband behutsam. »Ich verstehe es nicht«, murmelte er. »Dabei spüre ich genau, daß ich damit etwas anfangen könnte. Aber es funktioniert nicht. Es meldet sich auch nicht mehr.«

Der Terraner hantierte weiter mit dem Armband herum.

»Jetzt sehe ich ein verschwommenes Bild.« Er hatte die Augen fast zur Gänze geschlossen. »Da ist ein Pilzdom. Und das dahinter, es könnte Trokan sein. Ich glaube, das Armband will mir zeigen, was jenseits des Nebeltors liegt.«

Reginald Bulls Schrei riß ihn aus seinen Träumen. Aufgeregt deutete der Freund auf die Brücke. Diese hatte sich in schwingende Bewegungen versetzt. Es entstand der Eindruck, daß sie auf und ab und hin und her wirbelte. Sie bildete Überschläge, die an Loopings erinnerten, kippte zur Seite und wieder zurück.

»Hör auf damit!« schrie Reginald Bull.

»Ich mach' ja gar nichts mehr«, versuchte ihn Rhodan zu beruhigen. »Was wir sehen, sind nur mögliche Bilder, aber keine Wirklichkeit. Komm', ich werde es dir beweisen!«

Er eilte über die Brücke, deren Scheinbewegungen sich wieder beruhigten. Wo die beiden Männer entlang liefen, war alles völlig normal.

»Du läufst schon wieder in die falsche Richtung«, jammerte der kurzhaarige Rotschopf.

»Wir kehren gleich um«, versprach Perry Rhodan.

Er hielt aber erst am Ende der Brücke vor dem Nebelfeld an.

»Das Armband spielt mir ein Bild zu«, erklärte er. »Es zeigt mir, was uns jenseits des Nebelfelds erwartet. Es kann auf die andere Seite blicken. Was es wahrnimmt, entsteht als Bild in meinem Kopf.«

»Du siehst das Arsenal«, sagte Bully. »Was sonst?«

»Das Arsenal ist es aber nicht.« Rhodan war nachdenklich geworden. »Ganz sicher nicht. Etwas hat sich verändert. Die Brücke in die Unendlichkeit hat sich verschoben. Ich sehe etwas, aber ich kann es nicht identifizieren. Komm, wir drehen um und sehen uns das andere Ende an.«

»Willst du damit etwa andeuten«, stöhnte Bully, »daß auch Trokan verschwunden sein könnte?«

»Ich weiß es nicht, aber ich werde es herausbekommen. Das Zuspielen von Bildern der anderen Seite scheint ein automatischer Prozeß zu sein, denn ich habe nichts in der Richtung gesagt oder gedacht.«

Sie überquerten die Brücke erneut. Rhodan legte ein großes Tempo vor, so daß Bully fast ins Schwitzen geriet. Es war wohl mehr die Verärgerung über die Eigenwilligkeit des Freundes, die ihm den Schweiß aus den Poren trieb.

Zurück am anderen Nebelfeld blieb Perry Rhodan stehen.

»Ja«, sagte er, »es ist ein automatischer Prozeß. Aber ich werde noch lernen, wie ich mit dem Armband umzugehen habe.«

»Was siehst du?« Bully war mißtrauisch.

»Das ist nicht Trokan«, lautete die Antwort. »Ich sehe eine fremdartige, sonnendurchglühte Ebene. Mehr kann ich nicht herausfinden.«

Bully fluchte vor sich hin. »Du hast alles verpatzt!« warf er dann dem Freund vor. »Wie sollen wir jetzt wieder nach Trokan kommen? Wie können wir Hilfe für Alaska in Marsch setzen?«

»Ich glaube nicht«, widersprach Perry Rhodan gelassen, »daß ich etwas verpatzt habe. Ich lerne nur etwas Neues kennen.«

»Was sollen wir jetzt tun, Perry?«

Der grauäugige Terraner deutete auf das Nebelfeld. »Wir gehen da hindurch und sehen uns die Ebene auf der anderen Seite aus der Nähe an.«

Er wartete keine Reaktion des Freundes ab und schritt auf den Nebel zu. Bully schloß sich ihm murrend an.

AL ©
KELSNER

Robert Feldhoff

Unter dem Galornenstern

1.

Galornenstern

»Perry! – Perry, bist du noch da?«

»Natürlich, Dicker.«

Mit jedem Schritt nach vorn büßte die Nebelwand an Dichte ein. Ich gab acht, daß Reginald Bull hinter mir Kontakt hielt und nicht im Nebel verlorenging.

»Wir müssen uns beeilen«, flüsterte Bully. »Ich halt' es nicht mehr aus.«

»Gleich ... Die paar Schritte noch.«

Die Brücke war ein Bohlensteg aus Graphit, der mitten durch das Protoplasma des Universums führte. Natürlich war das eine Verständnishilfe, eine Krücke für den menschlichen Geist, der eine wirklich fremde Zustandsform nicht begreifen kann. Von der Brücke aus hatte ich Galaxien treiben sehen, das Werden und Vergehen der Sterne, die ganze Schöpfung in einem Augenblick.

Welcher Baumeister die Brücke geschaffen hatte? Ich wußte es nicht; ebensowenig, weshalb gerade ich über eine Zugangsberechtigung verfügte. Für mich war es ein Segen, mitten im Universum zu stehen. Es fühlte sich an, als sei ich nach Ewigkeiten in der Fremde heimgekehrt.

Wer der Brücke nicht gewachsen war, spürte dagegen einen permanenten Sog. Man konnte in diesem Sog verlorengehen; Bully merkte das am eigenen Leib.

Bisher kannten wir zwei Brückentore: Eines führte nach Trokan, das andere endete im zerstörten Arsenal der Baolin-Nda. Zwischen beiden Punkten lag eine unbekannte Anzahl von Licht-Jahrmillionen.

Und jetzt? Die Nummer drei ist an der Reihe!

Der Untergrund verwandelte sich in Felsen. Unter meinen Stiefelsohlen knirschte es, in einem mahlenden Geräusch, wie Kreide auf einer Schiefertafel. Ich schaute angestrengt nach vorn. Prüfend sog ich die Luft ein. Was, wenn dieses Brückentor uns in atmosphärelose Ödnis schickte?

»Weniger Sauerstoff«, sagte Bully plötzlich. »Hier riecht's nach überhaupt nichts.«

Seine Stimme klang jetzt fester. Im selben Maß, wie der Zauber der Brücke für mich nachließ, machte der Dicke einen besseren Eindruck.

Es wurde kühl, die Temperatur sank auf einen Wert kurz über dem Gefrierpunkt. Maximal fünf Grad plus, schätzte ich, eher weniger. Das blasse Licht einer entweder auf- oder untergehenden gelben Sonne verwandelte die Nebelfetzen in eine fahl beleuchtete Wand.

Vor uns wich eine letzte imaginäre Schranke. Und vorbei – der letzte Schritt endete außerhalb des Tores.

Eine wildverwegene Landschaft öffnete sich dem Blick, mit hoher Wahrscheinlichkeit eine unbekannte Zone des Universums. Von diesem Punkt aus überschaute man viele Kilometer einer sandfarbenen, gesprenkelten und geäderten Ebene.

»Erstaunlich ...«, sagte Bully. »Wo, zum Teufel, sind wir hier?«

»Ich weiß es nicht. Beim besten Willen nicht.«

Gesteinsformationen boten einen atemberaubenden Anblick. Es handelte sich um ein faszinierendes Tafelland, voller Maserungen und toniger, scharfbegrenzter Farbzonen. Ich machte nicht die geringste Bewegung aus. Die Landschaft schien vollständig leer. Es gab keine Bewohner – jedenfalls keine, die sich sehen ließen –, und auch keine Anzeichen für den Aufenthalt intelligenter Lebewesen.

Langsam drehte ich mich einmal um die Achse. Dabei nahm ich jedes Detail in mich auf. Jede Einzelheit konnte wichtig werden.

In unserem Rücken wuchs ein pilzähnliches, über dreißig Meter hohes Gebäude aus dem Boden, der sogenannte Pilzdom. Auf Trokan existierte ein Gebilde, das exakt identisch war, ein weiteres stand im Arsenal der Baolin-Nda. Der Eingang zur Brücke in die Unendlichkeit hatte offenbar immer dieselbe Gestalt. Jeder Pilzdom war mit einem Brückentor identisch.

Bully brachte es auf den Punkt: »Ich frage mich, Perry, was der Pilzdom mitten in dieser Wüste verloren hat. Trokan und das Arsenal, das sind immerhin Orte von einer gewissen Bedeutung. Meinetwegen von kosmischer Bedeutung. Aber das hier?«

»Der Dom steht sicher nicht aus Zufall an diesem Ort«, erwiderte ich. »Halten wir einfach die Augen offen. In erreichbarer Nähe muß es etwas geben, was uns weiterhilft.«

»Ah ja? Und was, wenn man fragen darf? Irgendeine Höhle im Fels? Vielleicht ein verborgener Kodeschlüssel?«

»Ja, warum nicht?«

»Einer der Felsen könnte in Wirklichkeit ein Funkgerät sein, womit man Aero-Taxis ruft«, meinte Bull.

»Wart's einfach ab, Dicker. Sarkasmus hilft uns auch nicht weiter.«

Ich konnte es förmlich riechen; irgend etwas haftete dieser Ebene an, was in meinem tiefsten Inneren eine Saite zum Schwingen brachte. Kosmische Bedeutung, so hatte es Bully in seinem respektlosen Ton genannt. Der Dicke konnte ein echtes Trampel sein. Wahrscheinlich ahnte er nicht, wie recht er hatte.

Ein Hauch von Jahrtausenden. Diese Brücke endet nicht im Nirgendwo.

Ich bückte mich und tastete über den Boden. Das Gestein machte einen seltsamen Eindruck. Es wirkte auf der einen Seite sehr fest, wie vulkanischer Basalt, an anderen Stellen hingegen nachgiebig, bröselig wie Sandstein. Probeweise hob ich einen faustgroßen Brocken auf und schleuderte ihn durch die Luft. Der Stein prallte gegen einen Felsgrat. Es gab einen dumpfen Ton; wahrscheinlich das lauteste Geräusch, das die Ebene seit tausend Jahren erlebt hatte.

»Was soll das, Perry?«

»Ich will nur wissen, was das für Steine sind.« Zwischen Geröll, das ein bißchen wie hindrapiert vor dem Felsen lag, erkannte ich meinen Brocken an der Farbe wieder. Ich ging hin und hob ihn auf.

»Der Stein hat sich verformt. Das Zeug platzt oder splittert nicht, es bildet Dellen.«

Ich schätzte die Schwerkraft auf 0,8 bis 0,9 Gravos, also etwas geringer als die der Erde. Der Himmel über der Ebene hatte eine bläuliche Färbung. Je weiter sich die blasse Sonne am Himmel emporschob (es war also doch Sonnenaufgang), desto höher war der Sättigungsgrad, den das Blau erreichte. Wärmer wurde es auch, aber nicht sehr viel. Sieben bis acht Grad stellten an einem normalen Tag wohl die höchste Temperatur dar.

Ich schaute in windgeschützte Ecken und Grate, entdeckte aber nirgendwo Spuren von Vegetation. Wenn es Bewohner gab, intelligent oder nicht, so waren sie entweder gut verborgen, oder wir hatten eine einsame Stelle erwischt.

Aus weiter Ferne drang ein Geräusch heran. Ich neigte horchend den Kopf. Im ersten Augenblick ließ es sich nicht identifizieren, es klang wie ein rauschender Wasserfall hinter den tausend Ecken einer Großstadt.

Ich legte den Kopf in den Nacken und suchte den Himmel ab. Nichts.

»Hörst du es auch, Bully?«

»Ja. Ich kann's nur nicht sehen. Mal angenommen, Perry, jemand kommt uns abholen ... Was dann?«

Das Geräusch klang nach einem Flugobjekt, nach irgend etwas mit reichlich Luftverdrängung. Wer im Leben so viele Raumhäfen gesehen hat wie wir beide, wer mehr als zehntausend Starts und Landungen verzeichnet, der kennt sich mit dieser Lärmkulisse bestens aus.

Ich setzte mich vorsichtig in Bewegung, jeden Schritt auf dem fremden Basaltgestein sorgfältig sichernd, und umrundete den Pilzdom. Die silbrige Wandung lag an dieser Stelle im Schatten, sofort wurde es drei Grad kälter. Ich ärgerte mich, daß ich nicht mehr am Körper trug als meine Jacke, die Hose und die Stiefel. Immerhin alles in beigefarbenen Tönen, in dieser Umgebung gleichbedeutend mit einem Tarnanzug.

Trotzdem, eine Heizkombination hätte sich nicht schlechtgemacht. Noch besser wäre es gewesen, wir hätten SERUNS gehabt. Als die Sache mit dem Pilzdom passiert war, als wir die Brücke in die Unendlichkeit von Trokan aus zum ersten Mal betraten, da war keiner auf eine Odyssee ins Unbekannte gefaßt gewesen.

Ich behielt die Felsen im Auge, den überschaubaren Teil der Ebene, um Gefahren so frühzeitig wie möglich aufzudecken. Aber da war nichts. Und als ich den Dom umkreist hatte, erkannte ich im toten Winkel einen sich nähernden Punkt, mitten im Himmel über dem Wüstenbasalt.

»He, Bully! Beweg dich mal schnell hier herüber!«

»Schon dabei.«

Der alte Freund kam gerade aus der anderen Richtung. Er hatte den Dom von links umkreist, während ich rechts gegangen war.

Aus dem Rauschen von irgendwo wurde ein ortbares, pfeifendes Geräusch. Der Punkt am Himmel mauserte sich zu einem deutlich sichtbaren Objekt. Es handelte sich um ein Raumschiff.

»Was meinst du, Perry? Sechshundert Meter? Siebenhundert?«

Ich wartete ein paar Sekunden, bis das Ding deutlicher zu erkennen war. »Nein«, sagte ich, »nicht mehr als einen halben Kilometer.«

Ich hatte einen solchen Typ nie zuvor gesehen. Das Schiff ähnelte – grob gesprochen – einem menschlichen Daumen, und zwar einem Stummel, mit nach oben gebogener Bugsektion und einem glattabgeschnittenen Heck, das Ganze so groß wie ein halbes Gebirge. Aber das war nichts Ungewöhnliches im Raumverkehr. Ich selbst war oft mit 2500-Meter-Riesen geflogen; erst in den letzten paar hundert Jahren mit kleineren Schiffen, die größenmäßig dem Stummel entsprachen.

Das Schiff ging in weiter Entfernung nieder.

»Eins steht mal fest«, sagte Bully. »Zu uns wollen die nicht.«

»Wahrscheinlich wissen sie nicht mal, daß wir existieren. Wer weiß, vielleicht haben wir sogar Glück gehabt. Hast du dir schon überlegt, daß wir unerwünscht sein könnten?«

Bully gab keine Antwort.

Ich folgte mit zusammengekniffenen Augen dem Landevorgang, und als der fliegende Stummel den Horizont berührte, bemerkte ich zum ersten Mal die auffällige Verfärbung. Wo das Schiff gelandet war, endete die Ebene. Es sah ganz so aus, als befände sich in Richtung Osten eine Art Hochplateau, vom Basalt durch einen schroffen Abhang getrennt. Seltsam, daß man es in der klaren Luft nicht genau erkannte.

»Vielleicht ist da oben ein Landefeld«, vermutete ich.

»Oder eine Stadt mit Raumhafen, Perry.«

»Ja, oder das. Erinnert das Raumschiff dich an irgendwas?«

»Nein.«

»Mich auch nicht. Wäre das hier die Milchstraße, würden wir den Bautyp erkennen. Ich nehme an, daß wir sehr weit von zu Hause weg sind.« Ich schüttelte den Kopf und fügte hinzu: »Aber von hier aus läßt sich das nicht klären.«

»Du willst doch nicht wirklich da oben nachsehen?«

»Ich überlege noch.«

»Wir dürfen hier nicht weg«, sagte Bully beschwörend. »Das sind eine ganze Menge Kilometer. Wer weiß, ob wir jemals den Rückweg zum Dom schaffen. Wir verbauen uns die einzige Chance, ins Solsystem zurückzukehren.«

»Ich bin ja deiner Meinung, Bully. Aber vorher gibt es mindestens ein kleines Problem.«

Ich hob demonstrativ das linke Handgelenk, an dem wie festgewachsen ein schwarzes Armband klebte. Genaugenommen war das Armband schuld, daß wir überhaupt in der Basaltebene festsaßen und auf fremde Raumschiffe schauten.

Das Ding fühlte sich an, als ob es lebendig wäre. Wenn ich die Oberfläche betastete, ganz vorsichtig und nur mit den Fingerspitzen, klangen mit jeder Berührung unverständliche Stimmen auf. Manche Stellen erzeugten ein angenehmes, andere ein weniger angenehmes Gefühl.

Magie. Ein Gegenstand von beträchtlicher Macht.

Wie es dann gekommen war, das vermochte ich im nachhinein nicht mehr zu sagen. Während ich experimentierte, veränderte sich auf der Brücke etwas. Anscheinend geriet der Bohlensteg regelrecht ins Wirbeln.

Als es vorbei war, da hatten sich die beiden Brückentore verschoben, besser gesagt die Ziele, an die sie führten. Das Arsenal der Baolin-Nda, in dem wir unseren Freund Saedelaere verloren hatten, war verschwunden. Und Trokan, von wo wir Hilfe holen wollten, war mittlerweile durch die Ebene aus Basalt ersetzt.

Unser Rückweg führte ausschließlich über das Armband. Wenn ich mit Bully das Solsystem wiederfinden wollte, mußte ich wohl oder übel die Experimente fortsetzen. Die Brücke mußte wohl solange »gedreht« werden, daß eines der Tore wieder nach Trokan führte.

Es wäre dumm gewesen, das ausgerechnet auf der Bücke zu tun. Schon beim ersten Mal hatte ich eine halbe Katastrophe verursacht. Beim zweiten Mal ließ sich ein tödlicher Unfall nicht mehr ausschließen.

Als Feld für Versuche eignete sich die Brücke nicht, ich brauchte festen Boden unter den Füßen. Den konnten wir nur erreichen, indem wir eines der Tore benutzten. Und hier standen wir nun, in der Ebene aus Basalt.

Ich erinnerte mich noch genau, wie das Armband zu mir gesprochen hatte: *»Ich begrüße einen neuen Passagier auf der Brücke.«* Die Brücke, das mußte diese Brücke in die Unendlichkeit sein – und der Passagier? Der war ich offenbar selbst.

All das ging mir durch den Kopf, als ich das Handgelenk hob und Bully das Armband zeigte.

Mittlerweile war das fremde Raumschiff vollständig herabgesunken. Nur seine obere Rumpfkante war noch zu sehen; keine weitere Bewegung, keine Hinweise auf den Anlaß der Landung.

Ratlos schaute ich über den Basalt. In den Schründen und Kanälen, die die Ebene durchzogen, wurden allmählich die Schatten kürzer.

Und auf einer steinernen Galerie, die sich zwanzig Meter entfernt über flachem Boden spannte, saß plötzlich ein Gebilde. Im ersten Augenblick glaubte ich, das Ding bestünde aus Basalt. Aber das stellte sich rasch als Irrtum heraus.

Ein Felsen, der zufällig den Eindruck eines sitzenden Wesens erweckte? Nein! Ich versuchte, mir ein Bild der Ebene ins Gedächtnis zu rufen. Vor wenigen Augenblicken hatte das Ding noch nicht an diesem Platz gesessen. Folglich handelte es sich um etwas Bewegliches, mit anderen Worten: um ein Geschöpf.

Sofern nicht ein Unsichtbarer das Objekt abgelegt hat.

Ich sagte kein Wort, hob statt dessen vorsichtig den linken Arm und machte Bully aufmerksam. Der hielt den Mund und bewegte sich nicht.

Das Geschöpf war so groß wie ein Hase. Seine Statur erinnerte an ein hockendes terranisches Tier, mit voluminösen Oberschenkeln und aufgestellten Ohren. Beide Muschelöffnungen waren uns zugewandt.

Wir spielen ein Spiel. Wer verliert zuerst die Nerven?

Der Sandhase – so nannte ich das Geschöpf – machte ganz den Eindruck, als wolle er einen halben Tag ohne Regung zubringen.

Die Struktur seiner Haut erinnerte ein bißchen an Marmor, mit einem matten Glanz in der Sonne und einer bräunlichen Zeichnung, die kunstvoll schien. Seine Augen waren groß, rund und dunkel. Eine Nase im irdischen Sinn besaß das Geschöpf nicht. Der Mund war eine zapfenähnliche Buchtung, von der ich nur vermuten konnte, daß sie zur Nahrungsaufnahme diente. Fragte sich noch, wo der Hase in dieser Wüste Nahrung herbekam und wie diese aussah.

»Glaubst du, es ist intelligent?« fragte Bully.

»Hmmm ... Nein. Ich kann es nicht sagen.«

»Warum treiben wir dann dieses Spielchen?«

»Da hast du eigentlich recht. Versuchen wir also, ob man Kontakt aufnehmen kann.«

Ich tat ein paar langsame Schritte nach vorn und sagte: »Guten Tag.«

Das Resultat war erstaunlich. Das Geschöpf explodierte geradezu, ich sah nur noch seinen Schatten von der Steingalerie huschen. Dann war der Sandhase fort.

»Sieht so aus, als könnte er kein Interkosmo«, merkte Bully gallig an. »Freundlicher geht's doch nun wirklich nicht mehr.«

Ich zuckte mit den Achseln. Nachdem der Hase verschwunden war, blieben zwei Möglichkeiten übrig. Wir konnten entweder das Geschöpf verfolgen – oder wir konnten mit der Erforschung des Armbandes beginnen.

Der Hase war nicht größer als dreißig Zentimeter, und im Gegensatz zu uns kannte er sich im Gelände aus. Ich hielt es für ziemlich ausgeschlossen, daß wir ihn gegen seinen Willen wiederfanden.

Also entschied ich mich für die zweite Möglichkeit.

Jedenfalls hatte ich das tun wollen; denn als ich mich umwandte, um mit Bully zum Pilzdom zurückzukehren, war der Dom nicht mehr zu sehen.

Statt der silbrig glänzenden Wandung erblickte ich eine dicke Schicht Basaltgestein. Der Dom war unter einer Art Glocke verschwunden.

Wie so etwas sein konnte, ob es überhaupt möglich war oder ob wir einer Halluzination zum Opfer fielen, darüber vermochte ich im ersten Augenblick nicht nachzudenken.

Bully klappte fassungslos den Mund auf und zu. »Was, zum Teufel ... Sind wir zwischendurch eingeschlafen oder was?«

Ich gab keine Antwort. Statt dessen dachte ich ernsthaft über seinen Einwand nach. Eine solche Arbeit, wie wir sie vor uns sahen, kostete bei bester maschineller Ausstattung viele Stunden. Sicherlich gab es Möglichkeiten, jede Geräuschentwicklung abzuschneiden. Auch Erschütterungen ließen sich vermeiden, wenn es nötig war. Aber die Geschwindigkeit?

Vor wenigen Minuten hatte der Pilzdom noch völlig unberührt dagelegen. Und nun das. Wir waren von Trokan und dem Arsenal, überhaupt von jeder Weiterreise abgeschnitten. Mir wurde klar, daß in diesem Augenblick eine fremde Macht ins Spiel eingegriffen hatte.

Der Wächter spürte die Erschütterung, als er sich gerade in unmittelbarer Nähe des Doms aufhielt.

Ein Passagier! Der erste seit langer Zeit. Er fragte sich, ob es Ce Rhioton war oder ein anderer Würdenträger. Aber irgend etwas stimmte nicht mit dem Gefühl.

Die Nacht war gerade zu Ende. Beide Ohrmuscheln hatte er nach oben gedreht, so daß sie eine maximale Dosis Sonnenstrahlung aufnahmen. Es wäre besser gewesen, wenn Galornenstern schon im Zenit gestanden hätte. Er hatte den vorigen Tag mit Morphen verbracht, deshalb verfügte er über sehr wenig Energie.

Foremon setzte sich mit lautlosen Schritten in Bewegung. Die Kuppel des Doms ragte weit über den Felsspalt hinweg; in weniger als hundert Meter Entfernung. Für ihn war das ein großer Vorteil. Weil er im Lauf der Zeit die Umgebung nach seinem Willen gestaltet hatte, kannte er praktisch jeden Brocken Gestein.

Aus einem Instinkt heraus beschloß er, sich vorerst nicht zu zeigen, statt dessen zu beobachten. Wenn das Gefühl nicht stimmte, dann mußte es dafür einen Grund geben.

Er bewegte sich an eine Stelle, von wo er den Dom überblicken konnte. Zwei fremdartige Gestalten fielen ihm ins Auge. Sie schauten sich um, als hätten sie die Ebene niemals vorher gesehen.

Genauso war es auch; Foremon wußte das, weil er sich an jeden Besucher erinnerte.

Ce Rhioton war nicht unter den beiden, auch keiner der anderen Boten. Die Aura, die er spürte, war völlig falsch und auf den ersten Blick nicht zu deuten.

Die Fremden besaßen eine blasse, rötlichbeige farbene Haut. Sie waren beide humanoid, beide unter zwei Meter groß. Der eine hatte braune Haare und war etwas größer, der andere hatte rote Haare und wies dafür etwas mehr Körperumfang auf. Von der Statur her waren sie beide dem Wächter überlegen.

Foremon überlegte zuerst, ob das hellbraune Faltige, was sie am Körper trugen, Kleidung darstellte oder Haut. Wenn man ein Wesen niemals vorher gesehen hat, dann ist so etwas nicht leicht zu entscheiden. Er hatte schon oft Körperteile mit Ausrüstung verwechselt – und umgekehrt.

Sorgfältig verglich er die Haut über den Gesichtern mit dem hellbraunen Faltigen. Es handelte sich tatsächlich um Kleidung, entschied er. Das hieß, die Fremden verfügten möglicherweise über Ausrüstungsgegenstände, die er jetzt nicht sehen konnte. Sie waren unter Umständen bewaffnet.

Was sie hier vorhatten und wieso sie über die Brücke in die Unendlichkeit an diesen Ort gekommen waren, ließ sich nur vermuten, nicht sagen.

Foremon beobachtete aus seinem Versteck einige Minuten lang. Er gewann den Eindruck, daß die Fremden über die Umgebung sehr überrascht waren. Aber das war kein Wunder, wenn sie zum ersten Mal den Planeten Galorn betraten.

Galornenstern schien heißer und heißer. In seiner Körpermitte sammelte sich Energie, und Foremon spürte, wie er zunehmend handlungsfähig wurde.

Als die Fremden sich abwandten, sah er seine Chance. Sie gingen um den Dom herum. Einer von ihnen hatte jetzt das Stummelschiff entdeckt, das langsam herabsank, drüben über Herz-FÜNF, über der Stadt Gaalo.

Foremon bewegte sich rasch zur anderen Seite. Er benötigte Zeit, deshalb mußte er die Fremden ablenken. Solange das Gefühl nicht stimmte, war es seine Pflicht, sie an der Weiterreise zu hindern. Er machte sich auf eine schwerwiegende Maßnahme gefaßt.

Mit den Füßen hatte er Kontakt zum Basalt. In diesem Fall ausreichend, weil er sein »Spielzeug« praktisch Molekül für Molekül kannte und perfekt beherrschte.

Er schickte es auf die Felsengalerie; einfach nur um die Fremden abzulenken. *Ein paar Minuten bloß. Bis ich gemorpht habe.*

Foremon hockte sich auf den Boden. Er klopfte mit den Fingern auf den Basalt, fühlte die Schwingungen sich aufschaukeln, konzentrierten, und lenkte sie in den Boden, der den Dom umgab. Im selben Moment wuchsen entlang der Wände Basalt empor.

Jedes Kilogramm kostete ihn Energie. Er führte aus der Umgebung Material zusammen. In konvektionsartigen Strömen ließ er es von unten nach oben kriechen. Die Fremden merkten nichts.

Mit einem unguten, geradezu fürchterlichen Gefühl behielt er sie im Auge, die ganze Zeit, in der er morphte. Foremon brauchte Zeit, um seine Empfindung zu konkretisieren. Bis dahin galt: Sie durften die Ebene nicht verlassen, unter keinen Umständen.

Aus seinem Mund drangen stöhnende Geräusche. Die Aktion legte ihn für Stunden lahm, weil er alle Reserven verwendete.

Nachdem er das Morphen beendet hatte, ließ er sein »Spielzeug« verschwinden. Im Augenblick war es ihm hinderlich. Foremon täuschte eine wilde Flucht vor, damit die anderen keinen Verdacht schöpften, damit sie das Spielzeug wirklich für lebendig hielten.

Eine Weile starrten sie dem entschwundenen Geschöpf hinterher. Sie redeten Worte in einer unbekannten Sprache, schienen sich über ihr weiteres Verhalten unschlüssig.

Der eine der Fremden, der etwas größere mit dem braunen Haar, drehte sich in diesem Moment um. Er sah, was Foremon bewirkt hatte – und reagierte mit Besonnenheit, statt in Panik auszubrechen.

Für den Wächter stellte das keine günstige Reaktion dar. Kontrollverlust hätte ihm besser gefallen, ein bißchen Panik, Furchtsamkeit und Konfusion. Dann hätte er sich überlegen gefühlt.

Er hoffte, daß sein schrecklicher Verdacht auf Sinnestäuschung fußte. Geirrt, gefehlt, verrechnet. Wenn sich aber bewahrheitete, was er zu fühlen glaubte, dann hatte er es nicht mit Opfern zu tun, sondern mit Gegnern. Dann würde er kämpfen müssen.

Die Fremden waren vorerst gefangen.

Foremon beschloß, sich mit frischen Kräften vollzusaugen und dann erst die Lage auszuloten. Er setzte sich mit schweren Schritten in Bewegung. Mit Schrecken bemerkte er seinen Zustand. Er hatte viel zuviel des Guten getan.

Nur jetzt nicht ins Starre fallen! Kämpfen! mahnte sich der Wächter, immer wieder und mit wachsender Verzweiflung.

Foremon sah, daß er nicht mehr weiterkonnte. Er hatte keine Wahl. Da, wo er sich gerade befand, suchte er einen geeigneten Standplatz. In einer kleinen Sandsteinschlucht, mitten im Weg der Sonne, so daß er die maximale Dosis akkumulieren konnte.

Hätte es in der Ebene einen zweiten Wächter gegeben, er hätte die zerbrechliche Gestalt plötzlich erstarren sehen. Seine Zehen und die tausend Fußgelenke wurden zu einem Teil des Felsens. Sie stellten eine Verbindung her, über die er mineralische Nahrung aufnahm.

Allmählich nur verblaßten die Gedanken. Foremon mußte immer noch an das größere der Wesen denken. Eines stand fest: Dieser Fremde trug ein Passantum am Handgelenk. Er war entweder ein unbekannter Bote, dessen Status Foremon aus einem unbekannten Grund nicht erspüren konnte – oder er hatte sich das Armband widerrechtlich angeeignet.

Die Konsequenzen wagte sich der Wächter nicht auszumalen. Er hielt es jedoch für möglich, daß das Schicksal einer Anzahl von Galaxien durch Zufall in seine Hände gelegt war. Einer solchen Verantwortung war er nicht gewachsen.

Er war kein Galorne, sondern ein ewiger Wächter, nicht mehr. Niemand hatte ihn je darauf vorbereitet, daß er mehr als sein Leben oder die Brücke verteidigen mußte.

Foremons Blick ging ins Leere. Man konnte Tage gestalten und Jahrzehnte verschlafen, aber sein Schicksal bestimmen, das konnte man nicht.

Nicht mehr denken! Kräfte sparen!

2.
Steinkind

Hier ist also die Geschichte, wie er das Steinkind schuf. Foremon hielt sich seit langer Zeit in der Ebene auf, einige hundert Jahre vielleicht. Bestimmt aber noch keine tausend, weil Leute seiner Art so alt nicht werden konnten. Warum er da so sicher war, hätte er selbst nicht gewußt.

Foremon erinnerte sich an seine Vergangenheit in unbestimmten Bildern – immer wenn er nachts in Reglosigkeit erstarrte, wenn steinerne Träume seinen Geist durchzogen und unverhofft etwas blitzen ließen, was eigentlich verschüttet war.

Dann saß er oft den folgenden Tag regungslos. Er setzte in endlosen Stunden Details zusammen, die nicht zusammenpaßten, und er wünschte sich manchmal, er hätte noch seine ganze Erinnerung. Puzzlestücke suchen, Hinweise auf eine Existenz im strahlenden Licht – daran hielt sich der Wächter der Ebene.

Erinnerung bedeutete Leben. Seine aktuelle Wahrnehmung dagegen bedeutete nicht mehr als Existenz. Es war nichts Schlimmes daran, nur zu existieren, Foremon kannte weder Bedauern noch Ungeduld. Aber tief in ihm schlummerte ein verschüttetes Wesen, das mehr wollte ... das den inneren Basalt zerbrechen und nach außen dringen wollte, das nach Bedeutung und Aufmerksamkeit gierte.

Foremon lachte dann manchmal. Er hielt sich nicht für vollkommen. Perfektion erreichte er nur dann, wenn es darum ging, seine Pflicht zu erfüllen.

Aus einem unbekannten Grund wußte er über seine eigene Zukunft gut Bescheid. Er würde bis kurz vor das Ende seiner Tage die Ebene, den Fahrstuhl und den Dom bewachen. Und wenn alles fast vorbei war, konnte er ins Licht zurück; auch wenn es sich nur um wenige Tage Glück handelte.

Am Anfang war die Ebene vollständig einsam. Nur der Dom, als Zugang zur Brücke in die Unendlichkeit – und er, als Wächter in einem Land, das eigentlich keinen Wächter nötig hatte.

Nach hundert Jahren akzeptierte Foremon die Tatsache, daß er so etwas wie einen Gefährten benötigte. Da es in der Ebene kein Leben gab, half er sich auf eigene Faust. Der Wächter ging in die Hocke, und er klopfte mit seinen knöchernen Fingern so lange auf den Basalt, bis er die Resonanz spüren konnte. Wie ein Echo war das, eine Schwingungskurve in seinem Geist, die allmählich ausfaserte und zu einem umfassenden Bündel wuchs.

Foremon sammelte die Echos, faßte sie zusammen, schickte sie zurück ins Gestein. Aus einem Klopfen wurde ein Vorgang, der tief in die Geheimnisse der Materie reichte.

Vor seinen Augen wölbte sich das Gestein. In der Ebene entstand ein winziger Buckel. Der Buckel war nur fünf Zentimeter hoch.

Der Wächter sagte: »Ich bin Foremon.«

Aber der Buckel sagte gar nichts, weil er nicht am Leben war und die Fähigkeit zur Kommunikation nicht besaß. Der Buckel sprach kein Goo-Standard, er regte sich nicht einmal. Oder nur dann, wenn

Foremon sein Klopfen so veränderte, daß eben eine Bewegung herauskam.

Für ihn war es eine seltsame Erfahrung, wieder zu sprechen. Jedenfalls außerhalb der Routine, wenn er am Pilzdom die Passagiere in Empfang nahm und zum Fahrstuhl führte.

Diesmal ergriff er eigene Initiative, obwohl es in der Ebene nichts zu geben schien, wozu ein eigener Wille nützlich war.

»Kannst du mich hören?«

Nein.

(Das konnte der Buckel natürlich nicht. Was für eine dumme Frage.)

»Ich werde dich Steinkind nennen. Weil du aus Stein bist und weil du so etwas wie ein Kind bist.«

Was das darstellte, ein »Kind«, daran konnte sich Foremon nicht wirklich erinnern, auch wenn er es bestimmt einmal gewußt hatte. So war das oft mit den Worten aus seinem Unterbewußtsein; er kannte sie, aber er vermochte ihnen keinen konkreten Inhalt zuzuordnen.

Ob ihm das Gedächtnis vor langer Zeit genommen worden war – oder ob er es mit Absicht aufgegeben hatte? – das ließ sich nicht so einfach sagen. Er nahm jedoch an, daß er mit vollständigem Gedächtnis in der Einsamkeit nicht lebensfähig gewesen wäre. Nur als Wächter ohne Vergangenheit konnte er eine Ewigkeit überstehen.

Das Steinkind sollte ihm dabei helfen.

Vor seinen Augen wurde der Buckel größer. Foremon gab ihm eine fließende Kontur. Er ließ das Ding aus dem Boden wachsen, bis es ungefähr 30 Zentimeter maß. Wenn er sich konzentrierte, dann zuckte es an den Flanken. Das war ein seltsamer Anblick, den er sehr genoß.

Foremon gab dem Steinkind Beine und zwei vordere Gliedmaßen, einen Kopf mit einer zapfenförmigen Schnauze, und Augen, ohne die Fähigkeit zu sehen. Steinkind konnte sich nur bewegen, wenn er es wollte. Es sah nicht, es dachte nicht, es sprach nicht. Aber es war bei ihm, und durch seine Anwesenheit vermittelte es dem Wächter so etwas wie Daseinsfreude.

»Komm, Steinkind! Wir spazieren durch die Ebene.«

Neben ihm bewegte sich das Spielzeug durch Rinnen und Spalten aus Basalt. Es war dem Wächter an Geschwindigkeit unterlegen. Jedenfalls war das anfangs so. Je länger der Spaziergang dauerte, je mehr Jahrzehnte vergingen, desto leichter ging ihm die Animation des Leblosen von der Hand.

Steinkind wurde zu einem Teil seiner selbst. Heutzutage lag die Geburt so lange zurück, daß er sich kaum noch erinnerte.

Foremon konnte sich nicht vorstellen, daß er das Ende der Ewigkeit ohne Steinkind erreichen würde. *Jeder braucht etwas, das ihn aufrechthält. Manche brauchen wenig. Ich brauche fast gar nichts.*

Keiner der Passagiere hatte sein Spielzeug jemals zu Gesicht bekommen. Für ihn bedeutete es Schöpferkraft – für Außenstehende war Steinkind nur ein animiertes Hirngespinst.

»Ich glaub's nicht, ich glaub' es einfach nicht«, murmelte Reginald Bull. Wer einen fassungslosen Unsterblichen sehen wollte, der mußte ihn nur ansehen. »Gerade war der Pilzdom doch noch da! Oder träum' ich, Perry?«

»Das habe ich mich auch bereits gefragt.«

Ich näherte mich mit aller gebotenen Vorsicht. Da wir nicht über Waffen verfügten, auch nicht über Ortergeräte, beschränkte sich die Liste auf ein simples Augen offenhalten. War das echter Basalt? Oder Formenergie? Seltsam, daß der Gedanke mir jetzt erst kam. Formenergie wirkte lautlos, man konnte sie beliebig modellieren und innerhalb einer Sekunde zum Einsatz bringen.

Ich trat nahe an die Wandung. Mit den Fingerknöcheln klopfte ich den Stein ab, mit den Kuppen betastete ich die Oberfläche. Aus welchem Grund, das konnte ich nicht sagen, aber ich war plötzlich überzeugt davon, daß es sich um echtes Gestein handelte.

Ich hob einen faustgroßen Steinkeil vom Boden und schlug gegen die Wandung. Das Material reagierte mit Verformung, wie zuvor beobachtet. Es splitterte nicht, also konnte man auch kein Loch hineinschlagen. Jedenfalls nicht ohne Werkzeuge, und die besaßen wir nicht.

Eine gewisse Chance bot natürlich das Armband. Ich preßte es gegen die Wand und berührte wahllos Sensortasten. In meinem Geist flüsterte und reflektierte es, doch ein sichtbarer Effekt ließ sich nicht erzielen.

Reginald Bull faßte sich langsam wieder. »Was soll das bedeuten, Perry? Ich kann mir beim besten Willen nicht vorstellen, wer so etwas macht und wieso.«

»Überleg dir einfach das Resultat, Bully.«

»Ah ja. Und das wäre? Na gut, der Dom ist eingekapselt. Wenn das alles ist ...«

»Es gibt ein weiteres Resultat.«

»Ich kann keins entdecken.«

»Doch. Wir beide sitzen fest. Durch die Steinhülle können wir die

Wandung des Doms nicht mehr durchdringen. Wir können nicht auf die Brücke in die Unendlichkeit zurück.«

»Du glaubst im Ernst, diese Sache gilt uns?«

»Ja, Bully.«

»Das ist doch wie mit Kanonen auf Spatzen schießen. Hätte uns jemand etwas Böses gewollt, er hätte mit diesen Machtmitteln einfach ein paar Felsbrocken auf unsere Köpfe gekippt. Und Exitus!«

Ich lächelte fein, ohne es richtig zu bemerken. »Was, wenn dieser unbekannte Jemand uns beobachten will? Er will uns vielleicht nicht gleich töten. Möglicherweise reicht es ihm, wenn wir in der Ebene festsitzen. Er will, daß wir nicht weitergehen.«

»Da vergißt du etwas sehr Wichtiges, Perry. Niemand konnte ahnen, daß wir an diesem Punkt stranden. Wir haben es doch selbst nicht gewußt. Niemand kennt uns hier, also hat auch niemand Interesse an uns. Wenn es Nacht wird – vorausgesetzt, wir leben dann noch! –, dann wette ich, daß über uns ein völlig fremder Himmel zum Vorschein kommt. Wir sind hier so fremd, wie's nur geht. Wir haben keine Feinde hier.«

Bully hielt inne und schüttelte heftig den Kopf.

»Womöglich sehnt sich da nur ein einsames Wesen nach Gesellschaft«, spekulierte ich.

»Das glaubst du selbst nicht, oder?«

Ich lächelte immer noch. Bully schaute weg, er rechnete nicht mit einer Antwort und würde auch keine bekommen.

»Ich schlage vor«, sagte ich, »daß wir die Umgebung gründlich untersuchen. Vielleicht finden wir einen Hinweis.«

»Du meinst ... wir gehen weg vom Dom?«

»Ja.«

»Gefährlich, Perry.«

»Eine andere Möglichkeit sehe ich nicht. Und wenn uns gar nichts mehr einfällt, dann marschieren wir zum Landefeld des Stummelschiffs. Egal, ob wir SERUNS haben oder nicht.«

Ich bewegte mich in die Tafelebene hinein. Zu Anfang sehr langsam, Schritt für Schritt mich vorwärts tastend, mit wachsender Entfernung zum Dom immer sicherer.

Der Boden machte einen festen Eindruck. Anzunehmen, daß er dem Gewicht eines Terraners an allen Stellen standhielt. Auf Höhlen im Fels gab es keine Hinweise, und für schlüpfrige Stellen fehlte in der Ebene allgemein die Feuchtigkeit. Ich hätte Feuchtigkeit zu schätzen gewußt. Wir konnten ohne Mahlzeit und Wasser beide nicht mehr lange gehen.

Bully und ich hielten ausreichend Sicherheitsabstand. Sollte es unbekannte Gefahren geben, so war immer nur einer betroffen. Der andere konnte zu Hilfe eilen – oder sich absetzen, bis er eine Möglichkeit zur Hilfeleistung gefunden hatte.

Wir bewegten uns in spiraligen Routen um den Dom herum. Dabei entfernten wir uns immer mehr. Die Umkreisungen führten durch niedrige Schluchten und über karstige Buchtungen; wir überkletterten jedes Hindernis, um nicht wichtige Stellen der Landschaft zu verpassen.

Selbst in den tiefsten Spalten hatte es weder lebendes Getier noch verborgene Pflanzen. Was, wenn auf diesem Planeten kein Leben entstanden war? Der Sandhase schien das Gegenteil zwar zu zeigen – aber über den wußten wir so gut wie gar nichts.

Die fremde Sonne kletterte immer höher am Himmel. Richtig warm wollte es dennoch nicht werden.

Stunden später besaßen wir noch immer keine Spur. Und als wir uns bereits halbwegs damit abgefunden hatten, zum Landeplatz des Raumschiffs zu wandern, da passierte doch etwas. Ich sah es als erster.

Der Dicke wäre mir fast in den Rücken gerannt, so plötzlich und unvermutet blieb ich stehen.

»Was ist mit deinem Sicherheitsabstand?« fuhr ich ihn an.

Bull riß die Augen auf. Er mußte mit offenen Augen geschlafen haben. Ein menschlicher Körper nimmt sich die Ruhephasen, die er braucht; und wir brauchten dringend eine.

Er murmelte unverständliche Worte. Sein Blick fiel auf die Schlucht, die sich vor uns öffnete. Seine Haltung versteifte sich plötzlich, Reginald Bull war von einer Sekunde zur anderen so hellwach, wie es ein Mensch nur sein konnte.

»Perry«, sagte er leise.

»Ja, ich weiß.«

Er schaute mich mit stummem Vorwurf an. Wäre ich nicht sicher gewesen, daß die seltsame Gestalt dort unten völlig reglos stand, ich hätte mir gewiß nicht die Zeit für einen Disput genommen.

»Hat er uns gesehen?«

»Wenn er es kann, dann sieht er uns schon seit einigen Minuten hier herumlaufen. Das hier ist sein Blickfeld.«

Die Sonne schien von ihrem höchsten Punkt. Eine humanoide Figur von etwa einssechzig Größe stand im grellen Licht. Ich fühlte mich an ein lebendiges Skelett erinnert, an eine zerbrechliche Ansammlung von Knochen, Gelenken und Knorpelplatten.

»Wir gehen näher ran«, entschied ich. »Vielleicht ist es lebendig.«

»Ein Tier, Perry?«

»Ich weiß nicht. Kannst du irgendwas erkennen, das wie Kleidung oder wie künstliche Ausrüstung aussieht?«

»Nichts.«

Bully und ich setzten uns in Bewegung. Diesmal nahmen wir die Sache mit dem Sicherheitsabstand sehr genau. Je weiter wir auseinanderstanden, desto schwieriger wurde es, uns beide zugleich anzugreifen.

Die Schlucht war mehr als dreißig Meter breit. Ich hielt mich links, der Rothaarige tastete sich rechts an der Basaltwand entlang. Beide hielten wir einen Brocken Fels in der Hand, als Mittel zur Drohung, als Wurfgeschoß für den Ernstfall oder als Schlagwerkzeug.

Je näher wir rückten, desto mehr Details wurden im prallen Sonnenschein erkennbar. Die Sache mit dem wandelnden Skelett erwies sich als zutreffend.

Ich war jetzt sicher, daß es sich um ein lebendiges Wesen handelte. Das Geschöpf verfügte über ein Exoskelett, die Knochenstruktur trat an den meisten Stellen äußerlich zutage und stützte das, was sich im Körperinneren befand. Meiner Ansicht nach eine durchaus sinnreiche Einrichtung der Natur; auf diese Weise konnte das Skelett gleichzeitig als eine Art Schutzpanzer dienen.

So zerbrechlich wie der Fremde aussah, hatte er diesen Schutz auch bitter nötig.

Das Exoskelett besaß eine perlmuttfarbene Tönung. Wenn man genauer hinsah, konnte man dazwischen bleiche, vorwiegend weiße Zonen Haut erkennen. Der Fremde war ein Albino. Manche Stellen wirkten durchsichtig, wie eingefärbtes Glas. Und genauso spröde. So etwas wie Muskulatur war am ganzen Körper nicht zu sehen. Ich fragte mich, auf welche Art sich das Wesen bewegte.

Der untere Teil der Beine wies ein sandfarbenes, geschecktes Muster auf. Die Füße bestanden nicht aus Zehen, Ballen und Fersen wie die eines Menschen, sondern aus jeweils einigen hundert Knochensegmenten. Die Segmente waren mit einiger Sicherheit beweglich. Sie schlossen so perfekt mit dem Untergrund ab, daß sie wie ein Bestandteil des Felsens erschienen.

Und noch etwas bemerkte ich: Rund um die Füße wirkte der Basalt gebleicht, ausgelaugt. Als hätte man ihm die Farbe entzogen. Wie das sein konnte und warum, ob es sich um einen Zufall handelte, darauf gab es keinen Hinweis.

Der Totenschädel verstärkte den ersten Eindruck. Er paßte ins Bild eines kristallisierten Skeletts. Der Mund war lippenlos, eine Nase existierte nicht, und breite Knochenwülste schirmten die Augen gegen intensive Sonnenstrahlung ab.

Die fremdartigen Pupillen lagen vollständig im Schatten, bewegten sich um keinen Millimeter. Ich hatte schon Wesen erlebt, deren Augen nicht im Schädel bewegt werden konnten. Wenn ein solches Wesen in eine andere Richtung schaute, dann bewegte es den ganzen Kopf – wenn es nicht, wie beispielsweise ein Blue, über 360-Grad-Sicht verfügte.

In diesem Fall waren die Augäpfel rund und menschenähnlich. Also mußten sie auch beweglich sein, ihre Kugelkonstruktion hätte sonst keinen Sinn gemacht.

Am meisten fielen die Ohren des Fremden ins Auge. Ihre Muscheln waren pro Seite dreimal so groß wie ein menschlicher Handteller. Es sah aus, als hätte der Fremde kleine Flügel am Kopf. Daß sie ausschließlich zum Hören dienten, vermochte ich mir nicht vorzustellen.

»Perry«, flüsterte Bull. Er stand nur zwei Meter entfernt.

»Was?«

»Seine Ohren haben sich bewegt.«

»Bist du sicher?«

»Absolut.«

»Dann lebt er also.«

»Oder war's der Wind, Perry?«

»Hier unten in der Schlucht weht kein Lüftchen.«

Ich näherte mich dem Fremden, bis der Abstand nur noch wenige Zentimeter betrug.

Etwas in mir sagte *Gefahr*, aber ich hörte nicht darauf. Es war kaum anzunehmen, daß eine solche Gestalt mehr als fünfzehn Kilogramm Gewicht besaß. Körperlich war ich dem Wesen himmelweit überlegen.

Meine Nase registrierte überhaupt nichts, Geräusche gab der Fremde ebenfalls keine von sich. Wenn er lebte, dann spielten sich seine Körperprozesse auf eine andere Art ab, als es beim Menschen der Fall war.

Ich überlegte, ob das Wesen nachtaktiv lebte. Die Vermutung erklärte immerhin seine mächtigen Ohrmuscheln; der Fremde war möglicherweise auf den Hörsinn fixiert.

»Kannst du mich verstehen?« fragte ich auf interkosmo.

Keine Reaktion.

»Mein Name ist Perry Rhodan.« Ich streckte einen Arm aus und deutete auf Bully. »Das ist Reginald Bull. Wir möchten Kontakt aufnehmen.«

Mehrmals wiederholte ich die Namen. Keine Silbe, keine Bewegung.

Ich bildete mir natürlich nicht ein, daß der Fremde mich verstand. Dies hier war nicht die Milchstraße, und wenn man von der Heimat einige Millionen Lichtjahre entfernt ist, kann man seine Sprache vergessen. Der Versuch diente nur als Testballon. Überhaupt zu kommunizieren, darauf kam es an. Eine gemeinsame Sprachbasis konnte man sich erarbeiten, notfalls mit Zeichen.

Aber alles nützte nichts, wenn es keine Reaktion gab. Mit einer Statue zu kommunizieren, das war unmöglich.

Zögerlich streckte ich die Finger aus. Ich berührte die fremde Gestalt extrem vorsichtig, mit den Kuppen zuerst. Es war ein sonderbares Gefühl. Irgend etwas befürchtete ich die ganze Zeit, aber was immer es war, es traf nicht ein.

»Wie sieht's aus?« fragte Bully gespannt.

Er stand zwei Meter entfernt, machte keine Anstalten näher zu kommen, das gebot die Vorsicht. Es durfte sich immer nur einer in Gefahr begeben.

»Er vibriert«, stellte ich fest. »Und er ist sehr warm. Das heißt, er ist am Leben.«

»Dann ärgere ihn ein bißchen, Perry. So wird das nie was.«

»Du meinst, er ist kitzlig, Dicker?« fragte ich amüsiert.

»So was Ähnliches.«

»Nein, nein. Ich nehme an, wir brauchen ihn noch. Es könnte sein, daß er der Anhaltspunkt ist, den wir suchen. Ich will nicht unsere vielleicht einzige Hoffnung verärgern. Wir warten besser, bis er von allein aufwacht.«

»Warten? Hier?«

»Natürlich, Bully. Wo denn sonst? Suchen wir uns einen warmen Sonnenplatz, und dann heißt es Geduld haben.«

Ich deutete auf eine Nische im Fels, in der es zwei sitzplatzähnliche Buchtungen gab. Wir kletterten ein paar Meter, dann ließen wir uns mit ächzenden Geräuschen nieder. Ich hatte Hunger, ich hatte Durst, und ich war so müde, daß ich im Sitzen hätte einschlafen können.

Aber dazu kam es nicht.

Bevor ich ernsthaft nachdenken konnte, wer von uns beiden die erste Wache übernahm, faßte mich Bully an der Schulter. Der Dicke deutete dorthin, wo der Fremde gestanden hatte.

»Verdammt, Perry! Er ist weg.«

Ich brauchte einen Augenblick, bis ich es begriffen hatte. In mir wallte eine gehörige Portion Zorn auf. Es sah ganz so aus, als hätten wir einen riesengroßen Fehler begangen. Wir hatten ihm den Rücken zugewandt, unsere einzige Chance war uns aus den Händen geglitten.

»Er muß wahnsinnig schnell gewesen sein«, staunte Bull. »Im Ernst! Dieser Knochenmann kann überhaupt nirgendwohin, ohne daß wir ihn sehen.«

»Ja .... Wohin soll er von hier aus gegangen sein?«

Ich suchte ergebnislos mit den Augen jede Spalte ab. Der Fremde mußte schon senkrecht die Wand hinaufgeklettert sein. Alle anderen Wege hätten durch unser Blickfeld geführt.

Die verschwundene Gestalt erinnerte mich an die Sache mit dem Sandhasen. Blitzschnelles Verschwinden gehörte in der Basaltebene offenbar zum guten Ton.

Foremon versank in ein Stadium des Nicht-Denkens, in dem er selbst die Wahrnehmung auf das Notwendigste reduzierte. Er war sich seiner selbst bewußt, aber er hätte keinen Gedanken zu Ende führen, kein Glied mehr rühren können.

Das Feuer von Galornenstern reicherte sich in seinem Inneren an. Wenn er genügend Kräfte akkumuliert hatte, würde er von allein erwachen.

Nur ein winzig kleiner Teil seiner selbst befand sich in Aktion. Deshalb brauchte es eine ganze Weile, bis er bemerkte, daß etwas nicht in Ordnung war. In kleinen Schritten kämpfte sich sein Bewußtsein aus dem Dämmern empor.

Daß er sich anfangs nicht bewegen konnte, war ein großer Vorteil. Ansonsten wäre er aufgesprungen, oder er hätte in Panik einen anderen Fehler gemacht. Wenn man nicht denken kann, gibt es vielfältige Möglichkeiten.

Foremon schaute direkt in die häßlichen, nackten Gesichter der beiden Fremden. Sie hatten ihn entdeckt.

Ihre farbigen Augäpfel waren von einer linsenförmigen, weißen Zone umgeben. Die Nasen besaßen zwei Löcher und eigneten sich wahrscheinlich nur beschränkt zum Riechen. Aus dem Rhythmus, wie sich die Brust der Fremden hob und senkte, wie sich zugleich die Nasenflügel blähten, schloß er, daß die Nase gleichzeitig zum Atemholen verwendet wurde. Foremon deutete die Form dieses kombinierten Riech- und Atemorgans als wenig zweckmäßig.

Die Fremden stellten ein Mittelding zwischen Naturkreaturen und zur Hälfte angepaßten Zivilisationsgeschädigten dar. Degeneriert waren sie – körperlich gesehen. Auf der anderen Seite eigneten sich ihre Körper für den Aufenthalt innerhalb sehr verschiedener Ökosphären.

In einer übermächtigen Anstrengung zwang er sich zur Ruhe. Er zuckte mit keinem Glied, obwohl er in tödlicher Gefahr schwebte. In diesem Augenblick, so rechnete er, waren sie vielleicht nicht imstande, ihn als lebendig zu erkennen. Vielleicht vermochten sie gar nichts mit ihm anzufangen.

Die Fremden rochen nicht gut. Sie streuten dieselbe Sorte Dünstung aus, wie man sie oft bei Lebewesen der Klasse »Säugetier« wahrnahm. Ihre Körper konnten die aufgenommene Nahrung nicht vollständig verwerten, sondern gaben über verschiedene Körperöffnungen Abfallprodukte ab.

Tiere waren sie allerdings keine, darauf deutete schon die Kleidung hin. Ein Tier hätte niemals die Passage über die Brücke bewältigt. Foremon wußte, daß man einen stabilen Geist benötigte, wollte man auf der Brücke nicht ins Nichts gesogen werden.

Er war unsicher, ob er diesen Gang selbst bewältigt hätte. Weder Ce Rhioton noch seine Vorgänger hatten ihn jemals aufgefordert, sich die Brücke anzusehen.

Die Fremden waren ihm also nicht nur körperlich überlegen, sondern geistig mindestens ebenbürtig. Foremon besaß lediglich so etwas wie den Standortvorteil; er kannte sich in der Ebene aus, er konnte morphen, und er besaß Zugang zum Fahrstuhl. Er war den Lebensbedingungen angepaßt, im Gegensatz zu jenen offenbar dünnhäutigen Fremden. Ihre nicht-kristalline, weiche Körperstruktur eignete sich wohl für unterschiedliche Ökosphären – aber sie benötigte eine hohe Nährstoffzufuhr. Darin lag ihr entscheidender Nachteil. Säugernahrung ließ sich in der Ebene nirgendwo beschaffen.

Ruhe. Nicht bewegen.

Die Fremden dachten gar nicht daran, zu verschwinden. Mit entnervender Akribie untersuchten sie ihn.

Er stand reglos da, in permanenter Todesangst gefangen, und seine Körperkreisläufe blieben fast stehen bei dem Gedanken, daß sie ihn unvorsichtig berühren könnten.

Foremon wußte sehr genau um seine Zerbrechlichkeit. Die anderen waren gegen ihn Titanen. Sie brauchten nur einen Schlag, womöglich einen Rempler, und seine Glieder würden zerbrechen.

Was, wenn er zu morphen anfing? Konnte er sie auf diese Art vertreiben? Aber nein, seine Kräfte reichten nur für eine kurze Aktion, nicht für einen Angriff. Er hatte nicht die Zeit gefunden, für eine gezielte Aktion genügend Energie zu sammeln.

Sein nächster Gedanke galt Steinkind. Schon einmal war es ihm gelungen, die Fremden mit Steinkinds Hilfe abzulenken. Und in diesem Fall? Nein ... Er hatte keine Chance, zumal die Rohmasse seines Begleiters in einiger Entfernung ruhte. Foremon glaubte nicht, daß er Steinkind über diese Distanz zu manipulieren imstande war.

Das Gefühl, das er beim Anblick der Fremden verspürte, war schrecklich. Er war jetzt ganz sicher, daß der größere von beiden ein Passantum trug.

Am linken Handgelenk! Das sechs Zentimeter breite schwarze Band war nicht zu verkennen, wenn man einmal ein solches Objekt gesehen hatte. Foremon besaß die nötige Sensibilität, den Charakter des Passantums zu spüren. Er erinnerte sich, daß er dem wahren Träger einmal begegnet war ...

Vor seinem inneren Auge formte sich ein Bild: zwei Meter zwanzig groß, mit silberner Haut, und in seiner humanoiden, extrem dürren Statur eher dem Wächter ähnlich als den beiden Fremden. Der wahre Träger hatte einen lediglich dreißig Zentimeter dicken Rumpf besessen, seine Glieder waren zerbrechlich erschienen.

Woran sich Foremon am besten erinnerte, das war die überwältigende Persönlichkeit des wahren Trägers. Solche Wesen gab es nicht viele im Universum. Ce Rhioton war so einer, und eben der wahre Träger, der Vierte Bote von Thoregon.

Den Namen des Vierten Boten hatte Foremon nicht gekannt. Aber nun, da er in unmittelbarer Nähe sein Passantum am Arm eines anderen sah, bemächtigte sich seiner ein ungeheueres Schockgefühl.

Die Boten von Thoregon gehörten zu den wertvollen Geschöpfen. Sie waren es, die in vielen Galaxien den Frieden trugen, auf deren Schultern der Fortgang der Geschichte lastete.

Und nun mußte einer von ihnen nicht nur gestorben sein, sondern er war ermordet worden. Denn daß der Fremde sich das Band zu Unrecht angeeignet hatte, das wußte Foremon in diesem Augenblick ganz sicher.

Er hatte einen Feind vor sich. Foremon begriff, daß er den großen Braunhaarigen und den etwas kleineren Rothaarigen bekämpfen mußte.

Sein eigenes Schicksal zählte überhaupt nichts mehr. Der Wächter betrachtete sich nicht mehr als lebendiges Wesen mit Würde und mit Rechten, sondern nur noch als Werkzeug, das eine bestimmte Entwicklung verfolgte.

Der größere der beiden Fremden deutete auf sich selbst und brachte Worte in einer fremden Sprache hervor.

Viel zu fremdartig klangen die Laute, als daß der Wächter sie verstanden hätte. Zwei davon identifizierte er als Namen. Er war nicht ganz sicher, ob die Vermutung stimmte, doch er nahm an, daß die Fremden »Perry« und »Bully« hießen.

Foremon spürte, wie die Energie in seinem Innern wuchs. *Viel zu langsam,* dachte er. Es war tragisch, den Mördern des Vierten Boten so nah zu sein und doch nicht kämpfen zu können.

Im selben Augenblick wandten sich die Fremden ab, plötzlich und ohne nachvollziehbare Gründe.

Die Mörder drehten ihm die Rücken zu. Sie schienen keine Sicht nach hinten zu besitzen.

Foremon nutzte seine Chance. Er hatte optimalen Körperkontakt zum Basalt, also ließ er unter Einsatz seiner akkumulierten Energie eine Höhlung entstehen. Binnen zwei Sekunden sackte sein Körper nach unten durch. Die Lücke im Gestein, die sich über ihm auftat, schloß er mit einer dünnen Lage Basalt.

Damit, so hoffte er, war er für die Mörder spurlos verschwunden. Er hatte etwa die Hälfte seiner Energie verbraucht und besaß gerade noch genug, den Basalt ein zweites Mal zu öffnen. Lediglich auf den Zeitpunkt kam es an.

Wenn er das nächstemal in Aktion trat, dann benötigte er unverzüglich Sonnenlicht und war zu keiner anderen Regung mehr fähig.

Foremon versetzte sich in absolute Ruhe. Gern hätte er ein paar Tage abgewartet. Dann wäre er hervorgekrochen, hätte in Ruhe Sonnenlicht getankt – und wäre als Racheengel über die Mörder gekommen. Aber so lief die Sache nicht, er mußte handeln, und zwar mit der größtmöglichen Geschwindigkeit.

Der Fremde mit dem braunen Haar, der größere namens Perry, hatte eine verstörende Aura besessen. Sie kennzeichnete ihn als Wesen, das nicht so weit von Ce Rhioton oder vom Vierten Boten entfernt war; das eben nur auf der anderen Seite stand.

Der Wächter traute diesem Perry zu, daß er auch ohne Hilfe einen Weg aus der Ebene fand. Foremon wand sich innerlich unter furchtbaren Gedanken. Was, wenn die Mörder nach Gaalo zogen? Was, wenn sie am Ende Herz-FÜNF erreichten?

Foremon morphte den Basalt zur Seite, nachdem er zwei Stunden regungslos verbracht hatte. Er streckte die Ohren und die Augen ins Freie. Hätte er den gesamten Körper ins Licht von Galornenstern gerückt, wäre er vielleicht ein zweites Mal entdeckt worden.

An die beiden Fremden erinnerte keine Spur mehr. Er wußte, daß sie irgendwo da draußen waren. Aber wo?

Ein hämmerndes, anfangs unerklärliches Geräusch fand aus einigen hundert Metern Entfernung durch den Basalt seinen Weg zum Wächter. Es klang wie das Schlagen von Stein auf Stein. Foremon hatte plötzlich Angst, die Fremden könnten Steinkind gefunden haben und zerstören.

»Nein ...«, murmelte Foremon. »Nein! Das dürfen sie nicht tun ...«

Die Worte waren nicht mehr als ein dunkler Hauch, ein schwacher Laut, der nur mit Phantasie an verständliches Goo-Standard erinnerte, die Verkehrssprache dieser Galaxis. Mehr Kraft besaß er nicht. Sonst hätte er vielleicht geschrien.

Aber dann begriff er, daß das Hämmern mit Steinkind nichts zu tun hatte. Die Fremden unternahmen irgend etwas anderes – was möglicherweise viel bedrohlicher war.

Sein Körper erstarrte wieder, während die Rezeptoren seiner Ohrmuscheln Energie zogen. Er konnte denken, was er wollte, egal wieviel Angriffslust er empfand – es war unmöglich, Foremon saß fest.

Wenn er nicht schnellstens eingriff, dann hatte er als Wächter der Ebene, des Fahrstuhls und des Pilzdoms versagt. Man brauchte ihn. Die Mörder mußten sterben. Das Passantum mußte in seine Hand gelangen.

Und er zermarterte sich den Kopf, was das hämmernde Geräusch wohl zu bedeuten hatte.

3.
Morphen

Hier ist also die Geschichte, wie er das Morphen lernte.

Am Anfang konnte von Morphen keine Rede sein. Am Anfang stieg er nur aus einem Raumschiff und schaute nach vorn, nach hinten, zu allen Seiten und nach oben.

Während das Schiff sich in die Luft erhob und der künftige Wächter einsam zurückblieb, empfand er eine innerliche Leere. Foremon erinnerte sich an die Qual. Was hätte da sein sollen, nachdem er kein Gedächtnis mehr besaß? Selbst die Gestalt des Schiffes verschwamm vor seinem inneren Auge.

Foremon lernte das Überleben in der Ebene. Er begriff, daß er eine mentale Programmierung besaß; er konnte sich einfach treiben lassen und überlebte dennoch. Ohne nachzudenken, wußte er, daß er die Ohren Richtung Galornenstern richten mußte. Und seine Füße saugten sich die Mineralien aus dem Fels, auch wenn der Schädel vollständig leer war.

Der Basalt in der Ebene war die einzige Bodenform, deren Zusammensetzung Foremon regelrecht spürte. Dem Gestein wohnte so etwas wie Leben inne. Es hatte kein Bewußtsein, aber es stellte viel mehr dar, als man mit dem bloßen Auge sah.

Um das zu begreifen, brauchte er lange Zeit. In seinem Innersten existierte ein Talent, das sich erst im Lauf der Jahre auf die Wüste einstellte.

Der Pilzdom stellte das Zentrum seiner kleinen Welt dar. Jenes Gebäude, das den Eingang zum Universum der Abenteuer markierte – voller wundersamer Welten, die ein ewiger Wächter niemals zu sehen bekam.

Foremon dachte selten darüber nach. Denn er hatte nicht nur den Pilzdom, sondern auch den Fahrstuhl. Seine Aufgabe bestand darin, Passagiere zwischen Pilzdom und Stadt hin- und herzugeleiten.

Nur um die Stadt und ihre Bewohner kümmerte sich Foremon niemals. Er verließ den Fahrstuhl nicht – auch nicht, um sich umzuschauen. Gewiß, er hätte es tun können, im Rahmen seiner Aufgabe bestimmte er ganz allein, was zu tun und was zu lassen war. Es gab jedoch eine innere Barriere, einen hinderlichen Impuls.

Was die Stummelschiffe trieben, die sich über Herz-FÜNF so häufig sehen ließen, ahnte er nicht. Er machte sich selten Gedanken darüber. Nur manchmal, wenn eines der Schiffe einen Passagier brachte, wenn er zum Fahrstuhl gerufen wurde, dann dachte er nach. Dann störte ihn die Leere im Kopf, das Dasein in Einsamkeit.

Gewöhnlich dauerten solche Phasen nur ein paar Tage. Foremon reichte es, die Aufgabe zu erfüllen, die man ihm gestellt hatte. Schütze die Ebene, schütze den Dom.

Und das Morphen gehörte unbedingt dazu, weil es ihm Macht verlieh. Jedenfalls dann, als er die Sache begriffen hatte.

Wenn er Mineralien aufnahm, dann spürte er ein seltsames Vibrieren im Boden. Foremon stellte fest, daß er die Vibrationen zu beeinflussen vermochte.

Stampfte er mit einem Fuß auf die Erde, nicht zu fest, damit sein Exoskelett heil blieb, dann verstärkte das die Wellen.

Foremon wußte, daß er solche Kräfte eigentlich nicht besaß. Normalerweise war er unfähig, den Fels zu erschüttern. Dazu hätte es einige Tonnen Gewicht gebraucht, nicht seine fünfzehn Kilogramm.

Aber weshalb reagierte der Basalt dann? Vielleicht, weil es zwischen ihm und dem Untergrund eine Beziehung gab?

In der ersten Zeit liebte er es, jeden Schritt als sich verlaufende Vibration zu spüren. Manchmal tat er nur einen einzigen Schritt am Tag. So wurde ihm das Gefühl nicht langweilig. Er hatte ja Zeit, ihm standen Ewigkeiten zur Verfügung.

Immer dann, wenn Passagiere den Pilzdom verließen, war es wie ein Gewitter aus Vibration.

Foremon empfand die fremden Schritte als Erdbeben. Er litt regelrecht unter den Störungen; wo er doch glücklich hätte sein sollen, daß die Wacht unterbrochen wurde.

Foremon begriff, daß die Einsamkeit ihn auch zerbrechen konnte. Abwechslung brachten lediglich die Regenfälle und die heftigen Stürme. Das und alle paar Jahre ein Passagier; zuwenig für einen gesunden Geist. Der innere Basalt konnt so fest werden wie der äußere, wenn er nicht achtgab.

Den Tag, an dem er dies begriffen hatte, nannte er *Tag Eins*.

Von nun an änderten sich die Dinge, er entwickelte zum ersten Mal eine Beziehung zu seiner Aufgabe, die genügend tragfähig für die Ewigkeit war.

Der allererste Passagier nach Tag Eins trug den Namen To Gethen.

To Gethen war der Zweite Bote von Thoregon, Ce Rhiotons Vorgänger. To Gethen brachte ihm alles über die Brücke und über die Passagiere bei. Später lernte er von To Gethen, ein Passantum vom anderen zu unterscheiden, sogar die Ausstrahlung ihrer Träger zu interpretieren.

Foremon erfüllte an diesem Tag seine Pflicht. Er geleitete To Gethen zum Fahrstuhl und brachte ihn hinauf.

Kurze Zeit später senkte sich ein Stummelschiff auf die Stadt Gaalo. Der Wächter konnte sich denken, daß es gekommen war, um To Gethen abzuholen. So verschwand der Zweite Bote irgendwo in den Weiten der Galaxis Plantagoo, und es sollte sehr viel länger dauern, bis Foremon ihn zum zweiten Mal zu Gesicht bekam.

Diese Zeit benutzte er. Er versank wieder in Stille und horchte auf Vibration. Auf das Echo der Schwingungskurven, die Resonanz der Materie.

Der Basalt wurde ihm vertrauter, je länger er horchte. Er mußte die Ebene beherrschen lernen. Dazu kniete Foremon nieder, oft viele Stunden lang, und klopfte mit den Fingern auf den Boden. Den entstehenden Wellen lauschte er nach, bis er sie in jeder Einzelheit ihrer Verbreitung verfolgen konnte.

Wenn er sich besondere Mühe gab, dann liefen die Wellen über Kreuz. Dann entstand ein richtiger Wellenkamm. Und diesen Kamm konnte man sehen, er zeigte sich als kurzlebige Kräuselung im Stein. Fortan nannte er den Vorgang »morphen«.

Für Foremon war das ein nicht erwarteter Durchbruch. Bald lernte er die Wellenkämme zu beherrschen. Wenn er es wollte, dann konnte er sie in einigen Metern Entfernung gezielt entstehen lassen.

Über die Außenwelt wußte Foremon nichts. Er überlegte sich jedoch, daß ein solches Talent nicht normal war. Man hatte es ihm entweder eingepflanzt, verliehen oder angezüchtet. Es sei denn – und das war die vierte Möglichkeit –, er stammte von einem Planeten, wo jeder das Talent besaß.

Ein solcher Planet ähnelte vermutlich der Ebene. Und es mußte eine evolutionäre Notwendigkeit bestehen, das Gestein zu beherrschen. Eine Gefahr, der man nur mit Hilfe des Talents trotzen konnte. Wenn es wirklich so war, dann mußte er Artgenossen besitzen. Aber darüber wußte Foremon nichts, und er interessierte sich auch nicht wirklich dafür.

Nach einigen Jahren nahm er zum ersten Mal eine Vibration wahr, die weder von ihm selbst noch vom Pilzdom stammte.

Es war pures Glück, daß er sich in der Nähe aufhielt. Denn die Wellen im Fels besaßen eine sehr geringe Stärke, sie stammten anscheinend von einem Punkt in unmittelbarer Nähe.

Da! Da war es wieder.

Der Wächter ging in die Hocke, legte seine Fingerspitzen auf den Boden und erstarrte. Er lauschte lange Zeit, bis er die Erschütterung zum dritten Mal wahrnahm.

Und diesmal hatte er auch die Richtung. Mit der geringstmöglichen Geräuschentwicklung tastete er sich vorwärts, etwa zwanzig Meter weit, bis er die Stelle gefunden hatte. Dort erstarrte Foremon wiederum. Er mußte lange warten, bis es von neuem passierte, mehr als einen Tag und eine Nacht.

Das vierte Ereignis lieferte ihm so exakte Hinweise, daß er praktisch gar nicht mehr anders konnte, als sie einer Höhle im Fels zuzuordnen. Zwischen kantigen Brocken aus Basalt bewegte sich in fast nicht mehr erkennbarem Tempo ein Geschöpf. Es besaß einen wurmartigen Körper, war doppelt so lang wie Foremons Unterarme und sehr dünn. Die Farbe des Tieres ließ sich von der Umgebung kaum unterscheiden. Es besaß dieselbe sandfarbene gescheckte Tönung.

Unglaublich langsam schob sich die Wurmgestalt in eine Tunnelöffnung.

Foremon blieb tagelang reglos vor dem Tunnel stehen. Über die Ohrmuscheln verschaffte er sich Sonnenenergie, und über die Füße nahm er mineralische Nahrung auf. Als der Wurm nach Ewigkeiten der Stille wiederauftauchte, stand der Wächter immer noch an seinem Platz.

Diesmal sah er, was die Vibration verursacht hatte: Mit zuckenden Bewegungen löste der Wurm kleine Brocken aus dem Basalt, die er dann mit einer Mundöffnung am spitzen Kopf aufnahm. Der Wurm mußte beträchtliche Kräfte besitzen. Es war sehr schwierig, den Basalt mit seiner elastischen Konsistenz zu spalten.

Von da an wußte Foremon, daß es in der Ebene Leben gab. Man mußte nur wissen, wo man es finden konnte.

Er spürte im Lauf der Jahre eine Anzahl verschiedenartiger Kreaturen auf, die alle eines gemeinsam hatten; sie führten ihr Dasein mit geringstem Energieaufwand, lebten gewissermaßen auf Sparflamme. Im Grunde praktizierte er dasselbe wie sie. Die Ebene war ein Ort, der keine Geschwindigkeit und keine Verschwendung zuließ.

Foremon arbeitete hartnäckig weiter am Morphen. Mittlerweile brachte er meterhohe Wellen zustande, die sich mit einiger Geschwindigkeit über den Boden bewegten. Manche Teile der Ebene hatte er bereits verändert; er war nach Belieben als Schöpfer tätig.

Die Bewegungen der Tiere nahm er nun mit großer Präzision wahr. Er vermochte sie nicht immer den richtigen Orten zuzuordnen, aber es gab wenig in seinem Umkreis, was ihm entging.

Nur bei Regen oder bei Sturm, wenn dicke saure Tropfen die Ebene peitschten oder wenn Hagel aus Geröll niederging, dann spürte der Wächter gar nichts mehr. Dann nahm die Reizüberflutung kritische Ausmaße an. Er mußte sich geradezu verschließen, wenn es regnete.

Nach etwa hundert Jahren, in denen er To Gethen vielleicht alle zehn oder fünfzehn Jahre für einen Tag zu Gesicht bekam, betraten zum ersten und bis zur aktuellen Zeit letzten Mal Fremde die Ebene.

Mit dem Ausdruck »Fremde« waren nichtautorisierte Personen gemeint. Sie kamen über die Brücke in die Unendlichkeit. Wie eine barbarische Horde brachen sie aus dem Pilzdom hervor; es waren mehrere Dutzend, und sie führten mit Thermowaffen untereinander einen Krieg, den Foremon nicht verstand.

Aber das mußte er auch nicht. Der Wächter spürte zweifelsfrei, daß sie weder in der Ebene noch auf der Brücke irgend etwas zu suchen hatten. Durch die Tatsache, daß es sogar Todesopfer gab, sprachen sie das Urteil über sich selbst.

Foremon akkumulierte Energie, bis er fast zu platzen drohte. Er wartete geduldig, bis sich sämtliche Überlebenden in einer Schlucht befanden. Die Lokalität schien ihm ideal. Mit einer Welle aus Basalt verschloß er die beiden einzigen Zugänge, so daß die Eindringlinge nicht entkommen konnten.

Er morphte eine riesenhafte Woge, steckte alle Energie hinein, die er besaß – und ließ sie über den Kämpfenden zusammenbrechen. Binnen weniger Sekunden hörte die Schlucht zu existieren auf. Die Fremden wurden im Basalt begraben, Foremon hatte sich als Wächter bewährt.

Als er To Gethen berichtete – mehr als fünf planetare Jahre später –, zeigte sich der zweite Bote sehr erstaunt. Foremon mußte ihm die Schlucht zeigen und die Woge beiseite morphen. Er brauchte einige Tage dazu, weil er mit großer Sorgfalt arbeitete. Darunter kamen die halb verwesten, halb versteinerten Leichname zum Vorschein.

To Gethen untersuchte sie sorgfältig, dann nahm er seine Waffe und zerstrahlte sie.

Der ewige Wächter blieb ohne Erklärung in seiner Ebene zurück. Ob er richtig oder falsch gehandelt hatte, das erfuhr er nie.

4.

Silber unter Stein

»Was, zum Teufel, machen wir jetzt?« fragte Bully.

Mein ältester Freund hatte eine unangenehme Art, intelligente Fragen zu stellen. Also was? In meinen Augen blieben genau zwei Möglichkeiten. Wir konnten entweder dem unbekannten Raumschiff hinterher – da es nicht gestartet war, mußte es immer noch da sein. Aber das war nur möglich, indem wir uns vom Pilzdom entfernten und einen Marsch ins Unbekannte auf uns nahmen. Und die zweite Möglichkeit: Wir konnten es ein letztes Mal beim Dom versuchen.

»Ich bin sehr müde, Bully«, sagte ich.

»Was willst du damit sagen?«

»Daß ich nicht die Absicht habe, jetzt fünfzehn oder zwanzig Kilometer durch diese Landschaft zu marschieren.«

Reginald Bull kniff die Augen zusammen. Ich merkte, daß er am Ende war, und ich konnte mir denken, daß ich nicht besser aussah.

»Die Alternative, Perry?«

»Wir gehen zurück zum Dom. Schauen, was man tun kann. Dann arbeiten und schlafen wir wechselweise.«

»In der Kälte schlafen? Brr ...«

»Wir finden eine Lösung, Bully.«

Ich schaute mich ein letztes Mal um, ob der Fremde mit den Segelohren irgendwo zu sehen war, dann machten wir uns an den Rückweg. Ich war instinktiv überzeugt, daß wir in der Ebene nichts mehr finden würden. Es machte keinen Sinn, weiter herumzustreifen. Wir hätten nur die Kräfte verschwendet, die wir noch besaßen.

Die Sonne stand hoch oben am Himmel. Mehr als zehn Grad wurde es nicht einmal zur Mittagszeit. Wenn dies hier Mittag war, so schloß ich, dauerte der Tag in der Ebene 21 Stunden.

Die Kuppe des Doms war weithin sichtbar. Basaltgestein umgab sie ohne Lücke, nach wie vor, es hatte sich nichts verändert.

Wir brauchten zwanzig Minuten. Obwohl die Ebene vom Dom aus verhältnismäßig flach aussah, war es schwierig, die Schluchten und Schründe zu begehen. Wir umkreisten den Dom, hielten – vergeblich –

nach weiteren Sandhasen Ausschau, dann erläuterte ich dem Dicken meinen Plan.

»Wir versuchen einfach, mit Steinwerkzeug ein Loch in den Basaltmantel zu schlagen. Wenn wir Glück haben, wird es groß genug, und wir können die Wand passieren. Dann haben wir es geschafft.«

»Schön und gut, Perry ... Aber ich erinnere mich ziemlich gut an den Anfang. Du hast dieses Experiment mit dem Stein gemacht. Und du hast ihn nicht kaputtgekriegt.«

»Ich sage nicht, daß es leicht wird. Vielleicht klappt es auch gar nicht. – Bist du dabei?«

»Ich überlege. Hmm.«

»Allein schaffe ich es nicht.«

Er gab sich einen sichtbaren Ruck, als er das hörte. »Das ist mir klar. Also gut, Perry, wir versuchen es.«

Ich schaute mir Bully noch einmal an, zuerst erleichtert, dann aber sehr genau und erschrak über die dunklen Ränder unter seinen Augen. Es gehörte einiges dazu, einen Unsterblichen soweit zu bringen. Die Chips spendeten Gesundheit, Leistungskraft und ewige Jugend, doch sie verwandelten uns nicht in Maschinen.

»Ich fange an mit der Arbeit«, entschied ich. »Und du, Bully – du legst dich hin.«

Obwohl es für menschliche Verhältnisse kühl war, Mittag oder nicht, zog ich zuerst meine Jacke, dann das darunterliegende Hemd aus. Am Ende stand ich mit bloßem Oberkörper da. Ich fing sofort zu zittern an.

Bull sah der Aktion mit einer Art milden Verwunderung zu. »Aha! Und wenn du mir noch erklärst, was der Unsinn zu bedeuten hat?«

»Ich arbeite jetzt«, sagte ich. »Das heißt, ich nehme einen großen Stein in die Hand und sehe zu, daß ich den Basalt zerschlage. Das wird mich aufwärmen. Du dagegen legst dich jetzt irgendwo in die Sonne. Wenn du dich erholen willst, darfst du nicht frieren. Und wenn du aufwachst, hast du hoffentlich genügend Kräfte, um meine Arbeit zu vollenden. Reiner Eigennutz, siehst du? Du ziehst jetzt also zusätzlich meine Kleidung an. – Gute Nacht, Bully. Ich wecke dich.«

Darüber dachte der Dicke einen Augenblick nach. Schließlich nahm er meine Sachen und zog sie sich über. Er suchte eine ebene Fläche, die für mehr als zwei Stunden in der Sonne liegen würde, und streckte sich aus. Eine halbe Minute später war er eingeschlafen.

Ich suchte mir einen Stein, der nicht mehr als fünf Kilogramm wog. Die Arbeit würde lange dauern, wenn sie überhaupt zu bewältigen war. Mehr als fünf Kilogramm konnte ich auf Dauer nicht bewältigen.

Ein keilförmiger Brocken schien mir geeignet. Ich fixierte den Dom, die Schokoladenhülle aus Basalt – und hieb mit meinem Werkzeug in Hüfthöhe fest dagegen.

Der Effekt war gleich Null. Es fühlte sich an, als hätte ich gegen Hartgummi geschlagen. Ein stechender Schmerz fuhr durch meine Schultern; für die Sehnen und Gelenke war es Gift, wenn der Basalt federte.

Nach dem zweiten Schlag wurde mir klar, daß ich die Wucht reduzieren mußte. Sonst konnte ich maximal eine halbe Stunde durchhalten. Danach wäre ich reif für einen Mediker gewesen, Zellaktivator oder nicht.

Ich untersuchte sorgfältig die Stelle, auf die ich zweimal geschlagen hatte. Ein Effekt ließ sich nicht erkennen.

Mein nächster Seitenblick galt dem Freund. Bully schlummerte fest und anscheinend traumlos, ein reiner Erschöpfungsschlaf. Ob ich hier hämmerte oder ein Feuerwerk veranstaltete, das kümmerte ihn nicht.

Ich wiederholte den Schlag, diesmal mit einem etwas kleineren, dafür schärfer gekanteten Brocken Fels. Zweimal, drei–, vier–, fünfmal. Beim zehnten Mal hielt ich erneut inne, um den Basalt einer Musterung zu unterziehen.

In diesem Fall hatte ich den Eindruck, daß eine Delle im Basalt entstanden war. Ich mußte nur genau genug immer wieder dieselbe Stelle treffen, dann hatte ich auch eine Chance.

Hoffentlich.

Mit exakt dosierter Kraftentfaltung holte ich aus, immer und immer wieder, und schon nach wenigen Minuten bemerkte ich, wie meine Kräfte schwanden. Die Arme verwandelten sich in Brei. In den Adern kreiste etwas kochend Heißes, das mit Blut wohl nur noch die Farbe gemein hatte, durch die Sehnen lief bei jedem Ruck ein brutaler Schmerz.

Ich begriff, daß ich mich überschätzte. Es mir selbst einzugestehen, war die eine Sache. Was aber sollte ich später dem aufgewachten Bull erzählen? Daß ich aufgegeben hatte, daß ich für seinen Einsatz leider keine Vorarbeit hatte leisten können?

Nach einer Stunde war ich immer noch an der Arbeit. Mittlerweile war im Gestein eine deutlich sichtbare Nut entstanden. Die Delle von vorhin wies eine Tiefe von etwa fünf Zentimetern auf.

Zwischen jedem Schlag wurden die Pausen länger und länger. Mit Schmerzen kannte ich mich bestens aus; wer so viele Jahrhunderte lebt, der weiß, wie er den eigenen Körper überlistet.

Es war erstens eine Frage der Technik. Schmerzen muß man ignorieren können, man muß den Trick beherrschen, wie man Körper und Geist voneinander trennt. Und zweitens kam es auf die Motivation an. Wer sich lediglich für die Arbeit schindet, der bringt andere Leistungen als einer, der um sein Leben rennt.

In meinem Fall handelte es sich um ein Mittelding. Mir war schmerzlich bewußt, daß in jedem Augenblick eine lebensbedrohende Entwicklung eintreten konnte.

Es konnte auch sein, daß alles gutging, sicherlich. Nur ... Wer glaubte daran?

Drei Stunden setzte ich als Limit. Am Ende dieser Frist würde ich derart ausgepumpt sein, daß es keinen Sinn machte, weiter Raubbau zu betreiben. Mir war klar, daß ich danach den Schlaf bitter nötig hatte. Und selbst mit Hilfe des Aktivators würde es eine Weile dauern, bis ich die Belastung verkraftete.

Keine Nahrung. Kein Wasser. Immerhin, die Kälte spürte ich praktisch nicht mehr, seit ich über die Grenzen der normalen Belastbarkeit hinausging.

Das Schwierigste war's vielleicht, angesichts der Strapaze nicht in Schweiß zu geraten. Wasser und Mineralstoffe abzugeben, das konnte ich mir nicht leisten. Mein Körper besaß keinen Nachschub mehr. Muskelkrämpfe, Kopfschmerz und Konzentrationsmangel wären die Folge gewesen.

Wurde es gar zu schlimm, dann standen mir Zusammenbruch und Tod bevor. Ein menschlicher Körper funktioniert als ausgeklügeltes Puzzle: Fehlen zu viele Einzelteile, dann bricht alles auseinander.

Neunzig Minuten später hämmerte und schlug ich in einer Art Trance, mit mechanischen Bewegungen, immer auf denselben Punkt. Die Hände spürte ich kaum noch, aus mehreren kleinen Wunden tröpfelte Blut. Mittlerweile hatte ich mehrfach das Schlagwerkzeug gewechselt.

Und in diesem Moment splitterte zum ersten Mal etwas. Ein winziges Bröckchen Gestein flog mir um die Ohren, haarscharf an den Augen vorbei.

Mein erster Blick fiel auf den Brocken Basalt, den ich in Händen hielt. Aber die Schlagkante war unversehrt. Ich hatte es endlich geschafft. In der unerklärlichen Mauer, die den Pilzdom umschloß, klaffte eine Lücke. Wenn ich Glück hatte, wurde es nun leichter, weil die Hammerschläge einen besseren Ansatzpunkt fanden.

Ich legte eine Pause ein, kauerte atemlos am Boden, ließ die Blicke über den sichtbaren Teil des Horizonts wandern.

Niemand zu sehen. Bully hatte drüben in der Sonne zu schnarchen angefangen, er rollte seinen untersetzten Körper auf die Seite. Das hieß, ihm ging's den Umständen entsprechend.

Bevor ich auskühlen konnte, setzte ich die Arbeit fort. Am Anfang fiel es mir schwer, später immer leichter.

90 Minuten noch. Die gehen vorbei. 89.88. Das sind keine Schmerzen. Das ist ein chemisches Signal. Nervenenden übermitteln es, um meinen Körper zu schützen. Aber das Nervensystem weiß nichts vom Zellaktivator. 87.86. Es geht weiter.

Das Loch im Basalt wuchs auf zehn Zentimeter Breite. Bis die Silberwand des Pilzdoms zum Vorschein kam, würde es noch dauern. Wie weit ich jedoch entfernt war, ließ sich nicht präzise sagen. Wir verfügten nicht über Meßinstrumente, die den Umfang der Basalthülle hätten messen können. Die einzige Hoffnung bestand darin, daß es sich um einen dünnen Überzug handelte.

Und wenn es ein halber Meter war?

Dann hatten wir verloren. Ich bemühte mich, den Gedanken wegzuschieben.

Als nur noch 52 Minuten von der selbstgewählten Frist übrig waren, veränderte sich etwas. Es bezog sich nicht auf meine Arbeit – nein, das Loch wurde größer und größer, hatte bereits die Form und die Tiefe eines menschlichen Schädels angenommen.

Statt dessen schwirrte etwas in meinen Ohren. Ich wußte anfangs nicht, ob ich lediglich die ersten Wahnzustände zeigte. Gewundert hätte es mich kaum; die Grenze der Schmerzen war erreicht.

Dann aber hielt ich instinktiv inne. Ich konnte es mir nicht leisten, einen Sinneseindruck zu ignorieren. Auch dann nicht, wenn er aller Wahrscheinlichkeit nicht der Wahrheit entsprach.

Ich ließ meinen Brocken fallen, richtete mich auf, wanderte ein paar Meter nach links und nach rechts. Das seltsame Geräusch blieb.

Kurz darauf vernahm ich ein dumpfes, weit entferntes Rauschen. Und im selben Moment fiel mir ein, was wir schon bei der Ankunft in der Ebene beobachtet hatten. Ich stürmte um den Pilzdom herum, auf die andere Seite, und sah hoch oben am Horizont das 500 Meter messende Stummelschiff in den Himmel steigen.

Es sah ganz so aus, als hätten wir eine Chance verpaßt. Niemand konnte sagen, ob es das einzige Schiff auf dem Planeten war, vielleicht gab es dort hinten sogar einen Raumhafen oder eine Stadt. Aber Sicherheit, die gab es von nun an nicht mehr. Sollten wir tatsächlich gezwungen sein, die Wanderung anzutreten, dann sanken unsere Aussichten auf einen lächerlich geringen Wert.

»Verdammt!« murmelte ich.

Ich erschrak über den Klang meiner eigenen Stimme. Es war nicht der sonore, überzeugende Klang, auf den ich mich mein Leben lang hatte verlassen können. Es war das Krächzen hochgradiger Erschöpfung.

Ein Blick auf mein Vielzweckarmband zeigte, daß noch 50 Minuten vor mir lagen. *Also praktisch gar nichts,* überlegte ich mit einem Anflug von Sarkasmus.

Meine Schritte führten zurück zur Arbeitsstelle. Bully lag immer noch da, schlief den Schlaf des Gerechten – und ahnte vermutlich nicht, was ihm in weniger als einer Stunde bevorstand.

Ich nahm einen frischen Brocken zum Hämmern. Die Schläge trafen auf das Loch, ließen in immer geringeren Abständen Basalt zur Seite brechen. Meine Gedanken aber waren im Orbit oder sonstwo, bei dem verschwundenen Stummelschiff.

Wohin mochte es geflogen sein? Wer bildete die Besatzung? Was hatte es auf diesem fürchterlichen Planeten gewollt?

30 Minuten. Eine halbe Stunde. Und kurz darauf nicht einmal mehr das. Die Zeit verstrich langsam, als hätte irgendwer sie angehalten. Ein kleiner Teufel ließ pro Stunde höchstens fünf Minuten vorbei.

Ein Naat-Krieger mit einem drei Meter langen Schwert wachte über den Ablauf der Chrononen, hieb mit seinem Schwert dazwischen, verwandelte eine Sekunde in einen Wimpernschlag ohne Ende.

Aber irgendwann war es doch vorbei. Neunzig Minuten. Ich hatte es geschafft, wenn ich auch nicht wußte, wie.

Auf der Stelle ließ ich meinen Brocken Fels fallen, ich wankte zu Bully hinüber, und brach vor ihm in die Knie und rüttelte an seiner Schulter.

»He, Dicker. – Dicker, wach auf!«

»Hmmm ...?«

»Du sollst aufwachen, verflucht!«

Zuletzt hatte ich beinahe geschrien, obwohl Bully am allerwenigsten ändern konnte.

Dafür erwachte er augenblicklich. Sein verschleierter Blick klärte sich, blieb an meinen Augen haften. »Perry«, sagte er, »du siehst ja schrecklich aus.«

Ich antwortete: »Das kann ich mir denken. Aber das Beste ist, jetzt bist du an der Reihe.«

Ich deutete auf das Loch von einem halben Meter Durchmesser, das ich in den Basalt geschlagen hatte.

»Das ist nicht viel.«

»Nein«, gab ich ärgerlich zurück.

Bully mußte gemerkt haben, daß er sich mit der Kritik auf dünnem Eis bewegte, denn er sagte keinen Ton mehr. Er schien in diesem Augenblick eine Ahnung zu erhaschen, welche Strapaze in den kommenden drei Stunden vor ihm lag. Wortlos zog er zunächst meine Sachen, dann die eigene Oberbekleidung aus. Sein bloßer Oberkörper wirkte plötzlich muskulös, von speckigem Hängebauch konnte bei ihm keine Rede sein.

Ich streifte mir alles über, so sorgfältig ich es vermochte. Am Ende streckte ich mich auf derselben Stelle aus, die er bereits warm gelegen hatte. Ich schlief bereits, bevor mein Kopf richtig den Boden berührte.

Foremon fühlte sich wie ein leeres Gefäß. Ganz allmählich erst lief das Gefäß unter einem tröpfelnden Rinnsal voll. Galornenstern brannte mit voller Kraft, was aufgrund der Entfernung zwischen Sonne und Planet nicht sehr viel war, und lud die körpereigenen Speicher des Wächters mit Energie.

Aber seine Ohren fingen nicht nur das Licht und die Wärme auf. Sie registrierten jedes einzelne Geräusch. Das Hämmern währte nun schon Stunden. Foremon wußte, daß er nicht daran denken durfte. Sonst wurde er verrückt und beging möglicherweise eine Dummheit.

Mittlerweile reichte die akkumulierte Energie aus, um das Versteck zu verlassen und die Mörder des vierten Boten aufzusuchen. Aber was dann? Er durfte erst wieder aktiv werden, wenn er kämpfen konnte. Oder wenn sich ein unverhoffter Zwischenfall ereignete.

Zwischendurch stockte das Hämmern für kurze Zeit. Foremon registrierte nebenbei, daß das Stummelschiff sich von Herz-FÜNF entfernte. Und dann setzten die Geräusche wieder ein.

Zwei Stunden vergingen so. Es kam ihm vor, als habe sich der Ton des Hämmerns verändert, als kämen die Schläge nun deutlich schwächer als vor der Unterbrechung. Aber das mochte auf Täuschung beruhen.

Seine Sinne erlangten ihre volle Kraft zurück. Von diesem Punkt an war er auf die Ohren nicht mehr angewiesen, wenn er hören wollte. Er nahm das Hämmern nun mit demselben unerklärlichen Sinn wahr, der ihm auch das Morphen ermöglichte.

Nochmals eine halbe Stunde später trat das ein, was er insgeheim befürchtet hatte: Er fing plötzlich nur noch die halbe Energie auf. Aus welchem Grund? Der Wächter regte sich zum ersten Mal seit einem halben Tag. Er morphte den Basalt beiseite, so daß er sich besser bewegen konnte, legte den Kopf in den Nacken und starrte zum Himmel hinauf.

Es bewölkte sich. Kilometerdicke, endlos sich türmende Schichten aus zerstäubtem Wasser verdeckten Galornenstern zur Hälfte, zu drei Vierteln – und kurz darauf vollständig. Es wurde auch augenblicklich kälter. Die Temperatur sank um mindestens drei bis vier Grad.

Foremon stieß einen zornigen Laut aus, es hatte nun keinen Sinn mehr. Der Akkumulationsvorgang wurde zwangsweise beendet. Seine Energiereserven waren maximal zu dreißig Prozent aufgefüllt. Damit konnte er kämpfen, gewiß; nur mit welchem Erfolg, das war die Frage.

Alles Verbergen und Stillhalten machte keinen Sinn mehr. Es wäre dumm gewesen, überflüssig und ungeschickt, hätte er auch nur eine Sekunde mehr verloren.

Der Wächter der Ebene näherte sich dem Pilzdom. Er tat dies auf Umwegen, durch schwer einsehbare Schluchten und an schattigen Graten entlang. Bevor er nicht präzise wußte, was am Dom vor sich ging, konnte er nicht in Aktion treten.

Ein heftiger Windstoß fuhr durch die Lücken im Basalt, und die Umgebung war plötzlich in ein Meer aus Staub getaucht. Ein zweiter Windstoß, und die ganze Wolke wurde durchgeschüttelt, bis sie sich als unsichtbarer Schleier wieder über den Boden legte.

Der Wind kam als Begleiter der Wolken; Foremon registrierte mit großer Unruhe seine Stärke. Er hoffte, daß das drohende Unwetter vorüberzog, daß es kurz vor Erreichen der Stadt Gaalo abregnen würde – und nicht schon hier, über der Ebene.

Mit steigender Eile kletterte er aus seiner Schlucht nach oben. Von hier aus hatte er einen guten Blick auf den Dom und die Umgebung. Einer der Fremden lag am Boden. Er regte sich nicht, war entweder gestorben oder eingeschlafen. Foremon erkannte den liegenden Fremden als Perry wieder.

Der zweite Fremde befand sich an der Arbeit, er hatte seine Oberkleider ausgezogen. Seinen körperlichen Zustand interpretierte der Wächter als »erschöpft«.

Ohne jeden Zweifel würde er mit den Eindringlingen weniger Mühe haben als erwartet. Foremons Verfassung war schlecht, doch die seiner Gegner schien ihm jämmerlich.

Der Eingang zur Brücke war immer noch von Basalt umgeben. Aber nicht ganz; denn Bully, der kleinere mit dem roten Haar, hieb mit einem Brocken auf ein knapp metergroßes Loch ein. Darunter kam bereits die silberne Wandung zum Vorschein. Foremon erschrak heftig.

In dem Augenblick, wo ein genügend großes Stück Silber freigelegt war, stand den Mördern ein Fluchtweg offen. Und das wiederum wäre eine Katastrophe gewesen.

Der Wächter handelte, ohne daß er lange darüber nachgedacht hätte. Er kniete nieder, berührte mit den Fingerkuppen den Boden, dann fing er zu trommeln an.

Das Geräusch wuchs zu einem Wellenkamm, der sich durch den Basalt verlustfrei fortpflanzte. Rings um das Loch explodierte die Vibration. Sie verwandelte sich in eine fließende Bewegung, die den Basalt bis ins Innerste seiner Molekularstruktur erfaßte.

Foremon morphte jetzt ruhig und konzentriert. Er hatte die Furcht und alle Hast vergessen.

Doch der Kleinere mit dem roten Haar reagierte in erstaunlicher Geschwindigkeit. Mit einem bemerkenswerten Satz war er fort vom Dom. Dafür brauchte er kaum eine Sekunde. Bevor der Wächter begriff, was geschehen war, hatte er den liegenden Rhodan schon gepackt und hochgerissen.

Foremon dachte noch, daß so etwas nicht möglich war. Die beiden waren verschwunden. Hätte er nicht das Talent besessen, er hätte sie zweifellos in diesem Augenblick verloren.

Ein heftiger Schlag traf mich an der Schulter. Erst wußte ich nicht, wo ich mich befand und wer da geschlagen hatte. Dann fiel mir alles ein. Die Brücke in die Unendlichkeit, der Pilzdom, die Ebene aus Basalt.

Bully zerrte mich gewaltsam hoch. Keine Fragen jetzt, er mußte seine Gründe haben. Halb bewußtlos kam ich auf die Beine, durch endloses Training immer noch schnell genug.

Ich folgte ihm mit wenigen Sprüngen. Sekunden später gelangten wir in die Deckung einer Felsenwand. Von hier aus ging's auf die andere Seite des Pilzdoms, weg von der Öffnung, die wir gehauen hatten.

»Meine Güte, Bully! Was ist hier los?« stieß ich hervor.

Ich hatte mich nicht erholt, mir war schwindlig, nach vielen Jahren zum ersten Mal.

»Das weiß ich auch nicht genau«, lautete die einsilbige Antwort.

Er zog mich in den Anfang einer langgestreckten, drei Meter tiefen Schlucht, die vom Dom aus Richtung Westen verlief. Wir brachten einen halben Kilometer hinter uns, jederzeit gegen Blicke geschützt, dann erst hielt Reginald Bull inne. Seine Brust hob und senkte sich in schnellem Rhythmus.

Ich nutzte die Gelegenheit, seine Sachen auszuziehen und sie ihm zurückzugeben.

Bully streifte achtlos das Hemd und die Jacke über. Er schaute lange Zeit mißtrauisch nach rückwärts; als fürchte er, daß uns jemand folgen könnte. Die Möglichkeit war nicht von der Hand zu weisen. Ich erinnerte mich an den kleinen zerbrechlichen Humanoiden mit den Segelohren. Aber weshalb sollte Bully vor einem solchen Kerlchen Angst haben?

»Und?«

Bully preßte die Lippen aufeinander, er schüttelte einige Male fassungslos den Kopf. »Du wirst es nicht glauben, Perry ... Ich war gerade an der Arbeit, da wurde es dunkler. Na ja, der Himmel bewölkte sich, und mir schien's so, als ob über der Ebene ein Sturm aufkäme oder ein Gewitter, was weiß ich. Jedenfalls hämmerte ich vor mich hin, ich hatte schon eine ganze Menge von der Domwand freigelegt. Und plötzlich ... – Also ich weiß wirklich nicht.«

Der Dicke hörte gar nicht wieder damit auf, den Kopf zu schütteln.

»Was weißt du nicht?«

»Wie das möglich ist, was ich gesehen habe. Die Öffnung im Basalt wuchs auf einmal wieder zu. Es sah aus, als ob das Gestein drumherum sich in eine Art Grießbrei verwandelt. Dann ist es in die Lücke geflossen und hat sie geschlossen. Damit war die ganze Arbeit für die Katz, weißt du das?«

Ich begriff plötzlich, weshalb er so gedankenschnell den Rückzug angetreten hatte. Eine Lücke im Fels, die einfach zufloß – klang das nicht nach derselben Macht, die den Dom mit Basalt erst überzogen hatte? Es war das zweite Anzeichen ihrer Existenz.

»Möglich, daß es sich um eine Materialeigenschaft handelt. So wie bei Flüssigkeiten. Ist die Oberflächenspannung zwischen verschiedenen Punkten zu unterschiedlich, so wird die Differenz ausgeglichen.

Es könnte sein, daß der Basalt an allen Stellen ungefähr dieselbe Dicke besitzen muß.«

»Ja, vielleicht«, murrte Bull einsilbig.

Die ganze Zeit schaute er nach hinten. Wenn ich im Lauf der Jahre etwas gelernt hatte, so war es folgendes: Er hatte manchmal einen Instinkt wie ein wildes Tier. Es wäre dumm gewesen, seine Sorge abzutun. Aber wer sagte denn, daß die Gefahr von hinten kommen mußte?

Ich drehte mich langsam um meine Achse. Nirgendwo gab es das geringste zu sehen, es war überall derselbe Anblick von sandfarbenem Felsgestein.

Ich kam mir vor wie in einer Falle. Die Wände boten Schutz gegen neugierige Blicke, aber sie konnten auch zur Falle werden, wenn es jemand mit der nötigen Geschicklichkeit anfing.

Bevor ich etwas zu sagen vermochte, versteifte sich Bully.

»Perry ...«, flüsterte er. »Da.«

Ich drehte mich langsam um; und da stand er, der kleine Humanoide mit dem perlmuttfarbenen Exoskelett. Wahrscheinlich hatte er uns gehört, bei den riesengroßen Segelohren kein Wunder. Er bewegte sich nicht. Zwischen den Felsen erweckte er den Eindruck, als gehöre er zum Tafelland. Als habe ein unbekannter Künstler sich Mühe gegeben, aus dem Basalt eine skurrile Figur zu meißeln.

Zwischen ihm und uns lagen hundert Meter, vielleicht ein bißchen mehr. Es war Zufall, daß Bully ihn überhaupt entdeckt hatte.

Ich konnte mir nicht helfen, sein starrer Blick wirkte feindselig, geradezu mörderisch. Ein Schauer lief mir über den Rücken.

Und als sich der Fremde hinhockte, als er plötzlich mit den Fingern auf den Boden zu trommeln begann, da nahm ich die entstehenden Geräusche in einer übersteigerten Lautstärke wahr. Klopfen. Pochen. Trommeln. Pulsieren.

Der Fremde befand sich in mehr als hundert Metern Distanz! Mir wurde klar, daß man die Klopfgeräusche von Rechts wegen gar nicht hören konnte.

Zwischen uns und dem Knochenwesen brach der Boden auf. Gestein verwandelte sich in flüssige, lavaartige Masse, dann lohte es aus dem tiefsten Untergrund empor. Es war wie eine kochende Fontäne; sie kam mit einem Mal nach oben gespritzt.

Ich registrierte die schiere Masse aus flüssigem Gestein; genug, um einen halben Flußlauf abzudämmen. Die Woge stieg einen Meter hoch und füllte die Schlucht von einer Seite zur anderen vollständig aus.

»Das kann nicht wahr sein ...«, murmelte Bully fassungslos. Die gespenstische, dabei völlig lautlose Aktion hatte ihn in Bann geschlagen. »Der Kerl will uns ersäufen, Perry!«

»Absolut korrekt.«

Während der Dicke noch dem flüssigen Gestein entgegenstarrte, hatte ich bereits nach einer Aufstiegsmöglichkeit gesucht – und sie gefunden. Diesmal war's an mir, den Freund mitzureißen.

Ein halbes Dutzend Felsbrocken lagen herum, treppenartig angeordnet, mit ein bißchen Phantasie betrachtet wie eine Stufenleiter. Damit mußte es möglich sein, die Abbruchkante der Schlucht zu erreichen.

Wir sprangen auf den ersten Fels, zogen uns zum zweiten empor. Wenige Zentimeter unter uns schlug die Woge zusammen. Ich bekam einen Spritzer ans Bein. Die Substanz klammerte sich an der Hose fest, wollte mich nach unten zerren, als wohnte ihr ein eigenes Leben inne.

Von weitem starrte der Fremde mit den Segelohren herüber. In diesem Moment begriff ich, daß er der Verantwortliche war.

Er mochte körperlich klein sein, doch er verfügte über eine furchtbare Fähigkeit. Und er hatte ganz unverkennbar die Absicht, uns auf seine Weise umzubringen.

Weshalb nicht gleich so? Warum erst jetzt der Tötungsversuch? Vor einigen Stunden, als wir ihm aus nächster Distanz begegneten, wär's doch sehr viel leichter gewesen! Ich hatte nicht die geringste Ahnung, welches Motiv dahintersteckte.

»Perry!«

»Was?«

Hinter mir drohte Bully abzurutschen. Ich packte ihn am Ärmel, so daß er nicht den Halt verlor.

Unter uns stieg die Basaltflut in rasantem Tempo. Wir befanden uns noch wenige Zentimeter vom Tod entfernt.

Die nächste Treppenstufe war die schwierigste. Ich sprang als erster, ein weiter Satz, und ich landete auf einem Vorsprung drei Meter weiter.

Bully verfügte über die wesentlich geringere Sprungkraft. Er war kein drahtiger Typ wie ich, sondern er benötigte wesentlich mehr Wucht, um seinen im Verhältnis schwereren Körper in Schwung zu versetzen.

»Komm! Jetzt!« brüllte ich.

Bully sprang. Er schaffte es nicht ganz, aber zumindest beinahe. Die fehlenden Zentimeter steuerte ich bei, indem ich wiederum seinen Ärmel zu fassen bekam.

Und dann schien alles umsonst. Von einer Sekunde zur nächsten erstarrte die Flut, dafür tropfte es direkt über uns von der Wand herab. Meine wunderschöne Brücke zum Rand verflüchtigte sich, floß im wahrsten Sinn des Wortes wie ein Bach nach unten.

Zweieinhalb Meter zwischen uns und der Sicherheit der Ebene, und wir konnten doch nicht mehr hinauf. Die Wand bot keine Vorsprünge mehr, nichts was beim Klettern den geringsten Halt gab.

Mir wurde klar, daß wir es so nicht schaffen konnten. Die scheinbar einzige Chance war plötzlich keine mehr.

Der Fremde mit den Segelohren besaß nicht die Präzision, um auf diese Entfernung metergenau den Basalt zu formen. Sonst hätte er uns den Boden unter den Füßen verflüssigt. Aber er war stark genug, um gegen ihn keine echte Chance zu besitzen.

Es wurde dringend nötig, eine Art von Gegenangriff einzuleiten. Was, wenn der Fremde wirklich so zerbrechlich war, wie er aussah? Mußte es nicht ein leichtes sein, ihn zu bedrohen?

Waffen besaßen wir nicht. Der Thermostrahler, der den Weg auf die Brücke mit angetreten hatte, befand sich in Alaska Saedelaeres Händen. Mit anderen Worten: irgendwo im Universum.

Aber es gab noch andere Möglichkeiten. Ich riß einen Brocken Geröll aus der Wand, zielte flüchtig und schleuderte ihn auf den Fremden.

Das Wurfgeschoß schlug zehn Meter abseits ein. Fehlschlag. Doch ich meinte fast, die Ohren zucken zu sehen. Der starre Blick im Knochengesicht hatte einen kaum wahrnehmbaren Hauch von Bestürzung. Daß es jemand wagte, ihn anzugreifen!

Ich schleuderte einen zweiten Brocken, diesmal näher ans Ziel. Der Klumpen schoß haarscharf an den dünnen Armen des Wesens vorbei.

Bully begriff, worum es ging, klaubte ebenfalls Wurfmaterial vom Boden. Wir eröffneten ein regelrechtes Trommelfeuer.

»Es klappt! Perry, es klappt!«

»Scheint so.«

Das Tröpfeln von oben versiegte, und der Strom aus flüssigem Basalt, der zu unseren Füßen weiter gestiegen war, erstarrte zu einem sandfarbenen, sedimentierten Gewässerspiegel.

Im selben Moment ging uns das Material aus. Wir hatten ein paar Sekunden herausgeholt. Mehr hatte ich nicht erwartet. Ein tiefer Sprung nach unten, in die Schlucht zurück, und wir sprinteten mit aller Kraft, die wir noch hatten, über den Basaltspiegel auf die andere Seite der Schlucht.

Ohne Absicht hatte der Fremde uns in die Hände gespielt. Seine Angriffswaffe kehrte sich gegen ihn. Wir erreichten eine Art Treppe, die ursprünglich viel zu hoch in der Wand ihren Anfang genommen hatte. Binnen fünf Sekunden führte uns der Weg nach oben.

5.
Regen

Foremon hatte die Lücke im Pilzdom mit Basalt geschlossen. Er ließ die Fremden anfangs eine Weile laufen. Dadurch, daß er direkten Körperkontakt zum Boden hatte, wußte er über ihren Aufenthaltsort Bescheid. Er konnte sie jederzeit wiederfinden, wenn er wollte.

Als sich die Schrittfrequenz allmählich beruhigte, nahm er die Verfolgung auf. Das Verblüffende war, daß der kleinere der zwei – der Fremde namens Bully – die Veränderung im Basalt sofort als Alarmsignal erkannt hatte. Foremon konnte sich nicht auf die Dummheit seiner Feinde verlassen, ganz im Gegenteil.

Dann bemerkte er auf einmal gar keine Schritte mehr. Sie hatten gestoppt, vielleicht warteten sie auf irgend etwas.

Die Schlucht führte in Richtung Westen geradeaus. Ihre Wände ragten meistenteils senkrecht nach oben, das erleichterte die Sache, weil er seine Feinde von vornherein in der Falle hatte.

Foremon beschloß, daß er nach bewährtem Muster vorgehen würde. Er wollte sie mit Basalt bedecken, sie ersticken und später von der einen Leiche das Passantum bergen.

Aber dann kam alles anders, und er konnte den Grund nicht begreifen. Sicher, sie hatten ihn gesehen; das schützte noch lange nicht vor einem Wächter, der die Fähigkeit des Morphens beherrschte.

Als die Fremden vor dem flüssigen Gestein die Flucht ergriffen, da war alles noch normal. Er stellte sie, indem er ihren Fluchtweg in fließende Masse verwandelte.

Und dann kam der Wendepunkt: Rhodan und Bull schleuderten Steine nach ihm.

Ihre Chancen, auf diese Entfernung einen Treffer zu landen, waren gering. Wenn es aber ein einziges Mal gelang, dann würde Foremon die Verletzung nicht überstehen.

Über der Aussicht, einer tödlichen Gefahr ausgesetzt zu sein, verlor er die Kontrolle. Mit dem Gedanken mußte sich Foremon erst abfinden. Der Basalt wurde fest, weil er sich nicht mehr aufs Morphen zu konzentrieren vermochte.

Die Mörder nutzten seine Blöße aus. Sie sprangen hinüber zur anderen Seite, fanden eine Aufstiegsmöglichkeit, waren rasch über den Rand verschwunden. Konsterniert blieb der Wächter der Ebene zurück. Es war unbegreiflich, doch er hatte soeben eine Niederlage erlitten.

Daran war zweifellos die Tatsache schuld, daß er sich nicht im Vollbesitz seiner Kräfte befand. Was er jetzt benötigte, das waren keine Ausreden, sondern Erfolge.

Foremon hatte für den ersten Angriff ein Drittel der akkumulierten Kräfte verbraucht. Allzuoft durfte er sich Fehlschläge nicht erlauben, zumal auf dieser Seite des Planeten die Nacht bevorstand.

Er hätte sich in wenigen Sekunden eine Treppe morphen können, die ihn nach oben führte, auf das Normalniveau der Ebene. Es hätte ihn zuviel Energie gekostet, deshalb nahm er einen Umweg in Kauf und ging lieber einige hundert Meter zurück, zur nächsten flachen Stelle.

Die Schritte der Mörder nahm er von hier aus nur noch schwach wahr. Es reichte jedoch, ihn mit untrüglicher Sicherheit den Weg finden zu lassen.

Indessen türmten sich die Wolken zu immer neuen Phantasiegebilden, die in seinem Innersten etwas zum Schwingen brachten; die ihn an Heimat und Jugend erinnerten. Egal. Nur nicht dran denken! Es gibt bessere Zeiten dafür.

Heftige Windstöße peitschten in stetig sich verkürzender Folge durch die Ebene. Die Hälfte des Unwetters war bereits über sie hinweggezogen; anzunehmen, daß die Wolken über der Stadt oder vor der Kante zum Plateau abregneten.

Foremon näherte sich den beiden Fremden von Osten her. Dazu schlug er einen Bogen, gleichermaßen lautlos und unsichtbar für seine Feinde. Die beiden bewegten sich nicht mehr von der Stelle. Aus welchem Grund? Foremon vermochte sich keinen vorzustellen. Er anstelle der Mörder hätte die Flucht ergriffen und wäre gelaufen, so weit ihn die Beine trugen.

Oder meinten sie, ihm trotzen zu können? Glaubten sie, daß ein Kampf gegen den Wächter erfolgreich enden könnte?

Andererseits: Wo sollten die Mörder hin? Er hatte ihren Rückweg abgeschnitten.

Immerhin wußte er jetzt, daß sie nicht bewaffnet waren. Sonst hätten sie ihn abgeschossen; vorhin, als die Möglichkeit bestand. Daß sie moralisch zu einem Mord imstande waren, daran hegte er keinen Zweifel. Soviel bewies das Schicksal des vierten Boten von Thoregon. Wer sich ein Passantum aneignete, der konnte keine moralischen Standards besitzen, der gehörte zum Niedrigsten, was die Galaxis Plantagoo zu bieten hatte.

Foremon erstarrte, als er den höchsten Aussichtspunkt der Gegend erreichte. Von hier besaß man einen weiten Blick ins Tafelland.

Zweihundert Meter Entfernung, schätzte er, sie mußten ganz in der Nähe sein. Sogar die Richtung wußte er – und doch entdeckte er nicht den Schimmer einer Spur.

Er bewegte sich nicht. Ganz gewiß hatten sie ein Versteck gefunden. Die Landschaft war prädestiniert, weil es eine nicht mehr überschaubare Anzahl von Schründen, kleinen Schluchten und sogar Höhlungen gab.

Es kam nur darauf an, daß er die Fremden als erster sah. Dann hatte er die Möglichkeit, den nächsten Angriff sorgfältiger als den ersten zu planen.

Foremon schickte unruhige Blicke gen Himmel. Regen wäre genau die Sorte Katastrophe, die er nicht brauchen konnte.

Nach einer halben Stunde regte sich noch immer nichts. Am Himmel wurde es dunkler und dunkler, Galornenstern schickte nur noch ab und an eine Strahlenkaskade durch den schwer durchdringlichen, finsteren Vorhang.

Gab es denn keine Möglichkeit, diese Mörder aus ihrem Winkel hervorzulocken? Alles, was ihm einfiel, kostete sehr viel Energie und war mit Morphen verbunden.

Dann aber hatte er den Einfall, statt seiner selbst eine Art Stellvertreter zu schicken. Foremon hockte sich zu Boden und fing zu klopfen an. In einiger Entfernung erhob sich ein scheinbar starrer Haufen Basalt, schien lebendig zu werden, huschte mit sagenhafter Geschwindigkeit durch die Tafellandschaft der Ebene.

Foremon holte Steinkind zu sich heran. Er schickte sein Geschöpf provozierend langsam durch die entlegendsten Winkel, tänzelnd, ziellos scheinbar, als Lockvogel die ideale Wahl.

Nichts passierte. Keine Reaktion. Foremon brummte ein paar enttäuschte Laute und drehte seine Ohrenmuscheln in alle Richtungen. Sämtliche Geräusche, die er auffing, stammten vom Wind.

Der Wächter begann zu akzeptieren, daß er einem Irrtum erlegen war. Er mußte sich getäuscht haben, auch wenn es dafür keinen rationalen Grund gab.

Wenn sie nicht hier waren, wo waren sie dann? Foremon kam aus seiner Deckung hervor und wanderte mit finsterem Blick ziellos über den Basalt. Wenn sie über eine Möglichkeit verfügten, sein Talent in die Irre zu führen, dann hatte er einen schweren Stand. Dann konnten sie praktisch überall sein.

Sogar am Dom? Er hoffte, daß nicht ausgerechnet der schlimmste aller Fälle eingetreten war, während er auf der Lauer lag. Ahnungslos und an falscher Stelle. Welch eine Erniedrigung! Ihn tröstete nur die Tatsache, daß sie den Basaltüberzug nicht zerstören konnten, ohne daß er es bemerkte.

Foremon war sich darüber im klaren, daß er die kommende Dunkelperiode handlungsunfähig verbringen würde. Weitergehen konnte es erst, wenn früh am nächsten Morgen Galornenstern seine ersten Strahlen schickte.

Und im nächsten Augenblick erwiesen sich all die Gedankenspiele als Makulatur. Von einer Sekunde zur nächsten prasselte ein Hagel von Wurfgeschossen auf ihn nieder.

Ein spitzer Stein traf ihn an der Schulter, und er spürte, wie ein Stück Exoskelett durch die Wucht herausgeschlagen wurde. Foremon schrie. Ein höllischer Schmerz betäubte ihn für die Dauer des Augenblicks; aber keine Sekunde länger fand er seine Handlungsfähigkeit wieder und sprang mit einer Behendigkeit beiseite, die die Mörder ihm hoffentlich nicht zugetraut hatten.

Die Wunde konnte tödlich sein oder harmlos, das ließ sich nicht sagen. Blutflüssigkeit? Keine, stellte er mit einem raschen Blick zur Schulter fest. Er war immer noch fähig, den Kampf aufzunehmen.

Foremon duckte sich in den Schatten eines Überhangs. Der Hagel aus Wurfgeschossen versiegte. Mit anderen Worten, er war aus dem Blickfeld der Mörder verschwunden.

Trotz aller Erregung zog er kaltblütig seine Schlüsse. Wenn er die anderen besiegen wollte, dann reichte das Morphen allein nicht aus. Auch seinen Verstand mußte er einsetzen, und zwar so frühzeitig wie möglich.

Foremon dachte ruhig über Wurf- und Blickwinkel nach; erstaunlich, wie gut das plötzlich funktionierte. Es gab nur drei oder vier Orte, die demnach als Versteck für die Mörder in Frage kamen. Alle lagen ein bißchen erhöht und waren schwer einzusehen, egal wo man sich als Beobachter befand.

Das also war es! Sie hatten sich tatsächlich verborgen gehalten. Wer in ihrer Lage den Nerv besaß, Steinkinds Marsch zu ignorieren, den durfte man nicht unterschätzen. Und doch war es genau das, was Foremon die ganze Zeit und immer wieder tat, als sei er nicht zum Lernen fähig.

Die ganze Zeit hatten Perry und Bully Geschoßmaterial gesammelt. Mit ihren bescheidenen Möglichkeiten lieferten sie einen im Grunde bewundernswerten Kampf. Es tat ihm fast schon leid,daß er sie töten mußte.

Foremon entschied sich für ein kalkuliertes Risiko. Er tat, als wolle er seine Deckung verlassen, zeigte sich auch für ein paar Sekunden – aber in Wahrheit kam es ihm darauf an, daß er die Richtung der Wurfgeschosse besser verfolgen konnte.

Perry und Bully verrieten sich mit einem dichten Hagel. Obwohl die Aktion nur einen Moment dauerte, hätte Foremon sie fast mit dem Leben bezahlt. Ein mächtiger Klumpen pfiff Zentimeter an seinem Kopf vorbei.

»Jetzt habe ich euch ...«, murmelte er. »Ich weiß ganz genau, wo ihr euch verkriecht.«

An diesem Punkt kam seine Ortskenntnis dem Wächter zugute. Die Mörder waren im Versteck gefangen; sie konnten nicht ihre Basis verlassen, ohne daß er es bemerkte. Und wenn sie tatsächlich da in Stellung lagen, wo er glaubte, dann gab es auch einen Weg, in ihren Rükken zu gelangen.

Foremon duckte sich. Mit der größten denkbaren Vorsicht verließ er sein Versteck, immer im toten Winkel für die Mörder, und erreichte einen Kanal im Fels. Die Sandsteingasse war schmal, zog sich über einige hundert Meter – und war von oben nicht einsehbar.

Als er sich hinter den Mördern befand, kam er zum Vorschein. Er pirschte lautlos den kleinen Hügel hinauf. Da vorn: Sie lauerten unter dem Vorsprung, im Zwielicht des heraufziehenden Unwetters kaum auszumachen.

Aber er konnte sie trotzdem sehen. Foremon triumphierte bereits. Er malte sich aus, wie er den Vorsprung über ihnen zusammensinken ließ. Etwas Überlegung, und die nötige Zielgenauigkeit kam von allein. Sie würden im Basalt begraben sein, wie sie es verdienten. Ersticken würden sie, wenn nicht schon der Druck sie tötete.

Foremon kniete nieder. Er schickte klopfende Signale durch den Fels, spürte die Vibration im Basalt sich auftürmen, zu einer Welle wachsen, und im entscheidenden Augenblick brauchte er nur noch zuzuschlagen.

Das Talent. Es machte ihn zu einem perfekten Wächter.

Foremon hatte gerade das Ziel gewählt – eine stützende Basaltschicht, die mehrere Tonnen wog –, als ihn von oben der erste Tropfen traf.

Im nächsten Augenblick ging ein wahrer Sturzbach auf ihn nieder. Damit war er seiner Wahrnehmungskraft zu einem guten Teil beraubt. *Völlig egal,* dachte er, denn für das, was er vorhatte, brauchte es nicht mehr als Augen.

Foremon löste den Impuls aus. Durch einen dichten ätzenden Vorhang aus saurem Wasser sah er viele Tropfen Gestein niedersinken. Und im selben Augenblick sprangen die Fremden hervor. Die Lawine verfehlte sie.

Nein! Es ist nicht möglich! Es kann nicht sein!

Foremon vermochte sich den erneuten Fehlschlag nicht zu erklären. Es konnte nicht sein, beim besten Willen nicht, und schon wieder war es passiert!

Solange der Regen dauerte, würde er sie nicht mehr wiederfinden. Ihm war im Bruchteil einer Sekunde klar, daß er nur noch eine einzige Möglichkeit hatte: ein flächendeckender Angriff. Auf diese Karte setzte er den Rest seiner Energie. Ob er sie gezielt vernichtete oder durch Zufall, das war ihm jetzt egal.

Er schlug mit schmerzenden Fingern, vom Regen wie in einen Sturzbach getaucht, hektische Rhythmen auf den Boden. Foremon verwandelte die Ebene in ein Inferno, soweit er sie erreichen konnte. Er verströmte sich, und er verschwendete keinen Gedanken an den Morgen danach.

Der Überhang brachte als Versteck Vorteile und Nachteile. Ich hatte ihn entdeckt, als wir durch das Tafelland kletterten. Gewiß hätte es einen Weg gegeben, der ohne Kletterei auskam. Aber es machte wenig Sinn, sich auf dem Präsentierteller zu zeigen.

Der Fremde folgte uns. Es war eindeutig er, der den Pilzdom mit Basalt umschlossen hatte.

Ob er eine unbekannte technische Vorrichtung nutzte oder ob er eine parapsychische Gabe besaß, ließ sich nicht sagen. Es war auch egal, weil dasselbe herauskam.

Unser Feind – denn ein Feind war er ganz sicher! – beherrschte das Gestein ringsum. Wir hatten nur dann eine Chance, wenn es uns gelang, ihn irgendwie zu überraschen. Am besten ging das aus dem Sichtschutz einer Deckung.

Vor Wurfgeschossen hatte er ganz offenbar Angst. Verständlich, wenn man seine zerbrechliche Statur und das brüchige Exoskelett betrachtete.

Wie kamen wir nahe genug an ihn heran? Ich erinnerte mich, wie schnell er uns beim ersten Mal gefunden hatte. Er besaß entweder hochsensible Sinne, Gehör, Geruch oder was auch immer, oder ein maschinelles Überwachungssystem. Aber auch das war egal. Das Risiko lag auf unserer Seite, man konnte es betrachten, wie man wollte.

Wir entschieden uns bewußt gegen die höchste Erhebung im Umkreis. Dort würde er uns zuerst vermuten. Statt dessen der Überhang, der allerdings einen entscheidenden Nachteil bot: Eine Rückzugsmöglichkeit nach hinten war nicht vorgesehen.

Außerdem, der Fremde konnte jederzeit das Gestein über uns zusammenstürzen lassen. Ich betrachtete das als ernstes Problem. Was, wenn wir ihn nicht beim ersten Mal trafen? Wenn er noch Zeit zu einem Gegenschlag fand?

So kam ich auf die Idee mit dem Warnapparat. Während Bully draußen lag und Ausschau hielt, befestigte ich kleine Steinchen in den Felswänden über uns. Ich klemmte viele Dutzend provisorisch in Spalten fest. Sobald das Gefüge erschüttert wurde, sobald sich etwas veränderte oder verflüssigte, kämen sie herabgeprasselt.

Vor uns lag Geschoßmaterial. Wir hielten alles bereit, was sich schleudern ließ, vom zackigen Keil bis zum dicken Brocken, den man nicht weiter als dreißig Meter werfen konnte. In der Umgebung gab es kaum einen losen Stein.

Wir machten uns Gedanken, ob nicht irgendwie doch eine Verständigung erreichbar wäre. Aber da gab es wenig; nichts, was für uns nicht das Todesurteil bedeutet hätte.

Eine fremde Galaxis. Ein fremder Stern, ein fremder Planet mit einem einzigen Bewohner.

Verständigung wurde nur möglich, wenn beide Seiten Bereitschaft zeigten; ein Fall, der sich hier getrost ausschließen ließ. Ich konnte mir nicht vorstellen, daß wir ein zweites Mal bis auf Sprechreichweite an den Albino herankämen.

»Perry!« Bully faßte meinen Arm. »Da!«

Durch den sichtbaren Teil der Ebene hoppelte unverhofft der Sandhase. Ich hegte keinen Zweifel. Es war das kleine Tier, das ich zur Ankunft in der Ebene für kurze Zeit gesehen hatte.

Bully wollte schon aus der Deckung heraus. Doch ich faßte ihn am Arm. »Stopp, Dicker! Ich nehme an, daß der Hase irgendwas mit unserem Verfolger zu tun hat.«

»Und was?«

»Ich weiß es nicht. Warten wir einfach ab.«

Und dann kam er, unser Knochenmann. Der Angriff lief schief (wie ich's geahnt hatte), hinter uns schlug kurz darauf das Warnsystem an, wir hechteten mit gedankenschnellen Sätzen ins Freie. Der Überhang hätte uns zweifellos zerquetscht.

Binnen eines Augenblicks waren wir bis auf die Haut durchnäßt. Genau das, was uns angesichts der bevorstehenden Nacht und der Temperaturen noch gefehlt hatte.

Der Regen verursachte ein ätzendes Gefühl auf der Haut. Ich hoffte, daß das Brennen nicht gefährlich war. Wahrscheinlich enthielt der Niederschlag eine saure Beimengung, allerdings in sehr geringer Konzentration.

Wir schlugen einen Fluchtweg ein, den wir zuvor ausgetüftelt hatten; in weiser Voraussicht eines möglichen Fehlschlags, genau wie er jetzt eingetreten war. Innerhalb weniger Sekunden lagen fünfzig Meter Distanz zwischen uns und dem Fremden.

So einfach? Weglaufen, und das war's dann?

Aber nein, das reichte nicht. Es wurde schmerzhaft deutlich, als uns ein fürchterlicher Stoß von den Beinen warf. Ich landete auf dem Boden; Bully hatte weniger Glück und schlug sich an einem vorspringenden Grat die Hände auf.

Fontänen aus Basalt spritzten plötzlich hoch, ein Hagel aus Gesteinsbrocken mischte sich mit dem prasselnden Regen. Von einer Sekunde zur nächsten war praktisch kaum noch etwas zu sehen. Der Staub, der mit dem Beben hochgeworfen wurde, kam mit Wasser gebunden als Schlamm wieder herab.

Ringsum schüttelte sich der Boden. Direkt vor meinen Augen wuchs ein Hügel aus dem Boden, der vorher nicht dagewesen war.

Lediglich gewisse Stellen waren der Veränderung nicht unterworfen. Sie besaßen eine etwas andere, rotbraune Farbe, bestanden aus einem anderen Material.

Der Basalt zuckte und verlief, das andere Gestein reagierte in keiner Weise. Daraus zog ich den Schluß, daß der Albino nur den Basalt manipulieren konnte, kein anderes Material.

Aber was nützte es, wenn praktisch die ganze Ebene aus Basalt bestand?

Der sichtbare Teil der Landschaft wandelte sich in einem gespenstischen Prozeß. Aus Karst wurden sanfte, wie in Gummi modellierte Wellen, die bis zu fünf Meter Höhe erreichten. Und die Wellen bewegten sich! Sie liefen aufeinander zu, kreuzten kurz, löschten sich wie die Kräuselung eines Ozeans entweder aus oder wuchsen zur doppelten Höhe.

Mittendrin ich und Bully.

Unter meinen Füßen sank der Boden weg. Ich hechtete mit einem weiten Satz beiseite, aber überall war der Untergrund nun nachgiebig wie Sumpf. Einmal darin versinken, so begriff ich, und ich wäre für alle Zeiten begraben.

Genauso konnte das Gestein wieder aushärten. Dann eignete es sich bestens, alles Organische zu zermalmen.

»Perry!« brüllte eine Stimme. Im klatschenden Regen ging sie beinahe unter.

Ich hörte Bull, doch sehen konnte ich ihn nicht mehr. Instinktiv versuchte ich, vorwärts zu kommen.

Die Richtung, die wir als Fluchtweg ausgesucht hatten, hielt ich immer noch. Selbst in höchster Lebensgefahr blieb mir eine gewisse gefühlsmäßige Orientierung erhalten.

Meine Füße wurden abwärts gesogen. Ich strampelte, kämpfte dagegen an, und am Ende warf mich ein meterhoher Wellenkamm in die Luft.

Als ich zu Boden fiel, geschah das auf festem Untergrund. Meine Knochen waren heil, nur die Knie und die Ellenbogen brannten fürchterlich.

Ich begriff, daß ich den Rand der bedrohten Zone erreicht hatte.

Der Fremde mit den Segelohren mußte sich irgendwo im Chaos befinden; er hatte es ja selbst entfesselt. Daß er in diesem Augenblick noch wußte, wo er uns suchen mußte, das glaubte ich nicht. Nein, dieser Kerl schlug mit seiner Gabe blindlings um sich.

Ein gutes Zeichen. Es konnte bedeuten, daß er uns verloren hatte.

»Bully! Bully, melde dich!«

Nichts. Und dann sah ich durch den Vorhang aus Tropfen und Staub einen verdreckten, ehemals roten Haarschopf fliegen. Zwanzig Meter entfernt, im Grunde wenig, jedoch innerhalb der Todeszone und schwer erreichbar.

Der Dicke hatte die Orientierung verloren.

Ich hatte keine Wahl, ich holte so tief wie möglich Luft und sprang in den tobenden Basalt zurück. Augenblicklich war's vorbei mit der kühlen Überlegung. Bully wiederzufinden erwies sich als pures Glücksspiel. Immer wieder verschwand er im sich hebenden und senkenden Felsenmeer, schnellte wieder empor, entfernte sich in wechselnden Richtungen. Und doch gelang es mir am Ende, mehr aus Zufall als in Folge überlegter Aktion.

Mit einemmal hatte ich ihn neben mir. Ich bekam seinen Arm zu fassen, krallte mich fest, ließ nicht mehr wieder los.

»Perry?«

»Ich bin's!« schrie ich mit heiserer Stimme zurück. »Komm!«

Ob es der Regen war oder der Basalt, der den infernalischen Lärm verursachte, ließ sich nicht mehr sagen. Es war bedeutungslos, wir kämpften uns vorwärts und versuchten, nicht vom Erdboden verschluckt zu werden.

Nach weiteren zwei Minuten wurde der Boden fester.

Oder ließen die Kräfte unseres Verfolgers nach? Konzentrierte er sich auf ein anderes Gebiet?

Wir nutzten die Gunst des Augenblicks. Mit steigender Festigkeit bot der Untergrund komfortablen Halt.

Bull hatte verklebte Augen, sein Gesicht, die Kleidung, überhaupt der ganze Körper war von oben bis unten mit Schlamm verschmiert. Er konnte nicht mal den Weg erkennen, also zog ich ihn mit kräftig dirigierenden Bewegungen auf eine niedrige Schlucht zu. Welche Richtung wir hielten, war bedeutungslos. Hauptsache, wir kamen von der Stelle.

Sekunden später erreichten wir eine Zone, die sich wieder karstig präsentierte, voller Felsenrisse und ohne Wellen im Basalt.

»Bist du okay, Alter?«

»Bin ich«, murmelte Reginald Bull. Was er sagte, war kaum zu verstehen. »Nichts wie weg hier! Ich kann nicht mehr. So schnell wie möglich.«

Wir schleppten uns vorwärts – viel mehr war's tatsächlich nicht mehr. Bully hielt das Gesicht nach oben, damit der Regen seine Augen reinigte.

»Verdammter Dreck. Dieses Wasser brennt wie Feuer.«

Er schaute mich an, und seine Augenwinkel leuchteten in intensivem Rot. Anzunehmen, daß er starke Schmerzen hatte.

Wir folgten der Schlucht, bis sie ins Tafelland mündete. Hier oben peitschte der Wind heftigen Sprühregen vor sich her. Weil die Richtung ständig wechselte, war es unmöglich, sich dagegen zu schützen, weder mit hochgeschlagenen Kragen noch mit den Händen vor den Gesichtern.

»Wie weit noch?« fragte Bully.

»Einen Kilometer«, entschied ich. »Dann wird es dunkel. Vielleicht haben wir ihn dann abgehängt.«

Der Dicke wartete eine ganze Weile, dann sagte er: »Vielleicht auch nicht.«

Dem war nichts mehr hinzuzufügen.

Aus dem Kilometer wurde nur ein halber; der Weg ließ sich kaum mehr erkennen. Die Dunkelheit brach mit erstaunlicher Geschwindigkeit über diesen Teil des fremden Planeten herein.

Wir hatten gerade Zeit, uns eine Höhle zu suchen. *Nach Unterschlupf stöbern. Sich verkriechen wie ein Tier ... Genau das ist es.*

Bully und ich froren erbärmlich. Die Versuchung, sich einfach zu Boden zu legen und einzuschlafen, war riesengroß. Aber das wäre ein Fehler gewesen. Wir waren bis auf die Haut durchnäßt, hatten unzählige kleine Wunden am Körper, und in der Nacht würde es bitterkalt.

Also ging's ein letztes Mal in den Regen hinaus. Wir suchten Geröll zusammen, verschlossen den Höhleneingang, notdürftig und von innen natürlich. Es zog und pfiff an allen Ecken, doch es würde reichen, damit die Temperatur ein paar Grade höherstieg. Im ungeschützten Freien wären wir erfroren.

»War's das?« fragte Bull.

»Ich denke schon.«

»Kannst du Wache halten, Perry?«

»Nein.«

»Ich auch nicht.«

»Dann schlafen wir eben beide. Mehr als schiefgehen wird's nicht.«

Ich versuchte, es mir auf dem unebenen Boden bequem zu machen. Die Mühe erwies sich als überflüssig, denn in dem Moment, als ich gerade lag, wich jedes Gefühl aus meinen Gliedern.

»Gute Nacht, Bully.«

Keine Antwort. Der Dicke war bereits eingeschlafen. Ich schloß die Augen und spürte keine Schmerzen mehr.

6.

Richtung Osten

Als ich erwachte, wurde es ganz allmählich hell. An diesem Morgen von gutem oder schlechtem Zustand zu sprechen, erübrigte sich. Es ging lediglich ums Überleben. Überlebt hatte ich, der Körper indes befand sich am Rand seiner Möglichkeiten.

Ich rüttelte an Bullys Schulter. Erst wollte er nicht wach werden.

Ich fürchtete bereits, daß er gestorben sei; einen schrecklichen Augenblick lang, der mich innerlich erstarren ließ. Dann aber gab er ein krächzendes Geräusch von sich, er schüttelte sich schwach und stieß in einer erschreckten Bewegung seinen Kopf an einem Felsbrocken.

»Jedenfalls bist du wach«, sagte ich leise.

»Ja.« Es klang matt. Bull richtete unter Mühen seinen Oberkörper auf. »Das ist zweifellos wahr.«

Das Frühstück fiel aus naheliegenden Gründen aus, wir besaßen weder Nahrung noch Wasser, und es war mit Sicherheit das beste, wenn wir so schnell wie möglich den Standort wechselten.

Draußen hatte der Regen aufgehört. Wir räumten das Geröll vor dem Höhleneingang beiseite und betrachten die vor uns liegende Landschaft. Viel war nicht zu sehen, lediglich ein Ausschnitt des umgebenden Tafellandes. Pfützen gab es nirgendwo, nicht einmal Spuren von Sickerwasser. Es war, als hätten der Regenguß und das Unwetter niemals stattgefunden.

»Sieht alles ganz ruhig aus«, meinte Bull nach einer Weile.

»Hoffentlich. Ich bin dafür, wir gehen raus.«

Mit steifen Armen und Beinen krochen wir ins Freie. Mittlerweile wurde es wärmer. Im Licht der aufgehenden Sonne schien die Ebene unverändert, friedlich, jedenfalls auf den ersten Blick.

Linker Hand hob sich eine in tausend Riesentropfen erstarrte Steinlandschaft gegen das karstige Umfeld ab. Eine Ausnahme stellten lediglich rotbraune Felsen-Einsprengsel dar. Das Inferno hatte sie an die Oberfläche transportiert. Die Einsprengsel besaßen noch ihre alte brüchige Struktur.

Ich hatte es völlig richtig gesehen: Der Albino besaß Macht nur über den Basalt, auf andere Materialen hatte er keinen Einfluß.

Von dem Fremden war nichts zu sehen. Es kam darauf an, wie schnell er uns wiederfand. Solange wir vorsichtig agierten, würde es eine Weile dauern.

Und wenn es uns gelang, eine basaltfreie Zone zu erreichen, dann waren wir hoffentlich gerettet.

»Wir haben 21 Stunden auf diesem Planeten hinter uns«, sagte ich mit einem Blick auf meine dreckverschmierte Armbanduhr. »Es gibt nichts zu essen, nichts zu trinken, wir haben uns einen Todfeind eingehandelt – und wir können nicht auf die Brücke in die Unendlichkeit zurück.«

Bully schaute mich eine Weile an, dann sagte er lakonisch: »Stimmt.« Er grinste, mehr aus Galgenhumor denn aus Erheiterung.

»Unter den gegebenen Umständen überleben wir nicht lange. Es hat keinen Sinn, hier weiterzumachen.«

»Willst du dich hinlegen und auf den Weihnachtsmann warten?«

»Nein. Ich habe dir gestern schon gesagt, daß wir mit Sarkasmus nicht weiterkommen.«

»Was dann?«

»Wir wagen den Marsch durch die Ebene.« Ich deutete in Richtung Osten, wo wir das Stummelschiff hatten landen sehen. »Was immer sich dahinter befindet, wir werden es uns ansehen. Auch wenn es zwanzig Kilometer oder so entfernt ist. Hoffen wir auf den Zufall. Ich halte diesen Landeplatz für unsere einzige Überlebenschance.«

»Da wirst du wohl recht haben. Aber ich wittere Probleme. Und ich mag diese stinklangweiligen Fußmärsche nicht.«

»Wenn es keine anderen Argumente gibt?«

Wir folgten einer Vertiefung im Fels einen halben Kilometer Richtung Osten. Die ganze Zeit bewegten wir uns in Deckung, so daß ein eventueller Beobachter – von dessen Existenz wir überzeugt waren – nichts wahrgenommen hätte.

Nur wenige Male sahen wir uns gezwungen, auf ein höheres Niveau der Landschaft zu steigen. Das Risiko nahmen wir in Kauf, dafür kamen wir schnell voran.

Bully gab die Richtung an, ich sicherte nach hinten und behielt den Felsenrand über uns im Auge.

Plötzlich stockte der Dicke. »Perry! Schau mal!«

Ich trat an seine Seite und erstarrte ebenfalls. Vor uns hockte am Boden der Sandhase, mitten in der Schlucht. Es war mit absoluter Sicherheit dasselbe Geschöpf, das uns zweimal über den Weg gelaufen war, beide Male im Zusammenhang mit dem fremden Humanoiden.

Das Geschöpf bewegte sich nicht. Es schaute nicht in unsere Richtung, es zuckte nicht beim Geräusch zweier sich nähernder Männer, und es reagierte nicht auf unmittelbare körperliche Bedrohung.

Der Hase sah aus, als bestünde er aus Stein. Vielleicht eine Statue, ein Abbild?

Mein Instinkt sagte mir, daß wir exakt jenes Wesen vor uns hatten, das wir kannten. Keinen Artgenossen, keine Kopie. Nur der Mangel an Reaktion ließ sich nicht erklären.

»Er hat uns sicher gesehen«, meinte Reginald Bull gefährlich ruhig. »Auch wenn er sich nicht bewegt, er wird uns verraten.«

Mittlerweile waren wir auf zehn Meter heran. Bully nahm kurz entschlossen, bevor ich überhaupt nachdenken konnte, einen schweren Brocken Fels mit beiden Händen hoch.

Erstaunlich, dachte ich, *wieviel Kraft noch in seinem Körper steckt.*

Bull trat vor den Hasen hin, hob den Brocken und ließ ihn mit aller Gewalt auf das reglose Wesen niederkrachen.

Ich war zu schockiert, als daß ich ein Wort hätte sagen können. Im ersten Augenblick hoffte ich, der Hase möge beiseite springen, dann sah ich die Splitter, die zu allen Seiten flogen.

Der Hase blieb zerstört zurück. Zerstört? Getötet? Was denn nun?

Reginald Bull beugte sich nieder und untersuchte einen Teil der Splitter. »Das Ding bestand völlig aus Basalt, Perry«, erklärte er. »Also doch eine Statue?«

»Egal.« Ich schaute ihn ärgerlich an. »Den Lärm konnte man bis zum Pilzdom hören. Wir müssen weiter.«

Nach einer Stunde lag der erste Kilometer hinter uns. Passiert war überhaupt nichts, auf eine Verfolgung gab es keinen Hinweis. 1000 Meter – im Grunde keine Entfernung, speziell nicht auf einem Planeten, dessen Brückentor die Möglichkeit bot, innerhalb einer Sekunde von Galaxis zu Galaxis zu wechseln.

Aber unser mysteriöser Feind kämpfte mit ähnlichen Voraussetzungen wie wir selbst. Hätte er über Strahlwaffen, Granaten oder gar ein Raumschiff verfügt, er hätte seine Vorteile längst umgemünzt.

Eine weitere Stunde marschierten wir entlang deckender Geländeformen, immer Generalrichtung Osten, auch wenn das Vorwärtskommen oft erschwert war.

Nach Ende der dritten Stunde beschlossen wir, unsere Taktik zu ändern. Ich hegte eine gewisse Zuversicht, daß der Verfolger nicht mehr in der Nähe war.

Und wenn doch, dann war es eben vorbei. Wir konnten weder einen dritten Kampf überstehen, noch war es möglich, die Kletterei über tiefliegende Pfade auf Dauer fortzusetzen. Die nötigen Kräfte besaßen wir einfach nicht mehr.

Also wechselten wir auf den flachen Teil des Tafellandes. Die wellenförmige, oft karstige Landschaft war aus dieser Höhe leicht zu überschauen. Man konnte oft hundert Meter geradeaus marschieren, ohne daß es Stolpersteine oder auffällige Löcher gab.

Ich schaute nach vorn, auf den seltsam vernebelten Horizont. Es schien, als stiege in verwirbelten Konvektionsströmen feuchte oder erwärmte Luft nach oben.

Was das zu bedeuten hatte? Ich wußte es beim besten Willen nicht.

Meine Unkenntnis der planetaren Verhältnisse ließ keine klare Deutung zu.

Genauso oft schaute ich rückwärts, um einen eventuellen Verfolger möglichst zeitig zu entdecken. Eines stand fest: Wollte sich der Knochenmann unbemerkt noch einmal nähern, so konnte das nur durch die vertieften Rinnen im Basalt geschehen. Und durch diese Rinnen, das wußten wir, kam man schlecht voran.

Solange wir ein gewisses Tempo vorlegten, befanden wir uns in Sicherheit.

Gegen Mittag hatten wir mehr als zehn Kilometer zurückgelegt. Der Pilzdom war nicht mehr sichtbar. Lediglich die Formation, in deren Mitte er sich befand, hatte ich mir mit Sorgfalt eingeprägt.

Nach hinten schaute ich jetzt kaum noch. Doch ich war nicht so sicher, welcher Anblick für mich der deprimierend war: das wüstenartige Tafelland – oder die Gesteinsformation, die sich vor uns aus dem Land erhob.

Der ungewisse Nebelschleier, der in der Luft lag, vermochte die Sicht kaum noch zu trüben. So wurde die Felsenwand deutlich sichtbar.

Über eine nicht mehr überschaubare Breite ragte vor uns eine Art Mauer auf. Was ich für ein relativ flaches Plateau gehalten hatte, stellte in Wahrheit ein kaum überwindliches Hindernis dar. Das Landefeld des Raumschiffs lag in katastrophaler Höhe.

»Was meinst du, Perry? Wie weit oben ist das?«

»Zweitausend Meter«, schätzte ich düster.

Ich starrte die ganze Zeit die gebirgsartige Linie an. Jenseits von etwa einem Kilometer Höhe wurde es weiß; dort mußte die Frostgrenze beginnen, die entsprechenden Regionen der Steilwand waren teils von Eis, teils von Schnee bedeckt.

Mir wurde nicht bewußt, wie sehr ich in diesen Augenblicken die Schultern hängen ließ. Es war anzunehmen, daß wir beide ein Bild des Elends boten.

Zwei geschundene, der völligen Erschöpfung sich nähernde Terraner, eine unbekannte Anzahl Lichtjahre von zu Hause, ohne Nahrung, ohne Wasser und ohne eine Ahnung, wie das Dilemma zu lösen wäre.

Wie mechanische Spielzeugpuppen setzten wir Schritt an Schritt. Doch so schnell es mit der Depression ging, so rasch tauchte auch wieder Hoffnung auf.

Der dunkle Rand, der das Gebirge am Fuß von der Ebene abgrenzte, erwies sich als Vegetationsstreifen. Je näher wir kamen, desto mehr entpuppte sich das dumpfe Grau als Grün. Von dort stieg die warme Luft auf. Und wenn das, was ich auf die Entfernung für Bäume hielt, wirklich pflanzlichen Ursprungs war, konnte es für uns die Rettung bedeuten.

Unwillkürlich beschleunigten wir unsere Schritte. Die Blicke wanderten wieder häufiger zurück. Alles durfte passieren, nur kein Auftritt dieses Skelettwesens.

Wir erreichten die Vegetationsgrenze, als in der Ebene der Nachmittag endete.

Foremon besaß kaum noch Gefühl im Körper. Alle Energie hatte er in einem schrecklichen Wüten abgegeben. Er hatte ein verblüffend großes Areal umgegraben, neu gestaltet, aufgebaut und wieder zusammenfallen lassen. Einen solchen Kraftakt hätte er sich nicht zugetraut, nicht mit weniger als einem Drittel seiner Kräfte.

Der Regen wusch alle Spuren fort. Ob er die Mörder erwischt hatte oder nicht, das vermochte er nicht zu sagen. Er hoffte, daß er die Frage zu einem späteren Zeitpunkt beantworten konnte.

Mit letzter Kraft schleppte sich Foremon in den Schutz einer Felsenformation – außerhalb des gemorphten Gebietes –, erstarrte zu einer Skulptur und schlief ein.

Erst die Strahlen von Galornenstern weckten ihn. Der Morgen brachte ihm Energie zurück. Aber viel zu langsam, und es verlangte ihm eine Menge ab, seine Ungeduld zu bremsen.

Nicht denken. Nicht bewegen. Akkumulieren, nichts als Kräfte sammeln.

Eine Stunde nach Mittag bewegte sich Foremon zum ersten Mal wieder. Der Substanzverlust schien ihm riesengroß. Und doch entschied er sich, das gemorphte Gebiet zu durchstöbern, nach einer Spur der Leichen Ausschau zu halten.

Anfangs hatte er keinerlei Erfolg. Was, wenn sie unter Tonnen von Basalt zerrieben waren? Ihre Leichen, als Partikel zwischen erstarrtem Fels ... Foremon sah sich bereits in einem Monate dauernden Prozeß Schicht um Schicht abtragen, bis er Überreste finden würde.

Kurz darauf nahm er etwas wahr, das er zu Anfang nicht glauben wollte.

Er spürte Erschütterungen. Sie waren sehr fein, irgendwo zwischen hier und der Stadt Gaalo.

Am Rhythmus der Schritte erkannte er die Mörder. Für kurze Zeit gelang es ihm, die Wahrnehmung aufrechtzuerhalten, dann existierte nur noch die Vibration des Windes über der Ebene.

Es war ein stiller, ein freundlicher Tag. Zu schön, um sich das eigene Versagen einzugestehen, aber welche Wahl besaß er denn?

Foremon wußte, daß er sie nicht mehr einholen konnte. Wenn die Fremden sich in Richtung auf die Felsenwand bewegten, dann hieß das, daß die Stadt Gaalo ihr Ziel war. Foremon verwünschte den Zufall. Hätten sie nicht das Stummelschiff gesehen; sie wären niemals darauf gekommen, wohin sie sich wenden mußten.

In der Basaltebene konnte er sehr viel schneller laufen als die Mörder. Wenn aber der Vorsprung zu groß war, dann half ihm alle Eile nicht.

Ein Gewaltmarsch hätte wiederum seine Kräfte aufgezehrt. Angenommen, er hätte sie tatsächlich noch erreicht, was dann? Ein Kampf ohne Kräfte?

Auf diese Weise hatte er zweimal den kürzeren gezogen. Ein drittes Mal würde es nicht geben.

Ce Rhioton, der Zweite Bote von Thoregon, hätte sicherlich am Pilzdom oder aus der Stadt binnen zwei Minuten ein Transportmittel aufgetrieben. Welche Einrichtungen der Pilzdom barg, darüber konnte Foremon nur spekulieren.

Möglich, daß Ce Rhioton die halbe Ebene in Schutt und Asche gelegt hätte. Am Ende jedoch hätte er die Mörder erwischt.

Sehr dumme Gedanken, sagte sich Foremon. Ce Rhioton hatte nie ein Transportmittel benutzt, er war immer mit Foremon zu Fuß gegangen. Die Ebene ließ auch gar nichts anderes zu. Wer sie überflog oder mit einem Schweber hindurchsauste, der störte nur ihren Frieden.

Einen Frieden, der von jetzt an nicht mehr existiert.

Foremon wußte nicht mehr, wie es weiterging. Er hatte keine andere Wahl, als den ganzen Tag seine verbrauchten Kräfte zu ersetzen, wenn er Pech hatte, auch morgen noch.

Hoffnung verschaffte ihm nur ein Gedanke: Die Fremden hatten Gaalo oder Herz-FÜNF noch lange nicht erreicht. Sie mußten zuvor ein Hindernis überwinden, das ohne Hilfsmittel nicht zu bezwingen war. Es sei denn, sie konnten fliegen – aber wie Vögel hatten sie für Foremons Augen nicht ausgesehen. Hätten sie diese Möglichkeit besessen, sie wären schon beim ersten Gefecht davongeflogen.

In diesem Augenblick, so schätzte er, standen sie vor einer Hürde von zwei Kilometer Höhe.

Foremon erinnerte sich an ihre Kampfmoral. Unterschätzt hatte er

Rhodan und Bull schon einmal, er hatte bitter dafür bezahlt. Es würde ihm niemals wieder passieren.

Ihre Chancen standen schlecht. Aber das hieß nicht, daß sie es nicht trotzdem irgendwie schafften.

Im Geist spielte er die verschiedenen Möglichkeiten durch. Die Fremden konnten nicht in den Fahrstuhl, so wie er oder Ce Rhioton oder andere Passagiere der Brücke. Den Fahrstuhl würden sie zudem niemals finden, und wenn, dann würden sie ihn nicht benutzen können.

Über Flugaggregate oder dergleichen verfügten sie nicht. Und Lebewesen, die ihnen nach oben helfen konnten, gab es keine.

Foremon zermarterte sich den Kopf. Er witterte förmlich, daß da eine Möglichkeit war, mit der er nicht kalkulierte.

Auf diesen Fall der Fälle bereitete sich Foremon vor. Verfolgen mußte er sie, fragte sich nur, bis an welchen Punkt.

Am Ende des Tages erwachte er aus seiner Starre. Er hatte ungefähr die Hälfte seiner Kräfte wiederhergestellt.

Von seinem Standort mitten im Tafelland begab er sich zum Pilzdom zurück. Es war nicht sehr wahrscheinlich, daß in diesen Tagen ein Passagier die Brücke beging – und daß ausgerechnet der Pilzdom von Galorn sein Ziel darstellte.

Aber vorstellbar wäre es gewesen. Foremon dachte mit Schrecken daran.

Er hatte das Charisma des Fremden namens Rhodan deutlich gespürt, über die Barriere des exotischen Körperbaus hinweg. Was, wenn dieser Rhodan noch anderen aufgefallen war als ihm? Was, wenn er andernorts noch mehr Unheil angerichtet hatte? Wer sagte denn, daß der Mord am vierten Boten von Thoregon das einzige Verbrechen war?

Also was, wenn Ce Rhioton oder ein anderer bereits versuchte, Rhodan zu verfolgen? Foremon gab sich die Antwort selbst: Er hätte nicht einmal den Pilzdom verlassen können.

Mit einem Mal begriff er, daß er sich möglicher Hilfe selbst beraubte. Bevor er den Fremden folgte, mußte er die Brücke wieder öffnen. Auch wenn es ihn wertvolle Kräfte kostete; die Fremden befanden sich nicht mehr in der Nähe, also machte der Überzug aus Basalt nicht länger Sinn.

Der Wächter kniete nieder, begann mit den Fingern auf Basalt zu klopfen, und in einer erheblichen Strapaze ließ er den erstarrten Fels beiseite fließen. Darunter kam der silberne Dom zum Vorschein.

Beinahe wünschte er sich, Ce Rhioton hervorspringen zu sehen.

Dann wäre die Last der Verantwortung von seinen Schultern genommen. Doch über der Ebene blieb es still, und Galornenstern sank unter den Horizont.

Es wurde dunkel. Foremon hatte genügend Energie übrig, um die Wanderung nach kurzer Pause aufzunehmen.

Bei Nacht war es schwierig für ihn, weil er mit den Ohren höchstens Sternenlicht auffing. Ein Teil seiner Sinne funktionierte jedoch sehr gut. Und einer dieser Sinne war es, der mit einem Mal anschlug, bevor er nur ein Zehntel der Strecke zurückgelegt hatte.

Sein Instinkt führte ihn an eine tiefliegende Stelle mitten im Tafelland. Foremon schaute lange auf den dunklen Boden, ohne daß die vielen Details sich für seinen Blick zusammenfügten. Dann aber erkannte er die Splitter, kleine Brocken aus Basalt, verräterische Reste in den umliegenden Felsenspalten.

»Steinkind«, sagte er tonlos.

Sie hatten Steinkind umgebracht, auch wenn es streng genommen kein Leben besessen hatte.

7.

Schneegestöber

Nur wenige hundert Meter war der grüne Streifen breit, er schien sich endlos am Fuß des Abhangs entlangzuwinden. Langes Beobachten kam nicht in Frage, keiner von uns hätte die Geduld aufgebracht. Deshalb hielten wir schnurstracks auf den Dschungel zu.

Bully zuckte plötzlich zusammen. »Hast du's auch gehört, Perry?«

»Ja. Es klang wie ein Vogel.«

»Aber hier fliegt nichts.«

Ein paar Minuten lang standen wir still, und unsere Ohren filterten Dutzende von Einzelgeräuschen aus einem leise, ungemein komplexen Lautteppich.

Es raschelte unter meinen Füßen, als ich die Dschungelzone betrat. Woraus der Untergrund bestand, ließ sich nicht mit Sicherheit sagen. Auf jeden Fall gab der Boden nach, es schien sich um eine Art Humus zu handeln, der mit unzerlegten Pflanzenresten angereichert war.

Im Grunde war mir das egal, solange wir nur den Basalt verließen.

Bully und ich hofften, daß der Albino uns nichts mehr anhaben konnte. Ob er uns dennoch folgte, das war die große Frage. Wir durften uns niemals sicher fühlen, gleich was passierte.

»Okay, Bully. Das bringt hier draußen nichts. Komm!«

Ich war sicher, daß wir in kürzester Zeit Nahrung und Wasser fanden. Auf der anderen Seite bedeutete Dschungel Gefahr, Überlebenskampf auf engem Raum. Meine Knie fingen allein beim Gedanken wieder zu zittern an.

Mit aller Vorsicht, zu der wir fähig waren, eroberten wir den Dschungel Schritt um Schritt. Die dichte grüne Blätterwand schoben wir behutsam zur Seite. Mehrfach sah ich Getier in Sicherheit huschen, doch darunter war nichts, was eine Gefahr bedeutete.

Die Blätter waren wie menschliche Nieren geformt, meistenteils klebrig, manche naß.

Im Gegensatz zur Ebene verfügte der Dschungel über genug Feuchtigkeit. Man konnte sich das erklären: Zog von Westen eine Regenwolke heran, wurde sie von der Barriere gestoppt. Sie regnete ab – und zwar über dem Dschungelstreifen – und zog in größerer Höhe weiter.

Daß sich ein Unwetter wie gestern über der Ebene entlud, stellte vermutlich die Ausnahme dar.

Wir bewegten uns in gerader Linie vorwärts. Unterhalb der Äste erstreckte sich dichtes, von Schwammgeflecht grob durchzogenes Unterholz. Bully war der erste, der auf so etwas wie eine Frucht stieß. Es handelte sich um eine gelbe, zwiebelgroße Knolle, die von einem der tiefen Äste hing.

»Vorsicht, Alter!« rief ich.

Bully erwiderte barsch: »Mir ist jetzt alles egal!«

Er riß die Frucht herunter und schob sie sich in den aufgerissenen Mund. Nicht einmal gekostet hatte er; was für eine Unvernunft. Als er mit den Augen rollte und zu kauen anfing, lief mir das Wasser im Mund zusammen. Der Dicke war ein Glückskind. Er hatte auf Anhieb etwas gefunden, was schmeckte und vielleicht sogar Nährwerte besaß.

»Hier sind noch mehr, Perry!«

Er warf mir eine der gelben Zwiebeln zu. Ich biß ab und ließ den bitteren Geschmack einen Augenblick wirken. Wenn man kurz vor dem Verhungern steht, stellt man keine Ansprüche.

Das Zeug war perfekt. In meinem Magen breitete sich ein wunderbares Gefühl aus. Den wühlenden Schmerz, den ich seit vielen Stunden ignorierte, vermochte das zwar auch nicht zu beseitigen, aber ich war sicher, daß ich mich in einer Stunde besser fühlen würde. Bis dahin kam's darauf an, maßvoll zu essen, nicht zu schlingen.

Wir verzehrten jeder ein halbes Kilogramm. Der ärgste Hunger war vergangen, und die Aktivatoren halfen mit, uns nicht zusammenbrechen zu lassen. Ein normaler Mensch hätte den Strapazen Tribut gezollt; wir dagegen blieben in Bewegung.

Unsere Suche führte geradewegs zum Abhang weiter. Am Fuß des Plateaus erstreckte sich ein kleiner Teich, an der Grenze zwischen Humusboden und schwarzem Gestein. Ich registrierte, daß es sich nicht um Basalt handelte.

Dennoch verhielten wir uns wachsam. Eine Wasserquelle stellte eine besondere Gefahr dar. Nachdem wir eine halbe Stunde gewartet hatten, in der sich keine Räuber, nicht einmal kleine Dschungeltiere sehen ließen, traten wir ans Ufer.

Ich bückte mich. Mit einem Finger prüfte ich das Wasser.

Es war kalt, aber es brannte nicht. Der saure Zusatz, den das Regenwasser noch enthalten hatte, wurde entweder durch einen alkalischen Bestandteil neutralisiert oder es handelte sich um Quellwasser aus dem Inneren des Gebirges.

Ich schöpfte eine Handvoll und trank davon.

Bully schaute mich erwartungsvoll an. »Und?« wollte er mit großen Augen wissen.

»Man kann es trinken«, antwortete ich. »Es schmeckt nicht, aber ich glaube, es schadet auch nicht weiter.«

Wir löschten unseren Durst, natürlich in kleinen Schlucken, über mindestens eine halbe Stunde verteilt, dann setzten wir uns frierend ans Ufer. Ich spürte jeden Knochen.

Bully gab unablässig schnaufende Geräusche von sich. Er ächzte wie ein sehr alter Mann; was er streng genommen ja auch war. Im biblischen Alter von dreitausend Jahren sind ächzende Geräusche nicht ungewöhnlich.

»Mein lieber Mann, das war bitter nötig«, murmelte er. »Ich hätte es keine zwei Stunden mehr ausgehalten.«

»Geht's dir schon wieder besser?« fragte ich.

Plötzlich verengten sich seine Augen. Er starrte mich mißtrauisch an. »Besser? Wieso willst du das wissen, Perry?«

Ich legte den Kopf in den Nacken und schaute die endlose Felsenwand hinauf, deren Farbe sich in einem Kilometer Höhe in Weiß verwandelte.

»Denkst du noch an das Stummelschiff, Bully?«

»Klar.« Er folgte meinem Blick und begriff. Sein Gesicht wurde blaß. »Ich war vor einigen hundert Jahren mal in Urlaub. Auf einer Siedlerwelt namens Coshmertopp. Schöner Planet. Damals habe ich Bergsteigen gelernt. Und deswegen sage ich dir, daß du diesen Abhang ohne Seil und Haken völlig vergessen kannst. Ganz davon abgesehen, daß wir nicht mal Handschuhe haben.«

Ich schaute immer noch den Abhang hinauf.

»Perry, vergiß es!« sprach er eindringlich. »Das haut nicht hin! Perry! Hörst du mir überhaupt zu?«

Reginald Bull bekam ein dunkelrotes Gesicht vor Ärger.

Und dann fragte ich ihn: »Was glaubst du, wie lange wir brauchen werden?«

Wir hatten nicht die geringste Ahnung, was während unserer Abwesenheit in der Milchstraße passierte. Die Unruhe brannte in mir, ich witterte mit jeder Faser Unheil. Und was der Albino mit den Segelohren unternahm, solange er nicht in unserer Nähe war, konnten wir auch nicht sagen.

Genügend Gründe, es kam auf jede Stunde an.

Während sich Bully eine Weile hinlegte, an einen geschützten Platz, mitten in der Abendsonne, ging ich auf Erkundung im Urwaldstreifen. Über Kenntnisse als Bergsteiger verfügte ich ebenfalls. Mir war vollständig klar, daß wir ohne entsprechende Ausrüstung wenig zu bestellen hatten.

In erster Linie benötigten wir Seile. Ich machte eine bestimmte Sorte Lianen ausfindig, die man für Kletterzwecke nutzen konnte. Es war möglich, sie zusammenzudrehen und zu dicken Tauen zu knüpfen. Wie solche Taue sich bei Minusgraden verhielten, vermochte ich schwer abzuschätzen; eine Partie »Russisch Roulette«, wie der Dicke sagen würde.

Als ich mit den ersten Seilen zurückkehrte, war Bully verschwunden. Ich nahm an, daß er sich ebenfalls auf Erkundung begeben hatte.

Den gesamten Rest der Zeit bis Sonnenuntergang verbrachte ich damit, Rohmaterial für Seile zu sammeln. Am Ufer des Teiches stapelte sich mit der Zeit ein ansehnliches Häufchen.

Zwischendurch, wenn ich wieder vorbeischaute, lagen plötzlich kleine Stückchen Holz herum. Der Dicke war aktiv, er hatte irgend etwas vor. Aber was? Ich konnte nur erkennen, daß ein Teil der Holzstücke naß war, ein anderer Teil trocken. Und ein paar größere Brokken sahen aus, als seien sie für ein Lagerfeuer gedacht.

Wir trafen uns, als die Sonne unterging.

Reginald Bull schaffte es, mit Schnipseln eines Gestrüpps Glut zu entfachen. Zehn Minuten später brannte ein Feuer. Die Flammen verströmten eine beträchtliche Hitze, und wir genossen in vollen Zügen das Gefühl von Erwärmung, wie wir es lange nicht verspürt hatten.

»Was soll das nasse Holz?« fragte ich ihn nach einer Weile.

»Dasselbe möchte ich von diesem Lianenzeug auch wissen, Perry.«

Wir grinsten uns an. Zum ersten Mal seit langer Zeit ging es uns gut.

»Aus den Lianen werden Seile«, erklärte ich. »An den abgerissenen Stellen tritt klebrige Masse aus. Wir knüpfen die Lianen zusammen und schmieren sie mit dem Kleber ein. Und dann hoffen wir, daß es hält. – Einwände, Dicker?«

»Oh, gar keine ...«

»Und was ist mit dem Holz?«

»Ich habe einen zweiten Teich gefunden«, erzählte er. »Mitten im Dschungel. Das Ufer lag voller Holzstückchen, aber nur eine einzige ganz bestimmte Sorte. Wenn dieses Holz naß ist, kann man's biegen und sogar auseinanderreißen. Aber das Material, das im Trockenen liegt, ist hart wie Eisen. Ich habe von keinem dieser Eisenbäume einen Zweig abbrechen können.«

»Und das bedeutet?«

Bull lachte breit. »Es bedeutet, daß ich aus diesen völlig durchnäßten Holzstückchen Haken formen werde. Über Nacht können sie am Feuer trocknen. Sieht so aus, als würde das gut zu deinen Seilen passen. Stimmt's, Perry?«

»Stimmt«, sagte ich.

Das einzige, was mir nicht gefiel, war die Sache mit dem Feuer. Einer von uns mußte die ganze Nacht Wache halten, am Holz und an den Seilen arbeiten, während der andere schlief. Und irgendwo da draußen wartete immer noch der Albino.

Bully übernahm die erste Schicht. Trotz aller Sorgen, es war ein herrliches Gefühl, an einem glimmenden Feuer einzuschlafen.

Ich träumte von dem schwarzen Band an meinem Handgelenk. Es verwandelte mich in einen feuerspeienden Drachen, der eine halbe Galaxis in Schutt und Asche legte.

»Nicht mehr als einen Tag, Bully. Wir müssen es schaffen, solange es hell ist. Ich kann mir nicht vorstellen, daß wir eine Nacht in der Steilwand überstehen.«

»Du weißt, daß es knapp wird.«

»Natürlich.«

Haken und Seile lagen bereit, zwar nicht in ausreichender Menge, aber doch so, daß man sich behelfen konnte.

Die Schwierigkeit lag im verwendeten Material. Zwar besaßen wir einen provisorischen Hammer aus Holz; es würde jedoch mühsam sein, unsere Haken damit in festen Stein zu treiben. Organische Werkstoffe, die einer solchen Belastung standhielten, existierten nur wenige. Selbst wenn wir darüber verfügt hätten, in der Kürze der Zeit wäre keine Verarbeitung möglich gewesen.

Wir verließen uns auf Glück und Zufall. Eine Sache, die mir widerstrebte; die aber Bully als impulsivem Charakter nur geringe Probleme bereitete.

Als wir aufbrachen, trugen wir in grob geflochtenen Säcken Vorräte und Werkzeug. Daß sich die Beutel bald in ihre Bestandteile auflösen würden, ließ sich vorhersehen. Sie waren auch nicht für lange Dauer gemacht, sondern für eine einzige Kletterpartie.

Hinauf – und wieder hinunter, wenn wir oben keine Hilfe finden.

Ob es für den Rückweg allerdings noch reichen würde, speziell die Körperkräfte, das sah ich als äußerst fraglich an.

Bully und ich legten uns die Seile um Hüften und Körper, wir sicherten provisorisch mit Knoten ab. Hier kam's nicht auf die reine Lehre an, sondern nur darauf, irgendwie den Hang hinaufzugelangen.

Bully machte den Anfang. Er suchte sich eine bequeme Stelle jenseits des Teichs, zog sich an einem Vorsprung in die Höhe, prüfte den festen Halt.

Der nächste Vorsprung, nun war er bereits vier Meter hoch. Ich folgte auf exakt demselben Weg.

Ab zwanzig Meter Höhe sicherten wir unseren Aufstieg mit Haken. Es erwies sich als schwierige, aber machbare Sache. Unsere Haken ließen sich (entsprechende Kraft vorausgesetzt) durchaus in den Felsen treiben. Nicht an allen Punkten, machmal auch nur wenige Zentimeter; in solchen Fällen suchten wir andere Möglichkeiten, die Haken zu verankern.

Nach einer Stunde lagen schon 300 Meter Abhang unter uns. Erstaunlich, wenn man unseren Zustand betrachtete. Es gab zwei erleichternde Faktoren: Erstens betrug die Schwerkraft ein oder zwei Zehntel weniger als auf Terra, zweitens hatte ich mit der Sicherung so viel zu tun, daß ich an schwindende Kraftreserven keine Gedanken verschwendete.

Am Ende der zweiten Stunde erreichten wir die 500-Meter-Marke.

Die Haken waren immer noch brauchbar. Mit zunehmender Kälte gewannen sie an Festigkeit. Ich war mir jedoch darüber im klaren, daß die Kälte auch die Elastizität verringerte. Mit anderen Worten, die Haken konnten sehr viel schneller splittern oder brechen.

Geradezu verheerend wirkte sich das Fehlen von Handschuhen aus. Ein bißchen wärmte das Sonnenlicht, aber nicht genug, um den permanenten Hautkontakt mit eisig kaltem Stein auszugleichen. Ich hatte Risse in der Haut, blutige Wunden, und die Fingernägel existierten praktisch nicht mehr.

Ab tausend Meter Höhe, die wir gegen Mittag erreichten, wurde die Luft merklich dünner. Uns fiel das Atmen schwer, dem massigen Bull in noch höherem Maß, als es bei mir der Fall war.

Von da an leistete ich die Führungsarbeit. Der frischere Mann übernahm stets die erste Stelle.

Ungefähr zur selben Zeit sank die Temperatur unter die Frostgrenze. Mir wurde klar, daß die Schwierigkeiten erst anfingen. Jeder Schritt erforderte jetzt doppelte Achtsamkeit. Stumpfer Untergrund verwandelte sich in rutschiges, von Reif oder Schnee überzogenes Fundament für einen Aufstieg, der im Grunde zum Scheitern verurteilt war.

Die ganze Zeit schlug ich wie mechanisch meine Haken, ich zog Seile durch verformte, im Grunde ungeeignete Ösen und hielt nach der günstigsten Route Ausschau.

Manchmal ging's im 90-Grad-Winkel nach oben, manchmal fand sich auch für fünfzig Meter eine Rampe im Fels, die man wie ein Wanderer begehen konnte.

Wenn ich mich umdrehte, lag die Basaltebene in scheinbar unendlicher Ausdehnung unter mir. Sogar den Pilzdom vermochte ich zu erkennen; als silbern glitzerndes Objekt mitten im Tafelland. Der Basaltüberzug fehlte mittlerweile, aber all das regte mich nicht mehr auf. Der Rückweg auf die Brücke war nun frei – und wir hingen mehr oder weniger gescheitert in der Felswand.

Bis zum Abend erreichten wir etwa 1800 Meter Höhe. Hier oben blieb es etwas länger hell.

Maximal eine halbe Stunde noch, schätzte ich. Was für eine Tragik, ohne geeignete Ausrüstung hatten wir es bis an diesen Punkt gebracht, und nun fehlten bis zum endgültigen Gipfel ganze zweihundert Meter.

»Wir schaffen es nicht«, brüllte Bully von unten.

Seine Stimme kämpfte gegen den Höhenwind an, der jede Silbe fortblies.

»Ich suche nach einem Überhang!« brüllte ich in derselben erschöpften Stimmlage zurück.

An diesem Punkt hatten wir unverdientes Glück, zum ersten Mal seit langem. Eine Viertelstunde verging – sie führte uns wiederum zwanzig Meter aufwärts –, dann erkannte ich im letzten Tageslicht eine Höhle.

Wir erreichten den Punkt, als es finster wurde. Bully und ich zogen uns mit den buchstäblich letzten Kräften ins Innere.

Die Höhle besaß eine Grundfläche von maximal zehn Quadratmetern. Weiter hinten wurde es zu eng für Menschen, dort wären höchstens Tiere hingekommen.

Es war bitter kalt. Zitternd, geschunden, mit gefühllosen Gliedern hockten wir am Boden. Ohne unsere Aktivatoren wären Erfrierungen vorprogrammiert gewesen. Der Wind steigerte sich draußen zum Orkan, und kurz darauf war die Luft von Schneegestöber erfüllt.

Wir verzehrten den kläglichen Rest unserer Vorräte. Wasser war nicht dabei; wie auch, ohne wasserdichten Behälter.

Bully vollbrachte nochmals eine Unmöglichkeit der kleinen Sorte, indem er mit Steinen und Funkenschlag unsere Rucksäcke in Brand setzte. Wir verfeuerten sie bis zur letzten Faser.

An Schlaf dachten wir nur minutenweise. Entspannung und körperliche Unterkühlung – ohne Decken und ohne warme Kleidung war das gleichbedeutend. Wenn wir leben wollten, mußten wir im Sitzen oder im Stehen auf den Morgen warten.

Vor Entkräftung sprachen wir kaum ein Wort. So starrte ich ins Schneegestöber, immer aus der am wenigsten zugigen Ecke. Die Dunkelheit war mit Blicken kaum zu durchdringen.

Was mochte aus dem Albino geworden sein? Hielt er sich am Pilzdom auf? Oder versuchte er soeben, uns ein weiteres Mal anzugreifen?

Ich konnte mir nicht vorstellen, daß wir das zweifelhafte Vergnügen so schnell wieder haben würden. Eine Bergsteigertour traute ich ihm nicht zu, nicht mit seinem zarten Körperbau, dem brüchigem Exoskelett.

Nach einer endlos langen Zeit wurde es hell.

Bully und ich kamen mühevoll auf die Beine, reckten uns und brachten die steifen Beine auf Betriebstemperatur. Unsere Taschen stopften wir mit Haken voll, die Seile hängten wir uns blank über die Schultern.

So gerüstet begaben wir uns mit dem ersten Licht ins Freie. Obwohl ich die ganze Zeit jämmerlich gefroren hatte, nahm mir die Kälte beinahe den Atem. Draußen war es drei Grad kälter, schätzte ich. Über sieben oder acht Grad minus hätte ich mich nicht gewundert.

Wir legten dreißig Meter senkrecht in der Wand zurück, brauchten dabei die Hälfte unserer restlichen Haken auf, dann veränderte sich die Neigung. Es wurde übergangslos flacher. Wir hatten die Kante des Plateaus erreicht.

Die letzten hundert Meter kletterten wir ohne Haken aufwärts.

Es begann wieder zu schneien. Die Flocken brannten auf der Haut, wenn sie tauten, aber das war etwas, worüber ich mich beim besten Willen nicht mehr ärgerte. Das flach ansteigende Land lag unter einer dichten weißen Decke.

Ein Königreich für feste Stiefel. Von Handschuhen oder einer Thermojacke ganz zu schweigen.

Irgendwo hier mußte das Stummelschiff niedergegangen sein. Beim Gedanken an den Landeplatz entwickelte ich regelrechte Panik. Was, wenn sich unserem Blick eine weitere Wüste darbot? Diesmal nicht in Basalt oder sandsteinfarben, sondern eine Ebene in Weiß?

Foremon erreichte den Rand der Ebene, nachdem er den Dom gesäubert hatte. Hinter ihm lagen das Morphen und ein Gewaltmarsch. Sein körperlicher Ladungszustand konnte nur als schlecht beschrieben werden. Aber daran gewöhnte er sich mittlerweile. Seit die Fremden auf den Plan getreten waren, kannte er es nicht mehr anders.

Er überlegte lange Zeit, wo die Mörder des Vierten Boten steckten. Hätten sie nochmals die Ebene betreten, es wäre ihm kaum verborgen geblieben.

Natürlich bestand ein Rest Gefahr; möglich, daß sie ihn in weitem Bogen umgangen hatten. Dann standen sie jetzt vor dem Dom und flüchteten, ohne daß er eine Chance hatte, sie jemals wiederzufinden.

Aber er hielt eine solche Variante für unwahrscheinlich. Foremon nahm an, daß Perry und Bully ein völlig anderes Ziel verfolgten: Gaalo, Herz-FÜNF, das Hochplateau mit seinen Landefeldern.

Sie besaßen nur keine Aussicht, es auch zu erreichen. Den ganzen Tag hoffte er, irgendwo auf ein Leichenpaar zu treffen. Egal wie es dazu kam, er wollte einfach nur das Passantum.

Am frühen Nachmittag erkannte Foremon seinen Irrtum. Ohne erklärtes Ziel streifte er am Dschungelgürtel entlang. Irgendwo hier, so überlegte er gerade noch, mußten sie sich wohl befinden.

In der Steilwand bewegte sich etwas. Seine Augen arbeiteten nicht sehr präzise, doch Foremon, der ewige Wächter der Ebene, begriff sofort, was das zu bedeuten hatte.

Die Fremden kletterten empor! Sie hingen mitten in der Wand, von hier nicht mehr als zwei kriechende Punkte auf einer schwarzen Fläche.

Ob sie ihr Ziel erreichen würden, das wußte er nicht. Er hatte jedoch keine Wahl, als vom schlimmsten aller Fälle auszugehen.

Daß er sie vor dem Betreten der Stadt stellen konnte, war ausgeschlossen. Klettern war nicht seine Sache. Daß er sie ziehen ließ, war ebenso wenig vorstellbar.

Demnach mußte er sich in der Stadt zum Kampf stellen. Jedenfalls dann, wenn er die beiden wiederfand; wenn er in der Stadt überleben konnte. Wenn er ohne den Basalt, in einer künstlichen Umgebung, überhaupt zu einem Kampf fähig war.

Foremon erstarrte zur Reglosigkeit. Er wollte jede Stufe Licht, die Galornenstern ihm anbot, zur Ergänzung seiner Reserven nutzen.

So stand er bis zum nächsten Morgen. Dann machte er sich auf den Weg zum Fahrstuhl. Er brauchte nur die Kabine in Bewegung zu setzen, und wenige Minuten später war er oben. Eine andere Möglichkeit hatte er nicht.

Foremon hoffte, daß die Fremden in der Wand erfroren wären. Aber sein Instinkt sagte etwas anderes: Er mußte sie irgendwo in den Labyrinthen von Gaalo finden und töten.

Anzunehmen, daß er vorher selbst umgebracht wurde. Foremon wurde sich darüber klar, daß sein Todesurteil mit großer Wahrscheinlichkeit gesprochen war.

AL KELSNER ©

Peter Terrid

Rätselwelt Galorn

1.

»Vorsicht, alter Freund!«

Perrys Stimme klang gedämpft und ein wenig keuchend. Er streckte die rechte Hand aus, packte meinen Kragen und stabilisierte meinen Halt. Ich stieß ein grimmiges Schnauben aus.

»Besten Dank«, murmelte ich und krallte mich in die Wand.

Der Schnee fegte von hinten auf uns zu, klatschte gegen die Felswand und setzte sich dort fest. Die Temperaturen lagen unter dem Gefrierpunkt, ich schätzte sie auf sieben Grad minus oder noch weniger. Wie mit Messern schnitt die Kälte in die Haut und trieb uns den Atem aus den Lungen. Die Feuchtigkeit unserer Atemluft gefror vor unseren Mündern und verwehte, während sich gleichzeitig in großen Flocken der Schnee auf unserer Haut festsetzte.

»Geht es noch?« erkundigte sich Perry.

Seine Augen waren gerötet, er sah erschöpft und angestrengt aus. Seine Lippen waren blaß, fast blutleer. Immer wieder fuhr er, genau wie ich, mit der Hand über die Lippen, um den Schnee fortzuwischen, der dort von unserer Körperwärme aufgetaut wurde und die Lippen benetzte.

Dieser Schnee war sauer. Er prickelte auf der Haut, und wenn er auf die empfindlicheren Schleimhäute geriet, wurde er wirklich unangenehm.

Und in den Augen erst ...

Schweigen wir davon. Es war jedenfalls ziemlich unangenehm. Aber eine andere Möglichkeit hatten wir nicht.

Hinter und unter uns lag die Ebene, von der wir jetzt wegen des Schneetreibens kaum etwas erkennen konnten, und irgendwo in dieser Ebene gab es den Pilzdom, durch den wir diese Welt betreten hatten. Jetzt war dieser Pilzdom praktisch unerreichbar für uns.

»Wir haben es bald geschafft«, munterte Perry mich auf. »Nur noch wenige Meter, dann haben wir es ...«

Dieser Teil des Planeten wäre ein gefundenes Fressen für alle Kletterfreunde der Galaxis gewesen. Unten an der Felswand gab es einen ansehnlichen Streifen dichtbewachsenen Landes, genauer gesagt, einen handfesten Dschungel. Von dort aus ging es fast zwei Kilometer in die Höhe, schroff, gezackt, unwirtlich – und nahezu lotrecht. Es gab alles, was einem Kletterer Spaß machen konnte, Kamine, Überhänge, Risse, die mit Eis gefüllt waren und vieles mehr. Dazu kamen in unserem besonderen Fall schlechtes Wetter, unzureichende Ausrüstung und mangelhafte Kleidung.

Perry hatte den letzten Hügelkamm vor der eigentlichen Hochebene erreicht, streckte den Arm aus und half mir hoch. Es war erstaunlich, was er nach dieser Strapaze noch an Kräften mobilisieren konnte. Ein Ruck, ein Schwung, und ich stand am Rand der Hochebene.

Einige Dutzend Schritte hinter uns ging es zweitausend Meter fast senkrecht in die Tiefe, und vor uns ging es jetzt geradeaus. Zwischen uns und dem Abgrund gab es einige kleinere Erhebungen, die uns aber nach zwei Kilometern senkrechten Aufstiegs nicht mehr hatten beeindrucken können.

Was nun vor uns lag, war wirklich eine Ebene, flach wie ein Brett, und sie erstreckte sich bis zum Horizont, der allerdings nur schwach auszumachen war, weil das schlechte Wetter den Himmel verdüsterte.

»Eine Stadt«, konstatierte Perry zufrieden. »Eine Stadt mit einem Raumhafen, der in Betrieb ist.«

»Hoffentlich auch die Kneipe am Rande des Raumhafens«, wünschte ich halblaut.

Perry lachte leise.

»Es gibt Bereiche, da hast du dich seit fast dreitausend Jahren nicht die Spur geändert, Dicker«, bemerkte er amüsiert. »Aber eine Mahlzeit wäre wirklich nicht das Schlechteste.«

Wir sahen uns kurz an, nickten und setzten uns dann in Bewegung.

Von der Ausrüstung, die wir für den Aufstieg zusammengebastelt hatten, war so gut wie nichts übriggeblieben. Wir trugen die einfachen Kombinationen, die wir beim ersten Betreten der Brücke in die Unendlichkeit getragen hatten: Hose, Jacke und Stiefel in beigefarbenen, naturnahen Tönen, wie es gerade wieder einmal Mode war, dazu jeder ein Kombiarmband, das mir mitteilen konnte, daß wir in diesem Augenblick den 3. November 1288 schrieben und daß es exakt minus 7,245 Grad kalt war. Andere Ausrüstung besaßen wir nicht, auch nicht die kleinste Waffe.

Perry trug außerdem jenes Armband, das er auf der Brücke in die Unendlichkeit entdeckt und an sich genommen hatte. Was man mit diesem Gerät alles anstellen konnte, war uns noch ein Geheimnis.

»Da wären wir!« murmelte ich mit Grimm im Bauch.

Denn eigentlich hatten wir die Kletterpartie gar nicht gewollt. Unser wirkliches Ziel war es, zurückzukehren in den Pilzdom und damit auf die Brücke in oder durch die Unendlichkeit – jenes seltsame, mystische und zugleich hochtechnische Gebilde, das mir nach wie vor nicht geheuer war.

Perry hingegen bewegte sich mit souveräner Gelassenheit auf diesem unbegreiflichen Steg durch das kosmische Nichts, von dem wir nicht wußten, wo er begann und wo er endete, wer oder was ihn erbaut hatte und was der Zweck von alledem war.

Sowenig mir die Brücke gefiel, woraus ich auch nie ein Hehl gemacht hatte, so verlockend erschien mir in diesem Augenblick die Aussicht, auf diesem Weg zurückzukehren zum Ausgangspunkt unserer Reise – nach Trokan, ins heimatliche Sonnensystem.

Aber diesem Rückweg stand jemand im Wege: jenes seltsame, albinotische Geschöpf, das in der Lage war, mit seinen unheimlichen Kräften den Basalt des Erdreichs nach seinem Belieben zu gestalten.

Wir kannten den Namen dieses Wesens nicht, das mit seinem filigranen Exoskelett einen außerordentlich schwächlichen, ja fast hilfebedürftigen Eindruck gemacht hatte. Weit gefehlt – was ihm an körperlichen Kräften abging, machte der Wächter der Ebene durch seine Mittel durchaus wett. Mehr als einmal waren wir nur um Haaresbreite einer seiner mörderischen Fallen entkommen.

Ganz offenkundig hatte uns dieser Wächter der Ebene auf dem Kieker, er mißtraute uns und wollte uns offenbar sogar ans Leben. Den Grund dafür kannten wir nicht, konnten ihn uns auch nicht vorstellen.

Jedenfalls war mit ihm bisher keine Kommunikation möglich gewesen, und wenn ich ehrlich war, mußte ich mir eingestehen, daß unser abenteuerlicher Aufstieg die Felswand hinauf, zweitausend Meter senkrecht in die Höhe, einen sehr starken Ausweich- und Fluchtcharakter hatte.

Immerhin hatten wir während unseres Herumirrens auf der Basaltebene erkennen können, daß es eine Hochebene gab, und wir hatten Raumschiffe dort starten und landen sehen. Die Konturen dieser Raumschiffe waren nicht besonders gut auszumachen gewesen – ein wenig wirkten sie wie gekrümmte Daumen, die sich vom Boden erhoben und sich auf ihn herabsenkten.

Ich stieß einen langen Seufzer aus. Hoffentlich fanden wir dort Hilfe, Nahrungsmittel und Lebewesen, mit denen sich reden ließ.

Auf einer Anhöhe – alles was höher war als fünf Meter, mußte auf dieser Ebene schon als Berg bezeichnet werden – blieb Perry stehen. Er legte die Hand über die Augen, um besser sehen zu können.

Ja, es war eine richtige Stadt – eine sehr eigentümliche Stadt allerdings.

Sie erhob sich steil aus der Ebene; schätzungsweise vierzig Meter höher als die Umgebung war das Fundament der Stadt, die wiederum in eine sehr stabil aussehende Mauer eingehüllt war.

Dies war der Kern der namenlosen Stadt, und er wurde umgeben von einer Reihe anderer Siedlungen. Die genaue Struktur konnten wir nicht erkennen, aber die Unterscheidung zwischen Oberstadt und Unterstadt war nicht zu übersehen.

Ich wischte mir den Schnee von der Stirn. Ohne die besondere Regenerationsfähigkeit unserer Körper, die wir den Aktivatoren verdankten, hätte uns dieser saure Schnee wahrscheinlich längst die oberen Schichten der Haut buchstäblich weggeätzt und uns Löcher ins Fell gebrannt. Unwillkürlich griff ich nach meinen Haaren; ob sie durch den Chip ebenfalls geschützt waren?

Perry streckte die Hand aus, ließ ein paar Flocken darauf landen und blickte hinüber zu der Stadt.

»Ob es dort wirklich Leben gibt?« fragte er sehr leise. »Unter diesen Umweltbedingungen?«

»Sie werden dort allesamt hirschlederne Häute haben«, sagte ich und zog dazu ein grimmiges Gesicht. »Und vermutlich auch so schmecken. Kannst du etwas erkennen?«

Perry nickte zögernd.

»Ja«, antwortete er zögernd. »Dort bewegt sich etwas. Diese Stadt, zumindest ihre Außenbereiche, ist bewohnt. Fragt sich nur, von wem und was.« Er seufzte halblaut. »Wir haben offenbar keine andere Wahl; wir müssen selbst feststellen, wie es dort aussieht.«

Zügig marschierten wir weiter.

Einzelheiten der Oberstadt konnten wir wegen der Mauer nicht ausmachen, wohl aber Details der Unterstadt.

Dort war der Boden sorgfältig eingeebnet und befestigt worden; so war eine Art Plattform entstanden, auf der die Häuser errichtet worden waren. Beim Näherkommen konnten wir erkennen, daß diese Häuser nicht gerade neuesten Datums waren. Schon von weitem ließen sich die Zeichen des Verfalls erkennen: geborstene und nur notdürftig wieder geflickte Mauern, Fugen und Ritzen, in denen offenbar Unkraut wucherte. Die meisten Fensterhöhlen wiesen kein Glas mehr auf.

Wir verzögerten unsere Schritte.

»Es sieht aus wie in einem Elendsviertel, ein Slum«, murmelte Perry Rhodan.

Es ist seltsam und für Außenstehende kaum nachvollziehbar, und es passiert auch nicht immer – aber manchmal, wenn wir Unsterblichen der ganz alten Garde beieinandersitzen, verfallen wir in unsere Sprache, in Bildern und Vergleichen unwillkürlich in die Gedankenwelt unserer jungen Jahre. Der Ausdruck Slum war seit Ewigkeiten nicht mehr allgemein gebräuchlich, aber ich verstand Perry sofort.

»Es sieht ganz so aus, als würden oben die Reichen und Vornehmen wohnen«, faßte er seine Eindrücke zusammen, »und zu ihren Füßen das arme und gewöhnliche Volk.«

»Womöglich noch nach Völkern geschieden«, ergänzte ich und deutete auf das, was ich sehen konnte. »Eine Unterstadt liegt unmittelbar vor uns, auf der linken Seite der Kernstadt. Und rechts, im Hintergrund, kann ich eine andere Stadt ausmachen, die ebenfalls bis an die Mauer der Kernstadt geht ...«

Perry grinste verhalten.

»Ein Haufen Vorstädte auf der Suche nach einer City ...«, bemerkte er. Wer außer ihm und mir konnte sich noch daran erinnern, daß dieser giftige Spruch einmal auf Los Angeles gemünzt gewesen war?

Perry machte ein Handzeichen, und wir marschierten weiter. In meinem Bauch grummelte es vernehmlich.

Perry lachte halblaut. »Wenn General Pounder jemals deinen Bauch hätte knurren hören«, kommentierte er, »wärest du niemals der Besatzung der STARDUST zugeteilt worden. Und er hätte dich garantiert gehört, hätte ich dir nicht immer wieder heimlich Schokoriegel zugesteckt.«

»Wenn ich, nicht zuletzt dank deiner Bemühungen, eines Tages zehntausend Jahre und älter werde, werde ich noch immer voller Dankbarkeit an dich und deine Schokoriegel denken«, gelobte ich. »Und noch in hunderttausend Jahren und mehr werde ich dich lobpreisen, wenn du jetzt und hier etwas zu essen herbeischaffen kannst.«

»Ich werde sehen, was ich tun kann, Alter«, versprach Perry. *Alter,* dabei war er zwei Jahre älter als ich ...

Wir näherten uns der westlichen Vorstadt, weil sie uns am nächsten lag. Einstweilen schien niemand auf uns zu achten. Vielleicht lag es daran, daß der Schneefall jetzt noch stärker wurde, so daß man kaum die Hand vor Augen sehen konnte. Ungemütlich war es schon gewesen, aber jetzt wurden die Zustände unerträglich. Wir nahmen die Beine in die Hand und begannen zu laufen. Es war an der Zeit, daß wir ein Dach über den Kopf bekamen, bevor unsere Haut in Fetzen abgeschält wurde. Was auch immer für ein Volk auf diesem Planeten lebte, es mußte eine erstaunlich säurefeste Haut haben.

Wir erreichten die Plattform. Der natürliche Fels, eben zwar, aber dennoch rauh und voller Risse und Unebenheiten, hörte auf; statt dessen begann eine Fläche, die mit technischen Mitteln und Geräten zu einer perfekten Ebene gestaltet worden war. Ein außerordentlicher Aufwand. Nur für Kehrmaschinen und ähnliches hatte es offenbar nicht gereicht; der Schneesturm wirbelte Staub auf und allerlei anderes Zeug, das ich nicht zu identifizieren vermochte.

Die ersten Häuser, bei denen wir ankamen, waren halbverfallene Bungalows. Eingeschossige Flachbauten, in deren Mauern beachtliche Risse und Lücken klafften, kaum ideal, um sich dort unterzustellen. Aber wir hatten gerade keine andere Wahl.

Ein paar Schritte nach rechts, hinein in ein schummriges und muffiges Halbdunkel ...

Die Kälte blieb, aber der Schneeregen erreichte uns nicht mehr. Unwillkürlich stieß ich einen Seufzer der Erleichterung aus. Endlich wieder trockene Kleidung ...

Der Laut verwandelte sich in einen Ruf der Empörung, als ich mich unversehens angefaßt fühlte. Worte in einer unbekannten Sprache wurden mir entgegengezischt, kräftige Fäuste packten mich und stießen mich voran, und ehe ich mich versah, fand ich mich auf der Straße wieder, wo der Schneeregen nach wie vor auf das Land prasselte und mit seinen Säureschleiern einstäubte. Ich atmete etwas davon ein, als ich den oder die rüden Unbekannten anbrüllen wollte in meinem Zorn. Die Worte erstickten in meiner jäh aufbrennenden Kehle und verwandelten sich in ein schmerzliches Gurgeln.

»Wie es scheint, sind wir hier nicht sonderlich willkommen«, stellte Perry Rhodan fest. Er lachte leise. »So einen Empfang habe ich auch noch nicht erlebt. Hast du deine Angreifer sehen können?«

Ich schüttelte den triefnassen Kopf. Als ich mit der Hand nachprüfte, hielt ich plötzlich ein ganzes Büschel rötlicher Haare in der Hand; die Säure war offenbar gerade dabei, meine Haarpracht stellenweise aufzulösen. Ich stieß eine wüste Verwünschung aus.

»Dies ist ein Planet für Haluter und Oxtorner«, schimpfte ich wütend. »Aber das waren keine Haluter ...«

Mein Angreifer war humanoid gewesen. Das mußte nicht bedeuten, daß wir einander genetisch nahestanden – es hieß nur, daß er über Arme, Beine, Kopf und Rumpf verfügt hatte, über Augen, Hör- und Sprechorgane.

»Dieser hier war einen halben Kopf größer als ich«, erinnerte ich mich. »Ziemlich dick, richtiggehend fett, also über einhundertzwanzig Kilo. Die Haut war irgendwie gelblich und hat fettig geglänzt, vielleicht eingerieben gegen den Säureregen.«

»So ähnlich hat meiner auch ausgesehen«, sagte Perry. »Allerdings war meiner wesentlich kleiner und ziemlich dürr. Ein rundes Gesicht mit eigentümlichen rötlichen Flecken darauf ...«

»So, wie wir auch bald aussehen werden«, kommentierte ich. »Hatte er oder es gelbe Augen?« Perry nickte. »Dazu extrem breitgezogene Nasen, mit Flügeln insgesamt fast so breit wie das restliche Gesicht? Und dann Münder ohne erkennbare Lippen?«

»Grünlich verfärbte Kauleisten«, ergänzte Perry. »Aus Knochen oder dergleichen.«

»Und mit einem Körpergeruch ...«, erinnerte ich mich.

Wir grinsten uns an.

Natürlich waren wir uns darüber im klaren, daß dies keine wertneutrale, wissenschaftlich korrekte und vorurteilsfreie Beschreibung der Fremden war. Aber wir wußten, woran wir waren, und selbstverständlich waren wir jederzeit bereit, unsere Auffassungen und Beschreibungen wesentlich differenzierter zu entwickeln, wenn wir die Fremden erst besser kannten.

»Wahrscheinlich stinken wir für sie genauso penetrant«, kommentierte Perry gelassen. »Aber das ändert nichts daran, daß wir einen Unterstand brauchen. Hast du eine Waffe bei deinen Angreifern gesehen?«

»Nichts dergleichen«, antwortete ich.

»Dann scheint es eine Frage der Körperkräfte zu sein«, meinte Perry. »Beim nächsten Mal werden wir uns zur Wehr setzen. Wir lassen uns nicht so leicht hinauswerfen ...«

2.

Fassungslos starrte Dy-Qar auf den reglosen Körper des Zentrifaal, der ausgestreckt auf dem Schutthaufen lag und dessen Blut langsam in das Geröll versickerte. C-Borant war tot, man hatte ihm den Schädel eingeschlagen. Der kleine Beutel an seinem Gürtel fehlte, also war er offenbar einem Raub zum Opfer gefallen.

»Armer Gebieter!« murmelte Dyn-Qar und verfärbte sich vor Zorn und Schrecken. Jetzt mußte er sich um einen neuen Herrn und Gebieter kümmen – und er mußte zusehen, daß er nicht von A-Berghovan dafür bestraft wurde, daß er C-Borants Tod nicht hatte verhindern können. Und irgendwo lief noch der Mörder des Gebieters herum, vielleicht auf der Suche nach einem weiteren Opfer.

All das galt es jetzt zu bedenken.

Das Wesen vom Planeten Tasch-Term hatte eine Wahrnehmung, die weitaus besser war als die der anderen Bewohner von Gaalo. So konnte Dyn-Qar sehen und riechen, wie weit der Tod schon fortgeschritten war bei dem Zentrifaal. Das Blut hatte begonnen, sich zu verfärben und roch auch bereits anders; die Temperatur der Leiche sank unaufhörlich, und der Tasch-Ter-Man bemerkte, wie der Leichnam sich im Säureregen zu zersetzen begann.

Reiner Zufall, aber in diesem Fall ein glücklicher – eine Robotstreife kam vorbei, registrierte den Mord und machte sich an die Arbeit.

»Hierher!« rief Dyn-Qar und winkte den Schüsselrobot heran, der sich rasch näherte.

Der Robot hatte eine Überholung und Wartung nötig; er gab seltsame Geräusche von sich, und an etlichen Stellen blätterte, von der Säure angegriffen, die zartrosa Farbe seiner Bemalung ab. Darunter wurde mattschimmernder Stahl sichtbar, der von der Säure nicht angegriffen werden konnte.

Wie es seiner spezifischen Art entsprach, redete Dyn-Qar mit mehreren Schallerzeugungsorganen gleichzeitig. In diesem Fall sprach er sowohl zeremonielle letzte Worte für den Zentrifaal als auch eine Bitte an die Schüsselroboter. Für einen Zuhörer, der den Umgang mit einem Tasch-Ter-Man nicht gewöhnt war, war es ziemlich seltsam, zwei oder mehr Stimmen zugleich aus einem Körper erklingen zu hören. Um die scheinbar durcheinandergewürfelten Sätze verstehen zu können, war es wichtig, die Klangbilder der Stimmen voneinander zu unterscheiden.

»Für deinen Ich habe den sterblichen Körper Mord nicht wird nun gesorgt begangen. Bitte werden, kümmert euch um, edler C-Borant, die Leiche!« sagte Dyn-Qar schnell-ehrfurchtsvoll.

Der Schüsselrobot antwortete nicht, machte sich aber an die Arbeit. Die zwei Meter durchmessende Kugelkalotte bewegte sich über den Leichnam, die untere Rundung klappte auf, und einen Augenblick später schwebte der bereits steif gewordene Leichnam des ermordeten Zentrifaal hinauf in den Rumpf des Robots. Dann schloß sich die Klappe, und der ewig pladdernde Regen begann damit, das Blut des Opfers wegzuwaschen.

»Ich Selbstverständlich werde ich danke ein Gebet für euch dich sprechen«, sagte Dyn-Qar unterwürfig-erschüttert.

Er sah ruhig zu, wie sich der rosafarbene Schüsselroboter geräuschlos entfernte und mit ihm C-Borant, der frühere Beherrscher des Tasch-Ter-Man namens Dyn-Qar.

Ohne einen Beherrscher, Gebieter, Patron oder wie man es auch nennen wollte, konnte ein Tasch-Ter-Man nicht existieren. Es war seit undenklichen Zeiten bei den Tasch-Ter-Man üblich, stets einem anderen Wesen zu dienen. Diese Sitte – war es Sitte, war es Instinkt oder etwas anderes? – hatte ihren Ursprung auf der Heimatwelt der Tasch-Ter-Man, dem Planeten Tasch-Term im Gronen-System, gelegen in der Westside der Galaxie Plantagoo.

Dies war allerdings auch nahezu alles, was den anderen Völkern dieser Galaxis über die Heimat der Tasch-Ter-Man bekannt war; die Tasch-Ter-Man galten als verschwiegen und zuverlässig, und da sie eifrig taten, was man ihnen auftrug, stellten die jeweiligen Beherrscher für gewöhnlich auch keine Fragen.

Was Dyn-Qar zu tun hatte, war klar: Er mußte sich einen neuen Gebieter besorgen, anders vermochte er nicht zu leben. Natürlich mußte dieser Gebieter seinerseits gewisse Qualitäten haben; ein Tasch-Ter-Man konnte sich nicht dem erstbesten fremden Lebewesen, das ihm vielleicht über den Weg krauchte, an die Gliedmaßen heften. Der Beherrscher mußte das gewisse Etwas haben, er mußte herrschen und gebieten können, eine Ausstrahlung von Kraft und Macht sein eigen nennen und natürlich auch bereit sein, seinerseits die Fürsorge für den jeweiligen Tasch-Ter-Man zu übernehmen – es sei denn, der, das oder die Fremde fiel in jene Kategorie, der gegenüber ein Tasch-Ter-Man augenblicklich zu Unterordnung gewillt war.

Dyn-Qar war einem solchen Fremden noch nie begegnet. Er wußte nicht, wie ein solcher Fremder aussehen konnte, nicht einmal eine vage Beschreibung war ihm bekannt, aber er wußte, daß er diese Aura sofort und ohne Zweifel würde erkennen können. Alles andere ergab sich dann von selbst.

Der Regen störte den Tasch-Ter-Man nicht, als Dyn-Qar sich langsam durch die verlassenen Straßen von West-VIER bewegte. An der äußerst widerstandsfähigen Haut des Tasch-Ter-Man richtete die Säure keinen Schaden an. Dennoch fand Dyn-Qar den Planeten Galorn nicht sonderlich behaglich. Manchmal fragte er sich, warum er ausgerechnet noch im System Galornenstern blieb, im System einer durchschnittlich gelben Sonne am Rande von Plantagoo, ohne offensichtliche Bedeutung für den Rest der Galaxis.

Galorn war keine einladende Welt, das lag vor allem am unwirtlichen Klima. Vielleicht war dies der Grund, weshalb die Galornen ihre Heimatwelt längst verlassen hatten. Die anderen, weniger wichtigen Städte waren lebensleer, nur Gaalo war besiedelt.

Dyn-Qar stieß einen knarzenden Seufzer aus. Daß ausgerechnet ihm das passieren mußte!

Auf einer Kreuzung blieb der Tasch-Ter-Man stehen und blickte sich um. Als Tasch-Ter-Man besaß Dyn-Qar zahlreichere Sinnesorgane als andere Geschöpfe, feinere obendrein, so daß er dort nur kurz zu verweilen brauchte, um alles wahrzunehmen, was für ihn von Interesse war.

Der Regen, durchsetzt mit Schneeflocken, nahm allmählich ab; die ersten Bewohner wagten sich wieder auf die Straßen. Gaalo war bevölkert von Zehntausenden von Wesen, vielleicht sogar Hunderttausenden, niemand vermochte das genau zu sagen. Sie alle lebten in Gebäuden, die von den verschwundenen Galornen zurückgelassen worden waren.

Wann die Galornen gegangen waren – oder verschwunden oder was auch immer –, das vermochte niemand zu sagen. Dem Zustand der Gebäude nach zu schließen, konnte es Jahrtausende und mehr her sein. Früher waren es einmal recht gemütliche Wohngebäude gewesen, eingeschossig, mit flachen Dächern, großen Fenstern und weißen Wänden. Jetzt waren davon nur noch spärliche Überreste zu erkennen; in ganz West-VIER gab es kein einziges Gebäude mehr, das noch so aussah, wie es einmal geplant gewesen war. Überall fehlten die Türen und die Fenster, der weiße Verputz war fleckig geworden und bröckelte. Zwischenwände waren eingestürzt, teilweise sogar die Dächer eingebrochen, wahrscheinlich unter der Last des ursprünglich nicht so geplanten Bewuchses.

»Hey, du! Bist du nicht Dyn-Qar?«

Ein einzelner Kroogh hatte sich unerhört flink genähert. Einzelkroogh waren die einzigen Bewohner von Gaa-lo, auf die ein Tasch-Ter-Man hinabsehen konnte, buchstäblich. Ein einzelner Kroogh war etwa halb so groß wie ein Tasch-Ter-Man, oben sanft gerundet, unten mit einer größeren Anzahl von beweglichen, kurzen Gliedmaßen ausgestattet, mit denen er sowohl zu laufen als auch zu greifen verstand. Dazu kam an der Vorderseite ein spitz zulaufender Mund und zwei große schwarze Augen – alles eingehüllt in einen weichen, dunklen, in vielen Brauntönen abschattierten Pelz.

»Ja, der bin ich«, antwortete Dyn-Qar zögernd.

Der Kroogh blieb vor ihm stehen und beäugte ihn ausführlich, schräg von unten her.

»Dein Gebieter ist tot, stimmt das?« fragte der Kroogh weiter. »Jemand hat ihm den Schädel eingeschlagen, nicht wahr?«

Kroogh hatten helle, ein wenig piepsig klingende Stimmen, und in diesem Fall glaubte der Tasch-Ter-Man seiner besonders feinen Wahrnehmung, im Klang dieser Stimme etwas Lauerndes wittern zu können. Er war irritiert. Was hatte der Kroogh vor?

»Auch das stimmt«, bestätigte er ruhig und vermied vorsichtshalber jede Reaktion.

Der Kroogh stieß einen halblauten Pfiff aus.

»Wie praktisch«, meinte er – und damit nahm das Verhängnis für Dyn-Qar seinen Lauf.

Tasch-Ter-Man waren körperlich und geistig nicht besonders flink, im Gegensatz zu den Kroogh, und so hatte Dyn-Qar keinerlei Chancen, diesem Verhängnis zu entgehen. Aus allen möglichen Winkeln und Verstecken kamen sie hervorgestürzt und fanden sich in Windeseile zu einem Groß-Kroogh zusammen, genau vor Dyn-Qars Augen.

Ständig wuselten die Einzel-Kroogh durcheinander, und daher änderte sich auch unaufhörlich das Aussehen des Groß-Kroogh. Alle Beteiligten dieses eigentümlichen Konglomerats aus Leibern redeten unaufhörlich aufeinander ein, leise und selbst für einen Tasch-Ter-Man entschieden zu schnell und zu hektisch. Auf diese seltsame, aber sehr wirkungsvolle Weise erfuhr jeder Kroogh des Konglomerats von seinen Nachbarn alles, was es zu wissen gab, um den Zusammenhang aufrechterhalten zu können.

»Du brauchst einen neuen Gebieter«, ließ sich der Groß-Kroogh vernehmen. »Nun, jetzt hast du einen ...«

Wer bei einem Groß-Kroogh das Sagen hatte, ein bestimmter Einzelkroogh oder das Kollektiv aller, hatte sich nie feststellen lassen. Fest stand nur, daß es in dem Konglomerat immer einen Einzelkroogh gab, der als Sprecher des Groß-Kroogh fungierte und an seiner Stimme zu erkennen war.

»Heiliges Sternenlicht!« seufzte Dyn-Qar wehleidig.

Er hatte, wie er genau wußte, keine Chance; er mußte sich unterwerfen. Der Zwang, der in seiner Natur zu stecken schien, war stärker als jede andere Empfindung.

Ausgerechnet einem Groß-Kroogh ...

Einem Kroogh allein hätte sich ein Tasch-Ter-Man nie als Diener und Gefolgswesen angeboten, dafür waren die Kroogh für sich zu klein, zu schwach und zu unbedeutend. Aber als Groß-Kroogh, als Konglomerat, reichte es aus, den Zwang sofort wirksam werden zu lassen. Dyn-Qar mußte einfach gehorchen, er konnte nicht anders.

Das Problem war, daß das Konglomerat immer wieder kleiner und größer wurde und dabei manches Mal die kritische Grenze unterschritt, die für einen Tasch-Ter-Man verbindlich war. In diesem Augenblick war der Tasch-Ter-Man wieder ohne Gebieter – kam aber ein Einzelkroogh hinzu, war das alte Verhältnis der Gefolgschaft wiederhergestellt. Herrschaftslosigkeit war für einen Tasch-Ter-Man schon schwer genug zu ertragen, aber das ständige Herumbalancieren an dieser markanten Grenze setzt ihm noch sehr viel mehr zu.

Mit einem weiteren Problem hatte Dyn-Qar ebenfalls fertig zu werden: Ein Tasch-Ter-Man war dank seiner organischen Beschaffenheit durchaus in der Lage, sich mit mehreren anderen Lebewesen gleichzeitig zu unterhalten. Dabei gab Dyn-Qar jeder Stimme, in der er sprach, eine eigene Färbung, so daß seine Gegenüber hören konnten, ob sie gemeint waren oder ein anderer. Das unablässige Selbstgemurmel im Inneren eines Groß-Kroogh lag, wie die Machtgrenze, ebenfalls hart an der Grenze dessen, was ein Tasch-Ter-Man verarbeiten konnte. Dyn-Qar wußte, daß er sich ständig würde konzentrieren und anstrengen müssen, um nicht immer wieder in den Fehler zu verfallen, zu versuchen, mit jedem einzelnen Kroogh des Konglomerats einzeln zu reden.

»Du wirst gehorchen?«

»Ich werde dir folgen«, gelobte Dyn-Qar ohne Zögern.

Der Groß-Kroogh stieß ein zufriedenes Pfeifen aus. Immer wieder schoben sich die Einzelgeschöpfe durcheinander, sie waren unaufhörlich in Bewegung. Mal dieses, mal jenes Gesicht starrte Dyn-Qar an, blinzelte, schwatzte rasend schnell und tauchte dann wieder im Gewühl der Leiber unter.

Immerhin waren die Groß-Kroogh auf diese Weise entschieden kräftiger, schneller, beweglicher und wahrscheinlich auch intelligenter als sonst, im isolierten Zustand. Nur ihr Bedarf an Nahrung stieg ebenfalls an, und das war das eigentliche Problem der Groß-Kroogh in Gaalo.

Nahrung und Wohnraum, Kleidung und Werkzeuge waren die Engpässe in West-VIER. In den anderen Stadtteilen auch, ob es Nord-EINS, Süd-DREI oder Ost-ZWEI sein mochte. In Herz-FÜNF sah es vielleicht anders aus, sehr wahrscheinlich sogar, aber dorthin war noch kein Bewohner der Randstädte gekommen – und wenn, dann ganz bestimmt nicht lebend.

»Dann folge mir!« gebot der Groß-Kroogh und setzte sich in Bewegung.

Dyn-Qar stieß abermals einen Seufzer aus und folgte dann willig. Immerhin, er hatte wieder einen Gebieter ...

»Und wie soll ich dich nennen?« fragte er nach langem Zögern seinen neuen Herrn.

»Lyskun«, bekam er zu hören, und ihn schauderte.

Der Groß-Kroogh hatte sich bisher zur Kommunikation ausschließlich des Goo-Standard bedient, wie jeder in Gaalo. Aber in der eigenen Sprache des Tasch-Ter-Man hatte der Name eine zusätzliche Bedeutung, die Dyn-Qar gar nicht gefiel. Lyskun hieß soviel wie »der Unerbittliche«.

Lyskun bewegte sich auffallend schnell und zielsicher. Der Groß-Kroogh schien einen bereits fertig ausgearbeiteten Plan zu haben, für den er die Hilfe eines Tasch-Ter-Man benötigte. Anders konnte sich Dyn-Qar nicht erklären, mit welcher Geradlinigkeit und Zielsicherheit Lyskun auf ihn verfallen war. Und daß der Groß-Kroogh bereits vom Tod des armen C-Borant gehört hatte, war ebenfalls sehr eigentümlich.

Nur ganz vage vermochte Dyn-Qar den Gedanken zu formen, daß Lyskun womöglich über den Tod des Zentrifaal noch weitaus besser informiert war, als es Dyn-Qar lieb sein konnte ...

3.

Es waren ungefähr zwanzig, und sie musterten uns mit großer Feindseligkeit, jedenfalls sah es so aus. Salopp ausgedrückt, schienen sie von uns das gleiche zu denken wie ich von ihnen: Wir stanken einander. In ihrem Fall allerdings buchstäblich. Die Körperausdünstung dieser Wesen war wirklich übel; ein Gebräu aus allen Aromen, die einem den Appetit vergehen lassen konnten. Säuerliches, Fauliges, Modriges – mein Hunger hatte sich in Gegenwart dieser olfaktorischen Attacke in der Tat längst verzogen.

Ansonsten verhielten sie sich wie wir Menschen. Sie drückten sich eng an die Wände und versuchten, etwas von dem Schutz abzubekommen, den das halbzerfallene Dach vor dem nieselnden Regen bot. Meistens standen sie ruhig, aber dann und wann – ich konnte das nachfühlen – überkam den einen oder anderen ein unwiderstehliches Bedürfnis, sich zu regen. Dadurch wurde das sorgfältig eingerichtete Gebilde rüde gestört, und das Ringen und Rangeln um eine günstige Position begann von neuem.

Es war eine reine Frage der Masse und der Körperkraft. Im sichersten Winkel standen die Großen, die Kräftigen, die Stämmigen, davor die etwas Schwächeren, und die Würmchen kauerten ganz vorn. Das Spektrum der Möglichkeiten war außerordentlich groß bei dieser Spezies – von groß bis klein, von fett bis hager, von schwächlich bis zum Muskelprotz, und das in zahlreichen Abstufungen und allen nur denkbaren Kombinationen.

Ob die Kurzen, Mageren, die in der vordersten Reihe standen und am meisten von dem widerwärtigen Säureregen abbekamen, die ältesten dieser Geschöpfe waren oder deren Jüngste, wußten wir nicht. Aber daß diese Stadtbewohner von dem Regen am meisten abbekamen, war offensichtlich.

»Das kann einfach so nicht weitergehen«, murmelte Perry mit verhaltenem Zorn.

»Irgendwann wird der verdammte Regen schon aufhören«, sagte ich.

Auf der rechten Seite tat mir eine Rippe weh – freiwillig hatte man uns keinen Platz gemacht.

»Und wenn nicht?« gab Perry zurück.

Es gab zwei Schutzwinkel in diesem Haus – unseren und den genau gegenüber. In jedem Winkel drängten sich ungefähr zehn Geschöpfe, die vor dem Regen Schutz suchten.

»Was willst du tun?« fragte ich Perry. Mir schwante, daß er schon etwas ausgebrütet hatte.

Wenn es um Ungerechtigkeit geht, um Benachteiligung und Unfairneß, dann war Perry einfach nicht zu halten; er konnte solche Dinge nicht auf sich beruhen lassen, selbst auf die Gefahr hin, dabei zum Stein des Anstoßes zu werden. Er machte sich damit nicht immer und überall Freunde, aber die Erfahrung hatte uns gezeigt, daß man auf lange Sicht damit mehr Freunde als Feinde gewinnen konnte. Daher zögerte ich nicht lange, als Perry seinen Plan in die Wirklichkeit umzusetzen begann.

Es gab in unserer Ecke ein unglaubliches Theater, Schreie, Rufe, Laute der Empörung und des Protestes, und dann flogen auch die Fäuste. Auf der gegenüberliegenden Seite wurde es nur laut – zum Eingreifen hätte man durch den Regen laufen müssen, der noch immer herabpladderte und keineswegs erfrischender geworden war.

Aber wir setzten uns durch, und nach fünf Minuten hatten wir eine neue Stehordnung auf unserer Seite eingeführt. Im sichersten Winkel drängten sich nun die Kleinen und Schwachen zusammen. Die anderen wechselten sich immer wieder ab, so daß jeder für einige Minuten die weniger beliebten äußeren und damit feuchteren Plätze abbekam.

Auf der gegenüberliegenden Seite sah man sich das ganze eine Zeitlang an, dann begann dort ein lebhafter Meinungsaustausch in einer markanten, sehr baßbetonten Sprache, von der wir allerdings kein einziges Wort verstanden. Wenig später wurden auch dort die Formationen verändert, man folgte offensichtlich unserem Beispiel.

»Sehr gut«, lobte Perry, langsam und laut sprechend. Er lächelte, zeigte die leeren Handflächen und nickte.

Ich für meinen Teil fand die Lage nicht sonderlich lobenswert und machte eine säuerliche Miene.

»Wenn wir wenigstens einen Translator hätten ...«, erlaubte ich mir zu nörgeln.

Translatoren gehören zur galaktischen Standardausrüstung, und wir hatten uns so an das Vorhandensein und das perfekte Funktionieren dieser Geräte gewöhnt, daß es uns fast wie ein Schock traf, eine völlig unbekannte Sprache gleichsam zu Fuß erlernen zu müssen, auf die altmodische Art und Weise.

Dazu kam – wir brauchten fünf Minuten, um das herauszufinden –, daß es offenbar mindestens zwei Sprachen gab, die auf diesem Planeten von den dort Lebenden verwendet wurden.

Eine, die nur dieser besonderen Spezies vorbehalten war, auf die wir in der Ruine gestoßen waren – war es möglich, daß sie sich selbst als »Mocksgerger« bezeichneten? –, und eine zweite, die so etwas wie eine Standardsprache dieser Galaxis darzustellen schien.

Perry und ich wechselten einen raschen Blick.

»Ich habe keinen Zweifel, daß sie genau das meinen, was wir befürchten«, sagte Perry leise.

Es gab also offenbar so etwas wie eine Standardsprache dieser Galaxis – und sie klang unüberhörbar überhaupt nicht nach Interkosmo, Gruelfin, Kraahmak, Hamsch oder irgendeiner der Sprachen, die wir kannten. Die Konsequenzen aus dieser Tatsache lagen auf der Hand: Zum einen würden wir diese Sprache notwendigerweise erlernen müssen, zum anderen stand damit fest, daß wir uns nicht in einer der uns bekannten Galaxien aufhielten ...

Ich hatte einige Jahrhunderte lang, von 2115 alter Zeitrechnung an, die Explorerflotte des Solaren Imperiums geleitet und konnte daher mit dem Begriff Galaxis etwas mehr anfangen als der Durchschnittsgalaktiker. Unsere Milchstraße war ein ziemlich durchschnittliches Ding unter seinesgleichen: Durchmesser rund 100.000 Lichtjahre, ein Spiralnebel, Population rund 200.000.000.000 Sterne, in Worten: rund zweihundert Milliarden, eine Zahl, die sich menschlicher Vorstellungskraft entzog.

Für jenen Bereich des Universums, an dem wir herausgekommen waren, galt vermutlich das gleiche – und wir hatten nicht die leiseste Ahnung, wo sich diese Galaxie überhaupt befand. Höchstwahrscheinlich nicht in der kosmischen Nachbarschaft unserer Milchstraße und von Andromeda. Und wenn wir Pech hatten, wesentlich weiter entfernt als die Große Leere. Bis dorthin hatten wir mit der legendären BASIS mehr als drei Jahre Flugzeit gebraucht.

»Ganz schön abgeschnitten«, sagte ich zu Perry. »Laß es mich so ausdrücken – wir stehen buchstäblich im Regen ...«

Perry Rhodan grinste breit.

Die – also gut, übernehmen wir den Namen – Mocksgerger hatten inzwischen begriffen, was diese Mimik zu bedeuten hatte, und ahmten sie eifrig nach. Dank ihrer gänzlich anders geschnittenen Gesichter kamen dabei Grimassen heraus, wie man sie außerhalb von Horror-Streifen kaum jemals gesehen hatte.

»Ich sagte es schon, irgendwann wird dieser Regen aufhören ...«

Wir machten eifrig weiter in unserem Sprachkurs. Zunächst das Grundvokabular, das, was einen unmittelbar umgibt, was sich anfassen und deshalb sofort begreifen läßt. Regen als Begriff war sofort geklärt, dann kamen Mocksgerger und Terraner. Die Eigennamen ...

Es war klar, daß dabei nur eine sehr rudimentäre Kommunikation zustande kommen konnte. Selbst wenn wir uns einige Wochen ausschließlich auf diese Arbeit konzentriert hätten, wären wir über ein Primitiv-Vokabular auf dem Niveau von »Happi-Happi« und »Schlapp-Schlapp« kaum hinausgekommen.

Immerhin, die Erkenntnisse sammelten und häuften sich. Die Sonne: Galornenstern. Der Planet: Gaalo. Die Galaxis: Plantagoo. Die Siedlung: West-VIER. Unsere Gegenüber: Mocksgerger. Ihre Sprache: Gergisch. Offizielles Idiom: Goo-Standard. Weitere Bewohner der Stadt: Kroogh, Zentrifaal, Tasch-Ter-Man und noch ein paar.

Die Stadt auf der Anhöhe: Herz-FÜNF, nicht zu erreichen, nicht zu betreten, weil a) unmöglich und b) verboten.

Das war genau das, was wir wissen wollten. Wenn es für uns eine Möglichkeit gab, unserem Schicksal eine Wende zu geben, dann wahrscheinlich nur dort, wo man uns audrücklich für unerwünscht und unwillkommen hielt, also im eigentlichen Herzen der Stadt.

Aber das brauchten wir den Mocksgergern nicht auf die breitflächigen Nasen zu binden.

Nachdem die ersten Probleme ausgeräumt waren, machten die Mocksgerger auf uns einen durchaus freundlichen und hilfsbereiten Eindruck. Ein paar Erkenntnisse schienen nicht zusammenzupassen oder einander zu widersprechen, aber derlei war bei einer solchen Kommunikation wohl unvermeidlich. So behaupteten die Mocksgerger, weder auf Galorn noch auf einem anderen Planeten eine wirkliche Heimat zu haben. So etwas wie einen Ursprungsplaneten ihrer Spezies kannten sie angeblich nicht – entweder war diese Welt zerstört worden, oder man hatte ihre Position vergessen.

An diesem Punkt angekommen, stellten wir fest, daß der Regen stark nachgelassen hatte. Man konnte das Gebäude jetzt wieder verlassen. Auf der Straße angekommen, fanden wir die Luft klar und erfrischend; vor allem war der Dunst verschwunden, und wir konnten weit in die Ferne blicken.

West-VIER war so etwas wie ein Elendsgebiet. Heruntergekommene Behausungen waren die Regel, die Bevölkerung war entschieden zu groß für diese Siedlung, und das galt sicher auch für die anderen drei begehbaren Plattformen im Norden, Süden und Osten.

»Warum bleiben die Leute hier, wenn das Leben auf Galorn so elend ist?« fragte ich Perry. »Wir haben doch Raumschiffe starten und landen sehen – warum verschwinden sie nicht einfach?«

Perry zuckte mit den Achseln. »Vielleicht können sie die Passage nicht bezahlen«, vermutete mein alter Freund.

Der Anführer des Mocksgerger-Haufens faßte ihn an der Schulter, grinste dazu und bedeutete ihm, sich der Truppe anzuschließen. Seine Zeichen und Laute waren eindeutig: Es gab irgendwo »Mjamm, mjamm!«.

Perry grinste mich an. »Irgendwelche Einsprüche, wenn wir uns den Mocksgergern zur Essensausgabe anschließen?«

In meinem Bauch grummelte es wieder. Ich schüttelte den Kopf. Von mir aus konnte es losgehen.

Der Hunger hatte sich wieder eingestellt, und ich war bereit, alles zu essen, was sich verschlingen ließ. Notfalls auch lebend ...

Beispielsweise diese putzigen Pelztiere mit den spitzen, an Igel erinnernden Schädeln und Gesichtern, die wieselflink durch die Straßen huschten, ungefähr 45 Zentimeter groß.

»Hmjamm?« Ich deutete auf die possierlichen Wesen.

Der Mocksgerger erstarrte mitten in der Bewegung. Offenbar hatte ich es wieder einmal geschafft – ein zaghafter Schritt, und mitten hinein in den Fettnapf.

»Kroogh!« stieß er hervor.

Immerhin konnten wir auf diese Weise wieder etwas über das Mienenspiel der Mocksgerger lernen. Dieser Ausdruck entsprach unseren Begriffen von Abscheu und Entsetzen – wahrscheinlich hätte ich so dreingesehen, hätte mich jemand gefragt, ob Gucky in Estragonsauce oder Sauce Béarnaise serviert werden würde ...

»Kroogh!« wiederholte ich und machte begütigende Gesten. Der Mocksgerger setzte sich wieder in Bewegung und marschierte weiter.

Ich sah, wie Perry verstohlen und unauffällig, aber mit der bei ihm üblichen Gründlichkeit seine Umgebung musterte.

Unser größter Vorteil war natürlich, daß offenbar alle Arten, die hier vertreten waren, etwas mit der Raumfahrt anfangen konnten. Fremdartig aussehende Lebewesen konnten sie weder schockieren noch sonst in Aufregung versetzen; sie waren dergleichen gewohnt oder kannten doch zumindest den Tatbestand, daß es in ihrer Galaxis Leben in vielfältigen Formen und Ausprägungen gab.

Wahrscheinlich ahnten die Mocksgerger, Kroogh und die anderen nicht, daß sie uns mit ihrem Verhalten einen weiteren wichtigen Hinweis gaben.

Man beachtete uns kaum!

Folglich hielt man uns nicht für gefährlich oder eine Bedrohung, weder uns beide noch unsere bisher unbekannte Spezies. Daraus wiederum ließ sich folgern, daß keine der uns auf Galorn bisher erschienenen Völker in einer überlegenen Machtposition war. Sie waren allesamt untergeordnet; auch uns hielt man für eine weitere Spezies von Wesen, die nichts zu sagen hatte. Es waren die Mächtigen, die in aller Regel das Auftauchen von neuem als Bedrohung ihrer Stellung ansahen, seien es neue Techniken, neue Gedanken oder neue Völker.

Offenbar hatten wir die wirklich Mächtigen dieses Planeten bisher noch nicht zu Gesicht bekommen – den schrulligen Albino aus der Basaltebene vielleicht ausgenommen.

Außerdem schlußfolgerte ich, daß es so viele raumfahrende und einander grundsätzlich bekannte Völker in dieser Galaxis gab, daß sich niemand sonderlich aufregte, wenn er auf eine Spezies stieß, die er bisher noch nicht zu Gesicht bekommen hatte. Die Mocksgerger hatten uns anfangs unfreundlich gegenübergestanden, aber nicht, weil sie keine Terraner mochten, sondern weil sie befürchtet hatten, ihren Unterstand gegen den Regen an Perry und mich verlieren oder ihn mit uns teilen zu müssen. Als Spezies waren wir Terraner offenbar für sie nicht sonderlich interessant.

Alles in allem konnten wir uns in Gaalo also ziemlich sicher fühlen – nur half uns das überhaupt nicht weiter.

Was wir zu tun hatten, lag auf der Hand: Zum einen mußten wir an Daten über Galorn und die Galaxis Plantagoo sammeln, was wir nur bekommen konnten. Und zum anderen wollen wir zurück, über Trokan an Bord der GILGAMESCH und mit diesem Schiff nach Camelot.

Wozu wir die Daten über eine womöglich unendlich weit entfernte Galaxis brauchten? Nun, wenn wir so leicht dorthin hatten kommen können, konnte es anderen ebenso leichtfallen, auf dem gleichen Weg Trokan und das Solsystem zu besuchen. Unsere eigenen Motive kannten wir, aber was die Motive jener Macht gewesen waren, die diese Brücke in die Unendlichkeit eingerichtet hatten, blieb uns nach wie vor verborgen.

Wir waren in der gleichen Lage wie ein Mann, der eines Tages in seinen Keller hinabsteigt und dort unversehens eine Tür vorfindet – und hinter der Tür einen Gang mit einer technischen Einrichtung, die der seinen weit überlegen ist. Was soll der Mann im Keller davon halten?

Freuen wird er sich ganz bestimmt nicht. Entweder will da irgend jemand in seinen Keller eindringen, und man fragt sich dann natürlich sofort: »Was will dieser Eindringling von mir?«

Oder der oder das Fremde ist längst dagewesen, man hat es nur noch nicht bemerkt. Dann ist der Schrecken womöglich noch größer. Wie lange ist man schon auf diese Weise unter Beobachtung und Kontrolle? Was für Absichten verfolgen die Erbauer, daß sie sich einem nicht einmal zeigen?

Ich ahnte, daß Perry ähnlichen Gedankengängen anhing. Schon einmal waren wir ziemlich übel hereingefallen, bei den Kosmokraten. Zuerst hatten wir naiv angenommen, es handele sich dabei um gewaltige und positive Mächte, denen man vertrauen könnte – wenn man schon zu machtlos ist, gegen sie etwas auszurichten. Aber in den Ereignissen die Jahrhunderte nach dem ersten Kontakt mit den Kosmokraten war klargeworden, daß es dabei keineswegs um das verkörperte Gute, sondern um durchaus eigensüchtige, arrogante und rücksichtslose Gewaltkräfte gehandelt hatte.

Den letzten, prägnanten Beweis dafür hatte Aachthor, der »letzte der Mächtigen«, geliefert. Er hatte einen ganzen Planeten zerstört, weil dieser Planet ein für ihn und uns und andere ungefährliches, ihm aber nicht geheures und gefälliges Leben getragen hatte. *Entartetes Leben* hatte Aachthor dieses Leben genannt, als gebe ihm allein diese grausige Definition das Recht, dieses Leben nach seinem Belieben auszurotten – was er kaltblütig auch getan hatte.

Mit den Kosmokraten brauchte uns keiner mehr zu kommen; von denen hatten wir, offen und drastisch ausgedrückt, die Schnauze gestrichen voll.

Bei den unbekannten Erbauern und Betreibern der Brücke in die Unendlichkeit war ich ebenfalls äußerst mißtrauisch. Eine gewaltige Macht, ein unerhörtes technisches Potential drückte sich in der Konstruktion dieser Brücke aus. Gewiß, ein hochinteressantes, mystisches Ding, auf dem einen fast buchstäblich die kosmischen Schauder der Größe und Erhabenheit umwehten.

Aber warum so geheimnisvoll? Warum zeigt man sich nicht? Angst? Oder finstere Pläne?

Nun, früher oder später, ob wir wollten oder nicht – wir würden es zwangsläufig in Erfahrung bringen. Und ich vermutete, daß es auf die rauhe und wenig angenehme Art und Weise geschehen würde.

Weitere Fragen beschäftigten mich.

Hatte die Verbindung zwischen Trokan und dem Arsenal der Baolin-Nda schon immer existiert, auch damals, als Trokan noch im Arresum gewesen war? Oder war die Brücke erst vor kurzer Zeit dorthin geschaltet worden. Wenn ja: von wem und wie und warum? Durch welches Medium verlief diese Brücke überhaupt?

Ich kehrte mit meinen Gedanken von grimmgeladenen Abschweifungen in die Realität dieses Tages zurück und nahm wieder wahr, was mich umgab. Gaalo war unregelmäßig gebaut und machte einen verwirrenden Eindruck: eine Ansammlung von Gassen und Gäßchen, teilweise so schmal, daß man nur die Arme auszustrecken brauchte, um auf jeder Straßenseite eine Häuserfassade berühren zu können.

Und dazu Bungalows, eingeschossig, mit Flachdach. Sehr seltsam.

Bungalows sind Gebäude, die man in heißen Regionen zu finden gewohnt ist; sie lassen sich, weit verstreut, gut unter hohen, schattenspendenden Bäumen verstecken. Oder man geht hin und baut die Häuser hoch und dicht nebeneinander, mit engen Gassen, die dann die meiste Zeit des Tages im kühlenden Schatten liegen. Zwei architektonische Möglichkeiten, mit Hitze fertig zu werden, beide jeweils durchaus brauchbar. Aber zusammen praktiziert? Und das auf einem Planeten, der eine Jahresdurchschnittstemperatur von knapp acht Grad hatte? Diese Ebene in zweitausend Metern Höhe war weitaus kälter, und ich vermutete, daß die Temperaturen hier nicht sehr oft den Gefrierpunkt überstiegen.

War das immer so gewesen? Oder waren diese Bungalows ein Überbleibsel aus einer Zeit, als Galorn noch erheblich wärmer gewesen war? Fragen über Fragen, nirgendwo Antworten.

Vor einem großen Gebäude mit zahlreichen Eingängen drängten sich Stadtbewohner in dichten Scharen. Ich erkannte einige Ansammlungen von Kroogh, die dicht an dicht umeinanderturnten und insgesamt einen Eindruck machten wie ein zuckender, beweglicher Kartoffelsack. Es sah putzig aus.

Dann unsere speziellen neuen Freunde, die Mocksgerger. Es war so, wie ich befürchtet hatte: Körpergeruch gehörte bei ihnen zur Kultur und zur Kommunikationsstruktur, war ein zusätzliches Ausdrucksmittel neben Gestik, Mimik und Sprache, ein mitunter durchschlagendes Ausdrucksmittel ...

»Zentrifaal!« stieß der Anführer der Mocksgerger hervor und deutete auf eine andere Spezies.

Auch dieses Volk war hominid, ungefähr 170 Zentimeter groß. Keine Haare, abgesehen von ein paar pelzigen Flecken in Braun, die auf dem Rücken zu sehen waren. Überhaupt, die Rücken: Zwei Wirbelsäulen waren auszumachen, und die Oberkörper dieser Wesen waren erheblich breiter als der eines Menschen. Die Zentrifaal trugen schwarze Kleidung, hauteng, so daß sich die fleckigen Pelzrücken gerade noch abzeichneten. Die Haut war, so weit man sie zu sehen bekam, sehr hell, fast schon weiß und wirkte sehr elastisch und außerdem extrem zäh. Ich konnte mir nicht helfen ...

»Wie Kaugummi«, murmelte Perry und grinste mich an. »Das hast du doch auch gerade gedacht, nicht wahr?«

Ich nickte. Genau so – wie blasiger, weißer Kaugummi wirkte diese Haut. Als habe einer der Fremden meine Gedanken gelesen, drehte er sich nun um und blickte um sich.

Augen in unserem Sinne besaßen die Zentrifaal nicht. Statt dessen orientierten sie sich mit etwas, das wie eine schwarze Blickleiste aussah, zehn Zentimeter lang, zwei Zentimeter breit, wie schwarzes Klebeband, mitten über das Gesicht, das extrem kantig und flach wirkte. Die Stirn war fast doppelt so hoch wie bei Menschen, das eigentliche Gesicht wirkte dagegen sehr klein. Die beiden Nasenlöcher – ich tippte jedenfalls auf diese Funktion – waren nur zwei Zentimeter lange Schlitze; einen Nasenrücken in unserem Sinn gab es nicht.

Auch keinen Mund, stellte ich fest. Erst bei näherem Hinsehen konnte ich erkennen, daß die Zentrifaal ihre Münder dort hatten, wo bei Menschen das Kinn saß. Es war ein breiter, stets offenstehender Spalt im unteren Bereich des Schädels, den man von vorn so ohne weiteres nicht sehen konnte.

Ich konnte mir nicht helfen – diese Haut, dazu die schwarzen Monturen: Ich dachte unwillkürlich an Todesengel.

»Was sollen wir hier an diesem Ort?« fragte Perry den Mocksgerger.

»Es gibt zu essen«, wurde gesagt.

Was fremde Sprachen anging, war Perry schon immer hervorragend gewesen, und das zeigte sich auch in diesem Fall. Perry hatte ein gutes Gehör; er hatte zudem keine psychischen Probleme damit, fremde Laute auszuprobieren und sich dabei womöglich albern und lächerlich darzustellen – und er hatte ein unerhört sicheres und schnelles Gespür für die wichtigen Zusammenhänge.

Blitzschnell auf den Kern eines Problems vorzustoßen – den wirklichen Kern, nicht unbedingt das, worüber gerade geredet wurde –, das war die eine Seite dieser Fähigkeit, die andere bestand darin, das jeweilige Problem in einfache und verständliche Worte zu kleiden, durch Rückfrage zu überprüfen, ob seine Darstellung die Wahrheit traf und dann eine funktionierende Lösung vorzuschlagen. Diese fast schon unheimliche Begabung, auf diese blitzschnelle Art und Weise zu reagieren, hatte ihm in der Vergangenheit den Beinamen »Sofortumschalter« eingetragen, und sie erwies sich auch hier auf Galorn als vorteilhaft.

Perry behielt entschieden mehr fremde Vokabeln als ich, er sprach sie besser aus, und er hatte vor allem ein besseres Gespür dafür, was wirklich gemeint war.

Auch in diesem Fall.

»Fütterung?« fragte er nach und faßte damit den Unterschied zusammen.

Hier gab es nichts Eßbares zu kaufen, hier wurde Nahrung zugeteilt; die Bewohner Gaalos wurden hier gewissermaßen zentral abgefüttert. Und das war etwas ganz anderes als ein Essen ... Der Mocksgerger machte eine Geste, die wir inzwischen als Bejahung erkannt hatten.

Inzwischen waren wir so weit in der Reihe aufgerückt, daß wir das Tor passieren konnten.

Im Inneren des Gebäudes gab es mehrere große Hallen, in denen sich die Bewohner Gaalos in großer Zahl drängten, alle unterschiedlichen Völker bunt durchmischt.

»Tasch-Ter-Man!« sagte unser Führer und deutete auf ein weiteres Fremdlebewesen.

Im ersten Augenblick hätte ich es für einen morschen Baumstumpf gehalten, höchstens einen Meter hoch, mit einer rissigen, borkenähnlichen Rinde, in Farben zwischen Dunkelbraun und Grau marmoriert.

Meysto – das war der Eigenname jenes Mocksgergers, mit dem wir am meisten redeten, zugleich der Anführer des kleinen Trupps – vollführte einige verwirrende Gesten. Zwischendurch deutete er immer wieder auf den Tasch-Ter-Man.

»Viel Augen!« stieß Meysto hervor. »Viel Mund!«

Ich begriff nicht, was er uns damit zu sagen versuchte, denn ich konnte an dem Tasch-Ter-Man weder einen Mund noch ein Auge feststellen. Nicht einmal Gliedmaßen waren zu erkennen. Der Tasch-Ter-Man hatte einen Unterbau, der wie ein Kreuz aussah, ein achsensymmetrisches Muskelgeflecht, wahrscheinlich durch Knochenanteile stabilisiert. Sehen konnte ich an den Enden dieses Kreuzes vier Saugfüße – und auf denen mußte der Tasch-Ter-Man eine bemerkenswerte Standfestigkeit entwickeln können.

Neben dem Tasch-Ter-Man wuselte ein Haufen von Kroogh durcheinander. Wir kamen den beiden immer näher, während die Schlange sich allmählich auflöste. An der Spitze der Schlange war ein Roboter zu sehen, ein Ding, das wie eine rosafarbene Schüssel aussah und auf einem Antigravfeld in der Luft schwebte.

»Bemerkenswert«, sagte Perry leise. »Fällt es dir auch auf? Das erste Zeichen moderner Technik, das wir in der Stadt sehen ...«

Ich nickte. Bis zu diesem Augenblick hatten wir kaum etwas Technisches auf der Hochebene entdecken können.

Ich konnte sehen, wie der rosafarbene Schüsselroboter Näpfe verteilte, die von den Wartenden begierig angenommen wurden. Ein Mocksgerger spazierte an uns vorbei mit seiner Beute, und ich konnte einen Blick hineinwerfen. Eine bräunliche Masse, mit grünen und schwarzen Brocken durchsetzt – das Ganze sah, mit Verlaub, so aus, als wäre es schon einmal gegessen worden.

»Gut, gut!« lobte der Mocksgerger das Essen.

Sein Mundgeruch bewies mir, daß wir auf diesem Gebiet sehr unterschiedliche Vorstellungen von aromatisch hatten. Dann griff der Mocksgerger mit spitzen Fingern in seinen Napf, fischte einen der schwarzen Brocken heraus und hielt ihn mir vor den Mund.

Was für eine Zwickmühle: Entweder schlucke ich dieses Zeug und starb fast an Lebensmittelvergiftung, oder ich wies die freundliche Gabe zurück und kam bei einer Massenprügelei oder im Duell um ...

»Ähem«, machte ich und sah mich verzweifelt um.

4.

Dyn-Qar begriff den Zusammenhang sofort.

Da waren zwei Fremde, offenbar erst vor kurzer Zeit von irgendeinem Planeten hergekommen und auf Galorn abgesetzt worden. Sie kannten sich hier nicht aus. Weder der schlanke Zweibeiner mit den grauen, gefährlich wirkenden Augen, noch der andere, kürzer und massiger gebaut, mit dem roten Pilzbewuchs auf dem Schädel und den wasserfarbenen Augen.

Wie es bei seiner Art üblich war, sprach er seine jeweiligen Gegenüber gleichzeitig an; allerdings hatte er genügend Erfahrung im Umgang mit fremden Lebewesen und wußte daher, daß die meisten Exoten große Probleme mit seiner Ausdrucksvielfalt hatten, daher gliederte er seine Worte ein wenig um.

»Nimm ruhig, Fremder, du brauchst mich nicht es wird dir so finster anzublicken, Grauauge, schon schmecken! Ich bin nicht gefährlich«, redete er auf die Fremden ein. Die beiden Mocksgerger und der Großkroogh bekamen zu hören: »WOHER KOMMEN WILLST DU DIESE FREMDEN? DASS ICH DEN FREMDEN HELFE?«

Dyn-Qar mochte die Mocksgerger, es war eine Spezies, die ihm gefiel. Die meisten anderen Rassen in Plantagoo rochen einfach nur, jede Spezies hatte ihre eigene charakteristische Ausdünstung, die ein Tasch-Ter-Man leicht wahrnehmen konnte. Nur die Mocksgerger waren in der Lage, mit ihren Körpergerüchen auch etwas Verständliches auszudrücken – manchmal im krassen Gegensatz zu dem, was sie mit ihren Mündern sagten.

Dyn-Qar war einer jener Tasch-Ter-Man, die es liebten, sich vielfältig und differenziert auszudrücken. Während er gleichzeitig die beiden Fremden ansprach, eine Erlaubnis bei seinem Gebieter einholte und dem Mocksgerger die naheliegende Frage stellte, sonderte er selbst einen Duft ab, der leisen Zweifel ausdrückte.

Der Mocksgerger duftete nach Erheiterung, während er in Goo-Standard antwortete. »Ich habe keine Ahnung, ich sehe sie zum ersten Mal im Leben.«

»Laß diese Kreaturen in Ruhe!« bestimmte Lyskun rauh.

Die beiden Fremden hatten keinerlei Manieren. Anstatt sofort und zügig auf Dyn-Qars Fragen zu antworten, um auf diese Weise Zeit zu sparen, antworteten sie erst, nachdem die anderen etwas gesagt hatten, dazu noch einer nach dem anderen. Was für eine Verschwendung von Dyn-Qars Lebenszeit! Und obendrein redeten sie in einer kaum verständlichen Sprache miteinander. Unverschämt – oder hoffnungslos rückständig und ungebildet.

»Barbaren«, dachte der Tasch-Ter-Man bei sich und wandte sich ab, als der Groß-Kroogh sich entfernte, um seine Schale zu holen.

»Hast du es gesehen?« fragte Lyskun leise.

Der Vorteil eines Kroogh-Konglomerats war, daß sie auf ähnliche Weise eine gesteigerte Wahrnehmung hatten wie ein Tasch-Ter-Man. Der Groß-Kroogh konnte die Fremden und alle anderen im Auge behalten, ohne dabei verdächtige Bewegungen machen zu müssen.

»Was gesehen?« fragte Dyn-Qar irritiert.

Er hatte sehr viel gesehen und inzwischen auch darüber nachgedacht. Der mit den roten Flecken am Kopf hatte gar keinen Pilzbefall; dies war sein natürliches Haupthaar, das er vermutlich wegen des Säureregens zum Teil verloren hatte. Jetzt schlang er gerade den Brocken Kyshä herunter und gab dazu glucksende Laute von sich, bei denen sich der Tasch-Ter-Man nicht sicher war, ob es sich um Klänge der Verzückung oder die akustische Begleitung des Erstickungstods handelte.

Wesentlich interessanter war der andere Fremde, der mit den steingrauen Augen. Da war etwas an diesem Geschöpf, das Dyn-Qar fesselte, etwas, das er zur Zeit aber nicht in Worte zu fassen vermochte.

»Das Instrument an der Hand des Roten. Und bei dem anderen auch? Nicht gesehen?«

»Doch, durchaus«, antwortete Dyn-Qar verwundert.

»Technik«, stieß Lyskun äußerst erregt hervor. »Und sie scheint zu funktionieren ...«

Einer der Einzelkroogh löste sich aus dem Verband des Konglomerats und huschte davon.

»Ich werde genauer nachsehen«, sagte Lyskun. »Diese Dinge interessieren mich sehr!«

Dyn-Qar zuckte zusammen. Nach dem Ausscheiden dieses Kroogh war die Grenze wieder einmal erreicht. Dyn-Qar hatte Zweifel, ob er weiter gehorsam sein sollte oder nicht. Grundsätzlich war er nicht gern ein Untertan eines Groß-Kroogh, zum einen aus den bereits bekannten Gründen, zum anderen aber, weil man bei den Kroogh nie wußte, woran man war.

Kroogh waren nette Kerle, harmlos, ein bißchen albern und versponnen, aber ansonsten zuverlässig und friedlich. Formten sie sich aber zu einem Groß-Kroogh, wußte man nie, welchen Charakter dieses neue Geschöpf annehmen würde. Es konnte albern bis zur Idiotie sein, aber auch besonders intelligent oder geschickt. Es konnte auch andere, unangenehmere Charakterzüge an den Tag legen – Überheblichkeit, Spott und Hohn, sogar Grausamkeit. Nicht gerade Eigenschaften, die ein Tasch-Ter-Man an seinem Gebieter schätzte. Gehorchen mußte man zwar auch schlechten Regenten, aber das hieß nicht, daß man es zwischendurch und anschließend für gut befinden mußte.

Der einzelne Kroogh kehrte zurück, nachdem er auf dem Rotkopf herumgeklettert war und ihn regelrecht abgetastet hatte. Dyn-Qar hatte dabei das Grauauge im Blick behalten, und dem Tasch-Ter-Man war eins dabei klargeworden: Das Grauauge war hellwach, aufmerksam, hochintelligent und mißtrauisch. Wahrscheinlich hatte Grauauge sogar begriffen, was der Kroogh gerade gemacht hatte.

»Ich habe richtig gesehen«, sagte der Groß-Kroogh. »Rotkopf trägt ein Instrument aus Metall an seinem Handgelenk. Und dieses Instrument funktioniert, eindeutig.«

»Woher willst du das wissen?« fragte Dyn-Qar.

»Ich habe die Anzeige blinken und die Werte wechseln sehen«, antwortete Lyskun im Tonfall höhnischer Überlegenheit.

Das war ohne Zweifel eine wichtige Information.

Technik, so, wie man sie sonst in der Galaxis Plantagoo kannte, funktionierten in Gaalo nicht, jedenfalls nicht in den Unterstädten. Dort galten zwar noch die Hebelgesetze, man konnte Flaschenzüge herstellen und dergleichen mehr. Aber was darüber hinausging, Positroniken und alles, was durch Positroniken gesteuert oder in Betrieb gehalten wurde, funktionierte auf der Hochebene überhaupt nicht.

Was funktionierte, war die überlegene Technik der Galornen. Ihre Schüsselroboter funktionierten einwandfrei. Und es funktionierte die Glücksreduktion – und dies waren die beiden vordringlichen Gründe, aus denen heraus es Tasch-Ter-Man, Kroogh und all die anderen überhaupt noch auf Galorn aushielten.

»Das kann ein Täuschungsmanöver sein«, mutmaßte Dyn-Qar. »Daß etwas blinkt und sich ein paar Zahlen in einem Display verändern, heißt noch lange nicht, daß hinter dieser Anzeige auch etwas steckt, was wirklich läuft und funktioniert. Du folgerst daraus, daß diese beiden Fremden entweder eine Möglichkeit gefunden haben, die Techniksperre aufzuheben – oder daß sie auf gleicher Stufe mit den Galornen stehen.«

»Wahrscheinlich beides«, sagte der Groß-Kroogh leise und nahm seinen großen Napf in Empfang. Er enthielt insgesamt etwas weniger als die Menge, die er bekommen hätte, hätte er das Konglomerat aufgelöst. Aber dann hätte er die Kontrolle über den Tasch-Ter-Man verloren, und daran war der Groß-Kroogh eindeutig nicht interessiert.

In der Mitte von Dyn-Qars Körper gab es einen Hohlkanal in der Art einer Manschette. Dort hielt der Tasch-Ter-Man für gewöhnlich seine Handlungsgliedmaßen verborgen, vier Arme, sehr vielgelenkig und dadurch außerordentlich beweglich und geschickt, zehn Zentimeter dick, fünfzehnmal so lang und sehr kräftig. Mit einem dieser Arme nahm Dyn-Qar nun seine Essensration in Empfang und entfernte sich von der Ausgabestelle.

Das Essen, das von den Schüsselrobotern verabreicht wurde, war für Dyn-Qars Geschmack sehr wohlschmeckend. Die Kroogh hingegen klagten immer wieder, es fehle an der Würze und dem nötigen Biß für ihre Kauwerkzeuge, die unterbeansprucht würden und darunter litten. Erfreulich fanden die Kroogh nur die Tatsache, daß man die Näpfe mitessen konnte, und daran hatte Lyskun genug zu knabbern für seine Beißer.

»Also gut«, sagte Dyn-Qar, während er aß und nach wie vor die Fremden im Auge behielt. »Was willst du tun?«

Der Rotkopf hatte inzwischen eine eigene Portion bekommen und schlang sie gierig hinab. Entweder war er halb verhungert, oder es schmeckte ihm tatsächlich. Dyn-Qar kannte sich in den Proportionen von Zweibeinern halbwegs aus, und nach kurzem Überlegen war ihm klar, wie die Dinge standen. Der Grauäugige war das Männchen, das ging schon aus seinen Proportionen hervor. Das Fremdgeschöpf mit den roten Haaren war vermutlich ein Weibchen und deswegen etwas rundlicher; bei vielen Zweibeinern war es so, daß die Weibchen prozentual einen höheren Fettanteil an der Körpermasse aufwiesen. Der ungeheure Appetit des Weibchens und seine Rundlichkeit ließen sich wahrscheinlich und problemlos dadurch erklären, daß es trächtig war – vermutlich von dem Grauauge, dessen auffälliges Mißtrauen und ständige Wachsamkeit damit ebenfalls hinreichend erklärt waren.

Brutpflege, diagnostizierte hier der Tasch-Ter-Man.

Die Dinge derart klar und eindeutig durchschaut zu haben, stimmte Dyn-Qar sehr zufrieden mit sich selbst, und er genoß das bescheidene Mahl. Außerdem amüsierte er sich innerlich sehr darüber, daß seit Ewigkeiten in der Galaxis Plantagoo darüber spekuliert wurde, wie es mit der sexuellen Fortpflanzung und überhaupt bei den Tasch-Ter-Man bestellt war. Zweigeschlechtlich, drei- oder mehrgeschlechtlich? Parthenogeschlechtlich? Fortpflanzung durch Zellteilung, Wucherungen, Knollenwuchs?

Zu den Eigenarten der Tasch-Ter-Man gehörte es, auf solche Fragen grundsätzlich keine Antworten zu geben, nicht einmal dem Gebieter gegenüber, auch nicht bei Androhung und Anwendung von Gewalt.

»Wir werden sie beobachten, feststellen, was sie vorhaben und unternehmen. Diese beiden haben etwas vor, und das werden wir herausbekommen. Und dann schlagen wir zu ...«

»Zuschlagen?«

Meinte der Groß-Kroogh das mehr im übertragenen Sinne oder buchstäblich? Im letzten Fall würde sich das »Wir« auf den Tasch-Ter-Man beschränken, denn zum Kämpfen taugte ein Kroogh nicht besonders gut, egal ob einzeln oder im Konglomerat.

»Wir werden sehen, was für uns dabei herausspringt«, antwortete Lyskun leise.

Ein Vorteil des Machtverhältnisses zwischen einem Gebieter und seinem Tasch-Ter-Man bestand darin, daß der Untergebene auch zur Verschwiegenheit verpflichtet war. Jeder andere Bewohner auf Galorn hätte Lyskun möglicherweise verraten, um sich einen Vorteil zu verschaffen; Dyn-Qar war dies grundsätzlich nicht möglich.

»Du weißt, wie gefährlich das ist?« erkundigte sich Dyn-Qar sanft.

Er schnupperte und nahm bei Lyskun einen Hintergrundgeruch nach Aggression wahr, der ihm ziemlich unangenehm in die Nüstern stieg. Körperliche Auseinandersetzungen entsprachen nicht der Lebensart eines Tasch-Ter-Man; allerdings gingen die Wesen von Tasch-Term Kämpfen auch nicht grundsätzlich aus dem Weg.

Lyskun machte eine Gebärde der Erheiterung.

»Du wirst es erleben«, prophezeite er. »Schon bald, glaube mir. Eines Tages werden wir Galorn wieder verlassen ...«

Das war es, was Dyn-Qar auch für sich erstrebte. Die Vorteile Galorns zu behalten, aber sie auf einer anderen, weniger unwirtlichen Welt zu genießen. Wirklich leiden und Entbehrungen aushalten mußte man auf Galorn nicht; mit ein bißchen Geschick, Fleiß und Eifer kam man schon über die Runden, aber auch nicht mehr als das. Fast alle auf diesem Planeten wußten, wie es auf anderen Welten aussah. Dort war es wärmer, dort gab es funktionierende Technik, dort gab es keinen sauren Schnee. Und dort mußte man sich nicht dem

Willen der Galornen und deren elenden roten Robotern beugen, mußte man nicht in Unwürde leben, um glücklich sein zu können.

Aber wenn es keine Alternative gab zwischen Glück und Entbehrung, dann wählten die meisten Bewohner Gaalos zuverlässig das Glück ...

5.

Es schmeckte. Wirklich und wahrhaftig, man konnte es nicht nur essen, es schmeckte sogar richtig gut. Zugegeben, es war wie beim Austernessen oder beim Genuß von Oliven. Man mußte sich daran gewöhnen, den Geschmack erst einmal erkennen und ihn für sich als angenehm definieren – wobei einem der Hunger sehr hilfreich sein konnte. Danach war es der reine Genuß.

Und der Höhepunkt war der Napf. Woraus er bestand, wußte ich nicht – und wollte es vorsichtshalber auch nicht wissen –, aber er schmeckte. Das Zeug war hart und knusprig, hatte einen süßlichen Beigeschmack und erinnerte ansonsten an Kekse.

»Sehr gut«, lobte ich ein ums andere Mal und schlug dem Mocksgerger, der mich darauf aufmerksam gemacht hatte, anerkennend auf die Schulter.

Zuerst sah er mich entgeistert an – hatte ich ihm in seiner Gestik womöglich einen unsittlichen Antrag gemacht? –, dann äußerte er jene Laute, die wir inzwischen als Erheiterungskundgebung eingestuft hatten. Es ließ sich in diesem Stadium der Beziehungen einfach nichts anderes machen; zu einer Verbesserung der Kommunikation konnte es nur kommen, wenn man jede Ehrpusseligkeit vergaß und sich gegenseitig einen Humor- und Trotteligkeitsbonus einräumte.

Meysto, unser besonderer Freund, hatte sich inzwischen an einer anderen Schlange angestellt und kehrte nun zu uns zurück. Er trug einen metallenen Kasten mit zahlreichen Löchern darin, und seine Mimik zeigte, daß er sehr zufrieden war. Radebrechend versuchte er uns klarzumachen, welche Art von Zuteilung er bekommen hatte.

»Etwas wie ein Ofen«, kam Perry als erster zur Erkenntnis. »Sehr praktisch und angenehm bei diesem scheußlichen Klima und diesen erbarmungswürdigen Wohnverhältnissen.«

Ich sah Meysto von der Seite her an. Daß Perry und ich uns sichtlich gefreut hatten, hatte er sehr wohl mitbekommen – und genau das schien ihm nicht zu gefallen.

»Mir schwant«, sagte ich leise zu Perry, »als sei der freundliche Teil unserer Bekanntschaft vorbei. Offenbar haben Meysto und seine Leute keine Lust, auch diesen Ofen mit uns zu teilen.«

Der Regen war tagsüber nahezu ohne Pause auf uns herabgeprasselt, sehr unangenehm, aber gerade noch zu ertragen. Wenn es auf Galorn normal zuging mit dem Wetter, dann mußte es nachts, wenn die Sonne hinter dem Horizont verschwunden war, entschieden kälter werden – und das konnte auf zehn, fünfzehn Grad und mehr hinauslaufen, auf dem Minus-Teil der Skala, wohlgemerkt. Unter derartigen Bedingungen würde uns auch der Aktivator nicht mehr viel helfen; es gab Grenzen für das, was ein menschlicher Körper ertragen konnte, und fünfzehn Grad minus lagen jenseits dieser Grenzen.

»Wir werden ein Nachtquartier brauchen«, stellte Perry gelassen fest. Er versuchte es mit Zeichensprache.

Die Reaktion war auch ebenso eindeutig wie heftig: Die Mocksgerger dieser Gruppe hatten keine Lust, ihr Nachtquartier mit uns zu teilen. Das lag vor allem daran, daß sie selbst keines hatten. Einen Miniatur-Ofen besaßen sie zwar, aber keinen Raum, in dem man Unterschlupf suchen und den man damit hätte mollig warm heizen können.

Wahrscheinlich würde es auf einen Deal mit einer anderen Gruppe in der Stadt hinauslaufen; die einen hatten den Platz, die anderen den Ofen. Und wenn Raum und Ofen nicht für beide Gruppen komplett reichten, dann würde aus jeder Gruppe der eine oder andere Schwächere zusehen müssen, wo er für diese Nacht blieb.

»Warum halten die Bewohner das aus?« fragte ich Perry. »Die Lebensumstände sind doch schlichtweg unzumutbar.«

Perry lächelte. »Nenne es Unterstadt oder Slum – Siedlungen dieser Art hat es früher ja auch bei uns gegeben. Und die Menschen sind nicht abgezogen, und sie haben nicht revoltiert. Zu beidem fehlten ihnen die Kraft und die Möglichkeit. Und es gab immer Kräfte, die am bestehenden Zustand festhalten wollten.«

»Und wer ist das hier in diesem Fall?«

Perry hob die Schultern und verspeiste den letzten Krümel seines Essensnapfes.

»Offenkundig die Schüsselroboter«, sagte er leise. »Naheliegenderweise jene Personen, die diese Roboter programmiert haben. Vielleicht ist es unser besonderer Freund, der Albino aus der Basaltebene, vielleicht die Bewohner der Zentralstadt. Ich weiß es nicht.«

»Wir sollten uns diese Zentralstadt einmal ansehen«, stieß ich grimmig hervor

»Später«, sagte Perry. »Wenn wir geschlafen haben.«

»Und wie willst du das machen?«

»Zuerst einmal werde ich mich an der Ofen-Schlange anstellen«, verkündete er. »Vielleicht kann ich so ein Ding bekommen.«

»Ich kann es auch probieren«, schlug ich vor, aber Perry schüttelte den Kopf.

»Zu gefährlich«, überlegte er laut. »Ich nehme an, das System funktioniert so, daß die Schüsselroboter, die hier die Versorgung regeln, durchaus registrieren, wer wann was bekommen hat. Uns kennen sie noch nicht. Kann sein, daß sie uns als feindlich oder unbefugt einstufen ...«

»Das hätten sie schon bei der Essensausgabe tun können«, fiel mir auf einmal ein.

»Ich habe daran gedacht«, entgegnete Perry mit unerschütterlicher Ruhe. »Aber wir hatten keine andere Wahl, wenn wir nicht völlig entkräftet werden wollten. Wie du gesehen hast, hat es ja keine Probleme gegeben. Mit den Öfen wird es ähnlich sein. Mehr als einen werden wir im Augenblick nicht brauchen, also werden wir dich und deine Zuteilung erst einmal zurückstellen. Klingt das logisch und überzeugend?«

»Halbwegs«, gab ich leise grinsend zu. »Und wie geht es anschließend weiter?«

»Wir werden etwas tun müssen, was in dieser Gegend offenbar nicht mehr bekannt oder wenigstens nicht mehr populär ist«, sagte Perry Rhodan trocken. »Wir werden arbeiten.«

»Arbeiten?« Ich starrte ihn entgeistert an. »Bin ich Aktivatorträger geworden, um zu arbeiten? Mit meinen Händen?«

Perry grinste breit. »Du wirst wahrscheinlich auch dein Köpfchen einsetzen müssen, alter Freund«, versprach er.

Der Andrang bei den Schüsselrobotern war nach wie vor sehr groß. Essen wurde ausgegeben, Kleidung und die beliebten Miniaturöfen. Zweimal wurde ein Bewohner der Stadt dabei ertappt, wie er unberechtigterweise versuchte, eine Zuteilung zu ergattern. Er wurde zuerst weggeschickt und dann von offenbar entrüsteten Slumbewohnern verprügelt.

Die Sitten in Gaalo waren rauh und hart; hier gab es offenbar einen immerwährenden Kampf gegen das allgemein verbreitete Elend um das nackte Leben. Aber niemand schien daran zu denken, Gaalo zu verlassen. Was mochte dafür der Grund sein?

Perry kehrte mit einem der begehrten kleinen Mini-Öfen zurück, sichtlich zufrieden.

»Und jetzt?« wollte ich wissen.

»Wir suchen uns einen Trümmerhaufen«, schlug Perry vor.

»Du meinst ein Haus?«

»Nein, einen Trümmerhaufen«, präzisierte Perry. »Jedes Haus in dieser Stadt ist bewohnt, die meisten sind sogar überfüllt. Wenn wir eine Unterkunft für uns allein haben wollen, werden wir uns wohl oder übel aus dem Schutt eine Behausung bauen müssen ...«

Nach zweistündiger Suche, in der die Sonne immer mehr dem Horizont näher kam, hatten wir gefunden, was Perry sich vorgestellt hatte. Am Rand der Stadt war ein Haus weitgehend zusammengekracht; Wind und Wetter hatten daran genagt und es in seine Einzelteile zerlegt.

»Daraus bauen wir uns jetzt eine Höhle«, sagte Perry.

»Wie groß?« wollte ich wissen.

»Groß genug für eine Person«, antwortete mein alter Freund. »Klingt seltsam, ich weiß, macht aber Sinn. Du wirst schon sehen. Vertrau mir.«

»Pah«, sagte ich. »Vertrau mir. Das hast du damals gesagt, damit ich mich für dieses Mondflugunternehmen melde, bei dem du dich hervortun wolltest. Und ich habe dir geglaubt.«

Zanken hält den Geist angenehm warm, wenn man mit dem Körper anderweitig beschäftigt ist.

»Und was habe ich davon? Ich stecke hier auf einem Planeten, den wir nicht kennen, in einer Galaxis, die wir noch weniger kennen ...«

Unwillkürlich warfen wir einen Blick in die Höhe.

Sterne können einen Menschen sanft und milde stimmen, sie lassen manchmal eine Ahnung des Erhabenen durch ihn strömen, selbst dann, wenn der Mensch längst weiß, daß diese Sterne atomare Glutöfen sind und man sie mit einem Raumschiff anfliegen kann.

Aber unter einem Sternenhimmel zu stehen, den man nicht kennt, wo das Auge, das Gedächtnis und das Gehirn nichts findet, woran es sich als vertraut klammern, das ist schon ein sehr beklemmendes Gefühl. Es macht einem klar, wie weit entfernt man von seinem Zuhause ist, wie groß eine Galaxis und wie klein ein Mensch ist, mit oder ohne Zellaktivator.

»Bereust du es?«

Perrys Stimme war sehr leise, kaum zu hören. Er hatte eine ehrliche Antwort verdient.

»Mit dir geflogen zu sein? Niemals! So lange gelebt zu haben? Auch nicht. Immer wieder in Schwierigkeiten zu stecken? Macht mir nichts aus. Aber man vereinsamt von diesem Job, und es wird vermutlich von Jahrtausend zu Jahrtausend schlimmer werden. Guck dir unseren kristallprinzlichen Freund an – noch zwei bis drei Jahrtausende, und er wird nicht einmal mehr den attraktivsten Frauen hinterhergucken ...«

Wir mußten beide lachen und arbeiteten weiter.

Was Perry sich vorgestellt hatte, lief auf etwas hinaus, das die Architekten Kraggewölbe nannten. Steine wurden so übereinandergelegt, daß sie immer ein paar Millimeter nach innen verschoben waren. Auf diese Weise entstand nach und nach ein ziemlich stabiles, einsturzsicheres Gewölbe mit einem dreieckigen Querschnitt.

Was aus unseren Bemühungen herauskam, war eine dreieckige Röhre von etwas mehr als zwei Metern Länge und fünfzig Zentimetern Höhe. Viele Fugen und Ritzen gab es nicht, die Steine waren ziemlich glatt und regelmäßig geschnitten gewesen; die beiden Öffnungen vorn und hinten reichten gerade, um Luft ein- und austreten zu lassen.

»Hinein mit dir!« sagte Perry und deutete auf die Röhre. »Die Jüngsten müssen immer als erste ins Bett.«

Ich kroch zögernd in die Röhre. Sehr bequem war es darin nicht, aber sie bot mir genügend Platz. Ich hatte mich kaum ausgestreckt, da aktivierte Perry den Ofen und schob ihn ebenfalls in die Röhre.

»Ich setze mich vor den Eingang«, sagte er. »Mit dem Rücken decke ich die Röhre ab, so daß du es da drin gemütlich warm haben wirst. Mein Rücken wird ebenfalls aufgeheizt werden, ich freue mich schon darauf. Und nach ein paar Stunden tauschen wir die Plätze.«

Er hatte immer solche Ideen. Von den großen kosmischen Entwürfen bis hin zum Reparieren eines lausigen Toasters, Perry konnte einfach alles – oder er brachte es sich in Windeseile bei.

Auch diese Konstruktion war ein Beispiel für sein Denken, typisch Perry Rhodan. Sie war einfach, selbst mit unseren begrenzten Fähigkeiten brachten wir sie zuwege. Sie war stabil, das Ding würde ganz bestimmt nicht zusammenkrachen und mich unter sich begraben. Sie war sinnvoll – je kleiner der Schlafraum war, um so weniger Wärme wurde gebraucht, ihn aufzuheizen; entsprechend lange hielt der kleine Ofen, der außerdem noch Perrys Rücken effektiv wärmte.

Und die Konstruktion war klug in der Vorausplanung: Daß wir beide gleichzeitig in molliger Harmonie würden schlafen können, war eine reine Utopie unter diesen Bedingungen.

»Schlaf gut«, sagte Perry leise und mit Wärme. »Ich wecke dich, wenn es soweit ist ...«

Er konnte mir ins Gesicht gucken und dabei lächeln, daß mir warm ums Herz wurde. Ich habe im Laufe meines Lebens eine Menge guter Kumpels gehabt und manchen Blödsinn mit ihnen angestellt, mich auf sie verlassen und das zu Recht. Aber einen Freund wie Perry habe ich nur in ihm gehabt; vielleicht lag es daran, daß er für mich längst Vater, Mutter und Geschwister ersetzt hatte.

Und er konnte dabei mit einer Offenheit lügen, wie es sonst kaum einer fertigbrachte. Natürlich würde er mich nicht wecken, wenn es nicht absolut unumgänglich war. Zweimal vier Stunden Schlaf sind etwas anderes als acht Stunden Schlaf am Stück; bei weitem nicht so erholsam. Es geht nicht nur um die Rückgewinnung körperlicher Kräfte, es geht auch um Geist, Verstand und Gemüt.

Auch ein Aktivatorträger braucht in der Nacht einige Stunden Schlaf und Traum, bis er wirklich jeden Rest des Tages aus seinem Gehirn vertrieben hat und zu einem wirklichen Erholungsschlaf findet. Und diesen Luxus wollte Perry mir gönnen ...

Natürlich wußten wir beide, er wie ich, daß ich mich bei nächster Gelegenheit dafür angemessen revanchieren würde ...

Ich lächelte, versuchte mich auf dem harten Untergrund möglichst bequem auszustrecken und spürte genußvoll, wie die Wärme des kleinen Ofens von meinen Füßen allmählich an mir entlangkroch und mich einhüllte.

Wenig später war ich tief und fest eingeschlafen.

6.

Foremon, der Wächter von Galorn, hatte keine andere Wahl, auch wenn es ihm persönlich widerstrebte. Er mußte seinen angestammten Lebensbereich verlassen, die weite Basaltebene, und hinaufsteigen in die Hochebene.

Er wußte, daß seine Gegner diesen Weg gewählt hatten, der ihm selbst aufgrund seiner metabolischen Beschaffenheit versperrt gewesen war. Foremon hatte gewartet, am Fuß der Felswand. Er hatte nicht damit gerechnet, daß die Verbrecher diesen ungeheuren Aufstieg mit ihren schwachen Kräften und ihrer mangelhaften Ausrüstung schaffen würden. Stunde um Stunde hatte er ausgeharrt und darauf gewartet, daß über ihm ein gellender Entsetzensschrei erklang, wenn einer der beiden den Halt verlor und in die Tiefe hinabstürzte. Aber sie hatten ihm diesen Gefallen nicht getan.

Schließlich war Foremon widerstrebend zu der Einsicht gekommen, daß die beiden Verbrecher es entgegen seiner Erwartungen und Hoffnungen offenbar geschafft hatten. Sie mußten die Felswand überwunden und die Hochebene erreicht haben. Ganz bestimmt würden sie so schnell nicht wieder zurückkehren in Foremons basaltiges Reich.

Das bedeutete, daß er selbst ihnen folgen mußte ...

Er nahm den Kabinenaufzug, der die Basaltebene mit der Hochebene von Galorn verband. Normalerweise, in der Zeit vor dem schrecklichen Verbrechen, hatte Foremon diese Kabine dazu benutzt, die Passagiere des Pilzdomes hinaufzubefördern in die Stadt oder für den entsprechenden Rückweg, niemals aber für einen anderen Zweck.

Ihn jetzt zu besteigen, ohne legitimen Auftrag, erschien Foremon fast wie ein Sakrileg, und so zögerte er minutenlang, bevor er die kleine Kabine betrat.

Die beiden Schotthälften schlossen sich geräuschlos, wenig später setzte sich die Kabine in Bewegung. Im Inneren war davon nichts zu spüren, es gab keine Beschleunigung, keine Verzögerung.

Foremon war dennoch mehr als unbehaglich zumute. Dieses Mal würde er nicht nach sehr kurzer Zeit in die Ebene zurückkehren können. Er mußte nun für längere Zeit auf der Hochebene verweilen.

Für Foremon bedeutete das große Gefahr.

Der Boden dort oben wies nicht so viel Basalt auf, wie Foremon sich das gewünscht hätte. Es fehlte an den Mineralien, die er über seine Füße aufnahm und als Nahrung benutzte.

Vor allem aber war es dort oben deutlich dunkler und entschieden kälter. Die Sonne schien dort nicht so oft und strahlend wie in der großen Ebene. Das bedeutete, daß Foremon über seine empfindlichen Kollektorohren weitaus weniger Energie pro Stunde würde aufnehmen können als unter normalen Umständen.

Sein Aktionsradius wurde dadurch sehr klein. Wahrscheinlich würde er den größten Teil des Tages damit verbringen müssen, Energie aufzunehmen und in seinem Brustorgan zu sammeln. Aktiv werden konnte er dann immer nur für sehr kurze Zeit. Und das gegen einen Gegner, der nicht nur den Vierten Boten von Thoregon ermordet und ihm das Passantum abgenommen hatte, sondern sich auch als äußerst geschickt und raffiniert im Kampf mit Foremon erwiesen hatte – in einer Region, in der sich Foremon zu Hause fühlte. Wieviel schwerer würde dieser Gegner auf anderem Gelände zu bekämpfen sein?

Aber von solchen Gedanken durfte sich der Wächter nicht aufhalten lassen. Daß seine eigene Existenz bei dieser Auseinandersetzung im höchsten Maß gefährdet sein würde, durfte für seine Handlungen und Entscheidungen keine Rolle spielen. Falls es nötig war, mußte Foremon seinen Tod in Kauf nehmen – wichtiger als sein Leben war, die Ermordung des Boten zu sühnen und den Schurken das unersetzlich wertvolle Passantum wiederabzunehmen.

Die Aufzugkabine hatte ihr Ziel erreicht, die beiden Schotthälften öffneten sich wieder.

Die Kuppelhalle war vollkommen leer. Etwa fünfzehn Meter hoch, bot diese Kuppelhalle genügend Platz für die Passagiere, die dann in der würfelförmigen Kabine, Kantenlänge 3,5 Meter, hinauf- oder hinabbefördert werden sollten. Die Halle selbst war Foremon seit langen Jahrhunderten vertraut; was hinter den beiden Ausgängen lag, wußte er nicht. Es entsprach nicht seiner Wesensart, über einmal gesteckte Grenzen ohne zwingenden Grund hinauszugehen. Neugierde und Forscherdrang waren in seinem Charakter nicht vorgesehen.

Foremon mußte sich entscheiden. Es gab zwei Ausgänge aus der Halle, einen links, einen rechts. Er entschied sich für links.

Es war eine große Klapptür aus staubleichtem Material, die selbst Foremon mit seinen geringen Körperkräften mühelos geöffnet bekam.

Wo er herausgekommen war, wußte der Wächter der Basaltebene sofort: Gaalo, die Stadt auf dem Plateau.

Er spähte hinauf zum Himmel, der dunstig verhangen war. Das hatte er befürchtet. Wenig Sonne, getrübt und kraftlos. Sehr schlechte Voraussetzungen für Foremons Vorhaben.

Langsam bewegte er sich vorwärts.

Die Stadt schien verlassen zu sein. Nirgendwo war ein Lebewesen zu entdecken. Aber nach einigen Minuten erreichte Foremon eine Mauer, die ihm bis an die Brust reichte, und jetzt konnte er Gaalo weitaus besser überblicken.

Er stand hoch über der restlichen Stadt, knapp vierzig Meter darüber, und dieser Geländeunterschied war kaum zu überwinden, selbst für die Verbrecher, die Foremon jagte. Der steile Abhang, den Foremon überblicken konnte, war glatt und massiv. Keine Klüfte, keine Risse, kein Bewuchs, an dem man sich vielleicht hätte festkrallen können.

Foremon trommelte sacht auf das Gestein der Brüstung. Auch in diesem Fall bewahrheitete sich seine Ahnung. Das Material enthielt nur geringfügige basaltische Beimischungen, viel zuwenig, um daraus etwas zu schaffen, eine Treppe oder einen Durchlaß für ihn, der ihn gefahrlos in die Unterstadt hätte führen können.

Es war naheliegend anzunehmen, daß die beiden Botenmörder und Räuber sich in einer der Unterstädte herumtrieben. Sie hatten schließlich den Aufzug nicht benutzen können und Gaalo von außen her betreten müssen. Vorausgesetzt, die Mauer um die Kernstadt war stabil und überall unbesteigbar, hatten sie keine Gelegenheit gehabt, diese Kernstadt zu erreichen.

Foremon schritt langsam und ungeduldig die Mauer ab. Nur wenn sie ununterbrochen war, stimmte die Voraussetzung seiner Überlegung; es war wichtig, so etwas nachzuprüfen. Außerdem bekam der Wächter der Basaltebene auf diese Weise einen besseren Überblick über das gesamte Gaalo.

Für die Hochebene und die Stadt hatte sich Foremon niemals interessiert; diese Dinge hatten nichts mit ihm und seiner Aufgabe zu tun. Wozu also sich damit beschäftigen? Foremon hatte gewußt, daß es die Hochebene gab und sich dort die Stadt Gaalo befand, und damit hatte es sich.

Jetzt konnte er die Anlage der Stadt überblicken und darüber nachdenken, wo die Verbrecher wohl stecken mochten.

Die Kernstadt war offenbar unbewohnt, leer und verlassen, infolgedessen für Foremon von minderem Interesse.

Weitaus wichtiger waren die Trabantenstädte EINS bis VIER. Wie die Kernstadt waren sie auf Plattformen angelegt worden, die aus Beton gegossen waren und sich deutlich von der steinübersäten, bräunlichen und nahezu vegetationslosen Hochebene abhoben. Diese Plattformen waren dicht mit Häusern bebaut worden, und ganz offenkundig waren diese Vorstädte auch belebt. Foremon konnte von seinem Ausguck aus zahllose Lebewesen erkennen, die sich auf den engen Straßen der Unterstädte bewegten.

Der Anblick versetzte ihm einen Schock, den er nur langsam überwinden konnte. Sein Lebensbereich war die Einsamkeit der großen Ebene um den Pilzdom gewesen; ab und an, manchmal erst nach Jahrzehnten, stellte sich der eine oder andere Besucher ein. Foremon hatte zwar gewußt, daß es außer ihm andere Lebewesen gab, sogar, daß es viele sein konnten.

Aber diese Zusammenballung von Geschöpfen war im ersten Augenblick zuviel für sein Gemüt.

Die beiden Verbrecher allerdings konnte Foremon nicht erkennen; es verwunderte ihn nicht. Wahrscheinlich hielten sie sich verborgen. Aber sie würden zu entdecken sein, es sei denn, sie trennten sich von dem verräterischen Passantum, das sie unrechtmäßig in ihren Besitz gebracht hatten. Da sie aber, um dieses unendlich wichtige und kostbare Stück erbeuten zu können, einen Boten von Thoregon getötet hatten, würden sie sich schwerlich von dem Passantum trennen – folglich würde man sie finden und identifizieren können. Und fangen und bestrafen, wie es sich gebührte. Das Urteil würde, nach Foremons Charakter, äußert milde ausfallen – Tod.

Foremon blieb stehen. Seine Kräfte ließen nach. Er richtete seine Ohren nach der Sonne aus und akkumulierte soviel Energie, wie er nur empfangen konnte, in dem dafür zuständigen Organ in seiner Brust.

Es gab zwei Möglichkeiten vorzugehen:

Die eine bestand darin zu warten. In den Pilzdom kamen die beiden Fremden nicht. Foremon hatte, mit seinen ganz besonderen Mitteln, den Zugang versperrt, und sie waren nicht imstande gewesen, diese Sperre zu beseitigen. Entsprechende Versuche hatte er rechtzeitig vereiteln können; er würde es wieder tun, sollten die beiden es noch einmal probieren.

Folglich waren sie an diesen Planeten gefesselt und kamen nicht weg – vermutlich nicht gerade das, was sie sich erhofft hatten. Gaalo war, wie Foremon wußte, die einzige bewohnte Stadt auf dem Planeten, vor allem aber die einzige Stadt, in deren Gebiet ab und zu ein Raumschiff landete.

Dies war die einzige Chance der Verbrecher, mit ihrer Beute den Planeten zu verlassen – Foremon brauchte also nur auszuharren, auf ein Raumschiff zu warten und diesen Perry und diesen Bully dort abzufangen.

Aber die Erfahrung der jüngsten Ereignisse hatten dem Wächter der Basaltebene gezeigt, daß die Fremden gar nicht daran dachten, sich so zu verhalten, wie er sich das vorstellte. Sie waren jederzeit für Überraschungen und blitzschnelle Aktionen gut; daher war es nicht ratsam, ihnen bis zur Ankunft eines Raumschiffes die Initiative zu überlassen.

Zudem lag der Landeplatz der Raumschiffe – aus Foremons Sichtwinkel – erschreckend weit von seinem jetzigen Standort entfernt.

Folglich mußte Foremon die Schurken hier in Gaalo jagen ...

Für die Weiterführung seines Spazierganges reichte die Energie inzwischen aus; der Wächter von Galorn setzte sich wieder in Bewegung.

Wollte er sie jagen, dann mußte Foremon das dort tun, wo sich die Fremden herumtrieben – mitten in dem Gewimmel der Unterstädte. Was ihn dort erwartete, wußte Foremon nicht. Aber von seiner Warte aus hatte er beobachten können, daß das Leben in Gaalos Randstädten hart, strapaziös und von einer gewissen Aggressivität gezeichnet war.

Aggressionen ging Foremon, wo möglich, aus dem Weg. Die Beschaffenheit seines Körpers machte es unmöglich, sich auf Raufereien einzulassen. Wahrscheinlich wäre sogar ein einzelner Kroogh ausreichend stark gewesen, Foremon zu besiegen und zu töten.

Aber der Wächter sah keine andere Möglichkeit, und die Aussicht auf seinen baldigen Tod konnte ihn nicht erschrecken.

Er hatte den Rundgang entlang der Mauer beendet und das gesehen, was er hatte sehen wollen.

Die Zentralstadt war sicher, niemand kam dort hinein, kein Zentrifaal, kein Kroogh und auch keiner der beiden Verbrecher. Die Mauer, die die Kernstadt von den Unterstädten trennte, war für die Bewohner dieser Städte unbezwingbar. Sehr gut – fraglich war aber, ob es auf der anderen Seite für Foremon in der Zentralstadt eine Möglichkeit gab, dort herauszukommen und in die Unterstädte zu gelangen. Die Sicherheit und Unzugänglichkeit der Kernstadt konnte sogar für Foremon zum ernsten Problem werden.

Er kehrte in die Ankunftshalle für den Aufzug zurück. Nichts hatte sich dort verändert. Foremon ging hinüber zum zweiten Ausgang und öffnete ihn.

Vergnügen gehörte ebenfalls nicht zu den Charakterzügen Foremons; ohne jede Gefühlsregung nahm er daher die angenehme Tatsache zur Kenntnis, daß hinter dieser Tür eine abwärts gewundene Wendeltreppe begann, die vermutlich zur Unterstadt hinabführte. Foremon zögerte keinen Augenblick, sie sofort zu benutzen.

Er schritt langsam in die Tiefe hinab. Die Treppe war von einem künstlichen Licht erhellt, das er nicht verwerten konnte, und während der Abstieg sich in die Länge zog, bemerkte Foremon, wie seine Kräfte nachließen.

Weiter, immer tiefer hinab. Dreißig Meter und noch tiefer. Foremons Bewegungen wurden langsamer. Aber er bewegte sich.

Vierzig Meter.

Foremon mußte seine letzten Reserven mobilisieren. Es konnte nicht mehr weit sein bis zu einem Ort, an dem es wieder Sonnenlicht gab; unbedingt mußte er seine Kräfte wieder erneuern. Schaffte er es nicht, aus diesem Tunnel herauszukommen, würde er dort bis in alle Ewigkeit bleiben müssen – ob er dann starb, war Foremon nicht bekannt. Tiefschürfende Gedanken über Beginn und Ende seiner eigenen Existenz, über deren Zweck und Bedeutung, waren ihm ziemlich fremd und außerdem unwesentlich.

Foremon erreichte mit zeitlupenhaft langsamen Bewegungen den Fuß der Wendeltreppe. Vor ihm erstreckte sich ein Gang, der von einer silbrig glänzenden Mauer abgeschlossen wurde. Auf diese Mauer kroch Foremon zu.

Der Wächter hatte keine Angst vor dem Tod, auch nicht vor dem Sterben, weil er sich beides nie vorgestellt hatte; ihn erfüllte nur die Sorge, er könne womöglich seine Pflicht nicht tun, und die schändlichen Mörder des Vierten Boten von Thoregon würden vielleicht ungestraft entkommen und weiteren Schaden auf Galorn und anderswo anrichten.

Dann erreichte Foremon die silberne Mauer ...

Mit letzter Kraft gelang es ihm, die Absperrung zu durchschreiten und seine Ohren nach der Sonne suchen zu lassen. Der Himmel war dunstig, nur wenig Sonnenlicht fiel an diese Stelle.

Foremon war nicht mehr in der Lage, sich ausreichend schnell zu bewegen. Er hatte seine Reserven völlig erschöpft, und das Nachladen ging nur äußerst langsam vonstatten.

Immerhin konnte er registrieren, wo er herausgekommen war.

Es war eine enge Gasse voller Müll zwischen zwei Häuserblocks, die unmittelbar an der trennenden Mauer errichtet worden war. Von dieser Seite aus wirkte die silbrige Wand ganz anders; sie bot den gleichen Anblick wie die gesamte Trennmauer zwischen der Unterstadt und der Kernstadt. Eine geschickte Tarnung, aber nicht ungefährlich, wenn sie jemals entdeckt wurde.

Foremon hatte es geschafft, die Absperrung vollständig zu durchdringen, ohne dabei gesehen worden zu sein. Wenn er zurückkehren wollte, würde er dafür sorgen müssen, daß man ihn auch dabei möglichst nicht beobachtete.

Foremon versuchte es mit einem Kompromiß. Er tankte Energie nach und versuchte gleichzeitig, sich in der Gasse ein Stück nach vorn zu bewegen, um von der Mauer wegzukommen. Es gelang ihm, da er sich Zeit damit ließ – und lassen mußte, denn die Sonnenstrahlung in der Gasse war lausig schlecht.

Nur ein Dutzend Schritte weiter, auf der Querstraße, sah es wesentlich besser aus. Foremon konnte markante Schatten auf dem Boden sehen, also war die Sonne viel stärker. Dorthin mußte er, denn wenn die Nacht sich auf Galorn senkte und es gar keine Sonne mehr gab, würde Foremon erstarren – womöglich für immer. Er hatte nicht die leiseste Ahnung, wie lange er ohne Energie überleben konnte, und im Interesse seiner Aufgabe dachte er auch nicht daran, das herauszufinden.

Er konnte die herrliche, kraftspendende Sonnenstrahlung vor sich sehen, zum Greifen nahe ...

Und dann sah er die beiden Gestalten, die sich ihm näherten.

Tasch-Ter-Man, unverkennbar. Vielleicht nicht die stärksten Bewohner Gaalos, aber durchaus kräftig genug, Foremon mühelos zu überwinden oder zu töten. Das Skelett des Wächters der Basaltebene war so schwach, daß ein einziger Hieb genügt hätte, es zu zertrümmern. Und dafür waren die Greiforgane der Tasch-Ter-Man stark genug. Sie hatten Foremon ausgemacht, kamen langsam näher.

Foremon hatte es von oben her sehen und betrachten können. Gaalo war in den Unterstädten ein Lebensraum, in dem ständig um den Erhalt dieses Lebens gekämpft werden mußte. Zwar sorgten die Schüsselroboter dafür, daß eine Grundversorgung aufrechterhalten wurde, aber mehr nicht. Wer langfristig am Leben bleiben wollte, mußte sich selbst helfen – in aller Regel auf Kosten der anderen Bewohner der Stadt.

Es war kein Kampf nach dem Motto »Friß oder werde gefressen«. So schlimm waren die Verhältnisse nicht. Aber wer nicht das nötige Maß an Härte und Zähigkeit aufbrachte, der verschliß sich selbst nach und nach, bis er kraftlos und ohne Energie aus dem Wettbewerb ausschied.

Foremon zitterte nicht, als er die Tasch-Ter-Man auf sich zukommen sah. Was geschah, mußte geschehen; er selbst hatte sehr wenig Möglichkeiten, das zu beeinflussen. Auf dem künstlichen Gestein des Betons versagten seine morphischen Fähigkeiten, er war vollständig wehrlos.

Die Tasch-Ter-Man blieben vor ihm stehen, warteten.

Dann sprachen sie völlig synchron: »Wir grüßen dich, Erhabener. Wir verehren dich und gehorchen dir, zerbrechliche Gottheit ...«

Dazu fuhren sie ihre Tentakelarme aus und vollführten damit seltsame Gesten, die zu Foremons großer Erleichterung nicht aggressiv wirkten.

Verehren? Zerbrechliche Gottheit?

Der Wächter der Basaltebene hatte nicht die geringste Ahnung, was mit diesen Begriffen gemeint war; er verstand nur eines: Die Tasch-Ter-Man waren nicht feindlich gesinnt, im Gegenteil, sie waren offenbar bereit, ihm zu gehorchen, ihm zu helfen und ihn im Gewimmel von Gaalo zu schützen.

Foremon registrierte es mit Gleichmut, wie alles, was um ihn herum und mit ihm geschah. Seine Chancen, die Verbrecher zu stellen und zu bestrafen, waren dank dieser unerwarteten Hilfe beträchtlich gestiegen.

Der Wächter der Basaltebene konnte sich an die Arbeit machen, das Verbrechen am Vierten Boten von Thoregon zu sühnen ...

7.

Stellt man einen Menschen mit einem Fuß auf eine Herdplatte und mit dem anderen auf einen Haufen Trockeneis, geht es diesem Menschen prächtig – im Durchschnitt. So lautet jedenfalls ein fossiler Scherz über die Aussagekraft von Statistiken.

Im Durchschnitt ging es auch mir prächtig. Mein Rücken war angenehm heiß, und meine Füße fühlten sich an wie Eisklumpen. In unserer kleinen Höhle schlief Perry den Schlaf des Gerechten, und ich hielt Wache.

Das Verfahren hatte sich in den letzten Tagen bewährt. Wir fanden in jeder zweiten Nacht ausreichend Schlaf und auch Schutz vor dem immer wieder hereinbrechenden Regen, der wohl schlimmsten Belästigung, die diese Welt zu bieten hatte und die uns immer mehr zusetzte.

Aus seltsam aussehenden Brettern hatten wir vor der Höhle eine Art Unterstand gebastelt, in dem der jeweils Wachende vor dem Regen und den gröbsten Windstößen geschützt war.

Nicht allerdings vor unliebsamem Besuch.

Gleich nach der ersten Nacht hatten wir es registrieren müssen. Wir hatten uns in der Stadt umgesehen, Orts- und Sprachstudien betrieben. Als wir zu unserem Unterschlupf zurückkehrten, hatten wir ihn besetzt gefunden. Zu zweit war es uns leichtgefallen, unsere Höhle zu räumen – von einem sehr übellaunigen Mocksgerger, der endlose Zorntiraden in Gergisch hören ließ, sich dann aber, als er das Aussichtslose seiner Bemühungen erkannte, davonstahl.

Einen Tag später fanden wir bei unserer Rückkehr unsere Höhle weitgehend zerstört vor. Neid war offenbar eine Gefühlsregung, zu der die Bewohner von Gaalo ebenfalls fähig waren.

Es dämmerte. Sehr früher Morgen, stellte ich fest. Genau die richtige Zeit, sich unter der Bettdecke noch einmal herumzudrehen, zusammenzurollen und eine weitere Mütze voll Schlaf zu nehmen. Luxusschlaf nenne ich diese Zeit – eigentlich ist man ausgeruht und ausgeschlafen genug, um aufstehen zu können, aber eine kleine Zusatzportion Schlaf, vielleicht durchzogen von einem angenehmen Traum, kann schließlich nicht schaden. Und es beweist, wie unabhängig man von den üblichen Regeln des Lebens ist ...

Ich dehnte und streckte mich vorsichtig. Nein, an die Extraportion Schlaf war nicht zu denken. Ich mußte wachen, damit Perrys Schlaf nicht gestört wurde.

Und ihn zu wecken, fiel mir um diese Zeit nicht ein. Aktivatorträger brauchen nicht allzuviel Schlaf, mag sein – aber das heißt nicht, daß sie mit Schlaf nichts anzufangen wüßten. Es ist wie mit dem Essen: Nahrungsaufnahme und eine gute Mahlzeit sind schließlich auch zwei verschiedene Dinge, auch wenn sie den gleichen Endzweck haben, nämlich dem Körper verwertbare Kost zuzuführen.

Etwas bewegte sich in meinem Gesichtskreis.

Klein, braun, huschend – ein Kroogh, oder mehrere. Die Kroogh sahen putzig aus, und in der Regel verhielten sie sich auch so, wie man es nach diesem optischen Vorurteil erwartete. Aber nicht immer und überall.

Sie waren beispielsweise ausgepichte Nahrungsdiebe, wieselflink und sehr gerissen. Meist arbeiteten sie in Teams. Einer oder zwei kamen offen heran, purzelten durcheinander, fiepten einen an, gebärdeten sich freundlich und munter – und wenn man darauf hereinfiel, schlichen sich zwei andere von einer anderen Seite her lautlos heran, sprangen zu, und weg war die Nahrung. Sie waren sogar so ausgefuchst, daß der Dieb die Beute sehr schnell an einen anderen Kroogh weitergab und dann in eine abweichende Richtung flüchtete.

Die paar Zehntelsekunden, die man als Opfer brauchte, um sich zu entscheiden, ob man dem frechen Dieb oder seiner Nahrung folgen wollte, reichten den Kroogh als Vorsprung bequem aus. Man sah noch etwas huschen und sausen, und weg waren die Kroogh – und mit ihnen dann auch das Essen.

Unter normalen Umständen hätte mich dieses Verhalten eher amüsiert, aber wenn man auf diese Nahrung ebenso angewiesen ist wie die Diebe, bekommt die Sache eine ganz andere Grundlage ...

Ich spähte zu den Kroogh hinüber. Waffen hatten wir nicht, nur ein paar Steine, mit denen wir werfen konnten. Eigentlich wollten wir uns zwei Schleudern basteln, diese Waffe hatte sich in der Vergangenheit als ziemlich brauchbar erwiesen.

Es waren ziemlich viele, mindestens ein Dutzend. Das gefiel mir überhaupt nicht.

Kroogh, soviel hatten wir schon herausgefunden, lebten entweder allein oder in Konglomeraten. Sie taten sich zusammen, und diese Konglomerate entwickelten dann so etwas wie eine eigene Persönlichkeit. In der Regel, so hatte man uns das erklärt, verhielten sich die Kroogh so, wenn sie größere und nicht ganz astreine Ziele ins Auge gefaßt hatten.

Ein Dutzend und mehr Kroogh in einem Konglomerat, das war eine beachtliche Macht und ließ auf einen üblen Streich schließen. Richtete er sich gegen uns, oder waren andere als Opfer auserkoren?

In Gaalo kümmerte sich jeder vornehmlich um die eigene Wohlfahrt. Man tat anderen, wenn es sich vermeiden ließ, nichts zuleide, aber man krümmte in der Regel auch keine Schuppe, um einem anderen zu helfen – mit beachtlicher Vorurteilsfreiheit war diese Haltung speziesübergreifend. Egal, wer oder was in Schwierigkeiten geriet, die anderen guckten weg, selbst wenn sie zum gleichen Volk gehörten. Offenbar waren es die ganz besonderen Lebensbedingungen auf Galorn gewesen, die zu dieser Form von Ethik geführt hatten.

Es wurde heller. Den Anzeichen nach versprach es ein schöner Tag zu werden – klarer Himmel, viel Sonne, wenig Regen und sehr viel Kälte. Beim bloßen Gedanken daran begann ich zu bibbern.

Die Kroogh-Meute hatte irgendwie etwas Eßbares aufgetrieben. Ich hörte es knacken und knistern und knurpseln; ich grinste zufrieden. Sollten sie, die kleinen Kerle, ich gönnte es ihnen.

Dann aber wurde mir mit einem Mal klar, was dort drüben, auf der anderen Straßenseite, wirklich passierte ...

Ich sah einen Zentrifaal langsam die Straße entlangschreiten, vorbei an jener Wand, hinter der die Kroogh verschwunden waren. Und dort hatten sie ganz bestimmt nichts Eßbares gefunden, sondern sie hatten die vereinsamt stehende Wand, die Straßenfront des alten Hauses, unterminiert und dem Einsturz nahe gebracht. Jetzt erkannte ich auch, daß der Zentrifaal eine reichhaltigere Kleidung trug als üblich. Offenbar jemand von Rang, Einfluß und Reichtum ...

»Aufgepaßt!« schrie ich laut und versuchte auf die Füße zu kommen. Meine Glieder waren steif und ungelenk wegen der Kälte, ich bekam sie nur mühsam in Bewegung gesetzt. Nur der Rücken war warm und geschmeidig.

»Vorsicht!«

Ich wußte nicht, was »Achtung, Falle!« in der Sprache der Gaalo-Bewohner hieß und brüllte einfach drauflos, in der Hoffnung, daß meine Reaktion verständlich genug für das Opfer war.

Der Zentrifaal blieb tatsächlich stehen und sah sich um. Er entdeckte mich, stellte fest, daß ich auf ihn zupreschte – und wich unwillkürlich zurück, noch näher an die Hauswand hin. Und ich sah, daß die Mauer bei weitem nicht mehr so gerade stand wie vorher.

»Deckung!« rief ich und wedelte mit den Armen, während ich weiterhin auf den Zentrifaal einstürmte.

Der Zentrifaal stieß seinerseits laute Rufe aus und gestikulierte; wem seine Schreie galten, konnte ich nicht feststellen. Die Wand neigte sich sanft und langsam, es sah fast zärtlich aus, als wollte sie ihn behutsam bedecken.

Ich bekam den Zentrifaal gerade noch zu fassen. Ohne mich um sein Protestgeschrei zu kümmern, stieß ich ihn vor mir her, drei Schritte weit, bis er stolperte und ich im Weiterstürmen über ihn strauchelte. Während wir noch unsere Gliedmaßen sortierten, wurde es hinter uns laut.

Knirschend und krachend brach die Hauswand zusammen. Die einzelnen Ziegel donnerten auf den Beton des Bodens – hätte dort ein lebendes Wesen gestanden, wäre es jetzt mit Sicherheit tot gewesen.

Aber das hatte der Zentrifaal noch nicht begriffen. Er schrie und schlug auf mich ein – und zwar mit seiner rechten Hand.

Zentrifaal besaßen zwei Hände, eine rechte und eine linke, die einander in Aussehen und Funktion nicht eben ähnlich waren.

Die linke Hand sah im geschlossenen Zustand aus wie eine ziemlich große schwarze Konservendose. Wurde sie geöffnet, klappte sie auseinander und enthüllte, was sie tatsächlich war: eine ziemlich große, schwarze Konservendose. In dem Hohlraum dieser Hand transportierten die Zentrifaal ihre Nahrung, Wasser, Sand, was auch immer sie als Eigentum besaßen und transportieren wollten. Eine sehr nützliche und zweckdienliche Hand, wenn auch kein besonders gutes Werkzeug zum Greifen.

Dafür war die Rechte wesentlich besser geeignet, und nicht nur dafür. Sie wies sieben kräftige, lange Finger auf. Diese Finger hatten Nägel, die auf der Erde waffenscheinpflichtig gewesen wären – hart, dennoch elastisch und dabei scharf wie ein Rasiermesser. Ein Hai hätte sein Gebiß wahrscheinlich jederzeit gegen eine solche Pranke getauscht.

Und mit diesem Mordgerät versuchte der Zentrifaal nach mir zu schlagen. Ich wußte: Erwischte er mich, hatte es mich erwischt.

Zu meinem Entsetzen kamen vier weitere Zentrifaal herangestürmt. Es war eine kuriose Situation. Ich brüllte und versuchte den Zentrifaal unter mir daran zu hindern, meine Kehle, mein Gesicht oder meinen Bauch aufzuschlitzen. Der wiederum ließ seiner Wut über den Angriff meinerseits rücksichtslos freien Lauf. Kumpane von ihm stürzten heran, um sich an dem Gemetzel zu beteiligen, während die Kroogh wohlweislich Reißaus nahmen.

Perry tauchte gerade rechtzeitig auf, um eine Katastrophe zu verhindern ...

Er schaffte es, ich hatte keine Ahnung wie. Das heillose Tohuwabohu kam zu einem Ende, die Akteure sortierten sich und redeten aufeinander ein.

Was für ein Glück, daß ich einen Zentrifaal gerettet hatte. Die Angewohnheit der Tasch-Ter-Man, mit allen Anwesenden zur gleichen Zeit, wenn auch mit unterschiedlichen Stimmen, zu reden, konnte einen blitzschnell in den lallenden Wahnsinn treiben. Wir brauchten fünf Minuten, bis alle den Verlauf des Geschehens rekonstruiert und begriffen hatten. Danach begannen die üblichen Verständigungsschwierigkeiten ...

Der Zentrifaal, den ich hatte retten können, hieß A-Ostamul, seine Kumpane hatten ebenfalls Eigennamen mit jeweils einem vorangestellten Einzelbuchstaben. Was das zu bedeuten hatte, wußte ich nicht; es lief aber offenbar darauf hinaus, daß A-Ostamul der Boß dieses Haufens war.

A-Ostamul hatte eine wichtige Tatsache zu verkraften: Wir hatten ihm das Leben gerettet. Offenbar kam dergleichen bei den Zentrifaal nicht sehr oft vor. A-Ostamul zerfloß beinahe vor Dankbarkeit, denn er war sich darüber klar, daß er ohne unser Eingreifen einen jener »Unfälle« erlitten hätte, die für den Alltag auf Galorn ziemlich typisch waren.

Wenn ich A-Ostamul richtig verstand, war er über mein Auftreten in mehr als einer Hinsicht entsetzt gewesen. Er hatte es für offene Aggression gehalten, die es in Gaalo so gut wie nicht gab – dafür um so mehr »Unfälle«. Zum einen hatte er nicht gewußt, wie er mit diesem kampflustigen Angreifer fertig werden sollte, zum anderen hatte er panische Angst davor gehabt ...

»Andro-Hüter?« fragte Perry.

A-Ostamul redete soviel und so zusammenhanglos, daß es an der Zeit war, die Informationsbrocken aufzuklauben und zu sortieren, damit wir sie verarbeiten konnten.

A-Ostamul machte eine Geste der Zustimmung.

»Galorne«, klärte er uns auf. »Richtig Galorne!«

Perry und ich blickten uns an. Galorn hieß die Welt, Gaalo die Stadt und Galornen ihre Einwohner.

Aber die Galornen, die wir bisher angetroffen hatten, waren gar keine richtigen Galornen gewesen; kein einziger Stadtbewohner war auf diesem Planeten beheimatet. Die wirklichen Galornen, die Erbauer der Stadt, hatten die Unterstädte offenbar längst verlassen und fremde Welten aufgesucht – über die A-Ostamul uns nichts berichten konnte oder wollte.

Aber sie hatten einen Andro-Hüter zurückgelassen, der über die Stadt wachte und sich um alles kümmerte. Dieser Andro-Hüter kommandierte die Schüsselroboter, er sorgte für Kleidung und Essen, und er hielt die öffentliche Ordnung aufrecht. Wenn die Aggressionen in den Unterstädten einmal zu hoch aufbrandeten, sorgte er durch das sogenannte Shifting dafür, daß Ruhe und Ordnung auf den Straßen wieder einkehrten.

Was Shifting war, wollte oder konnte A-Ostamul uns nicht verraten; klar war nur, daß er sich wahnsinnig davor fürchtete.

Ich nahm an, daß das Shifting, was immer das genau sein mochte, auf eine kollektive Tracht Prügel für Bösewichter hinauslief – aber offenbar auch für jeden anderen, der an Übeltaten und Aggression beteiligt gewesen war, sei es als Täter, als Zeuge oder einfach nur als Stadtbewohner.

Der Zentrifaal hatte sich davor gefürchtet, daß mein Auftreten ein Shifting hätte auslösen können, was für ihn ebenso schlimm ausgefallen wäre wie für mich und alle anderen.

»Wo?« fragte Perry. »Andro-Hüter, wo?«

Der Zentrifaal deutete in die Richtung, die wir befürchtet hatten. Der Andro-Hüter lebte offenbar in der Zentralstadt, also unerreichbar für uns und jeden anderen auf Galorn.

»Überall«, präzisierte A-Ostamul.

Seine umständliche Handbewegung verdeutlichte, was er meinte. Offenbar unternahm der Andro-Hüter so etwas wie Patrouillenflüge über den einzelnen Regionen der Stadt.

Seine Schüsselroboter hatten sich auf Antigrav- oder Prallfelder bewegt, vermutlich besaß der Andro-Hüter eine Schwebeplattform auf einer ähnlichen technologischen Basis. Unsere Kombigeräte funktionierten, die Schleudern hätten wohl auch funktioniert – aber dazwischen gab es eine technologische Lücke, und die war offenbar nicht natürlichen Ursprungs.

Gaalo war eine Stadt der Elenden. Die Geschöpfe hier wurden abgefüttert wie Stallvieh, man hielt sie mit großzügigen »Spenden« gerade noch am Leben, hinderte sie allem Anschein nach mit sehr drastischen Mitteln daran, sich gegenseitig offen die Schädel zu zertrümmern; sie konnten außerhalb der Stadt nicht überleben, und in der Stadt konnte man dieses Vegetieren kaum Leben nennen. Sie wurden technologisch zurückgestuft und entmündigt – und die Bewohner von Gaalo ließen sich das gefallen.

Perry versuchte Fragen zu stellen.

Mein alter Freund machte Fortschritte in der Sprache der Galornen, ziemlich rasche Fortschritte sogar; aber es würden viele Tage, vielleicht Wochen und Monate vergehen, bis er Goo-Standard flüssig würde sprechen können. Und wahrscheinlich Jahre, um diese Sprache wirklich zu verstehen.

Jede Sprache, und das war eine Tücke, mit der auch die technisch perfekten Translatoren zu kämpfen hatten, beschrieb nicht nur die Wirklichkeit, sie gruppierte, prägte und schuf diese Wirklichkeit auch. Eine Eins-zu-Eins-Übersetzung, Wort gegen Wort, reichte einfach nicht aus, den wirklichen Inhalt eines Begriffs zu transportieren.

Mit solchen Problemen hatte er zu kämpfen. Was war Shifting? Was mußten wir uns – A-Ostamul benutzte den Begriff einmal – unter Glücksreduktion vorstellen? Was war ein Andro-Hüter?

Den Wächter der Basaltebene kannte A-Ostamul nicht, und nach einem Pilzdom fragten wir ihn vorsichtshalber nicht. Wahrscheinlich hätte er damit nichts anfangen können.

Wir wollten gerade das Gespräch beenden, als ich zusammenzuckte. Es ist wirklich nicht so, als wäre allein Perry für das Denken zuständig; auch ich habe manchmal Einfälle.

»Du, Perry«, sagte ich leise. »Hier regt sich keiner über unser Aussehen und Auftauchen groß auf. Offenbar passiert es immer wieder, daß Neue nach Gaalo kommen. Dann muß es hier doch, wie wir gesehen haben, einen Raumschiffsverkehr geben ...

Bis jetzt hatten wir erlebt, wie einzelne Raumschiffe die Hochebene angeflogen hatten und einige Zeit später wieder verschwunden waren; aber den Vorgang hatten wir nur undeutlich aus der Ferne mitbekommen.

Perry nahm Arme und Beine, Hände, Mimik und schnelle Zeichnungen im Straßenstaub zu Hilfe, um seine Fragen zu veranschaulichen. A-Ostamul antwortete auf die gleiche Art und Weise, und so schälten sich umständlich die Tatsachen heraus.

Alle paar Tage, üblicherweise, erreichte ein Schiff die Stadt. In A-Ostamuls Ausdrucksweise handelte es sich um ein »Stummelschiff« der Galornen. Das Schiff flog Herz-FÜNF an, unternahm dort etwas, das von außen keiner zu erkennen vermochte – und verschwand dann wieder.

Kurz nach der Ankunft dieser Stummelschiffe passierte üblicherweise das, worauf hier anscheinend jedermann wartete: die Glücks-Reduktion, was immer das auch sein mochte. Einzelheiten wollte A-Ostamul uns nicht verraten, aus Freundschaft, wie er beteuerte. Es würde die ganze Vorfreude mindern, wenn er zuviel davon verriet.

»Klingt wie dieser Spruch aus der Zen-Philosophie«, kommentierte Perry mit leisem Amüsement. »Wer *satori* erlebt hat, spricht nicht darüber, und wer darüber spricht, hat es nie erlebt. Wir werden uns wohl oder übel überraschen lassen müssen.«

A-Ostamul redete unaufhörlich weiter. Offenbar war die Stadt in Aufregung, weil bei den letzten Besuchen dieser Schiffe die Glücks-Reduktion ausgeblieben war ... Daher die allgemeine Gereiztheit, die erhöhte Aggressivität und die wachsende Angst davor, daß es statt zu einer Glücks-Reduktion zu einem Shifting kommen würde.

Perry und ich wechselten einen raschen Blick. Gab es etwa einen Zusammenhang zwischen unserer Ankunft und dem Ausbleiben der Glücks-Reduktion? Hatte es damit zu tun, daß der Pilzdom nicht mehr betretbar war? Oder damit, daß Perry dieses seltsame Armband von der Brücke in die Unendlichkeit trug, das eigentlich wohl nicht für ihn bestimmt gewesen war?

Ich seufzte leise. Es war wie immer und überall: nur Fragen über Fragen. Und bekanntlich kann jeder Trottel mehr fragen als hundert Weise beantworten können.

Irgend etwas lief in Gaalo ab, der Alltag mit seiner Routine war aus dem Gleichtritt geraten. Der Verdacht lag nahe, daß diese Veränderungen etwas mit unserer Ankunft zu tun hatten. Aber was?

Und was mich ganz besonders interessiert hätte: War dies eine automatische und begrenzte Aktion, oder hielt jemand die Fäden in der Hand, beobachtete und belauerte uns, stellte gar tödliche oder andere Fallen für uns auf? Ich haßte den Gedanken, von einer Macht und sei sie noch so wohlwollend, am Gängelband geführt zu werden wie eine Marionette.

Perry stieß mich an. »Wiederhole bitte!« forderte er A-Ostamul auf, und auch ich hörte jetzt angestrengt hin.

Es war ein komplexer Sachverhalt, den er uns mitteilen wollte, aber wir begriffen endlich.

A-Ostamul befand sich nach seinen Anschauungen tief in unserer Schuld, und deshalb bot er uns an, uns eine Passage zu besorgen. Eine Passage auf einem Raumschiff, das voraussichtlich in einigen Wochen Gaalo anfliegen würde.

Nein, nicht Herz-FÜNF, sondern das restliche Stadtgebiet. Ja, man konnte mit diesem Schiff Galorn verlassen, wenn man einen Platz bekam. Und diesen Platz für uns zu besorgen, war A-Ostamul aus Dankbarkeit bereit.

Die Versuchung war natürlich groß.

Gaalo war ein extrem ungemütliches Fleckchen Kosmos, und alles in mir schrie danach, den Planeten schnellstens zu verlassen und anschließend zu vergessen, wenn es ging. Aber Perry Rhodan lehnte erst einmal ab.

8.

»Sie haben sich mit A-Ostamul zusammengetan«, sagte Lyskun leise.

Dyn-Qar hörte aufmerksam zu. Der Groß-Kroogh war sichtlich mit Nachdenken und Pläneschmieden beschäftigt, und der Tasch-Ter-Man ahnte, daß diese Pläne auch mit ihm zu tun hatten.

Ein Problem hatte sich mittlerweile erledigt: Lyskun hatte sein Konglomerat um zwei weitere Einzelkroogh vergrößert, so daß er nicht mehr so schnell die Grenze unterschritt, die einen Gebieter von einem Mitgeschöpf trennte, das für einen Tasch-Ter-Man ohne Belang war.

»A-Ostamul ist einer von den Clanführern der Zentrifaal«, dachte der Groß-Kroogh laut darüber nach. »Und zwar einer von den wichtigsten und mächtigsten auf Galorn. Das ist ganz bestimmt kein Zufall.«

»Normalerweise schließen Zentrifaal nicht so schnell Freundschaft«, ließ sich Dyn-Qar vernehmen.

Der Groß-Kroogh gab Laute der Erheiterung von sich.

»Ich habe ein wenig nachgeholfen«, gab er bekannt. »Und es hat funktioniert. Was immer die Fremden für Pläne haben. A-Ostamul wird sie dabei unterstützen müssen, wenn er seine Ehre bewahren will.«

Einer der Teilnehmer des Konglomerats kehrte von einem Ausflug zurück, und sofort mischte sich der einzelne Kroogh in den allgemeinen Informationsfluß des Gebildes ein. Kurz darauf schickte Lyskun einen weiteren Späher los.

Dyn-Qar war inzwischen ziemlich beeindruckt. Er hatte sich nie zuvor sonderlich für die Kroogh interessiert, sie waren ihm zu unbedeutend erschienen. Aber Lyskun brachte erstaunliche Fähigkeiten zuwege, die der Tasch-Ter-Man nicht erwartet hätte.

»Die Fremden marschieren an der Mauer entlang«, informierte Lyskun seinen Diener.

»Dann habe ich eine Ahnung, wo sie verharren werden«, bemerkte Dyn-Qar nachdenklich. »Beim Bunker in Nord-EINS.«

Der Groß-Kroogh machte eine Gebärde der Zustimmung.

»Und dorthin werden auch wir uns begeben«, sagte er. »So schnell wie möglich.«

Dyn-Qar stieß einen Klagelaut aus. Sein Körperbau war für lange Wanderungen nicht besonders geeignet, schon gar nicht, wenn er sein Tempo einem anderen Wesen anpassen mußte. Mit seinen Saugfüßen besaß ein Tasch-Ter-Man zwar einen ungewöhnlich sicheren Stand, auch der heftigste Sturm konnte einen Tasch-Ter-Man so schnell nicht umwerfen. Aber ein Sprinter oder Dauerläufer war Dyn-Qar gewiß nicht.

»Und was wollen wir dort?« fragte er erschüttert.

»Ihnen auflauern«, gab Lyskun zu. »Sie auskundschaften und danach unser Verhalten ausrichten.«

»Mag sein«, sagte Dyn-Qar. »Aber ich wüßte gerne ...«

Er verstummte, denn Lyskun hatte eine heftige Gebärde gemacht. Möglich, daß ein Tasch-Ter-Man etwas wissen wollte, aber er hatte sich damit zu begnügen, was ihm zugeteilt wurde. Gegen die Autorität eines Gebieters gab es keinen Widerspruch.

Die beiden unterschiedlichen Wesen setzten sich in Bewegung. Lyskun marschierte vorneweg, Dyn-Qar folgte ihm. Das Konglomerat blieb die ganze Zeit über beisammen. Offenbar wußte Lyskun sehr genau, daß Dyn-Qar ihm wahrscheinlich sehr bald untreu werden würde, wenn er sich wieder in einen Haufen normaler Kroogh zersplitterte.

Mittagszeit. Die Sonne stand hoch am Himmel, der klar und wolkenfrei war. Wenn man sich unmittelbar im Sonnenschein bewegte, war es halbwegs warm, aber wenn der Wind einen zu fassen bekam, schnitt die Kälte empfindlich in die Haut. Die Tasch-Ter-Man waren, was das anging, sehr genügsam und ausdauernd, aber das hieß nicht, daß sie das Klima von Gaalo gemocht hätten. Wie alle anderen hielt sie nur eines auf Galorn, aber dieses eine war seit geraumer Zeit überfällig, und das stimmte alle Bewohner der Stadt mißtrauisch, grimmig und reizbar.

Dyn-Qar konnte annähernd abschätzen, daß es sehr bald zu einer Entscheidung würde kommen müssen. Entweder zu einer neuerlichen Glücks-Reduktion oder zu einem Shifting.

»Wir werden für heute auf Nahrung verzichten«, gab Lyskun bekannt. »Unser Marsch ist wichtiger.«

Dyn-Qar nahm das ebenso hin, wie es seinem Naturell entsprach. Der Gebieter hatte es so angeordnet, also wurde es so gemacht.

Lyskun hätte sogar für sich Essen und für Dyn-Qar Hungern anordnen können, und der Tasch-Ter-Man hätte das klaglos akzeptiert. Erst wenn die Befehle eines Gebieters einen Tasch-Ter-Man in akute Lebensgefahr brachten, war es dem Tasch-Ter-Man möglich, die Befehle gedanklich zu überprüfen und gegebenenfalls in Frage zu stellen. Selbstmörderische Anordnungen des Groß-Kroogh jedenfalls hätte Dyn-Qar verweigern können – Lyskun war zwar ein Gebieter, aber kein richtiger, wichtiger und großer Gebieter. Wie der richtige aussah, wußte Dyn-Qar nicht, aber er war sicher, daß er ihn erkennen würde, tief in seinem Inneren. Wenn er den richtigen Gebieter jemals in seinem Leben treffen würde, wurden alle anderen Beziehungen und Unterordnungen gegenstandslos.

Die beiden erreichten den Stadtrand von West-VIER. Vor ihnen erstreckte sich das Ödland der Hochebene, steinig und fast ohne Vegetation, immer gepeitscht von einem schneidend kalten Wind. In der Ferne konnte Dyn-Qar die ersten Gebäude von Nord-EINS sehen und den halbverwehten Trampelpfad, der die beiden Stadtviertel miteinander verband.

»Vorwärts«, ordnete Lyskun an. Schnell integrierte er einen seiner Späher und erhielt so die neuesten Daten. »Aha, sie sind ein bißchen langsamer als wir. Und es wird dabei bleiben. Beeil dich, Dyn-Qar, wir müssen als erste das Ziel erreichen.«

Dyn-Qar setzte sich in Bewegung. Nach einigen hundert Metern hatte er alles andere vergessen. Er war jetzt ganz allein mit seinem gegenwärtigen Gebieter, es gab niemanden, der ihm die Macht streitig machen konnte oder wollte. Das machte das Leben für Dyn-Qar leichter; ein Tasch-Ter-Man liebte letztlich klare Verhältnisse.

Der Weg nach Nord-EINS war lang und beschwerlich. Er führte

dicht an der Mauer entlang, die West-VIER, Nord-EINS und Herz-FÜNF voneinander trennte. Rechts von sich konnte Dyn-Qar diese Mauer aufragen sehen; mehr als vierzig Meter ging es senkrecht in die Höhe.

Für einen Tasch-Ter-Man mit seinen besonderen Füßen wäre diese Höhe verhältnismäßig leicht zu überwinden gewesen, selbst bei Sturm. Und ein entsprechender Befehl seines Gebieters hätte Dyn-Qar auch in Marsch gesetzt.

Aber ein solcher Befehl war nie gekommen und würde auch nie kommen. Offenbar wußte jeder in Gaalo, daß ein Tasch-Ter-Man einen solchen Befehl unter gar keinen Umständen befolgen würde. Es wäre ein Übertreten der Regeln gewesen, die ein Gebieter aufgestellt hatte, der weit über dem Groß-Kroogh Lyskun stand, auch weiter über jedem anderen Gebieter, den Dyn-Qar in Gaalo hätte finden können.

Dyn-Qar hätte allerdings keine Antwort auf die Frage gewußt, wer dieser übergeordnete Gebieter war, wie er aussah und woher er seine Macht bezog. Es genügte, daß es ihn gab und daß er von jedem Tasch-Ter-Man respektiert wurde. Man konnte einem Tasch-Ter-Man Befehle geben, so viel man wollte, niemals unternahm ein Tasch-Ter-Man den Versuch, die Steilwand zu überwinden. Und von allein kam ein Tasch-Ter-Man gar nicht auf einen solch frevelhaften Gedanken.

Übrigens galt Ähnliches für die Kroogh, die normalerweise sehr gute Krabbler und Kletterer waren.

Lyskun schien etwas aus der Art geschlagen zu sein. Zwar unternahm auch er keinen Versuch, an der Wand emporzusteigen, aber sein Blick wanderte immer wieder in die Höhe.

Dyn-Qar interessierte sich für Herz-FÜNF gar nicht, nicht einmal für ihren Anblick. Obwohl seine Fußmuskeln langsam zu schmerzen begannen, setzte er seinen Weg unverdrossen fort.

»Aha!« stieß Lyskun zufrieden hervor. »Da sind sie ...«

»Ich habe sie bereits gesehen«, gab Dyn-Qar bekannt.

Sie waren zu fünft: die beiden Fremden mit den modernen, funktionierenden Instrumenten an den Handgelenken, dazu drei Zentrifaal, einer davon A-Ostamul, der Clanführer. Offenbar ließ er es sich nicht nehmen, die beiden Fremden höchstpersönlich an ihr Ziel zu führen.

Dyn-Qar versuchte sich vorzustellen, was die Fremden am Bunker wollten. Trieb sie einfache Neugierde an, oder hatten sie, wie Lyskun, geheimnisvolle Pläne geschmiedet? Dergleichen hatte es früher nie gegeben.

Wahrscheinlich lag es daran, daß die übliche Glücks-Reduktion seit einiger Zeit ausgeblieben war. Auch so etwas war bisher nie vorgekommen. Kein Wunder, daß die Spannung in Gaalo ständig wuchs und die Reibereien zwischen den Bewohnern unaufhörlich zunahmen. Und vermutlich war dies auch der Grund dafür, daß einige Bewohner auf sehr eigentümliche Gedanken und Ideen verfielen.

Das, was die Fremden unternahmen, die Pläne, die Lyskun entwickelt hätte – all das hatte es früher so nicht gegeben, und Dyn-Qar begann immer stärker zu ahnen, daß Gaalo wegen dieser unheilvollen Entwicklung in Bälde mit einem Shifting würde rechnen müssen. Bei dem bloßen Gedanken daran begann der Tasch-Ter-Man zu schaudern.

»Mach schneller!« drängte ihn der Groß-Kroogh unwillig. Er hatte aus seinem Verbund zwei Späher vorangeschickt nach Nord-EINS. »Sie fangen an, uns einzuholen.«

Dyn-Qar beschleunigte seine Schritte, obwohl es ihm schwerfiel, aber er mußte gehorchen.

In der Tat kamen die Fremden langsam näher heran. Sie bewegten sich auf der selben Strecke wie der Tasch-Ter-Man und Lyskun – es war der schnellste und kürzeste Weg von einer Unterstadtregion zur anderen.

Dyn-Qar konnte sehen, daß die beiden Fremden immer dicht beieinanderblieben. Wahrscheinlich hatte das mit der Schwangerschaft des rundlichen, rothaarigen Weibchens zu tun.

Zeugung und Geburt waren seltene Ereignisse auf Galorn. Die meisten Bewohner der Stadt waren nicht dort geboren worden, sondern auf anderen Planeten. Irgendwie hatte es sie nach Galorn verschlagen, und sie waren geblieben, weil sie nicht mehr die Kraft gehabt hatten, sich um weitere Passagen zu bemühen. Der Kampf ums Überleben war so hart, daß viele sich um Partnerschaften und Nachwuchs gar nicht mehr kümmerten. Ausgenommen die Zentrifaal, aber die machten um ihr Sozialleben von jeher ein Geheimnis, in das sie Außenstehende unter keinen Umständen hineinblicken ließen.

Wenn die Rote niederkam – dem Umfang nach zu schließen in wenigen Wochen –, würde es das Neugeborene sehr hart haben. Galorn war keine Welt, auf der es sich leicht und einfach lebte; jeder Tag bedeutete neue Bemühungen, neue Strapazen, unaufhörliche Wachsamkeit.

Während er darüber nachdachte, hatte Dyn-Qar den Rand von Nord-EINS erreicht. Lyskun war vor ihm dort eingetroffen und wartete schon, äußerst ungeduldig.

»In der Stadt gibt es Ärger und Aufregung«, teilte er Dyn-Qar mit. Wahrscheinlich hatte er die Kunde von einem seiner Späher. »Das Volk rottet sich vor dem Bunker zusammen.«

Dyn-Qar ahnte, was das bedeutete, und ihn gruselte.

Shifting.

Unwillkürlich konzentrierte er seine Wahrnehmung auf das fremde Weibchen. Wenn es nun zum Shifting kam ... Nein, besser nicht daran denken!

Er bemühte sich, mit Lyskun Schritt zu halten, als der sich durch die Gassen von Nord-EINS schob. Es sah in dieser Stadt genauso aus wie in West-VIER. Eigentlich seltsam. Zwar war es durchaus möglich, zwischen den Städteplattformen hin und her zu wechseln, aber das geschah nur selten.

Und die Bewohner der einzelnen Plattformen pflegten jeweils steif und fest zu behaupten, ihre Unterstadt sei die beste von allen – und diese Behauptung vorsichtshalber gar nicht erst auf die Probe zu stellen, indem sie das Viertel wechselten.

Auch Dyn-Qar hatte sich nie zuvor aus West-VIER herausgewagt, schon gar nicht nach Nord-EINS, weil es dort viel häßlicher und kälter sein sollte als in West-VIER.

Aber es stimmte gar nicht, so weit es Dyn-Qar erkennen konnte. Es waren die gleichen Straßen, die gleichen verfallenen Häuser. Es gab Zentrifaal und Tasch-Ter-Man, es gab Kroogh und Mocksgerger, und alle anderen Völker von Plantagoo waren auch vertreten – nicht alle, dafür war die Galaxis viel zu groß, aber doch etliche.

Der Geruch in der Luft ähnelte dem in West-VIER: Ausdünstung nach Mocksgergern und dazwischen von Essensnäpfen mit Inhalt. Alles überlagert von den Gerüchen, die auf eine fehlende Kanalisation hinwiesen und darauf, daß es kaum eine Möglichkeit gab, Wäsche oder sich selbst zu waschen.

Nein, es brachte keinerlei Vorteile mit sich, von einem Stadtviertel in ein anderes zu wechseln. Das Leben auf Galorn schien überall gleich zu sein – gleich elend, gleich ärmlich, gleich langweilig, gleich aussichtslos.

Dyn-Qar bemerkte es sehr wohl. Die Anspannung setzte auch ihm zu, und die Angst vor einem Shifting ließ ihn nicht mehr los. Danach wurde es vielleicht anders auf Galorn – aber ganz bestimmt nicht besser ...

Die Blicke, die ihn und Lyskun trafen, während sie über die Straßen von Nord-EINS spazierten, waren von Aggressivität geprägt. Ein Tasch-Ter-Man und ein ganzer Haufen von Kroogh; das hieß, daß die

Nahrung womöglich knapper wurde, daß man den überaus knappen Wohnraum würde verteidigen müssen, oder – wenn man Pech hatte – vielleicht sogar verlor. Dann mußte man sich Ersatz bei anderen beschaffen, und das Kettenspiel lief unerbittlich weiter, bis es schließlich bei jenen Unglücklichen angekommen war, die zu schwach waren, um sich wehren zu können.

Vielleicht gab es auch wieder ein paar sogenannte Unfälle ...

Dyn-Qar hatte es nie erlebt, er kannte es nur aus vagen Erzählungen und Berichten. Irgendwann wurde der Druck auf jeden einzelnen in der Stadt so unerträglich groß, daß man ihn beim besten Willen nicht mehr ertragen konnte. Dann half auch die Angst vor dem Shifting nichts mehr.

Es ging immer aggressiver und rücksichtsloser zu, die Sprache wurde rauher und erbitterter, dann flogen die Fäuste und Tentakel, und schließlich entbrannte ein Kampf alle gegen alle – und dann war das Shifting restlos unvermeidlich geworden.

Aber die Bewohner waren dann schon so erregt, daß sie ihre Angst einfach überspielten – und wenig später bitter dafür bezahlen mußten. So gnadenlos bitter, daß eine neue Saat von Legenden und Gerüchten über das Shifting entstehen und verbreitet werden würde und erst einmal dazu beitrug, daß sich das Leben für längere Zeit stabilisierte. Aber um welchen Preis ...

Mehrmals wurde Lyskun unterwegs angepöbelt, aber er setzte sich mit Dreistigkeit zur Wehr, so daß man ihn knurrend gewähren und ziehen ließ. Dyn-Qar folgte langsam. Tasch-Ter-Man galten als besonnene und ruhige Bürger, die letzten, die einen Streit vom Zaun brachen, deswegen ließ man sie im allgemeinen auch selbst bei schlechter Stimmung in Ruhe.

In Nord-EINS aber war die Stimmung so schlecht, daß diese Regel jetzt ebenfalls nicht mehr zu gelten schien.

Die Angst in Dyn-Qar stieg an, aber er folgte seinem Gebieter, wohin dieser sich auch wandte.

Notfalls ins Verhängnis ...

9.

»Das Wort Bunker klingt nicht sehr einladend«, stellte ich skeptisch fest und blickte Perry an. Der zuckte nur mit den Achseln.

»Haben wir eine andere Wahl?« fragte er zurück.

Blöde Antwort! Von einem Unsterblichen, ehemaligen Großadministrator und was weiß ich noch, durfte man doch wohl eine etwas geistreichere Antwort erwarten als dieses flapsige »Haben wir eine andere Wahl?«

Wir stapften über einen Trampelpfad durch eine Einöde. Braunes Land, steinig und pflanzenlos, karg, trocken und kalt. Ungemütlich bis an die Grenze des Erträglichen. Es war, als sauge einem dieses Land alles Positive aus dem Leibe und dem Gemüt. Weg war die Kraft, verschwunden die Zuversicht, zerstoben die Hoffnung. Ich blickte wieder Perry an.

»Merkst du es?«

Er nickte. »Der Streß nimmt immer mehr zu«, sagte er. »Auch bei uns. Die Stimmung wird schlechter und gereizter. Deine Miene ist griesig bis zum Gehtnichtmehr, deine Kommentare könnte man zum Giftmelken gebrauchen – und mir ist kein bißchen besser zumute.«

Die Zentrifaal waren inzwischen verstummt, nur ab und zu erklangen zwischen den Todesengeln kurze, scharfe Rufe, die von Gereiztheit und Mißbehagen sprachen. Offenbar bereute A-Ostamul schon, daß er sich zu diesem Ausflug bereit erklärt hatte.

Wir konnten die ersten Häuser von Nord-EINS sehen. Der Anblick war kein bißchen besser als der von West-VIER. Trostlos, entmutigend, hoffnungslos. Wenn es uns nicht gelang, entweder den Pilzdom wieder in Gang zu setzen oder auf irgendeine andere Weise diesen Planeten zu verlassen, würde das Schicksal auch uns ereilen – so, wie es Zehntausende von anderen Bewohnern dieser Galaxis zuteil geworden war, die ein aussichts- und trostloses Leben auf Galorn verbrachten.

Es gab auch auf Welten der Milchstraße Elendsviertel, an den Rändern der großen Metropolen. Aber es waren nicht viele, und die Wesen, die dort lebten, hatten noch Aussichten. In aller Regel war solch ein Dasein kurzfristig; es fanden sich früher oder später in fast jedem

Fall Mittel und Wege, die Betroffenen wieder in ein übliches Leben zu integrieren. Und das wußten die Galaktiker, die dorthin geraten waren.

Auf Galorn war dies anders.

Hier gab es keine Hoffnung und keine Aussicht, keinen Trost und keinen Ansporn – jedenfalls schien es so. Das Leben war karg und ärmlich, nicht katastrophal schlecht, aber in seiner Beständigkeit dazu geeignet, selbst sehr harte und feste Charaktere langsam zu zermahlen, bis nichts mehr übrigblieb. Zuviel zum Sterben, zuwenig zum Leben, so hätte man es auf der Erde ausgedrückt.

Perry und ich hielten inne.

Die Zentrifaal waren plötzlich stehengeblieben und diskutierten heftig miteinander, so temperamentvoll, daß wir kein Wort verstehen konnten. Langsam gingen wir auf die kleine Gruppe zu.

»Umkehren?« fragte Perry und machte klar, wen er damit meinte – unsere Begleiter.

Sie widersprachen heftig. Nein, eine Umkehr kam offenbar nicht in Frage. Der Tag war aber schon fortgeschritten, und bei Nacht ließ es sich auf dem offenen Gelände nicht wandern. Zu gefährlich. Das konnte ich nachvollziehen.

Und was hatten sie vor, die Zentrifaal? Ich muß mich zusammenreißen, daß ich die Geduld nicht verlor. Und ich konnte sehen, daß auch Perry ziemliche Mühe hatte, nicht unbeherrscht zu werden. Unsere Nervenkostüme hatten inzwischen die Dichte und Festigkeit von Spinnweben erreicht.

Sie hatten vor, dicht vor der Grenze von Nord-EINS anzuhalten und diesen Teil der Stadt erst zu betreten, wenn die Nacht hereingebrochen war. Allem Anschein nach hatte das zum einen etwas mit Territorialstreit zu tun, zum anderen mit internen Vorschriften der Clans, in denen die Zentrifaal lebten.

»Rutscht uns doch alle miteinander den Buckel herunter«, maulte ich gereizt und setzte mich wieder in Bewegung. Fast im gleichen Augenblick erklang hinter mir ein Schrei.

Ich fuhr herum und sah, wie A-Ostamul nach oben deutete, in den sich langsam verfinsternden Himmel. War dort etwas zu sehen? Die Zentrifaal hatten offenbar bessere Augen als ich, denn sie konnten allem Anschein nach etwas sehen. Sie schwankten zwischen Entzücken und Entsetzen hin und her.

Perry begriff sehr schnell, was unsere Freunde derart aus dem Gleichgewicht brachte.

»Sie meinen, sie hätten ein Raumschiff gesehen, das zur Landung ansetzt«, berichtete er mir. »Sie seien sehr glücklich, wenn damit die längst überfällige Glücks-Reduktion verbunden sei. Sie seien aber fürchterlich enttäuscht und deprimiert, wenn es keine Glücks-Reduktion geben sollte. Und ihnen gruselt bei dem Gedanken, es könnte statt dessen zu einem Shifting kommen.«

Ich kniff die Augen zusammen. »Alles aus der gleichen Quelle?«

»Es hört sich so an«, antwortete Perry seufzend. »Ich gebe zu, auch mir ist mulmig zumute. Die Wesen, die wir bisher getroffen haben, waren weder dumm noch abergläubisch. Wenn sie sich vor dem Shifting fürchten, dann werden sie guten Grund dazu haben.«

»Und was es auch ist, dieses Shifting«, fügte ich hinzu, »es wird uns beide wohl nicht aussparen.«

»So sehe ich es auch«, gab Perry zurück. »Was immer auch mit uns passieren wird, wir sollten zusehen, daß wir in die Stadt kommen. Ich nehme an, daß wir dort besser dran sind als auf freiem Feld. Dieser Wind ist scheußlich in seiner Kälte ...«

»Und unsere Freunde?«

Perrys Gesicht bekam einen frostigen Ausdruck. »Sie werden schon wissen, was für sie richtig ist«, sagte er und nahm den Marsch wieder auf.

Ich spähte nach oben. Tatsächlich, da war etwas. Ein leuchtender Punkt am nächtlich werdenden Himmel.

Normalerweise ist dieses Bild positiv besetzt: Man blickt nach oben, sieht etwas leuchten und wird erfüllt von Vorfreude. In diesem Fall wurde mir mit jedem Augenblick mulmiger zumute.

Shifting. Was, zum Teufel, war dieses Shifting?

Zehn Minuten später hatten wir, gefolgt von zerstrittenen Zentrifaal, den Stadtrand von Nord-EINS erreicht. Auch dort war das Raumschiff bereits ausgemacht worden, und die Stadt bekam allmählich den Charakter eines Tollhauses. Offenbar hatte fast jeder Bewohner Gaalos die gleichen Überlegungen angestellt wie A-Ostamul und schwankte zwischen Entzücken und Entsetzen, ein Wechselbad der Gefühle, das einige offenkundig nicht verkraften konnten.

»Was für ein Wahnsinn!« murmelte Perry mit hartem Gesicht. »Wer macht das mit diesen unglücklichen Wesen, und warum? Können die Mächte, die Galorn kontrollieren, nicht erkennen, daß diese Völker entsetzlich leiden, daß es ihnen schlechtgeht?«

»Vielleicht interessiert es sie nicht«, sagte ich halblaut. »Was hat Altan einmal zitiert, über diesen römischen Kaiser Galba: *Da er selbst litt, störte es ihn nicht, wenn auch andere litten?* Vielleicht sind die Machthaber von Galorn von ähnlichem Zuschnitt?«

»Wir werden es erleben«, versprach Perry grimmig. »Irgendwann werden wir sie zu sehen bekommen.«

Ich zog eine Schnute. Ich konnte Perry sehr gut verstehen, seine Ethik vertrug es einfach nicht, das Böse gewähren zu lassen. Selbst keine Schuld auf sich geladen zu haben, genügte ihm nicht; er war bestrebt, auch andere daran zu hindern, sich schuldig zu machen.

Sehr verständlich, aber in diesem Augenblick wär es mir wirklich lieber gewesen, hätten wir uns aus diesem ganzen Schlamassel heraushalten können. Meine Laune war ziemlich auf dem Tiefpunkt angelangt. Mir war lausig kalt, ich hatte Hunger, Müdigkeit breitete sich in mir aus, und es sah ganz danach aus, als würde unser Zustand in der vor uns liegenden Zeit eher schlechter als besser werden.

Ich wollte einfach nicht mehr ...

War die Stimmung der Stadtbewohner vielleicht ansteckend? Ich wußte es nicht, aber es deutete vieles darauf hin. Die Bewohner Gaalos liefen durcheinander, versammelten sich mal hier, mal dort, und überall kam es zu erbitterten Diskussionen.

Perry ging auf A-Ostamul zu. »Wo ist dieser Bunker?« wollte er wissen.

Der Zentrifaal malte in den Straßenstaub eine Zeichnung.

Ein großes Oval in der Mitte, Herz-FÜNF. Ein Kreis, viel kleiner, im Süden. Ein Gebilde, nicht ganz ein Kreis, aber auch kein typisches Oval, im Westen. Dann folgten zwei sehr langgezogene Ovale. Eine im Norden, eines im Osten. Jede der Unterstädte hatten ihren eigenen Bereich; eine Berührung gab es nur mit der Zentralstadt.

»Nord-EINS«, erklärte A-Ostamul umständlich. »Hier. Wir ... Und hier ... Bunker!«

Der Bunker lag nahe der Grenze zwischen Nord-EINS und Herz-FÜNF; dies war übrigens, wenn die Zeichnung stimmte, das längste zu zwei Stadtbereichen gehörende Mauerstück. Und dort lag, ziemlich nahe unseres Standortes, der Bunker.

»Ich verstehe«, sagte Perry Rhodan. »Wir werden uns diesen Bunker einmal ansehen.«

A-Ostamul machte sofort eine schnelle, abwehrende Geste. Und er deutete nach oben.

Besser nicht, schien dieser Ratschlag zu bedeuten. Perry machte, ziemlich gekonnt, wie ich neidvoll feststellte, die Zentrifaal-Geste für »Einverstanden« und wandte sich dann ab. Er zwinkerte mir kurz zu.

»Ich glaube nicht, daß sie in nächster Zeit eine Hilfe für uns sein würden«, sagte er halblaut. »Wir gehen auf eigene Faust und sehen uns diesen Bunker einmal aus der Nähe an.«

»Was hoffst du dort zu finden?« fragte ich und schüttelte mich vor Kälte.

Wie sehnte ich mich nach unserer Höhle und der wohligen Wärme, die dort möglich war! Den Ofen hatte man uns inzwischen garantiert geklaut.

»Die Wahrheit«, antwortete Perry. »Wenigstens ein kleines Stück davon ...«

10.

Ich bibberte, schlotterte und klapperte mit den Zähnen. Es war wirklich lausig kalt. Und außerdem hatte es wieder einmal geregnet, natürlich säuerlich, wie es sich für Galorn gehörte.

Metereologen nannten das, worauf wir uns bewegen mußten, euphemistisch »überfrierende Nässe«. Im Klartext hieß das, daß wir auf zentimeterdickem Glatteis zu laufen hatten. Bis jetzt hatte sich keiner von uns beiden hingelegt, bis jetzt ...

Unter diesen Umständen sah der Bunker wirklich nicht schlecht aus; das Eis gab ihm einen fast romantischen Anstrich.

Der Bunker verdiente den Namen.

Er hatte die Form eines Halbrunds, das aus der normalen Mauer hervorragte. Vierzig Meter hoch war dieser Bunker, und er hatte eine Breite von sechzig Metern. Das ganze Bauwerk wirkte ähnlich kompakt, verschlossen und unzugänglich wie die Stadtmauer von Herz-FÜNF, ein Symbol der Unbezwingbarkeit.

Aber anders als die große Mauer rund um Herz-FÜNF hatte der Bunker Zugänge. Nicht zu ebener Erde, sondern in einer Höhe, an die man vom Boden her nicht herankam. Immer wieder sah ich, wie sich in diesem stumpfgrauen Massiv plötzlich Lücken auftaten, an unvorhersehbaren Stellen und völlig überraschend. Durch diese Lücken flogen Schüsselroboter hinein und heraus.

Offenbar wurde die Versorgung der gesamten Stadtfläche von hier aus geleitet und durchgeführt; hier bekamen die Schüsselroboter, deren babyhaftes Rosa einen sehr seltsamen Kontrast zum schmutzigen Weiß der Unterstädte bildete, ihre Ladungen, die sie unter der Bevölkerung von Gaalo verteilten. Lebensmittel, Kleidung, die herrlichen Miniaturöfen. Ein wenig beschäftigten sich diese Roboter auch als Müllabfuhr – und als Bestattungsunternehmen.

A-Ostamul, der uns gefolgt war, weil seine Ehre als Clanführer ihm offenbar keine andere Wahl ließ, klärte uns darüber auf.

»Tot, weg«, faßte er die ihm bekannten Tatsachen zusammen. »Nicht tot, nicht weg ...«

Ich vermutete, daß er damit auch eine Idee ausdrücken wollte, die nicht funktionierte: Man konnte sich nicht totstellen und dann hoffen, von einem der Schüsselroboter in den Bunker gebracht zu werden. Entweder war man tot, oder man war es nicht – und dann kam man nicht in den Bunker. Schade, eine Möglichkeit weniger.

Ich verfolgte, wie die Roboter ein- und ausflogen, wie in einem Bienenstock. Wenn es eine Möglichkeit gab, die Mauer zu überwinden, dann hier.

»Woher weißt du das?« wollte Perry wissen.

Einfache Fragen dieses Kalibers zu stellen, in einer Sprache, die man nur mühsam radebrechte, war eine ausgesprochen schwierige Sache, aber Perry schaffte es irgendwie. Aber selbst er, der Sofortumschalter, brauchte ein paar Sekunden, bis er A-Ostamuls Antwort in eine verständliche Sprache übersetzt hatte.

»Ihr habt einen erbeutet?« fragte er staunend.

A-Ostamul gestikulierte wild.

»Ich verstehe, er ist defekt. Und ihr könnt ihn nicht reparieren ...«, fuhr Perry fort.

Hatte ich das richig mitbekommen? A-Ostamul und seine Zentrifaal hatten einen der rosafarbenen Schlüsselroboter erbeutet und außer Gefecht gesetzt? Wenn man das Ding reparierte ...

Ich konnte mich nicht mehr richtig auf den Gedanken konzentrieren, so rappelig wurde ich langsam.

Ich begann zu begreifen, wie einem Haluter kurz vor einer Drangwäsche zumute sein mußte; ich wollte irgend etwas tun, mich austoben, entladen, egal wie, nur irgendwie aktiv werden. Es zuckte und kribbelte in allen Fingern und Zehen, in sämtlichen Muskeln, sogar meine Haut schien allmählich unkontrolliert in Wallung zu geraten.

Um mich herum wurde es laut. Geschrei setzte ein und wurde von Minute zu Minute stärker.

Dann konnte ich es sehen. Es kam von der anderen Seite her angeflogen und war daher nur ein Stück weit zu sehen. Aber es war ein Raumschiff von jenem Stummeltyp, den wir bereits von unten, von der Basaltebene aus, hatten sehen können. Das Schiff schwebte völlig geräuschlos heran und senkte sich dabei auf die Stadt herab.

Ja, ja! Das war es.

Die Anspannung hatte mich erfaßt, hielt mich in einem unerbittlichen Griff. Etwas schwoll in mir an, wollte sich entladen, explodieren. Ich hatte das Gefühl, als würden sich meine Haare aufstellen, als würde ich elektrostatisch aufgeladen.

Den anderen Anwesenden ging es nicht viel anders.

»Kannst du es spüren, Perry?«

Perry nickte heftig.

»Und wie!« rief er zurück; er mußte rufen, weil seine Worte sonst im allgemeinen Lärm untergegangen wären.

Die Menge wirkte wie entfesselt. Wahrscheinlich ging es in den anderen Stadtteilen jetzt ähnlich zu. Ganz Gaalo wurde zu einem Tollhaus.

Es drängte, zerrte, schob in mir. Ich wußte nicht, was ich mit diesem sich aufschaukelnden Gefühl machen sollte. Ich merkte nur, wie es wuchs und wuchs und immer stärker wurde. Alles drängt nach Aktiviät, aber zugleich schien mein Körper von innen heraus zu erstarren.

Währenddessen ging ein Teil des Lebens in Gaalo weiter wie immer. In der stumpfgrauen Wandung des Bunkers tat sich überraschend eine Öffnung auf, ein bonbonrosafarbener Roboter tauchte auf, schoß aus der Öffnung hervor und schwebte gemächlich in dreißig Meter Höhe von dannen, Richtung Osten.

Geräuschlos und sanft schloß sich die Öffnung wieder. Ein paar Augenblicke später kam eine andere Schüssel herangeschwebt, ihr wurde aufgetan, ruhig und ohne Lärm, und der fliegende Roboter verschwand in der Festung.

So ging es weiter. Wir standen, stießen seltsame, zum Teil erschrekkende Laute aus, taten aber nichts, außer dazustehen und den Robotern zuzusehen. Ich konnte andere Stadtbewohner sehen, die wie wir gebannt wirkten. Es war kein Zwang; ich hätte tun können, was immer ich wollte. Umherlaufen, auf und ab springen. Aber ich wollte nicht, und meine Wahrnehmung sagte mir deutlich, daß es wirklich mein Wille war, nichts zu unternehmen.

Minuten vergingen, eine nach der anderen. Die Spannung stieg immer weiter an, es war kaum noch auszuhalten. Wie im alten Kino, nachdem es dunkel geworden ist. Man sitzt da und wartet und wartet, daß endlich die ersten Bilder auftauchen und man etwas zu sehen und zu fühlen bekommt. Wann endlich geht es los?

Wann geht was los?

Ich weiß nicht mehr, wie mir zumute ist. Teilweise macht sich in mir der Eindruck breit, als stünde ich neben mir selbst und könnte mir zusehen bei dem, was ich mache und denke. Mein Körper ist ruhig, gelassen, entspannt. Auch meine Gedanken und Gefühle sind frei, beweglich, ungehindert.

Und doch ist diese Spannung da, und sie wird größer. Und noch größer, sie scheint mich zerreißen zu wollen.

Was ist das? Was geschieht mit mir?

Ist dies das ominöse Shifting?

Wenn sich die Spannung weiter steigert, wenn sie im buchstäblichen Sinn unerträglich ist, dann wird sie mich zerreißen und umbringen, ich spüre es. Ich kann es nicht mehr aushalten …

Die Sonne geht auf, ganz langsam. Ich spüre, wie sie ihre Wärme in meinen Körper schickt und ihn langsam, genußvoll, in Besitz nimmt.

Die Muskeln werden schlaff und weich, ich kann sie kaum noch spüren. Sie sind auch unwichtig gworden.

Es ist warm. Keine schneidende Kälte mehr, auch keine schweißtreibende Hitze, wie ich sie hasse. Es ist eine perfekte Wärme, anders kann ich es nicht nennen; besser als so kann Wärme nicht sein.

Mein Atem strömt ruhig und gleichmäßig. Nicht ich atme, es atmet mich, und mit jedem Atemzug breitet sich der Frieden in mir aus, eine unerschütterliche Gelassenheit.

Nichts wird mich jemals aus diesem seelischen Gleichgewicht hinauswerfen können. Es ist nicht gut, das ist ein viel zu schwacher Ausdruck dafür. Es ist ...

Vollkommen.

Das ist das Wort. Vollkommen. Unerreichbar, unübertreffbar, einfach perfekt. Noch besser als supertoll oder was immer man zur Beschreibung des wirklich Guten benutzt hat.

Vollkommen, ich habe keinerlei Wünsche nach Steigerung oder Verbesserung der Lage.

Mein Hunger ist geschwunden, ich bin gesättigt, tief und tief durchgesättigt. Nicht vollgefressen, sondern satt im ursprünglichen Sinn des Wortes. Es genügt einfach, es braucht nicht mehr.

Ich brauche keine Nahrung mehr, ich brauche nichts zu trinken. Auch jeder Durst, den ich haben könnte, ist gestillt, für immer. Vollkommen.

Und dazu der Frieden in mir.

Ich will nichts mehr. Wozu auch? Ich habe alles, was ich mir je hätte wünschen können. Ist es das?

Nein, es ist viel mehr, und in diesem Augenblick endlich begreife ich es.

Das Glück, das wirkliche und wahrhaftige Glück, besteht nicht darin, alles zu kriegen, was man haben will. Es besteht darin, nichts mehr zu wollen. Keine Wünsche, keine Bedürfnisse mehr zu haben.

Dann gibt es nichts, was noch fehlen könnte, kein Mangel, keine Entbehrung ist vorstellbar. Man muß auch vor nichts mehr Angst haben.

Es gibt nichts, was man mir wegnehmen oder rauben könnte, womit man mir einen Schaden zufügen könnte. Selbst an meinem Leben hänge ich nicht mehr.

Ich habe es wirklich erreicht, jenes ferne Ziel, von dem andere nur träumen können.

Das Glück.

Ich bin nicht glücklich. So ist es nicht richtig ausgedrückt.

Ich bin das Glück. Alles, was ich bin, ist Glück, mehr ist nicht vorhanden. Die absolute, unendliche Wunschlosigkeit ...

Und dann, von einem Augenblick auf den anderen, ist es vorbei. Noch immer ist kein Hunger zu spüren, kein Durst, keine Angst. Es gibt keine Kälte und keine Schmerzen mehr.

Aber auch die Vollkommenheit ist verschwunden, und sie vermisse ich.

Ich stehe da wie betäubt, wie ausgehöhlt. Langsam kehren die Empfindungen der Normalität in meinen Körper und meinen Geist zurück, und es fühlt sich gut an.

Die Kälte, der Hunger, alles dies macht mir nicht das geringste aus. Es ist gut, keinen Hunger zu haben, es ist gut, nicht frieren zu müssen, aber die Erfüllung dieser Bedürfnisse ist nicht alles.

Da ist noch etwas, jenseits der Erfüllung aller Bedürfnisse und Wünsche, etwas, das weitaus wichtiger ist – und irgendwie unerreichbar.

Nein, vollkommen falsch. Ich habe es ja gespürt, gerade erst. Da ist ein Seelenzustand jenseits der Zufriedenheit, fast hätte ich gesagt, sogar jenseits des Glücks.

Ich wende den Kopf und sehe Perry an. Er steht wie ich noch unter dem Bann dieses Ereignisses.

Wir wissen beide, was wir erlebt haben. Dies ist es, wovon A-Ostamul und die anderen sehnsuchtsvoll versprochen haben – die Glücks-Reduktion.

Ich hatte an eine Reduzierung des Glücks dabei gedacht, und es hatte sich für mich ziemlich schauerlich angehört.

Aber die Wahrheit sieht ganz anders aus. Glücks-Reduktion – das Wort trifft es ganz genau.

Man wird reduziert dabei, ausschließlich auf das Gefühl des Glücks, auf nichts anderes.

Und jetzt verstehe ich auch, warum die Bewohner von Gaalo dieses Leben ertragen können, warum sie das Elend und die Not ertragen und in diesen miserablen Städten bleiben.

Ich spüre es ganz genau.

Ich bin nicht süchtig. Ich bin Herr meiner Entschlüsse. Wenn ich will, kann ich gehen – theoretisch. Ich weiß, daß ich eine Entscheidung treffen kann. Und treffen muß.

Ich kann auf Galorn bleiben. Das Leben hier ist jämmerlich, aber es wird ausgeglichen durch die Glücks-Reduktion, die ich hier bekommen kann.

Nicht ständig, alle paar Tage oder Wochen, und die Zeit dazwischen wird lang, beschwerlich und hart sein. Aber ich kann es entscheiden.

Hoch über unseren Köpfen bewegt sich etwas. Eine Antigravscheibe überfliegt den Platz.

Darauf steht eine Gestalt. Humanoid, in grüner Kleidung, aber mit einer blauen Haut. Er schwebt auf der Plattform über die Slums hinweg. Er ist der Andro-Hüter.

Er ist der Bewahrer des Glücks.

ENDE

AL ©
KELSNER